戲曲研究

第一二六辑

编辑
中国艺术研究院戏曲研究所
《戏曲研究》编辑部

文化藝術出版社
Culture and Art Publishing House

戲曲研究

中文社会科学引文索引CSSCI(2022—2023)收录集刊
AMI(集刊)核心集刊

编辑部邮箱　xiquyanjiu@sina.com
编辑部电话　010-64933087

目录

戏曲研究 第一二六辑

戏曲文化

古代戏曲

当代戏曲

中西戏剧交流

地方戏曲

Traditional Chinese Drama Research No. 126

CONTENTS

Traditional Chinese Drama Culture

Ancient Chinese Drama

Contemporary Drama

Chinese and Western Theater Exchange

Local Drama

戲曲研究

清宫承应戏《太平王会》考论*

王春晓

十二出本《太平王会》是清代宫廷承应戏中的一部。[①]自其内容判断，该剧的创编是为供清乾隆五十五年（1790）安南国王朝贺高宗八十万寿的承应之需，最初是万寿庆典承应戏。嘉庆时期，此剧曾在嘉庆十三年（1808）“八月十五日热河承应”[②]，剧中安南世子名作“清寧”（旁笔圈改为“福”）。吴晓铃先生旧藏中另有佚名抄本残本

* 本文为教育部人文社会科学研究中国文学青年基金项目“明清宫廷戏曲与外交研究”（项目编号：18YJC751046）阶段性成果。

① 清代宫廷戏曲中另有一出本《太平王会》，常与《海不扬波》合演，一般用为宴戏。本文中的《太平王会》均指十二出本，所有《太平王会》引文，以中国国家图书馆馆藏“九九大庆”本为底本（善本书号：A03433），以《绥中吴氏藏抄本稿本戏曲丛刊》收录之抄本残本、《故宫博物院藏清宫南府昇平署戏本》收录之清咸丰九年（1859）《万国嵩呼》抄本参校，遇讹脱等直改，不出校。

② 《太平王会题纲场面十二出》，清嘉庆十三年（1808）抄本，中国国家图书馆藏，馆藏编号：59919。

一部，为《太平王会》的前六出（第一出之首有残损），本中“清寧”改名“清福”，其他“寧”字却均未缺笔或改易，是知此本不避道光皇帝名讳，是嘉庆抄本，此抄本庆贺的是“皇后千秋”①，也就是说，嘉庆时期《太平王会》又被用为皇后千秋庆典承应。“清寧”在嘉庆十三年（1808）之后的嘉庆时期又被改为“清平”，入道光后，剧中“寧”字缺笔避讳或改作他字，且“至晚在道光十九年（1839），《太平王会》中‘十天干十二地支’的角色及其数量安排已发生变化，改称‘十六神将’了”②。咸丰九年（1859）“旨，《太平王会》上改《万国嵩呼》”③，但剧作内容几乎未作改动（主要改动如：“淳”改为“顺”，十二出末尾的“王会全图”改为“万国嵩呼”等），此剧遂以《万国嵩呼》为名一直演出至光绪时期。

王学锋《清宫演剧用本〈太平王会〉初考》在傅惜华《清代杂剧全目》的基础上，将《万国嵩呼》置于《太平王会》目下详加考索，梳理出“今存《太平王会》版本共有16种”④。笔者在文献查阅过程中，又发现吴晓铃所藏清宫戏曲抄本中有《太平王会》残本1种，其抄录时间或在中国国家图书馆馆藏“九九大庆”本《太平王会》（国图本中“寧”字作“寍”，避宣宗名讳，是道光抄本）之前，是嘉庆后期改本（前段论之，兹不赘述）。目前，乾隆时期的《太平王会》虽不得见，但今存的十二出本传承有序，至少有17种之多。《太平王会》以安南等国入华朝贺皇帝万寿为内容，在后世宫廷

---

① 《佚名》，载吴书荫主编《绥中吴氏藏抄本稿本戏曲丛刊》第29册，学苑出版社2004年版，第4页。

② 王学锋《清宫演剧用本〈太平王会〉初考》，《中国典籍与文化》2012年第4期，第115页。

③ 《咸丰九年恩赏日记档（正月至六月立）》，载《中国国家图书馆藏清宫昇平署档案集成》，中华书局2011年版，第8675页。

④ 王学锋《清宫演剧用本〈太平王会〉初考》，《中国典籍与文化》2012年第4期，第111页。

承应中被奉为经典，时常搬演，但与清史研究中对阮惠（亦名“阮文惠”“阮光平”）入觐事件的探幽发赜相比，戏曲研究中对《太平王会》这部戏的讨论却十分有限。

清高宗将平定安南视为“十全武功”之一。安南国王阮惠的“主动”入觐，不仅是有清一代罕有的外国国王亲自朝贡，更被视作“乾隆盛世”的重要表征。《太平王会》以《周书·王会篇》《尚书大传》《山海经》等经典中的世界图景为基本框架，将安南诸国朝贺中华当作主要叙事线索，以戏演礼，却能庄谐相间，是清宫承应戏中的上乘之作。《太平王会》既是历史的见证者，又是历史的构成者，在屡次搬演的过程中虽多次经点窜，但乾隆朝面貌基本得以保存。同时期朝鲜使臣的燕行记录，也为探究其演出状况提供了线索。

一　“王会”之名的由来

《太平王会》以“王会”为名，并非偶然。“王会”之说，源自《周书》（后称《逸周书》）《王会篇》。宋王应麟《周书王会补注》：“周室既宁，八方会同，各以职来献，欲垂法厥世，作‘王会’。补曰：晋《舆服志》云：‘成王之会。’”[①]《王会篇》究竟作于何时向有多说，但篇中所叙的是周初“王城既成，大会诸侯及四夷也”[②]“周初大会同之礼”[③]，描画的是四方“咸会于中国”[④] 却是共识。

乾隆帝以圣主自期，希图成不朽之功业，比肩三代之明君。四方围拱、万国来朝、重现周天子王会盛况，一直是他渴求的目标。乾隆

---

① 王应麟《周书王会补注》，元至元六年（1340）庆元路儒学刻本，明初重修。

② 黄怀信、张懋镕、田旭东撰，李学勤审定《逸周书汇校集注》，上海古籍出版社1995年版，第851页。

③ 黄怀信、张懋镕、田旭东撰，李学勤审定《逸周书汇校集注》，第853页。

④ 黄怀信、张懋镕、田旭东撰，李学勤审定《逸周书汇校集注》，第968页。

十六年（1751）六月初一日传谕傅恒："我朝统一区宇，内外苗夷，输诚向化，其衣冠状貌各有不同。着沿边各督抚，于所属苗、猺、黎、獞以及外夷番众，仿其服饰绘图，送军机处汇齐呈览，以昭王会之盛。"[①] 这些服饰绘图后来被编为《皇清职贡图》，高宗《皇清职贡图》题诗中也有"西鲽东鹣觐王会，南蛮北狄秉元辰"[②]之句。乾隆二十二年（1757），高宗又将理藩院下属"宾客司"改名"王会司"："《会典》顺治十八年，理藩院设四清吏司，曰录勋，曰宾客，曰理刑，曰柔远。乾隆二十二年，改录勋司为典属，改宾客司为王会，柔远后司为旗籍，前司为柔远，又增设徕远司"[③]，"王会司掌朝贡、会盟、聘享、武备诸政"[④]。可见其对"王会"的执着。

乾隆五十五年（1790）是高宗八旬万寿，"内外臣工，情殷祝嘏，吁请举行庆典，用抒庆忭之忱"[⑤]，高宗向以"不及恭庆皇考六旬暨圣母皇太后九旬为憾"[⑥]，虽告诫臣下庆典要戒靡崇俭，仍举行了牵动海内外的盛大庆典："朕本年八旬万寿，寰宇胪欢，薄海内外臣民，咸深庆忭。即在属国藩封，或亲赴阙廷，或遣使叩觐，无不竞趋王会，抒悃祝厘。"[⑦] 高宗一方面说庆典须从简、只循常例即可，另一方面却胪列了前此三朝的庆典演戏情况："即如所演大庆戏剧，原系皇考恭祝皇祖万寿旧本。从前圣母皇太后五旬、六旬、七旬、八旬万寿庆节，朕屡加增改，彩舞称觞。现今皇子大臣等，虽有进呈乐章，以其词过颂扬，亦止节其靡文，并未加之润色。"[⑧] 实是明告天下，其八旬万寿不仅要演戏，而且要演特为庆典新编的戏曲。大肆宣

① 傅恒等《皇清职贡图》"谕旨"，清乾隆武英殿刻本。

② 傅恒等《皇清职贡图》"御制诗"，清乾隆武英殿刻本。

③ 梁章钜撰，李延沛、葛志毅、吕观仁整理《称谓录》，黑龙江人民出版社 1990 年版，第 321 页。

④ 昭梿撰，何英芳点校《啸亭杂录》，中华书局 1980 年版，第 334 页。

⑤ 昆冈等《钦定大清会典事例》卷二百九十八，清光绪二十五年（1899）石印本。

⑥ 昆冈等《钦定大清会典事例》卷二百九十八，清光绪二十五年（1899）石印本。

⑦ 昆冈等《钦定大清会典事例》卷二百九十八，清光绪二十五年（1899）石印本。

⑧ 昆冈等《钦定大清会典事例》卷二百九十八，清光绪二十五年（1899）石印本。

扬"吾皇柔远恩非小，来王来享德治昭，喜把这王会全图一幅描"（《太平王会》第十二出）的《太平王会》，便是应"圣意"而创编的活的职贡图。

《太平王会》以"王会"为名，以成周之会为天下图景，将上古传说与乾隆时事相融，颂扬天下太平、万国来朝，为高宗贺寿。剧中最主要之朝贡国有四，分别是越裳国、稷昚国、白民国、灵长国，均可在《周书·王会篇》《尚书大传》《山海经》等成周之会的载记中觅得，见表1。

表1　《太平王会》与"成周之会"诸国关系表

越裳国	吾等虽居海外南国，颇通孔孟诗书，且谙孙吴兵法，乃守周公礼仪。……爹爹母亲，孩儿闻得始祖朝于陶唐，次祖朝于周室，今爹爹朝于当今圣人，自古至今才第三度。（《太平王会》第二出《入享来王》）
	成王时，有苗异茎而生，同为一穟，人有上之者。王召周公而问之。公曰："三苗为一穗，抑天下共和为一乎?"果有越裳氏重译而来。……交趾之南，有越裳国。周公居摄六年，制礼作乐，天下和平。越裳氏以三象重译，而献白雉。①（《尚书大传疏证》）
稷昚国	建国海南，越裳分派。……俺国自古至今，不制袍服，有种神树，名曰雒裳，其树无皮，中华若圣帝代立，其木生皮，柔如罗绮，文如锦绣，一国取之制服。世传周武王时，雒树取衣，至今又隔数千年矣。（《太平王会》第二出《入享来王》）
	肃慎大麈（"麈"或作"塵"）。……"稷慎，肃慎也。贡麈似鹿。"②（《周书·王会篇》） 青丘狐九尾。③（《周书·王会篇》） 肃慎之国在白民北，有树名曰雄（又作"雒"）常。先人伐帝，于此取之。④（《山海经·海外西经》）

① 郑玄、皮锡瑞《尚书大传疏证》卷五，载《续修四库全书》，上海古籍出版社2002年版，第7~8页。

② 黄怀信、张懋镕、田旭东撰，李学勤审定《逸周书汇校集注》，第878页。

③ 黄怀信、张懋镕、田旭东撰，李学勤审定《逸周书汇校集注》，第886页。

④ 袁珂校注《山海经校注》（最终修订版），北京联合出版公司2014年版，第205页。

（续表）

白民国	始祖轩辕，次祖帝鸿，降居海外，赐姓销氏。因我国不置五谷，惟种玉而食，人体如玉之洞白，故国号白民。……飞黄原出我国，孩儿昨日查得《周书》曰：白民乘黄似狐，而背上有两角，即飞黄也。又曰龙翼马身，我祖黄帝乘之而成仙。当初汉武帝欲得此马，《郊祀歌》曰“訾黄其何不徕下”，总是中华圣人在位，此马才能出献。(《太平王会》第三出《始倩冰人》)
	白民乘黄，乘黄者似骐，背有两角。[①]（《周书·王会篇》） 白民之国在龙鱼北，白身被发，有乘黄，其状如狐，其背上有角，乘之寿二千岁。[②]（《山海经·海外西经》） 有白民之国。帝俊生帝鸿，帝鸿生白民，白民销姓，黍食，使四鸟：虎、豹、熊、罴。[③]（《山海经·大荒东经》）
灵长国	想我国自来不耕不种，饥则食员邱仙树之果，渴则饮赤泉之水，一国之人，皆延寿不老，享此清福，好不快乐也。……俺一国中，男女皆是黑人，只有妹子是这样标致。(《太平王会》第三出《始倩冰人》)
	不死民在其东。其为人黑色，寿，不死。(有员丘山，上有不死树，食之乃寿。亦有赤泉，饮之不老。)[④]（《山海经·海外南经》） 有不死国，阿姓，甘木是食。（甘木即不死树，食之不老。)[⑤]（《山海经·大荒南经》）

因特为安南国王朝觐而创编，剧中用“越裳”代指安南，借以比附成周之会赞颂乾隆帝“治礼作乐，天下和平”[⑥]。稷昚国，《王会篇》作“肃慎”，“其俗无衣服，中国有圣帝代立者，则此木生皮可衣也”[⑦]，传统上又有视肃慎为满族等东北民族祖先者。剧中对稷昚国的描述大部分取自《周书》《山海经》，但建国海南、越裳分派则是新增的内容。白民、灵长二国构成了越裳世子朝贡途中的姻缘双线。白民国《王会篇》有之，《山海经》等对其描述时多涉长寿；“灵长国”之名不见于《周书》，却与《山海经·海外南经》中“不

① 黄怀信、张懋镕、田旭东撰，李学勤审定《逸周书汇校集注》，第888页。
② 袁珂校注《山海经校注》（最终修订版），第204页。
③ 袁珂校注《山海经校注》（最终修订版），第296页。
④ 郭世谦《山海经考释》，天津古籍出版社2011年版，第437页。
⑤ 郭世谦《山海经考释》，第662页。
⑥ 郑玄、皮锡瑞《尚书大传疏证》卷五，载《续修四库全书》，第7页。
⑦ 郭世谦《山海经考释》，第462页。

死民”“不死国”相似，国名改为“灵长”或因寿诞庆典上“死”是忌讳；两国在扮相上一白一黑，相反相成，增喜添庆，也当是为了扣合祝寿的目的。

诚如戏中所讲，与清朝有往来之外国一般是遣使臣来华，国王亲自“朝贡”者仅此一例。乾隆时期安南国国王的入华朝觐，在有清一代也是绝无仅有。《太平王会》末出“万国共球”，更呈现了“越裳氏等海外三十二国重译来朝，恭祝圣主万寿和庆良辰”（《太平王会》第十二出）的宏大场面，又再次强调“难得越裳大王今岁朝贡，真乃千古盛事”（《太平王会》第十二出），对成就王会大加歌颂：“丕显丕承，讦谟法尧舜之宗；来王来享，玉帛胜涂山之会。正值天开寿域之时，地献祥征之节，兹尔越裳等各国王，梯山航海，重译来朝。从古历今，王会之图有矣，未见斯时之盛焉”（《太平王会》第十二出）。“周之王业虽成于文武，然兴礼乐、致太平，实在周公辅成王时”①，越裳来朝是成周王会的重要标志，而兴礼乐、致太平、重现万国来朝的王会则是高宗之素志，为投合帝王之好，便有了《太平王会》这部宫廷大戏。

《王会篇》描述的诸方朝周，传统上又称“朝贡制度”：

> 朝贡制度从先秦至清末，一直具有多重性特征，如同心圆般层层向外延伸而又紧密相连。其核心层是中央与地方的朝贡关系，主要通过地方向中央交纳土贡来体现；中间层是中央王朝与周边少数民族的朝贡关系；最外层是中外朝贡关系（明清时期又分中国与属国的朝贡关系以及中国与其他国家的朝贡关系）。②

朝贡戏在清代并不稀见，但以“太平王会”为名者却仅出现在阮惠入觐时，显然与高宗的坚持有关。在对外关系中固守朝贡制度，

---

① 何秋涛《王会篇笺释》卷上，清光绪十七年（1891）江苏书局刻本，第1页。

② 李云泉《朝贡制度史论——中国古代对外关系体制研究》，新华出版社2004年版，第6页。

宣扬清政府统御下的“华夷观”，虽然达成了高宗本人盛世圣主的夙愿，却也令“老大帝国”错失了与世界同步发展的契机。

二　越裳与稷沓：同源的二国

《太平王会》有一个很反常现象，那就是有两个“越裳”背景的国家：一个是“居海外南国”（《太平王会》第二出），“始祖朝于陶唐，次祖朝于周室”（《太平王会》第二出），而国王将朝贡清朝的越裳国；另一个则是“建国海南，越裳分派”（《太平王会》第二出），与越裳同宗的稷沓国：“岂不闻取衣雒书，则稷沓识受命之兴；海不扬波，则越裳知圣人之德。”（《太平王会》第一出）“越裳”为古南海国名，明清时期常被用为安南［清嘉庆七年（1802）后，安南改名越南］之代称。《太平王会》之所以会有两个“越裳”，与当时安南国内阮代黎兴的政权更迭直接相关，“越裳”代指阮氏西山朝，“稷沓”则指原来的黎朝。

乾隆中晚期，安南国内动荡加剧。安南黎朝实际受权臣黎氏把持，但广南地区又发生了西山起义，阮岳兄弟之“新阮”替代“旧阮”，统治范围日渐张大。最初，清廷持“不治夷狄”的态度，对此未作干涉。乾隆五十三年（1788）五月，黎维祁的母后阮玉素等王眷被西山军追杀，逃至广西边界；十二日在广西龙州斗奥隘要求入境避难，后被接入中国。在黎维祁的乞求下，六月十九日高宗下旨：“安南臣服本朝，最为恭顺，兹被强臣篡夺，款关吁投，若竟置之不理，殊非字小存亡之道，自当厚集兵力，声罪致讨矣。”① 高宗宣称“兴灭继绝字小存亡之道，是以春秋伐叛之义，向阮文惠声罪致讨”②，八月二十八日两广、云南等地的清兵集结，时任两广总督孙

① 《清实录》第25册，中华书局1986年版，第595～596页。
② 庄吉发《清高宗十全武功研究》，中华书局1987年版，第349页。

士毅令广西总督许世亨等出兵安南剿灭西山“逆贼”阮岳、阮惠兄弟。孙士毅“以八千名进剿，号称十万”①，于十一月二十日率清军收复安南国都黎城。十一月二十三日，安南国王黎维祁奏谢天恩“伏乞大皇帝准臣趋赴京阙，瞻仰圣颜”②；黎维祁启用王印后正式进呈表文再陈“驰北阙以倾葵”③ 之愿。孙士毅奏折称：

> 该国王遵一定仪制，望阙行礼，恭具谢恩折，交到臣处，并据吁请，部署稍定，亲自赴京，叩谢圣恩。臣谕以乾隆五十五年恭逢大皇帝八旬万寿，再行趋赴阙廷，敬申祝悃。该国王折内尚系恳请即赴京师。④

黎维祁为感谢清廷继绝扶危之恩，拟即赴京，孙士毅等人则提议其改在八旬万寿入京。这个建议深简帝心，高宗马上下谕：

> 又据奏，黎维祁袭封后，请即赴京师谢恩等语。如阮惠等业已擒获，该国王无内顾之忧，即令其将国事略为安顿，俟五十五年亲自赴阙谢恩，恭祝万寿。……此事就孙士毅奏到情形而论，蒇功全局，已有八分。明岁新正重华宫联句，已将此事命题，特一并谕知。⑤

高宗认为黎维祁亲自朝华八分可成，却将此事用于来年正旦重华宫联句之题，必成之志昭然若揭。然而战场形势瞬息万变，黎维祁无能残暴、一味报复，孙士毅讨伐阮惠节节失利。嗣后阮惠虽攻下黎城，但统治地位并不稳定，“阮文惠如欲号召国人，辑绥镇抚，必须仰仗天朝封号，经由天朝的承认与册封，正名定分，取得合法的地位，因此，阮文惠屡次遣使乞降请封”⑥ 。高宗基于“安南蕞尔弹

---

① 庄吉发《清高宗十全武功研究》，第 368 页。

② 《军机处档折件·奏为恭谢天恩事》，台北“故宫博物院”藏，故机 039308。

③ 《军机处档折件·谢恩表文一件》，台北“故宫博物院”藏，故机 039312。

④ 台湾“中央研究院”历史语言研究所编《明清史料庚编》，中华书局 1987 年版，第 237 页。

⑤ 《清实录》第 25 册，第 823 页。

⑥ 庄吉发《清高宗十全武功研究》，第 384 页。

丸，天朝若调集大兵，分路进剿，原无难立时荡平。但调集大兵，深入进讨，不特劳我师徒，而该国人众，罹于锋镝”①，“安南地方水土恶劣，瘴气甚盛，实不值损我师徒”② 等考量，在乾隆五十四年（1789）三月接受阮惠“投降”，又要求阮惠（向清投诚后改名“阮光平”）在八旬万寿时亲自入京：

但非亲身诣阙请罪乞恩，仅遣尔侄阮光显随表入觐，遽恩仰邀封号，天朝无此体制。尔既未列藩服，所有贡物，亦未便收纳，着仍发交领回。如尔必欲输诚纳款，乾隆五十五年八月，届朕八旬万寿，维时距今又越年余，尔国内亦当安集，尔即可禀知督臣，亲自赴京吁恳，以遂瞻云就日之私。③

阮惠如果于明年万寿前亲自来瞻觐，大皇帝必格外加恩，或即予以王爵，子孙世守安南。④

乾隆帝期待成就文治武功、达成天子之会，但在安南国王朝见之前，有清一朝尚无外国国王赴华，其外交成就未能比肩前代（明代有多位国王亲自朝华），耄耋之年的高宗亟望安南国王可以亲来朝贺，以增其全。最初意欲朝华的安南国王并非西山朝阮惠，而是黎朝旧主黎维祁。孙士毅兵败之后，安南国王入觐之事顿成泡影，但阮惠乞降又让高宗看到了希望。在清廷屡次许以不令黎维祁回安南、马上册封阮氏后，阮惠恳请入京瞻觐。乾隆五十四年（1789）六月二十二日，阮惠被册封为安南国王。为使阮惠安心入华，黎维祁被剃发易服解送北京，编为汉军旗下佐领，剧中当是借稷脊国（肃慎在辽东一带）暗指此事。由此，《太平王会》剧中也就有了两个越裳共贺圣

① 《清实录》第 25 册，第 935 页。
② 《清实录》第 25 册，第 966 页。
③ 《清实录》第 25 册，第 979 ~ 980 页。
④ 《清实录》第 25 册，第 980 ~ 981 页。

寿。"安南自宋朝初年丁氏领有其地以来，其国王从未有来华诣阙者，阮光平躬诣京师祝厘展觐，无论为其自请，或清廷授意，究属创举"①，高宗的"十全武功""王会全图"也被添上了浓墨重彩的新篇章。

三　作为礼乐的《太平王会》

明清时期的宫廷戏曲往往具有礼乐性质，《太平王会》亦有礼乐职能。阮惠受封后，"自思无可报称，惟有于来年三月间，亲自进京，恭祝大皇帝八旬万寿，叩谢莫大天恩"②。高宗对于安南国王、使团觐见仪礼用心甚深，搬演戏曲亦是宾礼的重要组成，此前乾隆五十四年（1789）阮光显使团朝见时便安排了看戏：

> （五十四年七月戊申）本日阮光显等来至行在，适值开宴行贺之期。瞻觐行礼后，即令其随同蒙古王公、文武大臣后，入座观剧。③

> （五十四年八月辛未）本年安南阮惠，遣陪臣阮光显赍表乞降。所有经过沿途各省，该督抚等俱演剧筵宴，赏赐优厚。又上年缅甸遣头目孟幹等，投诚纳款，其经过地方，各督抚亦曾如此优赍。原因远人初附，以遂其瞻觐吁诚。明年阮惠欲亲行入觐……其经过沿途各省督抚等，虽当照例备办，一体优待，但……不必过于丰美，踵事增华。④

阮光显在热河观剧的情形曾被绘成《弘历热河行宫观剧图》（亦称《清乾隆时代安南王阮惠遣侄光显入觐赐宴在热河行宫福寿园之

---

① 庄吉发《清高宗十全武功研究》，第398页。

② 台湾"中央研究院"历史语言研究所编《明清史料庚编》，第301页。

③ 《清实录》第25册，第1095页。

④ 《清实录》第25册，第1122～1123页。

清音楼观剧图》[1])，对阮惠之入觐，高宗显然更为重视：

着传谕福康安，照会阮光平：以大皇帝万寿在八月十三日，伊若进关太早，到京未免多住时日。恐其国内事务繁多，无人照料，不妨略缓起程，只须计算日期，总于七月二十以后到京，俾随同王公大臣及外藩人等同伸庆祝，瞻仰王会之斋皇，宫阙之壮丽，庶阮光平得睹生平所未见，更足以坚其向化之诚也。[2]

阮惠最终于乾隆五十五年（1790）七月十一日抵达热河，“在以后的近40天内，乾隆帝召见、赐宴达28次之多，而且对阮光平及随行人员大加赏赐”[3]。《太平王会》在高宗八旬万寿期的演出，兼有祝寿与宾礼的双重功用。此剧初演时间的直接载记今难觅知，但参与过庆典的朝鲜史团副使徐浩修，曾对当时的演剧情况进行过记录，见表2。

表2　徐浩修《燕行记》载乾隆八旬万寿演剧情况一览表[4]

日期	场所	主要外宾	演剧情况
七月十六	热河行宫清音阁	安南王，朝鲜、安南、南掌、缅甸使臣	《清平见喜》《和合呈祥》等16出折子戏
七月十七	热河行宫清音阁	朝鲜使臣（其余未记）	《稻穗麦秀》《河图洛书》等16出折子戏
七月十八	热河行宫清音阁	安南王，朝鲜、安南使臣	《宝塔凌空》《霞觞湛露》等16出折子戏
七月十九	热河行宫清音阁	朝鲜、安南使臣	《寿域无疆》《慈光有兆》等16出折子戏
八月初一	圆明园清音阁	安南王，朝鲜、安南、南掌、缅甸使臣	“西游记”（即连台大戏《升平宝筏》）

---

① 么书仪《热河乾隆观剧图的史事》，《寻根》2003年第2期，第53页。

② 《清实录》第25册，第1132～1133页。

③ 孙宏年《清代中越关系研究（1644—1885）》，黑龙江教育出版社2014年版，第34～35页。

④ ［朝鲜］徐浩修《燕行记》卷二、卷三，载［韩］林基中编《燕行录全集》第51册，东国大学校出版部2001年版。

（续表）

日期	场所	主要外宾	演剧情况
八月初二	圆明园清音阁	安南王，朝鲜、安南、南掌、缅甸使臣	“西游记”
八月初三	圆明园清音阁	朝鲜使臣（其余未记）	“西游记”
八月初四	圆明园清音阁	朝鲜使臣（其余未记）	“西游记”
八月初五	圆明园清音阁	安南王，朝鲜、南掌、缅甸使臣，安南从臣	“西游记”，间设黄门戏
八月初六	圆明园清音阁	安南王，朝鲜使臣	“西游记”，安南乐工六人朝膳后进入戏阁陈作
八月初七			不设戏（以初十日太祖皇帝忌辰，斋戒）
八月八日			不设戏（斋戒）
八月九日			不设戏（斋戒）
八月十日	紫禁城	各国王、贝勒、使臣、从臣	《八洞神仙》《九如歌颂》等16出折子戏（设“九九大庆宴”）
八月十一			未记录（皇帝御勤政殿）
八月十二			皇帝自圆明园还紫禁城，未记录
八月十三	宁寿宫畅音阁	安南王，朝鲜、安南、南掌、缅甸使臣	《蟠桃胜会》《万仙集箓》等12出折子戏
八月十四		徐浩修留南馆，似未参加庆祝活动	未记录
八月十五			未记录（皇帝亲祭夕月坛，各国王、使臣、从臣接驾、送驾后向圆明园）

（续表）

日期	场所	主要外宾	演剧情况
八月十六	圆明园		未记录（皇帝驾幸圆明园，安南国王，朝鲜、安南、南掌、缅甸使臣迎驾）
八月十七	圆明园		未记录
八月十八	圆明园		未记录
八月十九	圆明园 清音阁	各国王、贝勒、使臣、从臣	《桂香馥郁》《仙乐铿锵》等16出折子戏（设“九九大庆宴”）
八月二十	圆明园	安南王，朝鲜、安南、南掌、缅甸使臣	筵宴中戏帮呈阅布裤伎，接连呈阅各国伎艺（悬赏在京王公、安南国王、朝鲜使臣等）

朝鲜使团此年抵达热河行宫是在七月十六，“是月有七筵宴，而九日、十一日、十三日已经三宴，余等自第四宴始与焉”①。也就是说，此年七月在热河行宫共有7次大型宴会和戏剧演出。安南国王十一日朝见乾隆帝，当是参加了6次宴会。自徐浩修所记又可知，热河演剧定例是自卯正至未正搬演16出庆典承应折子戏，与《太平王会》12出演一个故事不符；另因阮惠来朝的标志性政治意义，《太平王会》应在北京的万寿庆典活动中演出。

八月高宗还京后，万寿庆典正式拉开帷幕。乾隆帝寿诞在八月十三，万寿与中秋合庆演戏十日，“中秋前二日为万寿圣节，是以月之六日即演大戏，至十五日止。所演戏，率用《西游记》《封神传》等小说中神仙鬼怪之类”②。由于八旬庆典格外隆重，北京的庆祝从八月初一至二十持续了20天，戏曲演出次数也大大增加。八月初一至初六，圆明园清音阁大戏楼演出了《西游记》题材的连台大戏《升

① ［朝鲜］徐浩修《燕行录》，载［韩］林基中编《燕行录全集》第51册，第20页。

② 赵翼《檐曝杂记》，中华书局1982年版，第11页。

平宝筏》。《升平宝筏》全剧10本，清中叶宫廷承应时日演1本，徐浩修所记的演出时长（卯时至未时）与之相符，演出六日当即6本。考虑到切末服饰等的搬运难度，其余4本的《升平宝筏》也应是在圆明园演出。初七至初九未设戏；十一、十二、十五未记录。初十、十九分别在紫禁城及圆明园设“九九大庆宴”，演出的都是十六出。八月十三日万寿当天，因朝贺演戏缩短，在宁寿宫畅音阁大戏楼演十二出。二十日清廷回赐朝觐国演出的是布裤伎及各国伎艺。另据乾隆朝《活计档》：“今为本作于八月初一日起，在同乐园预备《升平宝筏》戏六日，初十日预备寿戏一日，十三日在宁寿宫预备寿戏一日，于十九日起至二十一日，预备三日。”[①] 两则材料可相互参证。

在万寿与中秋之间的八月十四，徐浩修却仅简短记录了其南馆活动：或是他未能参加当天的庆祝活动，或是他出于某种原因不愿记录。徐浩修在《燕行记》中多次表达对安南国王的蔑视与不满，又记和珅之子丰绅殷德等人言“安南人决不可深交”[②]，若当天活动专以安南为重点且演出了《太平王会》的话，则他刻意未记的可能性很大。另外，乾隆五十八年（1793）英使马戛尔尼使团以补祝高宗八旬万寿的名义入华，清廷搬演朝贡戏《四海升平》也是在八月十四。[③] 综合来看，《太平王会》最可能是在乾隆五十五年（1790）八月十四的宁寿宫畅音阁大戏楼首演。

而这部礼乐性质的剧作，本身也包蕴了大量礼的内容：

> 今当朝觐天颜，进献之物，可曾装载好了么？……【普天乐】庆皇朝方见皇居壮，俯躬屏息螭头上，祝圣天子福寿绵长，九叩拜莫慌，听呼拉哈番唱。……天朝大皇帝升

---

① 彭秋溪《雍正、乾隆两朝内府〈活计档〉所见戏曲史料选辑》，《戏曲与俗文学研究》第7辑，社会科学文献出版社2019年版，第279页。

② ［朝鲜］徐浩修《燕行记》，载［韩］林基中编《燕行录全集》第51册，第43页。

③ 参见［英］马戛尔尼著，刘半农译《1793乾隆英使觐见记》，天津人民出版社2006年版，第126页。

殿，众臣行礼，俱听赞礼官喝礼，拜跪俱有节次。……到了天朝，进了贡，大皇帝还有多少赏赐哩。……那玉如意、瓷花瓶、玻璃碗、绫罗绸缎，数说不尽。……蟒缎，千万带回来，与为父的作件朝服。……你们朝见之后，必有筵宴，还有多少杂技热闹、舞大灯、花炮盒子、大烟火。（《太平王会》第二出）

下官礼部会同馆大使是也。下官理藩院王会司郎中是也。今有越裳氏等海外三十二国重译来朝，恭祝圣主万寿和庆良辰。昨日俱已到齐，今日早朝已经代为题达。奉旨，命我等带领众国王在此排班演礼。……（海晏等同白）我等只因祝圣情殷，连宵趋赴，喜得昨日已到御园，蒙圣恩知我们外番不谙仪礼，今日齐集御园，排班演礼，明日朝贺。……（大使、郎中白）奉旨，命众国王在此演礼，拜跪须要齐集，不可错乱。（众番王白）领旨。我等须要恭敬，将贺表一起陈奏一遍。（大使白）赞礼官喝礼。（赞礼官白）众国王排班。（众国王归班，赞礼官白）跪，山呼。（众白）万岁。（赞礼官白）山呼。（众白）万岁。（赞礼官白）齐祝山呼。（众白）万万岁。……（礼部尚书上，白）旨意下。……（各国王白）万岁、万岁、万万岁。（《太平王会》第十二出）

清代外藩朝贡、朝贺皆有严格的礼仪要求，乾隆帝八旬万寿典礼及安南国王入贡也均有一定的礼制以供遵行。上述情节中涉及的番国纳贡、习礼演礼（排班、朝见）、筵宴、赐予等内容，皆与《大清会典事例》的仪注一致。

礼仪是中国古代朝贡制度的重要组成与表征，“向皇帝进贡是承认世界秩序的适当礼仪。朝贡承认的不仅仅是（甚至不一定是）中国的优越文明，而是文明本身，它的顶峰是皇帝，他作为天子，是人类社会与宇宙之间的结合点，觐见皇帝时需要通过恭行朝贡礼仪来表示承认这些基本原则”①。在戏曲中表现朝贡礼仪是宫廷戏曲的特有现象，清朝宫廷舞台上以戏剧的形式演礼，彰显了清朝对朝贡制度的坚持。而像《太平王会》这样以某国的朝觐活动为核心创编，又在该国朝见时演出的戏剧，在明清时期都十分罕见，是宫廷戏曲礼乐职能的典范。

《太平王会》中提到的玉器、瓷器、玻璃器、丝绸等，皆是乾隆时期常用的回赐物品。被刻意强调的蟒缎、以蟒缎做朝服的细节，则是扣合阮惠朝觐途中的“衣冠要求”而来：

> 据称阮光显等回国过粤时，曾言爱内地蟒袍华美，为生平所未见，在京购买数件，又于湖北汉口，置买带回。今该国王复呈寄式样，请织交龙蟒袍，以为朝燕之服。外藩羡慕中华黼黻，婉言声恳，自当遂其所请，赶办发往等语。……因伊侄阮光显回国，见带回内地蟒袍华美，禀请制造朝燕之服，以为章身之用。但内地蟒袍料，不可改作汉衣圆领也。……该国王若果实有此意，朕必格外加恩，赐之章服。不但照亲王品级，给予红宝石帽顶、四团龙褂，并当如阿哥服色，赏给金黄蟒袍，用示优异。该国王闻之，自必倍加欢跃。②

清廷对外国朝使的衣冠并无改易清制的要求，“贡使暨从官，各服本国朝服”③ 即可。福康安奏折中也只提出阮光显等人爱内地蟒袍华美，请求清廷协助织造蟒袍以在朝觐时穿着。高宗在明知安南朝服为圆领（明制）的情况下，提出若安南国王果欲改易清朝服色将会加恩殊赏，后来得知“阮光平寄来蟒袍式样，系汉制圆领一折”④

① ［美］马克·曼考尔《清代朝贡制度新解》，载［美］费正清编，杜继东译《中国的世界秩序——传统中国的对外关系》，中国社会科学出版社2010年版，第59页。

② 《清实录》第26册，第60～61页。

③ 昆冈等《钦定大清会典事例》卷五百五，清光绪二十五年（1899）石印本。

④ 《清实录》第26册，第93页。

时，又说“朕披阅之下，因文会意，一时以为在汉口置买蟒袍，断不能改圆领，自系该国王心慕华风，有到热河后随众更换中国衣冠，并表其恭敬之意，是以降旨询问。殊不知与该国禀请情形互异，竟似有强其改换之事，则错矣”①，最终赐给阮惠黄金鞓带，以隆礼示荣宠。然而，在阮惠抵达热河后，高宗却再赐“蟒缎袍五……玉带、金带各一，金帽五……红宝石顶三眼花翎凉帽一，黄马褂衣袍一副，金黄带荷包全副，四团龙补服金黄蟒袍一副，纬帽一，珊瑚朝珠一盘”②。七月十六，安南使团献《钦祝大万寿词曲十调》并请求改换清朝衣冠朝见，以实际行动响应了高宗的期待。阮惠陪臣潘辉益“同风千古衣冠制，奇遇连朝指掌谈”③“执玉位同王会列，邻香情在御筵谈”④等句，便是咏其事而作。

葛兆光评价阮惠改易服色说：

冕旒衣冠，在现代人看来，也许只是外在装束……但在古代东亚来说，冕旒衣冠却是“承认”和“认同”的象征，不仅涉及民族（华夷），而且涉及国家（王朝），甚至呈现文明与野蛮（文化）。传统儒家学说所形塑出来的政治制度和观念世界，似乎特别在意衣冠的象征性，无论是政治上的等级，还是家族内的亲疏，都要依靠衣冠服色来确认，就连王朝的合法性与文化的合理性，也得要靠衣冠来建立。由于大清帝国是由满族建立的，所以，国内很严峻的政治认同，在某种意义上要靠统一穿着满服，才能在表面上得到解决，而国际上很麻烦的朝贡关系，则要靠允许外藩穿着本国服装，来化解文化认同的冲突，或者要借助内属穿着大清衣

① 《清实录》第26册，第93页。
② 昆冈等《钦定大清会典事例》卷五百七，清光绪二十五年（1899）石印本。
③ ［安南］潘辉益《星槎纪行》，载复旦大学文史研究院、［越］汉喃研究院合编《越南汉文燕行文献集成》第六册，复旦大学出版社2010年版，第236页。
④ ［安南］潘辉益《星槎纪行》，载复旦大学文史研究院、［越］汉喃研究院合编《越南汉文燕行文献集成》第六册，第236页。

冠，来表示政治上的臣服。①

服色，是统治秩序最外在的、直观的体现，也是礼的重要组成。清廷在外交中积极诱导、促成阮惠改易清朝服色，对内、对外都具有重要的文化、政治意义。曾经被明朝视为“夷”的建州女真，在成为新皇朝的统治者之后，自居为“华”。以清朝为中心的新的华夷秩序和朝贡体系已然确立，但朝鲜、安南等国朝贡时却仍着明朝衣冠，这显然是高宗耿耿于怀的。《太平王会》以蟒缎朝服替换树皮衣服的细节，影射了安南国王改换衣冠，意欲凸显的是外国对清朝文明的仰慕、对朝贡制度的臣服。

余　论

乾隆时期朝华的是否为阮惠本人，一直存在争议。《清史稿》以为“其实光平使其弟冒名来，光平未敢亲到也”②，《大南实录》则称“惠以其甥范公治貌类己，使之代”③。但无论是阮惠亲至，还是其亲属冒替，安南国王亲自入觐之名都已达成。“瀛藩入祝值时巡，初见浑如旧识亲。伊古未闻来象国，胜朝往事鄙金人。九经柔远祇重译，嘉会于今勉体仁。武偃文修顺天道，大清祚永万千春”④，对清高宗来说，“王会”的夙愿已经实现。高宗爱戏曲，内外皆知。阮惠入华前亦曾预备庆祝万寿词曲，命乐工演习以在朝觐时呈献，“今阮光平所进词曲十章，俱系词阕，尚无不合体例，且其随带乐工演奏，希冀列入太常”⑤；清朝则特为安南国王编演了《太平王会》。戏曲，在乾

① 葛兆光《朝贡、礼仪与衣冠——从乾隆五十五年安南国王热河祝寿及请改易服色说起》，《复旦学报（社会科学版）》2012 年第 2 期，第 2 页。

② 赵尔巽等《清史稿》，中华书局 1976 年版，第 14640 页。

③ 许文堂、谢奇懿编《〈大南实录〉清越关系史料汇编》，台湾“中央研究院”东南亚区域研究计画 2000 年版，第 32 页。

④ 《清实录》第 26 册，第 203 页。

⑤ 《清实录》第 26 册，第 94 页。

隆帝八旬万寿庆典中成为中外文化交流的桥梁。

《太平王会》以轩辕黄帝开场，颂赞“四千五百余年以来，今日复睹羲皇盛世”（《太平王会》第一出），“越裳诸国重译来朝，真乃千载未逢之盛典”（《太平王会》第一出），又令元夷苍水使者以玉册、宝剑授越裳世子呈献，等等，讴歌了高宗的盛世成就，当年《太平王会》的演出场面想来必然是盛大精彩的。然而，这一时期世界秩序已发生巨大变化，无论是《太平王会》的剧名，还是剧中对朝觐礼的再现，遵循的都是已有几千年历史的旧观念、旧制度，“他（乾隆帝）的对外政策是失败的，他没有觉察到盛世中隐伏的危机，没有意识到外部世界的广阔性与先进性”①。

（王春晓　外交学院基础教学部副教授）

① 戴逸《乾隆帝及其时代》，中国人民大学出版社2008年版，第360页。

戲曲研究

清代客家山区的戏资管理与戏会经营*

——以广昌尖峰胡氏文书为中心

彭　兴

戏曲消费是传统乡村社会经济生活的重要组成部分。以往关于戏曲活动经济面向的研究，多关注戏曲生产端即表演者的经济状况。[①] 直到近年，得益于民间戏曲文书的陆续发掘，作为戏曲消费者的乡民

* 本文为国家社会科学重大招标项目“清代农家账簿中的乡村经济和社会史料整理与研究”（项目编号：22&ZD078）、国家社会科学基金中国历史项目“明清以来赣南土地契约文书的整理与研究”（项目编号：20XZS023）和江西省高校人文社会科学重点研究基地研究项目“赣南民间文书的整理与研究”（项目编号：JD21065）阶段性成果。在资料收集过程中，笔者曾随朱忠飞老师赴广昌尖峰胡氏文书生产地做田野调查并收集相关文献。在写作过程中，刘诗古、杨启明、王国晋、李庆宏、李新怡、郑梅婷、史文滔等师友曾对初稿提出许多有益的修改建议。本文曾获“2022 年武汉大学第九届珞珈史学博士论坛”优秀论文奖、“2022 年南开大学首届‘天挺研究生史学论坛’”二等奖，徐斌、卞利、吴舒岚、刘振凯等师友曾先后提出许多建设性修改意见，在此一并致以衷心的感谢，唯文责自负。

① 参见张发颖《中国戏班史》，学苑出版社 2003 年版，第 116 ~ 119 页、第 286 ~ 298 页、第 571 ~ 594 页；陈志勇《民国戏班价银的约定与收取——以香港、日本藏粤剧戏班经营文书为中心》，《暨南学报（哲学社会科学版）》2017 年第 6 期。

及其组织，陆续受到学界的重视。[①] 近期出版的《赣南民间文书》收录“广昌县尖峰乡双湖村中屋下胡氏文书”之《光绪二十七年至民国二年胡凤楼执戏会簿》（简称“《戏会簿》”），为进一步分析传统乡村演戏资金的筹集与使用过程及其组织问题提供了契机。[②]《戏会簿》由广昌县尖峰乡双湖村中屋下胡凤楼收执，以“收数”“用数”“清数”三种名目分列记录清光绪二十七年（1901）至三十年（1904）、三十二年（1906）至三十四年（1908）和宣统元年（1909）至三年（1911），双湖村戏会筹集、使用及核算演戏资金的过程。基于此，本文将在考察双湖村戏会的收入构成、类型和演变趋势，以及戏会的支出结构、种类和年际变动的基础上，聚焦清数部分，力图展现清代客家山区乡民戏曲活动中资金管理与戏会经营的多元面向。

一　收数与戏会收入

收数是双湖村戏会各年收支及核算账目的第一部分。在光绪二十七年（1901）至宣统三年（1911）间，《戏会簿》统共收录9年9次收数情况。收数之外，双湖村戏会为应对其他相关资金筹措，先后采用派丁、派甲、派会与自愿捐资等方式补充收入。下面由收数及其他补充收入切入，分析双湖村戏会的收入构成、类型和演变趋势。

（一）田产、地租与固定收入

收数，即收租数额的简称，主要指田产的租赁收益，也即地租。鉴于地租在多数年份均定期交纳，因而又可视作戏会的固定收入。《戏会簿》所载收数均以如下形式呈现：

---

① 参见赵懿梅《基于新发现文书的徽州演戏风俗研究》，《戏曲艺术》2018年第1期；唐霞《明清豫西北戏曲碑刻所见的“会”与“会首”》，《中华戏曲》第59辑；刘猛《从休宁三宝会戏看民国徽州乡村的会戏演出》，《文化遗产》2022年第4期。

② 参见朱忠飞、温春香编著《赣南民间文书　第一辑》第2册，广西师范大学出版社2022年版。

一收张忠文，耕松树窠，早募租三担一桶，实收三担；

一收家焕章，耕竹坑，早募租一担，实收三桶；

一收廖永吉，排背千工圳，正租一担一桶，实收一担；

……

一收家锦樑，典租一担。①

所列收数通常由承租者、承租地块、收租名目及数量四部分构成。其中，承租者或可分为个人和祠堂两类。承租地块均标土名，如“松树窠（松山窠或松柴窠）”，这与名义租额一同成为确定承租者变更后田产地块具体情形的依据。至于收租名目，除了光绪二十七年（1901）的“早募租”“正租”“典租”，还有“早租”“原募租”“晚正租”“迟租”等名目。不过，从后续租额数目看，早租、原募租应属早募租的简称或别称，晚正租、迟租应系正租别称。不仅如此，上述常见早募租、正租还有名义租额与实收租额之分。至于收租数额，多以广昌本地量制“担、桶、斗、升”为标准。据《广昌县商业志》可知，清代广昌通用稻谷量器标准：1 升 = 谷 1.2 斤；1 斗 = 5 升 = 谷 6 斤；1 桶 = 5 斗 = 谷 30 斤；1 担 = 4 桶 = 谷 120 斤。② 由此，本文将光绪、宣统年间收数折斤处理，详情列表 1 如下。

表 1　清光绪二十七年（1901）至宣统三年（1911）双湖村戏会收数清单③

名目：谷　单位：斤

序号	年份	承租者	承租名目	名义租额	实收租额	序号	年份	承租者	承租名目	名义租额	实收租额
1	1901	张忠文	早募租	390	360	3	1901	廖永吉 祠	正租	150	120
2	1901	胡焕章	早募租	120	90	4	1901	姜荣兴 祠	正租	150	124.8

① 朱忠飞、温春香编著《赣南民间文书　第一辑》第 2 册，第 190 页。

② 参见江西省广昌县县志编纂委员会编《广昌县志》，上海社会科学院出版社 1994 年版，第 168 页；广昌县商业志办公室编《广昌县商业志》，内部资料，1986 年，第 314～315 页。

③ 参见朱忠飞、温春香编著《赣南民间文书　第一辑》第 2 册，第 190～230 页。数据说明：为简化表格，表中使用公元纪年，正文仍遵循清代年号纪年，下表同。

（续表）

序号	年份	承租者	承租名目	名义租额	实收租额	序号	年份	承租者	承租名目	名义租额	实收租额
5	1901	胡锦良/梁	典租	/	120	34	1906	廖永吉 祠	正租	150	120
6	1901	胡百福 祠	典租	/	24	35	1906	姜荣兴 祠	正租	150	124.8
7	1901	胡兴旺 祠	典租	/	36	36	1906	胡步坤 祠	典租	/	120
8	1902	张忠文	早募租	390	366	37	1906	胡锦良/梁	典租	/	120
9	1902	胡焕章 廖心悦	早募租	120	90	38	1906	胡兴发	典租	/	24
10	1902	廖永吉 祠	正租	150	90	39	1906	胡兴旺 祠	典租	/	36
11	1902	姜荣兴 祠	正租	150	124.8	40	1908	张忠祥	早募租	390	240
12	1902	胡锦良/梁	典租	/	120	41	1908	廖昌泰	早募租	120	90
13	1902	胡步坤 祠	典租	/	120	42	1908	廖永吉 祠	正租	124.8	120
14	1902	胡百福 祠	典租	/	24	43	1908	姜荣兴 祠	正租	124.8	124.8
15	1902	胡兴旺 祠	典租	/	36	44	1908	胡步坤 祠	典租	/	120
16	1903	张俊能	早募租	390	360	45	1908	胡兴发	典租	/	24
17	1903	廖昌泰	早募租	120	96	46	1908	胡兴旺 祠	典租	/	36
18	1903	廖永吉 祠	正租	150	120	47	1909	姜细卧子	原募租	/	360
19	1903	姜荣兴 祠	正租	150	124.8	48	1909	廖昌泰	原募租	/	96
20	1903	胡锦良/梁	典租	/	120	49	1909	廖兴宗	晚正租	/	124.8
21	1903	胡步坤 祠	典租	/	120	50	1909	姜荣兴 祠	晚正租	/	124.8
22	1903	胡百福 祠	典租	/	24	51	1909	胡步坤 祠	典租	/	120
23	1903	胡兴旺 祠	典租	/	36	52	1909	胡兴发	典租	/	24
24	1904	张俊能	早募租	390	366	53	1909	胡兴旺 祠	典租	/	36
25	1904	廖昌泰	早募租	120	96	54	1910	姜卧子	早募租	360	330
26	1904	廖永吉 祠	正租	150	120	55	1910	廖昌泰	早募租	120	96
27	1904	姜荣兴 祠	正租	150	124.8	56	1910	廖兴宗	晚正租	/	124.8
28	1904	胡步坤 祠	典租	/	120	57	1910	姜荣兴 祠	晚正租	/	124.8
29	1904	胡锦良/梁	典租	/	120	58	1910	胡步坤 祠	典租	/	120
30	1904	胡兴发	典租	/	24	59	1910	胡兴发	典租	/	24
31	1904	胡兴旺 祠	典租	/	36	60	1910	胡兴旺 祠	典租	/	36
32	1906	张俊能	早募租	390	270	61	1911	姜炳钧	早租	/	390
33	1906	廖昌泰	早募租	120	96	62	1911	廖昌泰	早租	/	96

（续表）

序号	年份	承租者	承租名目	名义租额	实收租额	序号	年份	承租者	承租名目	名义租额	实收租额
63	1911	廖兴宗	迟租	/	124.8	66	1911	胡兴发	典租	/	24
64	1911	姜荣兴 祠	晚正租	/	124.8	67	1911	胡兴旺 祠	典租	/	36
65	1911	胡步坤 祠	典租	/	120						

由收数清单可知，光宣时期9年9次租赁的总承租者均在七到八位，且多数承租者常年出现。从承租者名单看，相比于祠堂，个人承租者的年际变动更加频繁。其中，土名松树窠（松山窠或松柴窠）地块在张忠文连续两次承租后，便被张俊能、张忠祥、姜细卧子（姜卧子）、姜炳钧先后租赁。土名竹坑地块也在胡焕章单独承租1次，胡焕章与廖心悦合租1次后，自光绪二十九年（1903）起由廖昌泰承租7次。① 除上述两地块外，戏会所属两片同样位于土名千工圳（千工排或千公垅）名义租额相等的地块均被出租给两间祠堂。其中，廖永吉祠所租地块在接连交租6次后，由廖兴宗在宣统元年（1909）以个人名义继续承租3次。至于姜荣兴祠所租地块，则由其承租9次，属戏会田产最稳定承租者之一。②

这种现象也在同为祠堂承租者的胡兴旺祠处重现。在《戏会簿》记录的光绪二十七年（1901）至宣统三年（1911）间的9次承租记录中，胡兴旺祠一次不落。不过，与上述明确土名也即实际地理空间的早募租、正租不同，胡兴旺祠向戏会所交典租一直未记录实际地块。除胡兴旺祠外，向戏会交纳典租的还有胡步坤祠、胡百福祠、胡兴发、

---

① 关于承租者及承租地块的相继更替，由于《戏会簿》记载零散，未列入表中，特此说明。详情参见朱忠飞、温春香编著《赣南民间文书 第一辑》第2册，第190~234页。

② 关于相继承租者之间的关系，笔者综合地方文献与田野经验推断表中出现频次较高的家族如胡氏、廖氏，多为聚族而居的家族；而同一家族各字辈间，存在相对确定的家族关系。参见胡颜喜主编《江西省广昌县地名志》，内部资料，1985年，第109~111页；彭兴《清末客家山区的物价及其走势——以广昌尖峰胡氏文书为中心》，《赣南师范大学学报》2023年第1期，第54~56页。

胡锦良（胡锦梁）。其中，胡步坤祠自光绪二十八年（1902）起接连向戏会交纳典租8次。至于胡百福祠、胡兴发，因两者所缴典租额相当，且前后接替，应属承转关系，故列为一处。此外，胡锦良同样在光绪二十七年（1901）至光绪三十二年（1906）间，交纳典租5次。

可以发现，交纳早募租、正租、典租的承租者，均呈现出相对稳定的年际更替趋势，多数承租者往往长年承租。而且，相较前者，交纳典租的承租者呈现出更为稳定的特征。这与收租数额所呈现的变化趋势一致。也就是说，相对稳定的承租群体是戏会地租收入的保障。鉴于名义租额数据断裂由此导致的统计无意义，这里着重关注总实收租额（简称“总租额”）的年变化趋势和各主要承租名目实收租额（即“分租额”）的变动特点。

将戏会历年总租额及主要承租名目——早租、正租、典租即分租额历年变化数据绘制成图（见图1），我们发现：在光绪二十七年（1901）至宣统三年（1911）间，戏会总租额曲线呈现先升后降再升的趋势。从光绪二十七年（1901）开始，总租额逐渐上升，并在光

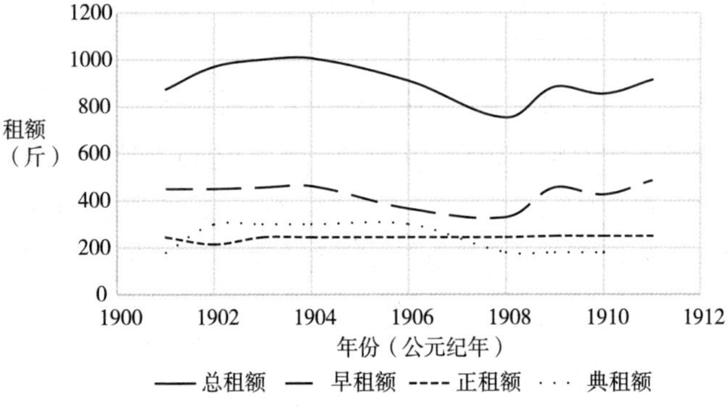

图1 清光绪二十七年（1901）至宣统三年（1911）

双湖村戏会总租额及分租额趋势图（名目：谷 单位：斤）①

① 参见朱忠飞、温春香编著《赣南民间文书 第一辑》第2册，第190～230页。数据说明：据前所述，此处将早租、早募租、原募租等三项归入“早租”项下计算，正租、晚正租、迟租等三项归入“正租”项下计算。

绪三十年（1904）达到峰值，随后不断下降，至光绪三十四年（1908）触底，之后又缓慢爬升，但再未重回峰值。

与总租额变化趋势相呼应的是始终占比最大的早租额（40.18% ~ 53.08%）。早租额曲线也呈现先升后降再升的趋势。同样在光绪三十年（1904）达到第一个峰值，之后不断下滑。不过与总租额曲线不同的是，早租额曲线在最后上升阶段触顶。

与早租额曲线不同，正租额曲线变化相当微弱。除光绪二十八年（1902）稍微下降至波谷外，其余年份均呈现缓慢上升态势。宣统三年（1911），正租额曲线达到峰值。

最后是典租额曲线。该曲线显示，典租额在光绪二十七年（1901）至宣统三年（1911）间呈现先升后降的趋势。

可以看到，占比最大的早租额始终是影响戏会各年总租额的首要因素。也就是说，早租额是戏会历年固定收入中的主要不确定性因素。至于始终较为平稳的正租额及典租额，则是保障戏会有能力应对社区每年一度戏曲消费的最基础承租名目。

（二）派会、派甲、派丁与自愿捐资

当然，除了每年出租田产的固定收入，戏会也运用派会、派甲、派丁与自愿捐资等多种方式筹集资金，以备不时之需。

首先是派会。《戏会簿》光绪三十年（1904）收数部分记载：光绪二十九年（1903），奕我公位下嗣孙见每年演戏资金难以通过派丁方式筹足，商议集资洋银一两八钱二分五厘，以作戏会资本之一股，进而弥补派丁资金之不足，是为派会。①

其次是派甲。光绪三十四年（1908），戏会集资修建社区戏台纳入议程。② 为此，戏会开展系列筹措资金活动：

---

① 参见朱忠飞、温春香编著《赣南民间文书　第一辑》第2册，第203页。

② 关于清光绪三十四年（1908）双湖村戏台修建资金的筹集、使用、清算过程，参见彭兴《清代客家山区的演剧传统及其空间建造——以广昌尖峰胡氏文书为中心》，《中华戏曲》第70辑待刊稿。

本会当年八月经管众粜去早谷三担，实得折价大花边三元足平。其边代存家凤楼手，俱交本会修戏台行宫，各甲应该派甲出钱，以便应用。其边如数交楚，会内除本姓捐项以外，实亏项银三甲半派，各甲派出银七两二钱。①

除将戏会每年固定收入的租谷变卖三担，得大花边银三元外，戏会还分派各家应交银钱数目。又据此前笔者对同属胡凤楼执双湖村戏曲消费文书——《合村修戏台行宫各甲捐簿》的研究可知，按甲摊派属双湖社区公共活动集资方式之一。这里的按甲，除以姓氏为甲摊派外，还以明显带有强制色彩的“姓氏 + 聚落”形式进行摊派。

与按甲摊派相似的是派丁，也称“按姓派丁”。宣统二年（1910）收数部分记载，胡姓一族所派对象均系男丁。其中，“尊仕公位下共二十一丁，英仕公位下共二十七丁，奕岳公位下共七丁，通共鸿丁五十五丁”②。那么，按姓派丁筹集的银两具体用途如何呢？同年用数部分记载，“做戏油烛及零用货物等项，一概仍归会内算其（齐），戏价俱已派丁”③。换言之，派丁所得款项应主要用于支付戏价。总体而言，派丁与派甲相似，带有明显的强制性。不过，这种强制性也在一定程度上反映出，作为社区公共活动支出的戏曲消费，是社区群体的普遍需要。

与派甲、派丁不同，《合村修戏台行宫各甲捐簿》中出现的另一集资方式——自愿捐资，则更灵活。虽然自愿捐资同样存在家族聚合的现象，不过他们的捐资金额往往更可观。因此，这里也将其视为戏资筹集的重要方式之一。④

综上，田产租赁带来的固定收入是戏会运行的基础资金。派会、

---

① 朱忠飞、温春香编著《赣南民间文书　第一辑》第 2 册，第 216 页。

② 朱忠飞、温春香编著《赣南民间文书　第一辑》第 2 册，第 222 页。

③ 朱忠飞、温春香编著《赣南民间文书　第一辑》第 2 册，第 223 页。

④ 参见彭兴《清代客家山区的演剧传统及其空间建造——以广昌尖峰胡氏文书为中心》，《中华戏曲》第 70 辑待刊稿。

派甲、派丁与自愿捐资等各种或属社区习俗或系临时起意的集资方式所筹资金，与租谷一起，共同构成双湖村戏会运转的收数。虽然前者内部也有稳定与不稳定之别，但总体而言，租谷的确是戏会运行的基石。至于后者，除派甲、派丁等或因沿袭而成传统的资金方式稍具稳定性外，派会和自愿捐资的不确定性较大。那么，双湖村戏会历年收入，尤其是固定收入，能在多大程度上满足当年的戏曲消费？下面，让我们从《戏会簿》用数部分出发，分析双湖村戏会各年支出情况。

二　用数与戏会支出

用数，又称“结数”，是双湖村戏会各年收支及核算账目的第二部分。在光绪后期至宣统三年（1911）的十余年间，《戏会簿》统共收录9年9次用数情况。以下从用数切入分析双湖村戏会的支出结构、类型和年际变动（见图2）。

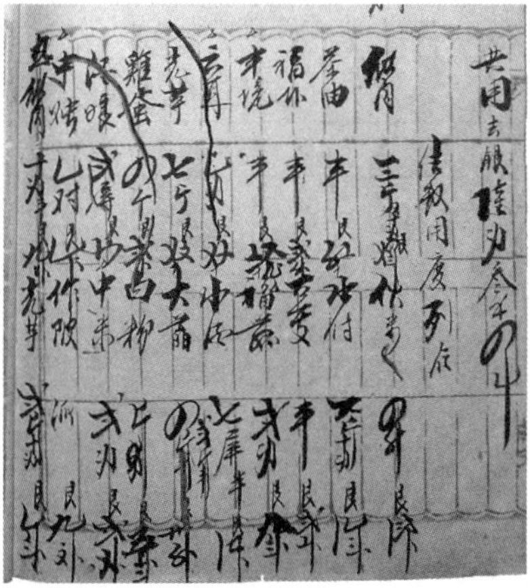

图2　光绪二十七年（1901）至民国二年（1913）胡凤楼执戏会簿影印件①

① 朱忠飞、温春香编著《赣南民间文书　第一辑》第2册，第231页。

(一) 支出结构与类型

由图2可知，每项用数一般由支出名目、购买数量、通货与金额四部分构成。其中，支出名目囊括演戏支出的方方面面。至于购买数量、通货与金额，则系支出名目的延伸。因各支出金额均以银两、银元等通货标识，这里有必要对两者及其内部的换算关系作一简要说明。

从用数清单可以发现，双湖村戏会主要使用银两、大边银元、小边银元。其中，大边银元又称“大龙边”“大花边”，小边银元又称“小洋边”“小花边”，两者均因银元边有花纹或图案而得名。前者以元为基本计量单位，后者以角为基本计量单位，两者均以十进制换算。清代及民国时期广昌流通的大边银元，每块均重七钱二分。[①] 又据《合村修戏台行宫各甲捐簿》可知，在双湖，大龙边一元约可兑换小洋边11.111角、兑银0.74两，小洋边一角约可兑银0.067两。[②] 据此，统一将支出明细折银处理，详情列表2如下。[③]

表2 清光绪二十八年（1902）至宣统三年（1911）双湖村戏会用数清单

货币：银 单位：两

序号	年份	名目	金额	名目	金额	名目	金额	名目	金额
1	1902	完粮连年	0.76	灯芯	0.016	冥纸	0.062	梼枧	0.073
2	1902	发谷钱	0.1	大小烛	0.3	管首	0.24	排圳银	0.073

① 参见广昌县商业志办公室编《广昌县商业志》，内部资料，1986年，第308页。

② 参见朱忠飞、温春香编著《赣南民间文书 第一辑》第2册，第360页。

③ 参见朱忠飞、温春香编著《赣南民间文书 第一辑》第2册，第192～234页。数据说明：1. 为最大限度减少因换算产生的误差，本表普遍采用保留小数点后三位计值法，特殊情况下保留小数点后四位，下表同。2. 在对上列各年支出统一折银处理后，笔者又对原始文献中各年已记录支出总额（表中的“记录总额”）与对应年份各项支出加总额（表中的“加总额”）比较，或因支出名目及金额的漏记、文本残缺导致部分数据灭失，各年原始记录总额与对应年份单项加总额存在一定误差，但在可接受范围。

（续表）

序号	年份	名目	金额	名目	金额	名目	金额	名目	金额
3	1902	戏价	5.25	又晚戏 烛边	0.034	烧茶叶	0.12	代完补饭	0.02
4	1902	洋油	0.12	千正五十边	0.19	拨灯、点心钱	0.04	大簿	0.04
5	1902	菜油	0.39	照把油	0.025	拉箱	0.438	加总额 记录总额	3.041 3.036
6	1903	猪肉	0.204	青香	0.01	福盐	0.014		
7	1903	光芋	0.024	水酒	0.07	伙米	0.062		
8	1903	豆支	0.014	伙付	0.162	烧柴	0.02	加总额	0.58
9	1904	戏钱夜半	6.42	丰境	0.052	红烛	0.01	伙米	0.1
10	1904	帮油烛	0.3	三边	0.004	丰支	0.006	东瓜	0.016
11	1904	红烛大小	0.296	千子	0.08	水酒	0.126	柴	0.037
12	1904	三百边	0.02	五百边	0.08	酱粉	0.01	红烛	0.022
13	1904	五十边	0.04	冥币	0.046	碗鱼	0.186	条簿	0.013
14	1904	中雄	0.096		0.005	洋油	0.167	补把子	0.04
15	1904	功头	0.056	线香	0.015	三边	0.02	净酒	0.01
16	1904	墨	0.011	毛边	0.004	扛箱	0.4	加银	0.152
17	1904	猪肉	0.256	茶油	0.032	剪付	0.144	共用	9.328
18	1904	菜油	0.032	福盐	0.021	大碗	0.156	外结数来银	0.096
19	1906	戏价	4.83	盐	0.02	条簿	0.008	丰境	0.032
20	1906	红烛大小	0.308	香菰	0.028	猪肉	0.232	茶油	0.049
21	1906	五百边	0.084	伙米	0.144	伙付	0.216	青香	0.018
22	1906	冥币	0.057	光芋	0.03	青香	0.017	猪肉	0.148
23	1906	线香	0.008	豆支	0.011	丰境	0.048	古月	0.003
24	1906	茶油	0.14	洋油	0.312	中米	0.04	福盐	0.01
25	1906	茶叶	0.04	五十边	0.052	水酒	0.168	干付	0.049
26	1906	烧柴	0.02	凡面（麦面）	0.184	扛箱	1.184	中米	0.025
27	1906	水付	0.119	豆支	0.033	香菰	0.028	烧柴	0.06
28	1907	戏价	3.7855	洋油	0.115	福盐	0.003	线香	0.004

（续表）

序号	年份	名目	金额	名目	金额	名目	金额	名目	金额
29	1907	邓姓甲下油烛	0.3	冥纸	0.038	糯米	0.096	伞戏台饭六食	0.12
30	1907	千子	0.072	扛箱	0.04	谢土神	0.092	通共用去	1.11
31	1907	大小红烛	0.204	水酒	0.042	豆仔	0.03	又加银	0.141
32	1907	茶叶	0.025	豆支	0.006	茶油	0.014	外加办点心茶油	0.028
33	1907	三边	0.022	打面油	0.028	烧柴	0.03	加总额记录总额	1.281 1.251
34	1908	戏价	5.829	三边	/	线香	/	菜油	/
35	1908	邓姓众上甲分帮油烛	0.3	冥纸	/	大小烛	/	茶叶	/
36	1909	戏价	4.171	茶油	0.034	光芋	0.03	糯米	0.1
37	1909	帮油烛	0.3	点心柴	0.015	伙米	0.06	干付	0.018
38	1909	红烛大小	0.197	洋油	0.186	茶油	0.05	酒娘	0.136
39	1909	千子	0.07	开面油	0.034	酒酿	0.134	韭菜	0.01
40	1909	三边	0.029	水酒	0.018	福盐	0.018	茶油	0.025
41	1909	线香	0.005	点心盐	0.003	干付	0.032	福盐	/
42	1909	火纸	0.056	猪肉	0.118	韭菜	0.01	丰境	0.045
43	1909	茶叶	0.025	丰境	0.032	烧柴	0.067	豆支	0.006
44	1909	灯芯	0.006	白粉	0.042	梼枧	0.038	结白	0.054
45	1909	烧茶柴	0.02	蛋	0.032	猪肉	0.129	福蔬	0.086
46	1909	糯米	0.1	豆支	0.012	蛋	0.04		

（续表）

序号	年份	名目	金额	名目	金额	名目	金额	名目	金额
47	1910	老戏一本	3.038	三边五百	0.072	豆支	0.007	洋油	0.31
48	1910	增戏半本	1.521	小三边五十边	0.025	中油面	0.092	办点心盐柴	0.03
49	1910	扛箱接外台工资	0.075	茶叶	0.05	糯米	0.05	水酒	/
50	1910	邓姓甲分油烛	0.3	料香	0.01	开面油	0.056	加总额 记录总额	1.632 1.622
51	1910	大烛	0.12	烧茶烧茶柴	0.04	用芳仔灯芯	0.018		
52	1910	小烛	0.234	冥纸	0.105	茶油	0.028		
53	1911	洋油	0.16	带仔	0.01	糯米	0.102	外台帮箱	0.164
54	1911	茶油	0.048	冥纸	0.064	帮邓姓油烛	0.3	折请首士	0.102
55	1911	三边千子	0.068	料香	0.007	水酒	0.02	台心	0.028
56	1911	茶叶	0.025	五十三边	0.024	北坑扛箱	0.3015	加总额 记录总额	6.7075 6.465
57	1911	大小烛	0.224	烧茶柴及办点心	0.035	夜半戏价	5.025		

从用数清单可以看到，双湖村戏会支出部分存在明显的大小年之分。各年份支出名目变化相当剧烈。用数记载最为简单的光绪二十九年（1903）及三十四年（1908）均仅八至九项支出。在支出名目比较繁复的年份之间也有着巨大差异。稍显复杂的光绪二十八年（1902）有19项支出名目。与之相近的有光绪三十三年（1907）、宣统二年（1910）及三年（1911），前两者均有21项支出名目，后者则有18项支出名目。至于最复杂的当属支出名目分别达37项、36项、43项的光绪三十年（1904）、三十二年（1906）及宣统元年

(1909)。下面从最复杂的3年支出名目切入，分析并归纳双湖村戏会年度支出名目的结构与类型。

从各年清单看，首先列出的通常是戏会支出中占比最大的戏价。关于这部分，暂按不表，待后详述。紧随其后的通常为与照明相关的“红烛”等项。据《戏会簿》中的“戏钱夜半”等项及田野调查可知，演戏活动集中在下午和夜晚两个时段。因此，红烛作为照明及祭祀所需的燃料必不可少。由各年用数可知，本项支出每年大致在银0.197~0.354两。红烛之外，每年固定由双湖邓氏家族负责的“邓姓甲下油烛”等项，每年均为银0.3两。除了帮油烛银，随着近代石化燃料制品即“洋油”的传入，清末广昌也逐渐使用洋油照明。双湖村戏会年度洋油支出为银0.115~0.312两。

照明之外的仪式支出项目也相当繁复。大致可分为鞭炮制品、祭祀用品以及书写材料三项。先看鞭炮制品相关支出。鞭炮名目繁多，有“三边”“五十边”“三百边”等品类。从各年用数清单可知，鞭炮的购买和使用相当频繁，仅光绪三十年（1904）双湖村戏会就6次购买鞭炮制品。至于各年购买鞭炮所花金额，为银0.092~0.244两。接着是祭祀用品，主要有两类，一是纸品，如冥纸、冥币，二是燃香，如青香、线香、料香。在历年戏会支出中，两者都反复出现。其中，各年纸品消费为银0.038~0.105两；燃香消费为银0.004~0.043两。再看书写材料，主要有三类——簿册、墨、毛边纸。或因三类都属耐用品，戏会购买频次较低。其中，在光绪二十八年（1902）戏会以银0.04两购买大簿之后，光绪三十年（1904）及三十二年（1906）分别以银0.013两、0.008两购入条簿。与簿册用途相似的毛边纸则仅在光绪三十年（1904）购入一次，花费银0.004两。至于相当耐用的墨，戏会也同样仅在光绪三十年（1904）以银0.011两购入一块。

继照明、仪式支出之外的饮食支出，不仅是占据各年用数清单最多支出名目的品类，而且消费金额也仅次于戏价。饮食相关支出可分为以下三大类：一是与“柴米油盐酱醋茶”相关的基本品类。这里又可分为四类，分别是与米面及饭食相关项、油盐酱等辅料项、柴等燃料项、茶项。二是菜品类，可分为肉蛋、果蔬和豆制品三小类。三是酒类。基于此，下面分析上述三大类、七小类的支出情况。

先看基本品类。一是米面及饭食相关项，有“伙米”“凡面”“代完补饭”等。与随意性较强的饭食不同，米面等项当属戏会的固定支出，也是本项考察的重点。这项支出各年金额为银0.062～0.393两。综合考察《戏会簿》可知，此时双湖谷价为银0.005～0.006两/斤。又据《广昌县志》，光绪年间广昌米价为银1.4两/担。[①] 由广昌本地大米量制换算，即一担等于四桶、一桶大米38斤，可得米价约为银0.0092两/斤。以上谷价和米价，与通常情况下的稻谷出米率65%基本吻合，比较可靠。据此，不难推断各年米面支出为6.74～42.72斤。显然，由于米谷系本地作物，可能相当一部分并未通过现金交易的形式进入戏会支出项，也就没有纳入用数的记录范围。

二是油盐酱等辅料项。由于戏会仅在光绪三十年（1904）花银0.01两购买酱粉一次，这里重点关注油盐两类辅料的情况。首先是油的消费。《戏会簿》所载双湖主要食用油有菜油、茶油两种。本地民众有利用冬闲耕地种植油菜的传统，菜油或因此成为本地重要食用油。不过，相较于菜油，地处广昌山区的双湖乡民更多地食用茶油。在《戏会簿》各年所载油品中，除光绪二十八年（1902）及三十年（1904）有菜油支出外，其余6年戏会购入茶油8次。从《戏会簿》用数看，双湖村戏会各年茶油消费为银0.014～0.189两。其次是食盐支出。《戏会簿》所载各年双湖村戏会消费的食盐，绝大多数是福盐。从用数看，各年戏会食盐支出为银0.003～0.03两。

三是柴等燃料项。地处山区的双湖，自然不缺柴等生火做饭的必

① 参见江西省广昌县县志编纂委员会编《广昌县志》，第372页。

备燃料。在各年戏会用数中，常见到“烧柴”等名目。历年戏会中柴等燃料的消费为银0.02~0.102两。

四是茶类。茶类支出名目有“茶叶”“烧茶”等。与柴项相似，茶类也在各年戏会支出中反复出现，应属固定支出。从《戏会簿》看，历年戏会茶类支出为银0.025~0.12两。

再看菜品类。一是肉蛋类。在光宣时期的戏会用数中，戏会仅宣统元年（1909）购蛋两次。至于肉类，主要是猪肉，其次是鸡肉和鱼肉。《戏会簿》所载，各年猪肉花费为银0.204~0.38两。鸡肉则多以整只鸡出现，名目也以鸡的品种如“中雄”“功头”命名，分别花银0.096两、0.056两。鱼肉则只在光绪三十年（1904）购买一次，支银0.186两。二是果蔬类。《戏会簿》所载名目中的“光芋”“香菰（同香菇）”“韭菜”是果蔬类消费的常见物。从用数清单可知，各年果蔬支出为银0.016~0.136两。三是豆制品，名目有“豆支”“豆仔”等。豆制品频繁出现在戏会菜单上，是将其单列的主要原因。从用数清单看，各年豆制品消费为银0.007~0.044两。

复看酒类，有“水酒”“酒娘（酒酿）”等名目。虽然酒酿在多数情况下用于调味，此处依其原料属性归入酒类。由用数清单可知，戏会各年酒类支出为银0.02~0.288两。

继照明、仪式、饮食支出外，零星支出还有“扛箱”“帮箱”等与戏班尤其是戏箱搬运相关名目，及“管首”等与戏会经管人员相关支出。

综上，通过对数据较为丰富的大年戏会用数清单的分析，基本明晰历年戏会各类支出的类型、规模及变化趋势。具言之，戏会年度消费即用数结构可归纳为戏价、照明、仪式、饮食及其他五类支出。其中戏价部分占比最大，饮食支出次之，照明及仪式支出均必不可少，其他部分随意性较大。那么，戏会各年整体支出结构到底呈现何种发展趋势呢？这种趋势与收数部分的关系如何？接下来，笔者从历年占比最大的戏价部分和历年戏会消费总额即总价切入分析三者之间的关系。

（二）戏会收支及其演变趋势

在展开对三者的比较分析前，需先对前述历年收数总额作折银处理。从《戏会簿》清数部分可知，各年之间甚至各年内部的谷价都存在相当程度的变动。为尽可能减少误差，笔者在折银前，首先对《戏会簿》清数部分各年谷价作一整合。具言之，笔者将采集各年出现的所有谷价数据，然后将各数据以一斤所值银两数为基准进行统一，进而求取各年所有单价的平均数，此即各年收租总额折银的基准。以光绪二十八年（1902）为例，笔者采集清数部分谷价数据 13 笔，经换算得本年各笔谷单价银 0.0062、0.0064、0.0061、0.0051、0.005、0.005、0.0061、0.0061、0.005、0.005、0.0061、0.0061、0.0682 两/斤。由此，笔者求取该年平均谷单价约为银 0.005683 两/斤，也即该年总租额，即谷 970.8 斤，折银 5.517 两。基于此，笔者将各年对应总租银、戏会消费总额和戏价曲线绘图（见图 3）如下。

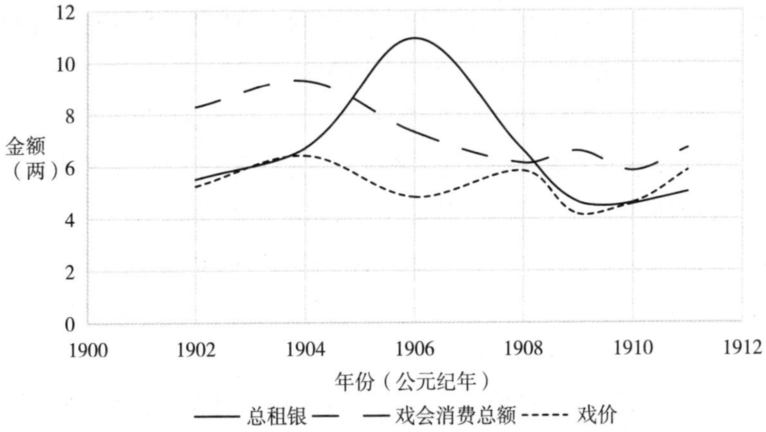

图 3　清光绪二十八年（1902）至宣统三年（1911）

双湖村戏会总租银、戏会消费总额、戏价趋势图（货币：银　单位：两）①

① 参见朱忠飞、温春香编著《赣南民间文书　第一辑》第 2 册，第 192～234 页。

由图3可知，相较于先升后降但总体呈下降趋势（后略有缓和）的总租银曲线、戏会消费总额曲线，作为戏会支出结构中占比最大的戏价部分，虽然也有一定波动，但总趋势相对平稳。也就是说，在上述三项数据基本完整的各年份——光绪二十八年（1902）、三十年（1904）、三十二年（1906）、三十四年（1908）和宣统元年（1909）到三年（1911），非戏价部分的戏会消费，也即照明、仪式、饮食及其他四类支出，整体呈削减趋势。在此基础上，先看总租银与戏价的关系。

除少数年份外，总租银曲线与戏价曲线在多数年份均相当接近。而且，多数时段总租银曲线均高于戏价曲线。不过，正如前述，总租银仅能勉强高于戏价。具言之，在两者均有数据的7年中，两者之间差额维持在0.062～4.83两，平均差额银为1.0755两。如果剔除最高值银4.83两，平均差额为银0.4498两，可以说相当接近。

再看总租银与戏会消费总额。从两者曲线看，在曲线前段的光绪二十八年（1902）及三十年（1904），两者均呈缓慢上升态势。不过，总租银曲线一直低于戏会消费总额曲线，也即总租银无法抵补戏会总支出。至曲线中段的三十二年（1906）和三十四年（1908），总租银曲线先升后降，而总价曲线则持续下降，而且总租银曲线始终高于总价曲线，也就是总租银能够覆盖戏会总消费。但由于总租银曲线在到达峰值后开始下降，因此在后期总租银仅能勉强超过戏会总价。由于总租银曲线的继续下降，至曲线后段的宣统元年（1909）至三年（1911），总租银曲线再次低于总价曲线。其间总租银曲线虽然有小幅波动，但始终未能突破总价曲线。

可以看到，除在曲线的一小部分两曲线变化趋势略有反差外，总租银曲线的升降趋势，与戏会消费总额曲线的升降趋势，大体保持一致。也就是说，总租银的变动是决定总价趋势的主要因素，是戏会消费的基石。但很显然，从各年数据看，总租银仅在少数年份能够抵销戏会所需花费。那么，这些差额将以何种形式抵补呢？接下来，让我们从《戏会簿》清数部分看双湖村戏会所有资产的经营及核算。

三　清数与戏会经营

清数是双湖村戏会各年收支及核算账目的第三部分。在光宣时期，《戏会簿》统共收录光绪二十七年（1901）至三十年（1904）、三十二年（1906）至三十四年（1908）和宣统元年（1909）至三年（1911）的10次清数数据。不过，为与收数，尤其是用数保持一致，这里同样重点关注光绪二十八年（1902）、三十年（1904）、三十二年（1906）、三十四年（1908）和宣统元年（1909）到三年（1911）的情况。兹由清数切入分析双湖村戏会所属资产的经营尤其是与戏会相关部分的来银情况。

（一）从清数格式到账户、明细

不同于收数、用数的单一类型和单向流动，作为戏会自有资产进出记录的清数呈现出种类多元、流向多变的态势。在清数部分，除同样记录前次早租、正租、典租等租谷的进出情况并折银处理外，其余各部分资金流转，或直接以银两为通货，或在实物及数额后标示折价银数。至于《戏会簿》所载清数细目均以如下格式书写（见图4）。

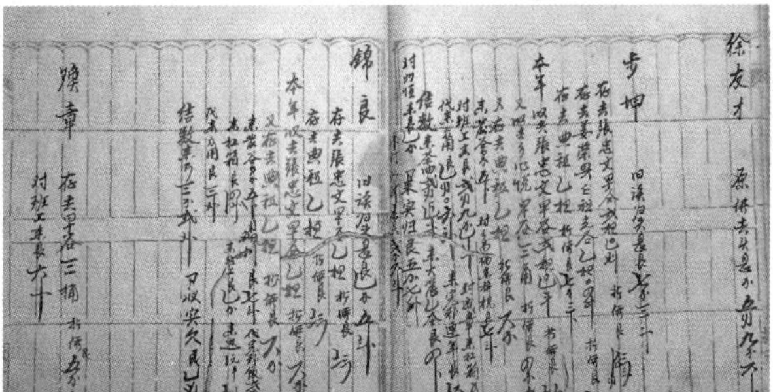

图4　光绪二十七年（1901）至民国二年（1913）胡凤楼执戏会簿影印件①

① 朱忠飞、温春香编著《赣南民间文书　第一辑》第2册，第194页。

图4 显示，戏会各年清算部分的记录，均以本年本会名下各具体账户为基本核算单位。不过，通观各年清数清单可以发现，历年账户名目不断变动。在本文涉及的 7 个主要年份，总计出现账户名 162 次，总账户数 32 个。除了胡经台、胡锦良、胡如恒及胡步坤祠、胡焕章、胡兴发、胡成章、胡启明（胡启铭）、胡天爵、胡锦章、胡凤楼等三成多账户或四五次或六七次出现，其余六成多账户中均仅出现一次到两次。至于清数部分各年总账户数，自然也在变化。光绪二十八年（1902）戏会清数部分有账户 13 个，三十年（1904）有 16 个，三十二年（1906）有 14 个，三十四年（1908）有 19 个，宣统元年（1909）及二年（1910）均有 20 个，宣统三年（1911）有 19 个。而且，正如图4 所示，各年各具体账户进出名目及数额差异显著。这里，笔者将《戏会簿》光绪二十八年（1902）清数中较为复杂的胡步坤账户明细转写如下：

步坤　旧该归头息银七钱三分二厘；

存去张忠文早谷二担〇一斗，折价银一两五钱三分三厘；

……

本年　收去张忠文早谷二担〇一斗，折价银一两二钱六分；

……

来发谷钱五分；对廖昌福来栟枧银七分三厘；

对班工来银二两九钱一分七厘；对成章来扛箱及班工行李银一钱七分三厘。①

正如胡步坤账户所显示的，戏会清数账户各名目大致以“流向 + 品名”的程式记录，也即账户细目类型可据此两分。先看品名。由品名可知，戏会主要进出明细可分为实物、白银两大类。前者一般

---

① 朱忠飞、温春香编著《赣南民间文书　第一辑》第 2 册，第 194 页。

在数额后会以“折价银＋数字”的方式标注金额。后者以白银为标的、用银两结算的各笔进出，在现实中应多以银元或银角交易。也就是说，这里的白银银两应为虚拟货币数额，系依据本地实际行用各通货兑换率而得的结果，实物折价银数亦不例外。

戏会清数中的实物品类主要有租谷类、酒类、油类、茶类等。其中，租谷类包括“早谷（早光谷）”“正租谷”“典租谷”等。而且，虽然有相当部分租谷类名目会以“实物＋折银数”书写，但也有不少租谷类直接标注银数。这种将实物隐去或者货币化及其惯例性安排，从某种程度上反映出本区乡村金融市场的发达。至于酒类项下又有“酒酿”，油类项下还有“茶油”，茶类项下亦有“茶叶”，虽散落各处、较为零星，但都普遍为“实物＋折银数”，或直接折银。

白银品类有“头息银”“旧欠银（旧欠钱）”“旧该归银（旧该归公头银）”“做戏银（做戏来银）”等。其中，头息银又分“原借去头息钱”“原价去头息钱（旧价去头息银）”等；旧欠银包括“旧该归银”“旧该归公头银”。从清数清单不难发现，头息银、旧欠银、旧该归银、做戏银是白银品类中最主要细类。前三者应是戏会投融资的重点，而做戏银应为戏会中戏价支出的专项资金。

再看流向。流向部分主要可分为“欠”“交”“收”“来”“去”“归”六大类。由各大类流向的频次统计可知，欠、来、去、归四项的出现频次远高于交、收两项。而且，该交后多接租谷尤其是典租，也即收数在清数清单的重现。该交之外，去中去谷占比过半，欠中旧欠占比六成，归中旧该归亦占六成。由前述可知，本节意在厘清租谷无法抵补之戏会消费总额，因此清数中的租谷部分，尤其是该交项下的典租，不是本节关注点，应排除在外。另，欠、归两项多数系旧账，也即当年亦多无现金流动。言下之意，来项是戏会当年主要进项，也是本节关注焦点。为更便利观察戏会当年进项资金变动趋势，笔者将在下一部分对戏会清数中的 7 年统一来银折银处理并列表分析。

（二）戏会来银与做戏来银

为什么这里只计算戏会各年清数中的来银部分？更确切地说，是来银中的非租谷部分。除了前述该交多系租谷且在收数已计入的总租，以及来项是戏会当年主要进项等因素外，也是基于笔者在此处主要关注戏会历年收入几何，而非各账户本身的具体收支及核算情况的考虑。当然，这并不意味着忽略对其他流向中的来会银数。事实上，各年各账户中所有流向该年戏会的资金，均纳入统计范围。基于此，笔者将光宣时期的7年戏会清数中的来银部分列表3如下。

表3　清光绪二十八年（1902）至宣统三年（1911）双湖村戏会清数之来银清单①

货币：银　单位：两

年份/账户	1902	1904	1906	1908	1909	1910	1911
	总/戏	总/戏	总/戏	总/戏	总/戏	总/戏	总/戏
高福香	—	—	0.73	/	/	/	/
胡经台	0.12	4.265/3.094	0.943/0.273	0.685	0.695/0.695	0.43/0.43	0.113
胡百福祠	0.126	/	/	/	/	/	/
胡朝钦	0.979	/	/	/	/	/	/
胡兴旺祠	—	—	—	—	—	—	—
徐友才	—	/	/	/	/	/	/
胡步坤祠	6.037	1.158/0.404	1.206/1.206	0.075	—	—	0.634
胡锦良/梁	7.087/7.3	1.076/0.336	4.986	0.441	0.165/0.165	0.14/0.14	0.053/0.053
胡焕章	0.061	0.74	0.33/0.33	—	0.344/0.344	0.062/0.062	0.483
胡全兴	0.152	/	/	/	/	/	/
胡如升	0.268	/	/	/	/	/	/
胡启万	0.058	/	/	/	/	/	/
胡如恒	0.1	0.796	0.91/0.633	0.487	0.651/0.583	0.74/0.715	0.774/0.774

① 参见朱忠飞、温春香编著《赣南民间文书　第一辑》第2册，第193～229页。数据说明：1. 表格中的“总”是戏会收到该账户各项来款总额，不过，这里的来款总额已扣除与收数重合的早租、正租、典租谷银，也即非租谷总来款；“戏”指戏会收到该账户交来戏银。2. “—”表示该年该账户无交给戏会来款；空格仅有“/”表示该年该账户不存在。

（续表）

账户＼年份	1902	1904	1906	1908	1909	1910	1911
	总/戏	总/戏	总/戏	总/戏	总/戏	总/戏	总/戏
胡兴发	/	0.082	0.459/0.633	0.918	0.158/0.158	0.079/0.079	—
胡启祥	/	2.08/2.08	/	/	—	0.434/0.24	/
胡成章	/	0.021	0.389/0.389	1.231	0.226/0.226	0.171/0.171	—
胡启明/铭	/	0.882/0.152	0.989/0.629	0.249	0.288/0.288	—	—
胡天爵	/	0.665/0.072	—	0.08	0.225/0.225	0.087/0.087	0.102
胡锦章	/	1.869/1.869	0.666/0.172	0.733	—	0.114/0.114	—
益我/奕我/奕岳 祠	/	—	/	—	0.304/0.304	0.246/0.246	0.222/0.222
胡如江	/	1.048/0.74	/	/	0.192/0.192	0.108	—
胡步京 祠	/	0.782	/	/	—	—	—
胡如柏/栢	/	/	—	—	—	—	—
胡春生	/	/	0.082	/	/	/	/
胡金兴	/	/	/	0.467	0.023/0.023	—	—
胡凤楼	/	/	/	6.985	0.499/0.399	0.094/0.069	0.176
胡琼楼	/	/	/	0.402	0.24/0.24	0.036/0.036	/
胡永发	/	/	/	0.254	—	—	—
胡炳坤	/	/	/	0.268	/	/	/
胡炳乾	/	/	/	0.95	/	/	/
胡清扬	/	/	/	/	/	/	2.135/1.093
小计	14.988/7.3	15.464/8.747	11.69/4.265	14.225	4.01/3.842	2.741/2.389	4.692/2.142

如前所述，光宣7年间清数中的大部分账户仅出现几次，多数进出记录均集中在胡经台、胡锦良、胡如恒及胡步坤祠等少数账户。具体来看，在光绪二十八年（1902）的13个账户中，有10个账户为本年戏会出银14.988两，其中占比近半的戏银7.3两均出自胡锦良名下。虽然清单并未给出确切提示，但笔者认为，这显然不太可能全部出自一人。至于该年总租银与戏会支出总价之差额银2.774两，足可由非租谷部分的戏会来银抵销。此外，若单看戏银部分，也有盈余银2.05两。

在隔年即光绪三十年（1904），16个账户中的13个为该年戏会贡献银 15.464 两。其中戏银 8.747 两，较之前年整体略呈上升趋势。与前次戏银出自单个账户不同，该年有 8 个账户各出银 0.072 两至 3.094 两不等。而且，胡步坤祠、胡焕章、胡成章账户名下均只有来银做戏。总体而言，本年戏会非租谷部分总来款同样远超戏会总支出，足以抵补总租银与总价之间的差额。至于戏银部分也继续与戏价保持银 2.327 两盈余。

但这种趋势并未持续下去。自光绪三十二年（1906）开始，戏会总来款也开始呈现与前述戏会总价曲线相似的下落态势，戏银亦不例外。在本年，14 个账户中的 11 个账户来银 11.69 两，其中戏银 4.265 两。与前次相近的是，此次戏银也由 8 个账户贡献，而胡步坤祠、胡焕章、胡成章账户来银仍是做戏一项。而且，该年总租银远超戏会总支出，无抵补之忧。但恰在本年，戏银部分开始下滑，金额仅为前年半数，以致难抵戏价，出现赤字。

又到隔年的光绪三十四年（1908），18 个戏会账户中的 15 个出银 14.225 两。不过该年清数并未出现做戏来银一项。而该年总租银仍可勉强支撑戏会总支出，无须其他戏会来款抵补。整体来看，虽然本年戏会费租谷总来款略有回升，但情况在此后数年急转直下，并与总租银曲线、总价曲线形成互相呼应之势，大体维持低位小幅波动状态。

至宣统元年（1909）的 20 个账户中，有 13 个账户来银共计银 4.01 两，其中戏银 3.842 两，可以说是相当接近。而且，本年来银账户绝大部分仅来戏银一项，两者之间所差的只胡如恒、胡凤楼两账户下另有名目而已。即便如此，本年戏会非租谷总来款仍可抵补总租银与总价的差额。至于戏银部分，虽然来银账户数量较前次翻番，但戏银数额继续回落，与戏价差距越来越大，遑论抵销。

在同样拥有 20 个账户的宣统二年（1910），也有 13 个账户来银。不过，该年戏会总来款更少，仅银 2.741 两，其中戏银 2.389 两。与上年一样，除胡如恒、胡启祥、胡如江等少数账户有其他来银外，余者皆系做戏来银。总之，该年戏会非租谷总来款仍能勉强抵补总租银与总价之间的差额。不过继续减少的戏银，仅及戏价之半。

到宣统三年（1911），情况稍有回转。虽然本年的19个账户中，仅有9个账户来银。但无论是来银类型，还是来银数额均有回升。本年戏会得非租谷总来款银4.692两，其中戏银2.142两。可以看到，本年戏会非租谷来款抵补总租银与总价之差仍有余，但戏银与戏价之差仍相当大。

综上，光宣7年间戏会非租谷总来款及其下戏银部分，均呈先升后降再低位徘徊的态势，而整体则呈持续下降趋势，与用数部分的总价曲线走势高度吻合。这也从侧面印证戏会非租谷总来款及戏银数据、戏会消费总额及戏价数据的准确性。总之，通过对戏会自有资金中的来银及其下做戏来银的分析，笔者发现：在收数无法满足用数所需时，戏会所属各账户非租谷来款均可有效弥补这一差额。

结　论

通过对清代客家山区的广昌尖峰胡氏文书，尤其是《光绪二十七年至民国二年胡凤楼执戏会簿》等民间戏曲消费文书的分析，本文对以广昌为代表的清代客家山区的戏资管理与戏会经营问题，也即演戏资金的筹集、使用、核算过程及其组织运行展开探讨。

本文发现，光宣时期双湖村戏会各年消费均由收数、用数、清数三部分构成。其中，田产租赁带来的固定收入，与派会、派甲、派丁、自愿捐资等方式所筹集的补充性资金，共同构成双湖村戏会运转的基础，也即收数。

出现在《戏会簿》各年数据中段的用数清单，由戏价、照明、仪式、饮食及其他五大类支出构成。其中，戏价占比第一，饮食次之，照明及仪式均属基础消费，其他部分随意性较大。从戏价及戏会总价曲线出发，通过两者与总租额曲线间的关系，可以发现，除在一小段总价与总租银曲线变化趋势略有反差外，两者升降趋势大体保持一致。也即总租银的变动是决定总价趋势的主要因素，即总租银是总价的基本盘，是戏会消费的基石。但从各年数据看，总租银仅在少数年份能够抵销戏会所需花费，其间差额显然需要以其他形式弥补。

来自《戏会簿》后段的清数所载双湖村戏会所有资产的经营及核算过程，呈现出种类多元、流向多变的态势。通过对作为戏会当年主要进项的非租谷来项部分的探析，不难发现，非租谷总来款及其下戏银部分与用数部分的总价曲线走势高度吻合。也就是说，在收数无法满足用数所需时，剧烈变动的戏会各年非租谷来款仍可有效抵补缺额。

总之，租谷之外的戏会资金经营，是清代广昌客家山区戏曲活动持续运转的重要保障机制。最后，这种因社区演戏活动而设立、常年运行且具备资金融通功能的会社，广泛分布在清代赣南、徽州、四川巴县及南部县等广大中国南方地区，是传统乡村社会经济生活尤其是乡村金融活动必不可少的公共组织。

（彭兴　厦门大学历史与文化遗产学院博士研究生）

戲曲研究

中西方古代“戏车”相通点探析*

贤骥清

引言

戏车，是中西方文化中均曾出现过的移动式展演车台，主要见于礼仪节庆、民俗活动和戏剧演出之中。在古汉语中，“戏车”特指车马上表演的杂技或表演车技的马车。近代以来，随着古今文化变迁和中西语言翻译，狭义的“戏车”概念发生流变，又指“流动戏剧巡

* 本文为国家社会科学基金重大项目“中国话剧接受史”（项目编号：18ZDA260）、艺术学一般项目“上海近现代剧场研究（1843—1999）”（项目编号：18BB026）、上海市高峰学科建设计划“中国舞美史”（项目编号：SH1510GFXK）阶段性成果。

回车”①。及至现代，戏车已泛指各种演出用的移动车台，既可指音乐、歌舞、故事扮演或角斗、杂技、游戏的流动舞台，又可指广场狂欢或盛会游行中的马拉戏车、庆典戏车、巡演大篷车以及近现代的彩车、花车等巡演车台，甚至还可借指各种装置道具，如清宫大戏中的车船“彩砌”或法国宫廷中的“喷泉戏车”“森林戏车”“雅典娜戏车”等。② “戏车”概念虽然泛滥，本质内涵其实未变，中西“戏车”的类型特征和文化功能实质相通。

中国戏车，始于汉代百戏中的“戏车”③，起初专指“弄车之技”④，后来渐与鼓车、歌车、乐车、山车等混为一谈。自隋唐始，皇家仪仗和宫廷乐舞中出现了更大规模的鼓吹车、白鹭车、山车、陆船之类，杂技型的“戏车”与乐舞型的“鼓吹车”及音乐型的“乐车”交融共生。及至两宋，宫廷礼乐中又诞生了卤簿山车、引龙直山车、白鹭旗车等仪仗型车台，大约延续了官方鼓吹车的传统。金元以降，乡傩、社火、社会、庙会、赛会等民俗活动中衍生出鼓笛棚车、旱船陆船、抬阁轿亭、龙舟彩船等新型车台，开辟了民间“戏车”转变的新方向。简言之，中国戏车频见于古今不同展演场合之中。

西方戏车，多指中世纪及文艺复兴时期的“庆典戏车”⑤（pageant wagon⑥）和“戏车舞台”⑦（wagon stage⑧），中文译作“戏车”

① 佚名《英吉利的舞台艺术：流动戏剧巡回车》，《大路画报》1949 年第 1 卷第 1 期，第 20 页。

② 参见［美］布罗凯特、米切尔、哈德贝里著，路日新译《布景制作：欧洲和美国舞台设计与技术史》，中国戏剧出版社 2016 年版，第 45 页。

③ 司马迁《史记》卷一百三，中华书局 2013 年版，第 9 册，第 3351 页。

④ 班固《前汉书》卷四十六，载纪昀主编《景印文渊阁四库全书·史部八·正史类》第 250 册，台湾商务印书馆 1986 年版，第 200 页。

⑤ 郑国良《图说西方舞台美术史：从古希腊到十九世纪》，上海书店出版社 2010 年版，第 70 页。

⑥ Wagon，在英文中有四轮马车、四轮手拉车、货车、小餐车之义。

⑦ 郑国良《图说西方舞台美术史：从古希腊到十九世纪》，第 71 页。

⑧ 郑国良《图说西方舞台美术史：从古希腊到十九世纪》，第 73 页。

或“采车（pagent）”①。西方“戏车”类型很多，如以演出题材划分，有“连环剧”② 戏车、“神秘剧”戏车、“圣体剧”戏车、“基督受难剧”③ 戏车、行会剧戏车和宫廷芭蕾戏车；以演出场所划分，有庆典戏车、盛会马车、集市戏车、货摊戏车；以车体构造划分，有单层戏车、双层戏车、多层戏车、组合戏车和脚手架戏车；以景观装饰题材划分，有森林戏车、喷泉戏车、地狱戏车、舟船戏车、巨嘴龙戏车、雅典娜戏车等，主要见于剧场建筑以外的种种演出场合之中。

鉴于“戏车”概念的泛指性、模糊性以及戏剧领域对于戏车功能及其舞台属性的争议，本文试对中西方戏车的类型特征及其文化功能相通性加以考察比较与探讨分析。

一 仪仗展示与礼乐宣教

中西方戏车都有“仪仗”④ 展示的巡演形态和“礼乐”⑤ 宣教的文化功能，或者说，中西戏车都有“仪仗车”的社会属性，都有宣扬展示宫廷、宗教、民俗的文化传播功能。

在中国的仪仗型戏车中，两汉的鼓车、歌车，隋唐的鼓吹车、白

① ［苏］阿·维·雷科夫（A. B. Рыков）讲授，张守慎译，中央戏剧学院编《舞台美术史概要》上卷，人民美术出版社1963年版，第47页。

② 连环剧（Cycle Plays），中世纪英国盛行的戏剧形式之一，主要表现《圣经》中从“创世纪”到“末日审判”的系列故事，因在流动马车上连续循环演出而得名；又因在每年“圣体节”（Corpus Christi）期间演出，故称“圣体剧”（Corpus Christi Play）；另因搬演《圣经》故事和圣徒事迹，亦称“圣经剧”“奇迹剧”“神秘剧”（Mystery Play）。英国现存连环剧有约克连环剧（York Cycle）、韦克菲尔德连环剧（Wakefield Cycle）、切斯特连环剧（Chester Cycle）和“某镇”连环剧（N－Town Plays）四种。

③ 基督受难剧（Passion Play），中世纪后期欧洲流行的宗教剧之一，主要讲述耶稣生平及其死亡的故事。

④ 仪仗，此指帝王官员出行或赛会游行时仪卫队伍中的旗帜、伞扇、武器、标志等。

⑤ 礼乐，礼指礼节、规范，乐指音乐、舞蹈及演艺娱乐，西周初年周公“制礼作乐”，春秋以后渐成制度并绵延相传直至明清。

鹭车，宋金的卤簿金车、白鹭旗车常见于皇家郊祀仪式、大驾卤簿和节日庆典活动之中，具有仪仗展示和礼乐宣教的巡演功能。

两汉时期，鼓车肇始于“郊驾时车上鼓吹”①，作为王室车载鼓乐之一，可运载乐伎、演奏音乐，所谓“旌旗鼓车，旄头先驱”②。歌车，常与鼓车并用，其中“歌者先居射室……嗷啕楚歌”③，亦即歌队乘载之车。金车，古有多义，作为“金钲车”时，是指乘载金、钟、钹、铙的仪仗车，属“乐车”之一。乐车，主要乘载“青铜镎于和建鼓，以及……青铜铙”④，或为“偶乐车”简称，或为“金车”与“鼓车”合称，抑或“载乐的山车和陆船都可以叫作乐车”⑤。鼓吹车，或“早于戏车”⑥，或“鼓吹乐工如乘车……则称为鼓吹车”⑦，既是运载建鼓、棨戟、旌旄、羽葆流苏的仪仗车，也是乘载舞伎鼓舞和乐伎奏乐的演出车。如江苏海州西汉墓《车马人物出行图》（图3－1）中的象拉“鼓吹车”，车上竖立建鼓、鼗鼓、橦柱，鼓身遍施彩绘，柱上张饰羽葆，其中舞伎执桴击鼓、乐伎跽坐奏乐，体现了鼓吹车的装饰美化特征和礼乐演出功能。再如山东长清孝堂山汉墓石祠《车马出行图》中的马拉“鼓吹车”，车上竖高橦、撑伞盖、雕虬首，两舞伎击鼓甩袖起舞，四乐工吹奏笙箫埙篇，亦反映了仪仗装饰特征和乐舞杂技演出功能。⑧

两宋时期，皇家的山车、金辂延续了鼓吹车的礼乐宣教功能，其中引龙直山车就是军乐队的仪仗车，由“军中之善乐者，命曰引龙

① 班固《汉书》卷七十六，中华书局1962年版，第10册，第3215页。

② 班固《汉书》卷六十三，第9册，第2754页。

③ 班固《汉书》卷七十六，第10册，第3214页。

④ 江西省博物馆编《惊世大发现：南昌汉代海昏侯国考古成果展》，江西美术出版社2018年版，第22页。

⑤ ［韩］安祥馥《略论中国山车戏和独辕四景车赛会》，载朱恒夫、聂圣哲主编《中华艺术论丛》第21辑，上海大学出版社2018年版，第205页。

⑥ 郑彤《汉代的鼓吹车和戏车》，《中国文物报》2012年6月22日第6版。

⑦ 孙机《汉代物质文化资料图说》，上海古籍出版社2008年版，第179页。

⑧ 参见孙机《汉代物质文化资料图说》，第179页。

直。……若御楼观灯、赐酺，则载第一山车”①。金辂，亦称金车，位于皇帝大驾玉辂之后，兼具“金钲车”（乐车）的音乐演出功能和“金车”（山车）的仪仗展示功能，据《明集礼》（图1－1）、《三才图会》（图1－2）、《皇朝礼器图式》（图1－3）可见一斑。另外，白鹭旗车“上有翔鹭，或曰鹭鼓”②，相当于宋代的鼓吹车，如《宋大驾卤簿图书》中第四阵列之第三辆仪仗车（图2－1），其后乐队宏大、乐器纷繁、仪仗美观。明清以降，官方基本延续了宋代宫廷礼制，历朝卤簿山车、金辂也基本继承了仪仗展示属性和礼乐巡演功能，直至近代。

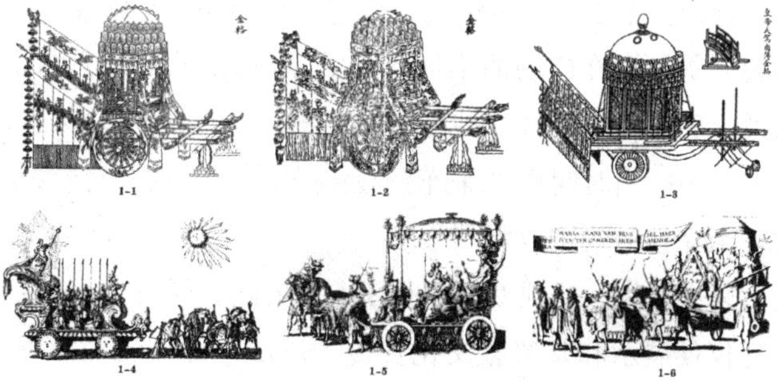

图1　明《明集礼·五辂》（1－1）③、明《三才图会·器用卷五》（1－2）④、清《皇朝礼器图式·皇帝大驾卤簿》（1－3）⑤之金辂仪仗车与1549年法国巴黎入城式（1－4）⑥、1616年德国阿索姆节庆日（1－5）⑦、1620年比利时布鲁塞尔列队行进式（1－6）⑧之庆典戏车

① 徐松《宋会要辑稿》第一册，中华书局1957年版，第351页。

② 佚名《宋大驾卤簿图书》，中国国家博物馆藏。

③ 徐一夔《明集礼》卷四十三，载纪昀主编《景印文渊阁四库全书·史部四〇七·政书类》第650册，第269页。

④ 王圻、王思义《三才图会》中册，上海古籍出版社1988年版，第1164页。

⑤ 允禄《皇朝礼器图式》卷十一，载纪昀主编《景印文渊阁四库全书·史部四一四·政书类》第656册，第637页。

⑥ 郑国良《图说西方舞台美术史：从古希腊到十九世纪》，第92页。

⑦ 郑国良《图说西方舞台美术史：从古希腊到十九世纪》，第91页。

⑧ 郑国良《图说西方舞台美术史：从古希腊到十九世纪》，第92页。

在西方的仪仗型戏车中，中世纪的英国连环剧戏车和文艺复兴时期盛行欧洲的盛会马车同样具有宗教思想宣传、宫廷仪仗展示、节庆氛围营造的文化传播功能。

中世纪晚期，庆典戏车直译为“盛会马车”，主要指节日庆典、圣事盛会、仪式活动中巡游展演的马拉轮车，尤以英国连环剧戏车出现最早并为代表。1433 年英国约克郡的连环剧演出中，庆典戏车采用幕布美化，一块红色花纹的背景幕用在庆典戏车的后面，另外有两小块布用在庆典戏车的两侧，另外三块鲁汶（Louvain）的绒面呢用在庆典戏车两侧。① 根据复原图来看，这种戏车上有车篷、台板、旗帜，每车选择一个主题故事情境，如“天使传报”“建造方舟”“最后的晚餐”等，可在广场的不同区域或不同城镇、集市之间流动巡演。据说，庆典戏车还将“神秘剧里的若干场面，就安置在若干个流动舞台上。……当时叫作‘采车’（pagent）”②，观众可以原地不动地欣赏一个完整的戏剧故事。

文艺复兴时期，庆典戏车盛行于欧洲大陆，更加注重装饰美化并用于宫廷仪仗展示和基督教文化宣传。1549 年法国巴黎入城式街道行进演出中，一种法国庆典戏车（图 1 -4）“美观、富丽……实质上是一种漂亮悦目的彩车”③。1615 年西班牙女大公伊莎贝拉宫廷盛会演出中，有“10 辆庆典戏车，每辆戏车展现《圣经》或寓言的某一段故事……分成三排……回环行进”（图 2 -2）④。此外，1616 年德国阿索姆节庆日（图 1 -5）、1620 年比利时布鲁塞尔列队行进式（图 1 -6）和中世纪圣事仪式中出现了另一类庆典戏车，“这些彩车

---

① 参见［美］布罗凯特、米切尔、哈德贝里著，路日新译《布景制作：欧洲和美国舞台设计与技术史》，第 37 页。

② ［苏］阿·维·雷科夫（А. В. Рыков）讲授，张守慎译，中央戏剧学院编《舞台美术史概要》上卷，第 47 页。

③ 郑国良《图说西方舞台美术史：从古希腊到十九世纪》，第 92 页。

④ ［美］布罗凯特、米切尔、哈德贝里著，路日新译《布景制作：欧洲和美国舞台设计与技术史》，第 43 ~ 44 页。

不是用来演戏”①，而是装饰伞盖、宝座以及鲜花流苏点缀的车篷、仪仗武器和情境造型装置，主要用作礼仪活动和文化展示。

2-1

2-2

图2　元《宋大驾卤簿图书》(2-1)② 之白鹭旗车与丹尼斯·范·阿尔斯鲁特绘《伊莎贝拉的胜利》(2-2)③ 比利时皇家庆典之连环剧戏车

概观之，中国礼乐戏车主要用于仪仗展示并谨守礼仪制度，虽然也有巡演功能，但与戏剧和娱乐保持一定距离。相对而言，西方庆典戏车虽亦包含仪仗功能，但宗教文化思想根深蒂固并与宗教剧交叠，故与舞台戏车互通有无，前者启发后者改进舞台装饰美化，后者引导前者引入戏剧情境主题，两者互有交融，彼此渗透。

① 郑国良《图说西方舞台美术史：从古希腊到十九世纪》，第72页。

② 佚名《宋大驾卤簿图书》，中国国家博物馆藏。

③ ［美］布罗凯特、米切尔、哈德贝里著，路日新译《布景制作：欧洲和美国舞台设计与技术史》，第44页。

二　开放剧场与流动巡演

中西方戏车都有环境戏剧、开放式剧场的“流动舞台”① 特征和“巡演戏场”② 的观演功能，都有舞台美术点缀装饰的美化属性和构造演出空间的剧场化功能。

在中国的舞台型戏车中，两汉的戏车和隋唐的鼓吹车、山车带有典型的流动舞台特征和巡演平台功能。

戏车，初见于汉代文献，有“戏车高橦”③ 和“建戏车，树修旃”④ 之说，其时戏车构造和装饰特征有三：一是车上有高橦、悬索及杂技表演，主要见于百戏场中，所谓“戏车高橦，驰骋百马，连翩九仞，离合上下”⑤。相对鼓车而言，戏车的表演性、娱乐性更强，如河南南阳新野汉画像砖《戏车图》（图 3－2）和《平索戏车车骑出行》图⑥中所示。二是车身注重舞台功能及美化，不仅降低车厢栏板以利观演视线，而且在建鼓、棨戟上涂绘色彩图案，在车顶上装饰伞盖、羽葆、流苏纹饰，所谓“设戏车……饰文采”⑦。三是车饰结合“总会仙倡”“白虎鼓瑟”“苍龙吹篪”“鱼龙曼延”等情节性装置道具，带有了故事主题性、戏剧情境性和舞台美术性，如山东沂南北寨汉墓画像石《乐舞百戏图》中所示（图 3－3）。简言之，汉代戏车功能齐全、装置丰富、装饰华丽，其中融合了乐、舞、杂技、扮耍和舞台美术，堪称中国最古老的流动舞台和开放剧场之一。

① 流动舞台，此指移动式、机动性、活动型的表演平台和演出空间。

② 巡演戏场，此指巡回式、游行性的戏剧、表演平台、游戏、杂耍、杂技、展演之类观演场地。

③ 李尤《平乐观赋》，载费振刚、仇仲谦、刘南平校注《全汉赋校注》上册，广东教育出版社 2005 年版，第 579 页。

④ 张衡著，张震泽校注《张衡诗文集校注》，上海古籍出版社 1986 年版，第 78 页。

⑤ 欧阳询撰，汪绍楹校《艺文类聚》，上海古籍出版社 1999 年版，第 1134 页。

⑥ 参见姜越《秦砖汉瓦：秦汉文明一本通》，中国书店 2019 年版，第 112 页。

⑦ 班固《汉书》卷六五，第 9 册，第 2858 页。

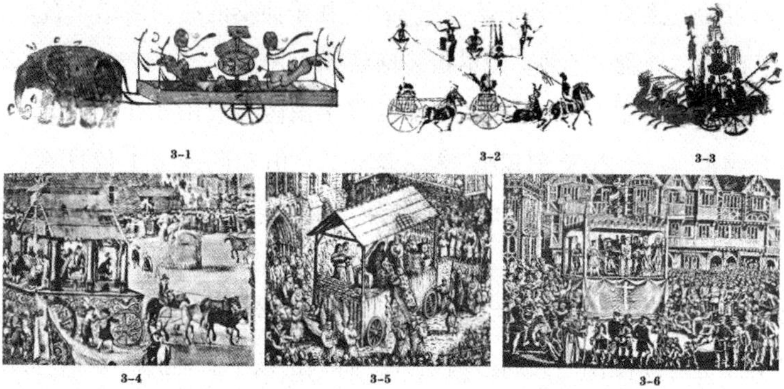

图3　江苏海州汉墓漆绘木尺《车马人物出行图》之象拉鼓吹车（3－1）①、河南南阳新野汉画像砖《戏车图》之斜索戏车（3－2）②、山东沂南北寨汉墓画像石《乐舞百戏图》之三乘鼓吹车（3－3）③与中世纪英国之单层双坡顶舞台戏车（3－4）④、英国考文垂广场圣体剧之单层双坡顶舞台戏车（3－5）⑤、英国康汶特里广场奇迹剧之单层平顶舞台戏车（3－6）⑥

鼓吹车，本是宫廷车辇之一，车上装饰五彩羽毛、丝绒穗子及金龙、鹭鸟雕饰，所谓“上施层楼，四角金龙，衔旒苏羽葆”⑦。至唐，鼓吹车改称“白鹭车”⑧，成为皇帝大驾中乘载乐工的仪仗车。及宋，白鹭旗车（图2－1）⑨规模更大、装饰更繁华，需要四马牵引、十八人乘驾，通车涂染鲜艳的红色、雕刻勾花栏板、绣饰飞鹭飘带、点缀鹭鸟柱头，大大提升了舞台乘载功能和豪华美观度。换言之，鼓吹车不只是“仪仗中载乐队用的‘礼仪车’”⑩，而且兼有流动舞台的功

① 连云港市博物馆《江苏连云港海州西汉墓发掘简报》，《文物》2012年第3期，第14页。
② 河南南阳市新野县汉画像砖《戏车图》，河南省博物馆藏。
③ 山东沂南北寨汉墓画像石《乐舞百戏图》，沂南北寨汉墓博物馆藏。
④ 郑国良《图说西方舞台美术史：从古希腊到十九世纪》，第71页。
⑤ 郑国良《图说西方舞台美术史：从古希腊到十九世纪》，第72页。
⑥ 郑国良《图说西方舞台美术史：从古希腊到十九世纪》，第72页。
⑦ 魏征等《隋书》卷十，中华书局1973年版，第1册，第194页。
⑧ 杜佑《通典》卷九，岳麓书社1995年版，第931页。
⑨ 佚名《宋大驾卤簿图书》，中国国家博物馆藏。
⑩ 刘庆主编《中国长城志·军事》，江苏凤凰科学技术出版社2016年版，第625页。

能，可谓“乘载”鼓舞乐队、“扮演”礼乐演奏的巡回演出车台。

山车，原称“金车”，本指装饰状如山峦之车，“有玉、金、象、革、木五路之制”①，所谓“虞舜德盛于山陵，故山车出。山者，自然之物也。……与象车相似”②。事实上，山车既是帝王仪仗车，又是节庆、宴会、广场演出的流动舞台，如唐代“丹凤楼……前至朱雀门张乐，作山车、旱船，往来御道”③，或如“城门楼，设山车、彩船载乐”④，又如唐肃宗“以山车、陆船载乐往来”⑤。由此可见，山车不仅是运载仪仗艺人的运输工具，而且是乐工演奏的音乐舞台，又因戏车与山车经常连用，故有学者认为“二者名虽不同，其实一也”⑥。究其源流，或源于南北朝“熊罴案”（图4－1），据宋陈旸《乐书》解说，这种台案“下为熊罴貙豹腾倚之状，象百兽之舞。又施宝幰于上，用金彩饰之”⑦，既可临时拆卸组装，又可不拘场地灵活安放，想来对山车亦有影响。隋唐之际，山车传入日本（图4－2），其形制结构和装饰色系因袭唐制（图4－3），且在“山车上设舞台与乐屋……大都为朱漆……车的底部有轮，可以拖行”⑧。古朝鲜英正时代（1727—1800），阿克敦在《奉使图》中描绘了慕华馆前院演戏场面，其中山车“称为曳山台、山车、山棚……‘上官张乐迎，百戏呈傀儡。鳌山陆地行，彩索架空起。’……最下面有神仙与仙女二偶各呈钓鱼与作舞状，中间有猴偶，山台顶部有红衣人仅露上半

① 李昉等《太平御览》卷七七三，中华书局1960年版，第4册，第3428页。

② 孙瑴《古微书》卷二十八，载纪昀主编《景印文渊阁四库全书·经部一八八·五经总义类》第194册，第1010页。

③ 脱脱《宋史》卷一一三，中华书局1985年版，第8册，第2699页。

④ 脱脱《宋史》卷一一三，第8册，第2701页。

⑤ 司马光《资治通鉴》卷二一八，中华书局1956年版，第15册，第6993页。

⑥ 麻国钧《瓦子与勾栏片议——在中日古代演剧空间文化比较之语境下》，载王季卿主编《中国传统戏场建筑研究》，同济大学出版社2014年版，第52页。

⑦ 陈旸《乐书》卷一五〇，载纪昀主编《景印文渊阁四库全书·经部二〇五·乐类》第211册，第700页。

⑧ 麻国钧《瓦子与勾栏片议——在中日古代演剧空间文化比较之语境下》，载王季卿主编《中国传统戏场建筑研究》，第54页。

身。除此以外，其山形结构上另置各种树木与楼台”① （图 4－4）。显然，隋唐山车及其流传囊括了舞台与后台、人物装扮与景物装饰的舞台元素，构成了一种大型流动巡演舞台。

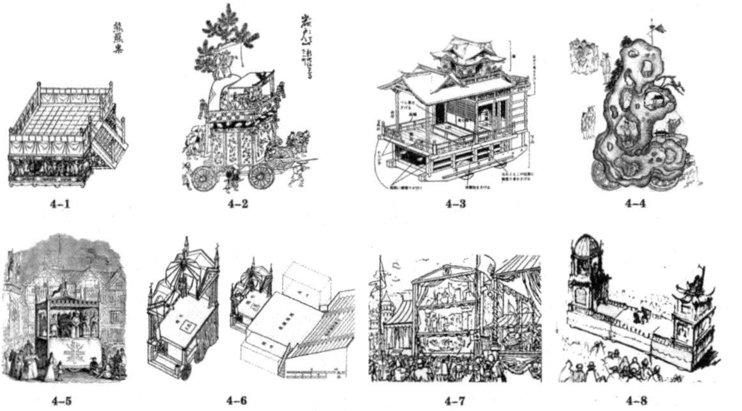

图 4　宋陈旸《乐书》之熊罴案（4－1）②、日本《祇园祭山车图》（4－2）③《高沙山车立体图》（4－3）④ 之日本山车、朝鲜阿克敦《奉使图》之偶戏山车（4－4）⑤ 与 15—16 世纪英国切斯特组剧之舞台戏车（4－5）⑥、中世纪英国集贸之舞台戏车构想图（4－6）⑦、中世纪英国集贸市场神秘剧之三层舞台戏车（4－7）⑧、1608 年西班牙马德里广场维迦戏剧之双层组合舞台戏车（4－8）⑨

① ［韩］田耕旭著，［韩］文盛哉译《韩国的传统戏剧》，复旦大学出版社 2014 年版，第 144 ~ 145 页。

② 陈旸《乐书》卷一五〇，载纪昀主编《景印文渊阁四库全书 · 经部二〇五 · 乐类》第 211 册，第 700 页。

③ 麻国钧《瓦子与勾栏片议——在中日古代演剧空间文化比较之语境下》，载王季卿《中国传统戏场建筑研究》，第 53 页。

④ 麻国钧《瓦子与勾栏片议——在中日古代演剧空间文化比较之语境下》，载王季卿《中国传统戏场建筑研究》，第 54 页。

⑤ 麻国钧《戏曲与皮影戏、傀儡戏关系考》，《戏剧》2022 年第 2 期，第 98 页。

⑥ 陈恬《一种全新的空间谱系：〈西方演出空间简史〉译后》，《广东艺术》2021 年第 6 期，第 5 页。

⑦ 郑国良《图说西方舞台美术史：从古希腊到十九世纪》，第 73 页。

⑧ 郑国良《图说西方舞台美术史：从古希腊到十九世纪》，第 72 页。

⑨ 郑国良《图说西方舞台美术史：从古希腊到十九世纪》，第 73 页。

在西方的舞台型戏车中，中世纪的马拉戏车、马车舞台、货摊舞台、手推戏车已是非常专业的流动舞台和开放式剧场。所谓舞台型戏车，主要指“马拉戏车”① 和“舞台戏车”，这种“四匹马拉的装有轮子的活动舞台……包括高低两层空间，底层用幕布盖住，供演员换装和候场，上层用于表演，敞开式，观众可四周观看”②。关于马拉戏车的舞台演区地位虽有争议，“有人说仅限于戏车上；有人说……建筑物前的台阶和台基上……还有人认为戏车是拉到某个事先准备的平台旁边”③，但其流动舞台的属性却无异议。目前所知，西方的舞台型戏车既有单车、双车、三车、多车等灵活组合方式，又有单层、双层、多层等不同立面类型，还有平顶、坡顶、弧顶、穹隆顶等多种车篷样式。

15 世纪，佚名绘“四匹马拖的戏车”④（图 3－4）和英国考文垂广场圣体剧中出现了一种单层双坡顶马拉戏车（图 3－5），前者以茅草两面坡棚屋表现基督诞生的马棚，后者以席瓦双面坡棚屋表现基督之家，彼时演区位于马车之上。此后，格尔达·威斯描绘的英国康汶特里广场奇迹剧中又出现了单层平顶戏车（图 3－6），英国切斯特组剧中还出现了单层攒尖顶戏车（图 4－5），作为“巡回流动的车上舞台，这种舞台形式各异，装饰丰富”⑤，但其演区都在车上。

16 世纪，格林·韦克复原了两种英国戏车（图 4－6），一是“连同带轮舞台平台的戏车”，一是无轮的“货摊舞台戏车”。⑥ 其中，前者为马拉轮式舞台戏车，戏车只是作为化妆间和背景装置；后者为

① ［美］布罗凯特、米切尔、哈德贝里著，路日新译《布景制作：欧洲和美国舞台设计与技术史》，第 36 页。

② 郑国良《图说西方舞台美术史：从古希腊到十九世纪》，第 70 页。

③ 郑国良《中世纪演出造型艺术》，《戏剧艺术》2009 年第 5 期，第 91 页。

④ 郑国良《图说西方舞台美术史：从古希腊到十九世纪》，第 71 页。

⑤ 郑国良《图说西方舞台美术史：从古希腊到十九世纪》，第 72 页。

⑥ 参见［美］布罗凯特、米切尔、哈德贝里著，路日新译《布景制作：欧洲和美国舞台设计与技术史》，第 36 页。

临时搭建的支撑舞台，戏车分为前部演出台和后部化妆间，此时演区已到车外。同期，英国集贸市场神秘剧中又出现了一种多层舞台戏车（图4－7），以“垂直式安排二到三个场景，由马匹拖着在城镇中从一个地点移到另一个地点”[①]，彼时演区又回到戏车上。至16世纪中叶，西班牙圣体剧中出现了一种双层舞台的大型戏车，这种“双层戏车是木质结构，外部包裹着绘画的帆布，依据剧作家的要求进行装配”[②]，此后立体式、布景型、个性化的大型舞台戏车获得青睐。

17世纪，戏车的舞台规模继续扩大、功能不断完善，“大约有20英尺长、10英尺宽。……一些戏车装有用来悬吊演员和物体的舞台机械。戏车既可作为演员化妆间……又能充当场景点：戏车还设置了类似剧场附台的平台”[③]，其舞台尺度和构造设施甚至可以媲美中型镜框舞台。如1608年西班牙马德里广场维迦戏剧演出中，“中间的戏车为主舞台，两侧戏车载有上下二层空间的高大景观，亦作演区，观众在戏车两侧观看”[④]（图4－8）。同时，人力舞台戏车亦有创新，如1644年西班牙马德里马约尔广场宗教剧中人力手推的舞台戏车，其中包括一个主舞台和三层景观站。约言之，随着戏剧场景、装置道具、演员规模和观众数量的不断扩大，单一的马拉戏车已难完成繁巨的演出任务，于是戏车规模日益扩大，组合形式不断出新，最终出现了十几辆舞台戏车共同演出的盛况。

概观之，中西方戏车中不仅蕴含着“演出车”的流动舞台属性，而且兼具了开放式剧场和巡演型戏场的双重功能，并通过流动舞台的巡回演出实现了舞台成本的最小化和剧场功效的最大化，事实上满足了中世纪“无剧场时代”对于演出空间的客观需求。

① 郑国良《图说西方舞台美术史：从古希腊到十九世纪》，第72页。
② ［美］布罗凯特、米切尔、哈德贝里著，路日新译《布景制作：欧洲和美国舞台设计与技术史》，第42页。
③ ［美］布罗凯特、米切尔、哈德贝里著，路日新译《布景制作：欧洲和美国舞台设计与技术史》，第42页。
④ 郑国良《图说西方舞台美术史：从古希腊到十九世纪》，第73页。

三 舞台奇观与节日狂欢

中西方戏车都有“舞台奇观”[①] 的舞台美术形态和“节日狂欢”[②] 的公共文化服务功能，亦即通过引起观众视觉惊奇、心理惊讶的美化装饰、景观装置来满足社会大众在节日庆典、联欢聚会、公共交往时好奇、猎奇的心理需求和狂欢娱乐的精神享受。

在中国的景观型戏车中，两汉的百戏扮演装置和隋唐的山车、陆船、犀象以及两宋以降的鼓笛棚车、抬阁轿亭、花车、彩车都是典型的移动景观装置，都有舞台奇观的特征。

一如汉代百戏场上的“鱼龙变”和“总会仙倡”。据山东沂南北寨汉墓画像石《乐舞百戏图》（图 5－1）和江苏铜山洪楼汉墓画像石《总会仙倡图》[③]（《神仙灵异图》）所示，其中大鱼噀水、变化黄龙、雷公雨师、神仙灵兽、百兽率舞的演出场景，或由人或牛马扮成白虎、猿猴、大象、大雀、大龟、蟾蜍和灵禽异兽，或由戴假面的人及车台装饰成“神山”“重阁”“仙车”，其中藏有演员身影，可谓华夏演出中最早的舞台奇观之一。

二如山车，兼具舞台背景和景观装置功能，不仅“车上施棚阁，加以彩缯，为山林之状”[④]，而且可以四处巡游，甚至由此敷演成一种新的散乐演出样式——山车戏。笔者推测，“鱼龙曼延”或是继承了汉代“鱼龙变”及其奇迹景观特征的山车戏，因秦汉有“鱼龙曼

① 舞台奇观，此指可引起观众视觉惊奇和心理惊讶的视觉型、现场性、体验性的舞台化的奇特景观装置。

② 节日狂欢，此指满足公众精神文化生活需求的节日庆典或公共集会，如中国的庙会、赛会、社火、民俗活动和西方的宗教节日、联欢聚会、狂欢节及“嘉年华”（Carnival）等。

③ 江苏铜山洪楼汉墓画像石《总会仙倡图》，徐州汉画像石艺术馆藏。

④ 司马光《资治通鉴》卷二一八，第 15 册，第 6993 页。

延……戏车山车……之戏"[①]，北齐"神武平中山，有鱼龙烂漫、俳优侏儒、山车巨象……之戏"[②]，隋唐有"鱼龙烂漫……山车……百戏"[③]。唐代"谯设酺会"[④] 盛行，其中"乐工数百人于车上。皆衣以锦绣。伏厢之牛。蒙以虎皮。及为犀象形状。……每赐宴设酺会……教坊大陈。山车旱船"[⑤]。由此可见，这类"山车""旱船""犀象"属于大型演出装置并带有舞台奇观的展演特征。

三如陆船，是一种大型肩舆式装置道具，通过"缚竹木为船形，饰以缯彩，列人于中，舁之以行"[⑥]，亦带有"反常化"的舞台奇观特征。

宋金以降，民间戏车在社火、庙会、迎神、赛会中蔓延，其移动方式从马拉人推演变为机械辅助的巡游彩车或肩扛手抬步行的抬阁轿亭，其中狂欢扮耍、奇迹景观的元素不断增加。

一如棚车，"以车载酒食声乐，游于通衢，谓之'棚车鼓笛'"[⑦]，可以说是宋代民间社火、节庆狂欢中的流动舞台和游行彩车。

二如抬阁轿亭，即抬阁、抬案、芯子、轿亭、肩舆、手抬小车之类，属于民俗巡游中的奇特舞具和特型景观。清代《点石斋画报》中多有描绘，如《乡人傩》有"剪彩黏花"[⑧] 的旱船装置和钟馗嫁妹、昭君出塞、太白题词等"阁子"景观；《还炮志盛》有扮演仙女造型的案桌，亦即"芯子"；《龟子报春》有"芒神"轿亭和"春

---

① 李昉《太平御览》卷五六九，载纪昀主编《景印文渊阁四库全书·子部二〇四·类书类》第898册，第311页。

② 陈旸《乐书》卷一八六，载纪昀主编《景印文渊阁四库全书·经部二〇五·乐类》第211册，第837页。

③ 魏征等《隋书》卷十五，第2册，第380页。

④ 刘昫《旧唐书》卷二十八，中华书局1975年版，第4册，第1051页。

⑤ 李昉《太平广记》卷二百四，中华书局1961年版，第15册，第1544页。

⑥ 司马光《资治通鉴》卷二一八，第15册，第6993页。

⑦ 邵伯温《闻见录》卷三，载纪昀主编《景印文渊阁四库全书·子部三四四·小说家类》第1038册，第729页。

⑧ 吴友如《点石斋画报》第20册，上海画报出版社2001年版，第48页。

牛”抬案，以及街牌、旗帜、伞盖、团扇等仪仗景观；《迎神入庙》（图6－1）有赛会“台阁三架，亦以童男女扮为戏出……钲鼓喧阗，笙乐叠奏……锣鼓则在船式凉亭中，雇人舁之”①。由此可见，民俗巡演中既有扮成戏剧故事情境的“台阁”，又有“钲鼓”“笙乐”组成的“清乐”，还有“香亭”“托臂香者”制造的烟云效果，这些都是非常独特的舞台奇观。

三如灯彩龙舟，属于赛会中的灯彩景观和造型彩车。如《演龙行庆》（图6－2）描绘了清末上海“水龙会”时将“洋龙扎以绸绢制作龙形及龙船”，车上悬挂“五色明灯及各种彩画飞禽走兽”②，沿途街巷挂灯笼、搭灯架、放焰火，“灯球”与“电光灯”交相辉映。又如《东瀛社会》描绘了近代日本的“龙船”和“华船”，其中“七十二街，每街制成彩伞一柄、龙船一艘，装潢穷极华丽。船中奏乐……更有华船一艘，船上儿童皆扮华人装束……后随各种戏剧金童玉女”③。实际上，日本近代“社神出游”与中国迎神赛会同源，这类“华船”景观装置和“金童玉女”戏剧人物装扮源于中国，其中人物造型又是一番舞台奇观。

另外，还有一种舞台彩砌，如《清音阁演戏图》中的战船戏车，或可堪称中国近代戏剧舞台美术和车台装置的发端。

在西方的景观型戏车中，巨嘴龙戏车、地狱戏车、森林戏车、喷泉戏车、雅典娜戏车等属于节庆狂欢中的巡游装置和舞台奇观，演出制作方为了炫耀财力、展示实力、吸引观众，总是想方设法、不遗余力地追求华丽、创造新颖、制造惊奇。

---

① 吴友如《点石斋画报》第1册，第55～56页。

② 吴友如《点石斋画报》第41册，第65页。

③ 吴友如《点石斋画报》第18册，第33页。

图5　山东沂南北寨汉墓画像石《乐舞百戏图》之鼓吹车及鱼龙曼衍装置（5－1）①与中世纪西班牙马德里圣体节之“巨嘴龙”戏车（5－2）②、1501年比利时蒙斯地区基督受难剧之“地狱之口”戏车（5－3）③、1539年德国纽伦堡之船型地狱戏车（5－4）④、1695年德国德累斯顿之“地狱之口”戏车（5－5）⑤

一如“巨嘴龙”（Tarasca）戏车（图5－2），这个“庞然大物……装在轮子上移动……舞台就在脚手架的底部，还有小小的经过装饰的小屋”⑥。

二如“地狱之口”戏车（图5－3），它们“被建造成岩石的形状，里面有火焰喷出。……蛇和蟾蜍遍布四轮马车，尤其是有一条喉咙、鼻孔和眼睛吐火的大蛇”⑦。同期，1539年德国纽伦堡广场演出

---

① 山东沂南北寨汉墓画像石《乐舞百戏图》，沂南北寨汉墓博物馆藏。

② ［美］布罗凯特、米切尔、哈德贝里著，路日新译《布景制作：欧洲和美国舞台设计与技术史》，第43页。

③ ［美］布罗凯特、米切尔、哈德贝里著，路日新译《布景制作：欧洲和美国舞台设计与技术史》，第37页。

④ 郑国良《图说西方舞台美术史：从古希腊到十九世纪》，第75页。

⑤ 郑国良《图说西方舞台美术史：从古希腊到十九世纪》，第75页。

⑥ ［美］布罗凯特、米切尔、哈德贝里著，路日新译《布景制作：欧洲和美国舞台设计与技术史》，第43页。

⑦ ［美］布罗凯特、米切尔、哈德贝里著，路日新译《布景制作：欧洲和美国舞台设计与技术史》，第37页。

中，“地狱由一艘装有轮子的船代表，人们戴着魔鬼和鸟类的面具大战地狱”[①]（图5－4）。1695年德国德累斯顿演出中，“地狱之口装在一辆戏车上，怪兽张着獠牙大嘴，伸出长舌吞入下地狱的人，魔鬼在四周看押巡逻”[②]（图5－5）。

三如山林神兽戏车，这种“马拉戏车”[③]或用大树、巨蛇、喷泉等景物表现伊甸园场景（图6－4），或将“底层用幕布遮盖”[④]并在车上饰以房屋、树木（图6－3），与中国山车“层峦叠嶂”的景观题材颇为相似。同期，1581年法国小波旁宫《皇后喜剧芭蕾》演出中，“戏车中间是长有金银鳞片的3条美人鱼和1条蝾螈，在它们后面跟着载有大型喷泉的戏车，喷泉的三个圆盘用海豚、美人鱼、蝾螈雕塑装饰……智慧女神驾着由大蛇牵引的战车到来”[⑤]（图6－5）。1628年意大利博洛尼亚节日盛会游行中，又出现了两种景观彩车（图6－6），一被装饰成巨型龟车，一被点缀成山林、太阳和驯龙。

及至近代，西方节日庆典、巡展游行中出现的花车、彩车、大型木偶和景观机械，实际上都是古代“戏车”制造舞台奇观理念的流变和发展。

概观之，西方景观型戏车通过游行巡演和舞台奇观加强了观演的沉浸式体验，满足了公众集会狂欢的精神需求，实现了社会文化生活中的公共交往功能。与之相类，中国近代以来的花车彩车、灯彩焰火、社火赛会中的人物装扮“亭子”、京剧机关布景中的“鹊桥”“滑车”“鳌鱼”“地涌金莲”等彩砌，同样也有舞台奇观的特点，或可说是古代景观戏车反哺戏剧、服务现代文化生活的蔓延。

① 郑国良《图说西方舞台美术史：从古希腊到十九世纪》，第75页。

② 郑国良《图说西方舞台美术史：从古希腊到十九世纪》，第75页。

③ ［美］布罗凯特、米切尔、哈德贝里著，路日新译《布景制作：欧洲和美国舞台设计与技术史》，第36页。

④ 郑国良《图说西方舞台美术史：从古希腊到十九世纪》，第71页。

⑤ ［美］布罗凯特、米切尔、哈德贝里著，路日新译《布景制作：欧洲和美国舞台设计与技术史》，第45页。

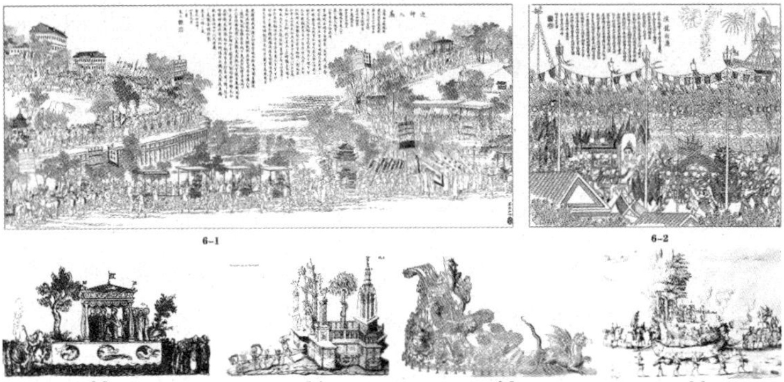

图6　清《点石斋画报》中《甲集·迎神入庙》之迎神抬阁轿亭（6－1）①、《元集·演龙行庆》之赛会龙舟彩车（6－2）②与赫尔曼·罗斯绘中世纪英国之树屋戏车（6－3）③、爱德华·范刻印英国之伊甸园戏车（6－4）④、1581年法国巴黎宫廷《皇后喜剧芭蕾》之雅典娜戏车（6－5）⑤、1628年意大利博洛尼亚之龟龙戏车（6－6）⑥

结　语

综上，本文将中西方戏车归纳为仪仗型、舞台型、景观型三大类型，探讨了中西戏车在样式形态和功能属性上的相似处和共通点：一是文化功能相通，双方均有礼仪教化、宗教宣传、仪仗展示、庆典狂欢、演出娱乐的文化传播平台功能。二是分支类型相通，双方均有官方和民间两大分支，前如中国宫廷中的鼓吹车、山车和民间赛会、社

① 吴友如《点石斋画报》第1册，第55～56页。

② 吴友如《点石斋画报》第1册，第65页。

③ 郑国良《图说西方舞台美术史：从古希腊到十九世纪》，第71页。

④ ［美］布罗凯特、米切尔、哈德贝里著，路日新译《布景制作：欧洲和美国舞台设计与技术史》，第36页。

⑤ ［美］布罗凯特、米切尔、哈德贝里著，路日新译《布景制作：欧洲和美国舞台设计与技术史》，第45页。

⑥ 郑国良《图说西方舞台美术史：从古希腊到十九世纪》，第73页。

火、庙会中的鼓笛棚车、抬阁轿亭，后如西方宫廷、教会中的皇家戏车、盛会戏车和行会、市政厅、私营剧团的连环剧戏车、大篷车等。三是流动舞台性质相通，双方均将戏车作为移动舞台和运载车台用于戏剧、音乐、舞蹈、杂技、杂耍演出或人物造型、装置道具、景观装饰的展演。四是开放式剧场属性相通，无论是在中国的宫廷、广场、城阙、街道之上，还是庙会、赛会、社会、社火的寺庙道观、城镇街市、乡野田间，无论是西方的宫殿、礼堂、花园内外，还是神庙教堂、集市广场、大街小巷之间，中西戏车都具备了移动表演、游行围观、观演互动、巡回演出的开放式剧场特征。当然，中西戏车在大小规模、样式构造、组合方式、牵引方式、装饰题材等方面又有诸多不同，这是不同民族、不同文化的独特性使然。在全球化浪潮下，我们需要保持中国文化与西方文化、传统文化与现代文化、民族文化与世界文化之间的辩证认知和清醒认识，坚持走好戏剧文化交流与传统文化复兴之路。

（贤骥清　上海戏剧学院舞台美术系副教授）

戏曲研究

日本舞乐《胡饮酒》与唐代戏剧之关系考辨*

岳俊丽

《胡饮酒》又名《宴饮乐》，在日本舞乐中属“唐乐”壹越调，主要表演胡人醉酒之舞，舞人佩戴假面，系假面乐舞。《古事类苑》根据醉酒表演最早将其与唐代戏剧相联系：“唐散乐部中有苏郎中之戏，表演后周苏葩醉酒的舞蹈，《胡饮酒》或许是表现苏郎中戏中之事。”[①]但后周苏葩，在唐段安节《乐府杂录》中被记为“苏中郎”，“苏郎中”乃是《踏谣娘》[②]而非《苏中郎》中的人物。此后，盐谷温亦认为《胡饮酒》很有可能是表演苏中郎的故事：“苏中郎……此剧演者着绯衣、带帽、面涂赤色以表醉状。按《踏谣娘》与《苏中

* 本文为国家社会科学基金重大项目“中国早期戏剧史料辑录与研究（项目编号：20&ZD271）”阶段性成果。

① ［日］神宫司厅《古事类苑》出版社事务所编《古事类苑·乐舞部三》，神宫司厅1914年版，第345页。原文为日文，笔者译。

② 按，“踏谣娘”在唐代文献中又被记为“踏摇娘”，本文行文用“踏谣娘”，引文保持原来面貌。

郎》共姓苏，虽一号郎中，一号中郎，恐怕就是一个人而从夫妻两方面分别写的……《胡饮酒》恐怕就是《苏中郎》底故事。”① 灰野庄平的观点与盐谷温相近，认为苏中郎是涂面而非佩戴假面，与《胡饮酒》很有可能属于同一种表演形态。② 高野辰之的“《胡饮酒》有出自唐散乐之说”系指《古事类苑》的说法。③

日本学者基于醉酒表演做出的判断是截取《胡饮酒》某一方面的特点以与《苏中郎》或《踏谣娘》相对应。但《胡饮酒》是胡人饮醉的表演，“苏中郎”或“苏郎中”却未必是胡人，《踏谣娘》或《苏中郎》亦未必演胡人故事。唐代乐舞史、戏剧史上的醉酒表演亦非《苏中郎》《踏谣娘》所特有。《胡饮酒》的文化渊源及其与唐代戏剧之关系仍有颇多可进一步探讨的空间，笔者拟结合中日文献对相关议题展开论证，以就教于方家。

一　《胡饮酒》之表演形态

日本文献如《倭名类聚抄》《三五要录》《仁智要录》《教训抄》《吉野乐书》《新撰要记抄》《续教训钞》《体源钞》《乐家录》《大日本史·礼乐志》《古事类苑》《歌舞品目》等皆记有《胡饮酒》曲名。其中《仁智要录》《教训抄》《体源钞》所记表演形态较为详备。此外，《信西古乐图》《舞乐图》皆绘有《胡饮酒》的舞图与假面，日本今并有实物假面遗存。现将较具代表性的史料详列如下。

其一，《仁智要录·壹越调曲下》（1190）载：

> 《胡饮酒》，序拍子七，可弹二反；破拍子十四，可弹

① ［日］盐谷温著，孙俍工译《中国文学概论讲话》，山西人民出版社 2015 年版，第 177 页。该书在 1919 年写成，最早的中译本由孙俍工译，开明书店 1928 年版。

② 参见［日］灰野庄平《大日本演剧史》，第一书房 1932 年版，第 381 页。原文为日文，笔者译。

③ 参见［日］高野辰之《国剧史概观》，春秋社 1934 年版，第 23 页。原文为日文，笔者译。

> 七反，《南宫长秋卿横笛谱》云："可弹五反，终帖打三度拍子。"今世破弹七反，从第二反十三拍子打三度拍子。舞人多时助曰："三度拍子之中或加小拨。"乐所预源赖能曰："虽有此说不用之。"略时序弹一反，破五六反。舞出吹林邑乱声，入时重弹当曲。破但打三度拍子。小曲，古乐。①

此为12世纪前后的表演实录，从序有七拍子、弹两遍，破有十四拍子、弹七遍，可知此曲的乐曲主要有序与破两部分，整体节奏由缓到急。但序曲是同一支单曲弹奏两遍，破曲是同一支单曲弹奏七遍，序曲与破曲各自的内部结构并无变化。引文中的《南宫长秋卿横笛谱》即是《新撰乐谱》（966年编撰），据此可知，在10世纪前后，此曲的破曲是演奏五遍，终帖加三度拍子。12世纪的乐曲长度增加，三度拍子的位置从破的第七帖移至第二帖。12世纪之后的乐谱或乐书皆记破曲有七帖，可见此曲表演形态的变化是从12世纪开始。通过三度拍子之中的小拨加或不加皆可，从略演出时序可弹一遍、破可弹五或六遍，可知此曲的表演具有一定的灵活性。

其二，《教训抄·他家相传舞曲物语·中曲等》（1233）第2条载：

> 《胡饮酒》，有别样的装束，古乐小曲，一名《宴饮乐》。有序曲两帖，拍子各七；破曲七帖，拍子各十四。
>
> ……序曲两帖，第二帖舞人做"居"，即膝部弯曲的舞蹈动作。破曲七帖，多氏说第二帖末尾笼二拍子并打三度拍子；山村氏则说从第三帖的开头打一度拍子；第五帖舞蹈时，从第二帖的开头打三度拍子；赖吉氏说第三帖末尾加三度拍子；大神惟季则说打一拍子。
>
> 当曲作法：舞人出右方乐屋走向左方乐屋时穿戴装束，左方乐屋劝舞人饮酒一杯，舞人在舞台上舞蹈结束退场时，

---

① ［日］藤原师长《仁智要录》卷五，日本内阁文库本，昌平坂学问所旧藏。

走与登场时不同的台阶，以表现醉中迷路的姿态。①

舞人出乐屋时奏乱声，乱声结束之后，各乐器次第发声。接着序曲两遍，舞人做“居”舞蹈动作。破曲七遍，舞人舞踏，在舞台上旋转一周，在第七帖末尾时转至北向，舞蹈结束。近来，乐奏七遍，但舞有八遍或九遍，已与左舞图不合。

……舞人下舞台入乐屋时，再次吹奏破曲，面向乐屋时加拍子。入时再次召舞人返回舞台，表演入绫乐舞。太鼓之前的四个动作，返回时“御殿居”的动作，桴头突向地面的动作，不足以称为秘事。②

上述所记已是《胡饮酒》在12世纪之后较为固定的表演。舞人装束在卷七另记“有面”，知其需佩戴假面表演。从多氏说、山村氏说、赖吉氏说、惟季说可知此曲曾在多个乐人家族传承，各个乐人家族的表演传统略有差异。此曲舞人饮酒在正式登上舞台之前，登上舞台之后用桴作道具以代表酒勺，表演饮酒之后的醉态，主要的舞蹈动作是序曲的“居”与破曲的“舞踏”。据《续教训钞》《乐家录》所记舞谱，“居”为膝部弯曲的动作，双膝可同时做此动作，亦可单膝分别做。《教训抄》言“居”而不言左膝右膝，序曲的膝部动作可有多种形式。“踏”是脚部动作，此曲特殊之处在于脚部舞踏的同时身体旋转，在舞台之上旋转一周，结束时转向舞台正面，主体部分的表演结束。舞人离开舞台准备进入乐屋时，再次奏乐召其返回舞台表演入绫乐舞。另据《续教训钞》，此曲舞人左手持桴，有桴头突向地面的舞蹈动作。

其三，舞图与假面的具体形象如图1—图5。

---

① 按，此段原文颇不可解，译文源自野间清六的解读。参见［日］野间清六《日本假面史》，文胜社1943年版，第112～113页。

② ［日］狛近真《教训抄》，载［日］林屋辰三郎编《古代中世艺术论》，岩波书店1995年版，第71～72页。原文为日文，笔者译。

图 1　《信西古乐图》①

图 2　《舞乐图》②

图 3　手向山神社藏实物假面③

图 4　《乐家录》④

图 5　《舞乐图》⑤

结合舞图与实物及绘图假面，可见该曲所用假面形象为：披发、眉梢上吊、深目高鼻、嘴角向下、露齿。手向山神社所藏为今存的唯一一个实物假面（图 3），材质为木雕漆地彩色，制成年代未知。

---

① ［日］《舞图：信西古乐图》，载［日］正宗敦夫编《日本古典全集》，《日本古典全集》刊行会 1929 年版。

② ［日］高岛千春绘《舞乐图》，载北京舞蹈学院编《中国古代舞乐域外丛书》（壹），文化艺术出版社 2014 年版，第 21 页。

③ ［日］帝室博物馆编《日本古乐面目录》，铃木印刷所 1935 年版，第 29 页。

④ ［日］安倍季尚编，［日］羽塚启明校订《乐家录》，载［日］正宗敦夫编《日本古典全集》，《日本古典全集》刊行会 1936 年版，第 1279 页。

⑤ ［日］高岛千春绘《舞乐图》，载北京舞蹈学院编《中国古代舞乐域外丛书》（壹），第 93 页。

图1、图2舞乐图中的假面形象与图4、图5的假面图基本一致，图3实物假面的鼻子虽有胡人高鼻的特点，但不似舞图（图1、图2、图4、图5）夸张。图1舞人屈膝、右脚抬起、左脚踏地，图2舞人屈膝、右脚踏地、左脚微抬。《教训抄》中“舞踏”的动作在舞图中得到具体表现。

综合文字与图像记录可将此曲的表演形态概括为：舞人装束——头戴帽子、佩戴披发高鼻假面、长袍外加裲裆、左手持桴。乐曲长度——10世纪前后序拍子七，演奏两遍；破拍子十四，演奏五遍；12世纪前后破曲变为演奏七遍；音乐节奏由序入破，有着缓急的变化。具体表演——正式登场表演之前，奏古乐乱声，舞人从右方乐屋走向左方乐屋，左方乐屋劝酒一杯。舞人出乐屋登舞台时奏林邑乱声，乱声结束之后各乐器次第发声。序曲两遍，舞人做膝部弯曲的舞蹈动作。破曲七遍，舞人脚部踏地的同时身体旋转，并有左手持桴高举的舞蹈动作，在第七帖结束时舞人转至舞台的正面。最后，舞人离开舞台时重吹破曲，即将进入乐屋时再次被召回舞台，表演入绫乐舞。表演结束舞人退场时故意走错台阶，以表现醉态。

二　《胡饮酒》与《苏中郎》或《踏谣娘》之关系考辨

如上文所言，日本学者普遍将《胡饮酒》与《苏中郎》相联系，盐谷温并认为《苏中郎》《踏谣娘》演的是同一个故事。中国学界则是任半塘最早在《敦煌曲初探》（1954）中引述《古事类苑》的说法，并判断：“《古事类苑》有《胡饮酒》面具图，并谓源出散乐《苏中郎》。但《苏中郎》未必用胡乐，《踏谣娘》非胡人故事，其说未必确。”① 此处似有将“苏中郎”与“苏郎中”视为同一人之意，

① 任中敏《敦煌曲初探》，载任中敏著，张长彬校理《敦煌曲研究》，凤凰出版社2013年版，第405页。

但随后的《唐戏弄》（1958 年初版，1984 年增补后再版）不但主张《踏谣娘》与《苏中郎》为两个剧目，而且从《苏中郎》用涂面非用假面的角度彻底否定了《胡饮酒》与《苏中郎》之间的联系。周贻白《中国戏剧史长编》（1960）首次引录盐谷温书中的《胡饮酒》假面图，并提出《胡饮酒》与《钵头》假面或有混淆的疑问："日本雅乐有'胡饮酒'一种，亦中国唐代传去，或谓即苏中郎，今存该项面具之摹绘，附刊于后（原图见《中国文学概论讲话》。按此图作面如土色，披发皱眉，眼角向下，实为钵头遭丧之状。而前'钵头'一图，则作正赤，鲍鼻。或两图互相弄错，亦未可知，姑识于此，以待证明）。"①

《踏谣娘》或者《苏中郎》的相关记录见于《教坊记》《通典》《隋唐嘉话》《乐府杂录》《旧唐书》等多种唐代文献。《教坊记》载："北齐有人姓苏，鲍鼻。实不仕，而自号为'郎中'。嗜饮，酗酒……时人弄之：丈夫着妇人衣，徐步入场……"②《隋唐嘉话》记为："隋末有河间人，皻鼻使酒，自号郎中……妻美而善歌，每为悲怨之声，辄摇顿其身。好事者乃为假面以写其状，呼为'踏摇娘'。"③ 两书可互相印证、互为补充：踏谣娘是由男子着女装、戴假面装扮而成。苏郎中的人物特征是嗜酒，面部特征是"皻鼻""鲍鼻"，未明言其戴假面。《乐府杂录》记为："《苏中郎》，后周士人苏葩，嗜酒落魄，自号'中郎'，每有歌场，辄入独舞。今为戏者，着绯，戴帽，面正赤，盖状其醉也。"④《苏中郎》与《兰陵王》《钵

① 周贻白《中国戏剧史长编》，上海书店出版社 2004 年版，第 38 页。

② 任中敏笺订，喻意志、吴安宇校理《教坊记笺订》，凤凰出版社 2013 年版，第 170～171页。

③ 刘餗撰，程毅中点校《隋唐嘉话》，中华书局 1979 年版，第 57 页。按，此条系程毅中据《刘宾客嘉话录》补入《隋唐嘉话》。唐兰根据《类说》所引《隋唐嘉话》，认为"踏摇娘"一条系从《隋唐嘉话》羼入《刘宾客嘉话录》（参见《唐兰全集》3，上海古籍出版社 2015 年版，第 885 页）。

④ 段安节《乐府杂录》，载中国戏曲研究院编《中国古典戏曲论著集成》（一），中国戏剧出版社 1980 年版，第 45 页。

头》同列在“鼓架部”的条目之下，“面正赤”之“面”，参照《钵头》“面作啼”之“面”，应是佩戴假面之意。董每戡指出：“……后周的《苏中郎》舞便是北齐《踏谣娘》歌舞剧的初型。”① 本文认同“《苏中郎》与《踏谣娘》是同一个剧目在不同时期的表演形态”的观点。

苏中郎或苏郎中“皻鼻”“齇鼻”的面部特征，“面赤”代表着的饮酒或醉酒元素，似乎更能与《胡饮酒》的高鼻假面、醉酒表演相对应。如王克芬指出：“日本《舞乐图》有《胡饮酒》图，注明：‘唐朝，一人舞。’似与《踏谣娘》丈夫一角有关。”②廖奔进而论定《胡饮酒》是《苏中郎》的歌舞形式：“《苏中郎》……这个戏传入日本后，转型为歌舞《胡饮酒》。”③ 此一观点渐被国内戏剧学界接受，如康保成即引用廖奔的观点，将《胡饮酒》的假面视为《苏中郎》或《踏谣娘》的假面：“现存日本《胡饮酒》面具，其突出特征就是一个大而臃肿的鼻子。……而戴面具，是方相氏驱鬼的装扮，亦即巫的装扮。继而思之，丈夫醉殴、逐赶其妻，或许就是从男扮女装的巫逐打邪鬼演变而来也未可知。”④丁淑梅亦谓：“特别是《苏中郎》、‘胡饮酒’（日本现存12世纪唐代戏乐画卷《信西古乐图》有‘胡饮酒’，绘一人长发、隆鼻、深目，作豪饮状）与《踏摇娘》之间的内在关联，锻造出以歌舞演故事的成熟剧目。”⑤

《胡饮酒》的醉酒表演与高鼻假面是将其与《踏谣娘》或《苏中郎》建立起联系的两个关键元素。若仅从醉酒表演看，二者确系有一定的相似性。苏中郎的装扮是穿红色衣、头戴帽子、面为红色，

---

① 董每戡《说剧》，载黄天骥、陈守楠编《董每戡文集》（上），广东高等教育出版社1999年版，第400页。
② 王克芬《中国舞蹈史·隋、唐、五代部分》，文化艺术出版社1987年版，第67页。
③ 廖奔《中国戏剧图史》，人民文学出版社2012年版，第25页。
④ 黄天骥、康保成主编《中国古代戏剧形态研究》，河南人民出版社2009年版，第72页。
⑤ 丁淑梅《中国古代禁毁戏剧编年史》，重庆大学出版社2014年版，第97页。

“皻鼻”“皰鼻”的面部特征极具标识性，可推测其假面鼻子的部分应有特殊的处理。上文所引《舞乐图》所绘《胡饮酒》的舞人确是穿红色外袍，假面的鼻子肿大。但一方面，在日本雅乐中左方“唐乐”的装束以红色为主色调，如《春莺啭》《兰陵王》《团乱旋》等的外袍皆为红色。《胡饮酒》的红袍并不能成为对应苏中郎“着绯”的主要依据。另一方面，《胡饮酒》的假面是土褐色，并非红色；其为深目高鼻的胡人形象，外袍并加裲裆是典型的胡人装扮。唐代文献称苏中郎或为“河间人”，或为“河内人”，或为“士人”，并未特为强调其胡人身份，说明其应非胡人。

如果周贻白提出的《钵头》与《胡饮酒》假面或有错讹的推测可以成立，《钵头》的假面为红色，似可与苏中郎的“面正赤”相对应。如此，辨明《钵头》与《胡饮酒》假面是否错讹亦是考察《胡饮酒》与《苏中郎》之关系的重要一环。周书中引用的假面出自高岛千春的《舞乐图》，绘图形象如下图6—图8。

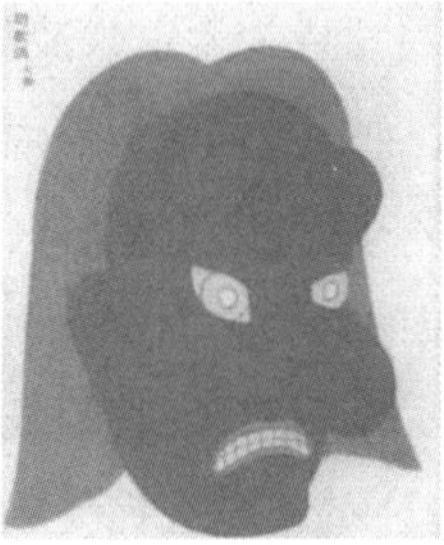

图6　《胡饮酒》

图7　《拔头》①

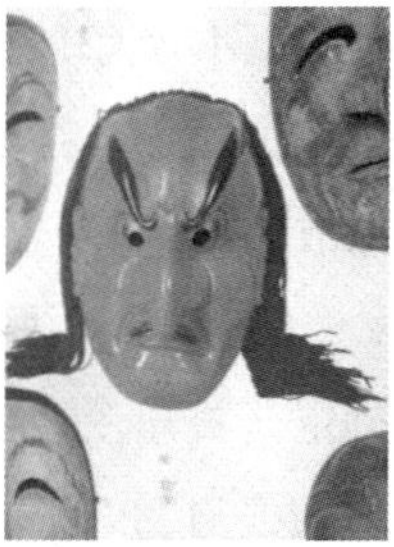

图8　法隆寺藏《拔头》实物假面②

① ［日］高岛千春绘《舞乐图》，载北京舞蹈学院编《中国古代舞乐域外丛书》（壹），第92页。

② ［日］东京国立博物馆等编《法隆寺昭和资财帐调查完成记念·国宝法隆寺展》，小学馆1994年版，第108页。

周贻白认为《胡饮酒》假面"披发皱眉，眼角向下，实为钵头遭丧之状"，而《钵头》假面"作正赤，齁鼻"。任半塘据此发挥："据周史，将《拔头》与《胡饮酒》二舞之面具详勘，显觉其互讹。所谓巨目、丰鼻、红色者，乃《胡饮酒》之面具，不属《拔头》。而题《胡饮酒》作长发、皱眉，眼角向下，面如土色者，反近于《拔头》。"①《舞乐图》在19世纪绘成，成书年代较晚，所绘《胡饮酒》《拔头》的假面形象皆是皱眉、嘴角向下、深目高鼻的胡人形象，最主要的区别在于面部颜色，一为褐色，一为红色。将红色假面认定为《胡饮酒》主要是为与饮酒相对应。根据上文所引图像资料，《胡饮酒》的假面形象自12世纪的《信西古乐图》至17世纪的《乐家录》，直至19世纪的《舞乐图》，乃至手向山神社遗存的实物，基本保持一致。日本舞图中的《拔头》假面亦然，《舞乐图》中的题名实不具有混淆的可能。

《信西古乐图》与《乐家录》并非彩色绘图，无法判断假面的颜色，但日本今有5个《拔头》实物假面遗存，材质皆为木雕朱漆涂。其中以法隆寺天养元年（1144）制成的为最早，如图8所示，假面整体涂成红色，《舞乐图》所绘图像与之基本一致。在六七百年的时间内，《胡饮酒》《拔头》所用假面有着各自形象的共性与固定性，可以确定《舞乐图》中两图题名无误，《胡饮酒》与《拔头》假面或有混淆的推测、论断皆不能成立。因此，《胡饮酒》的褐色假面便无法与苏中郎的"面正赤"相对应。此外，苏中郎或苏郎中的"皻鼻""齁鼻"应当不同于胡人的高鼻。舞图所绘胡人的高鼻皆较实物假面夸张，《胡饮酒》实物假面的鼻子并不肿大，不是为表现苏中郎的"齁鼻"。

《胡饮酒》是为表现胡人醉酒的歌舞，《教训抄》记其为"胡国人饮酒醉时所奏"，其乐曲具有鲜明的胡乐特征。《踏谣娘》是"以其

① 任中敏著，杨晓霭、肖玉霞校理《唐戏弄》，凤凰出版社2013年版，第212页。

且步且歌，故谓之踏谣”（《教坊记》），“河朔演其曲而披之管弦，因写其夫妻之容”（《通典》），可见其表演源出民间歌谣，在歌谣的基础之上制成乐曲以配合戏剧表演。《苏中郎》则是“每有歌场，辄入独舞”。“歌场”是民间音乐活动的重要场所，踏歌是场上最常见的歌舞形式，苏中郎的舞蹈受到踏歌的影响，所用乐曲亦当是民间歌谣。① 从乐曲的角度，不但更能见出《踏谣娘》与《苏中郎》之间的联系，而且更能说明二者与出自胡乐系统的《胡饮酒》并不相关。总之，《胡饮酒》与《苏中郎》虽皆是饮酒、醉酒的表演，但通过假面特征与乐曲属性，可以证明《胡饮酒》并非出自《苏中郎》或《踏谣娘》。

三　《胡饮酒》与《胡腾舞》或《胡醉子》关系考辨

《胡饮酒》的唐代文化渊源，在《苏中郎》之外，另有部分学者认为其与《胡腾舞》或《胡醉子》有着一定的联系。如李啸仓已提出“胡饮酒（即胡腾舞）”的说法。② 王克芬认为：“我国古籍虽然还未见到此一名称乐舞（《胡饮酒》）的有关记载，但类似的乐舞是不少的。如《教坊记》‘曲名’条例有《胡醉子》，不知与此舞之异同。胡人又有饮酒歌舞的风俗，著名的《胡腾舞》在表演时也常常是‘手中抛下蒲萄盏’后，‘醉却西倾又东倒’。”③ 曲六乙直言《胡饮酒》即是《胡醉子》：“《胡饮酒》。唐教坊曲目之一，原名《胡醉子》，传入日本后称为《胡饮酒》。此舞主要表现胡王饮酒后的醉态。”④ 台湾学者刘凤学、郭玉茹、赵琴等皆认为《胡饮酒》即《胡

① 参见王昆吾《隋唐五代燕乐杂言歌辞研究》，中华书局1996年版，第65~66页。

② 参见李啸仓《中国戏曲发展史》，中国戏剧出版社2012年版，第81页。

③ 王克芬著，江东译《日本史籍中的唐乐舞考辨》，上海音乐出版社2013年版，第34页。

④ 曲六乙《中国少数民族戏剧通史》上卷，中国民族摄影艺术出版社2014年版，第183页。

醉子》。①

《胡饮酒》的主要舞蹈动作是“舞踏”的同时身体旋转，加之舞图中舞人叉腰的姿态，与《胡腾舞》之联系已俨然可见。《乐府杂录》“健舞曲”中记有《胡腾》，其舞姿的描写以李端《胡腾儿》与刘言史《王中丞宅夜观舞胡腾》两诗最为具体，李诗云：

胡腾身是凉州儿，肌肤如玉鼻如锥。桐布轻衫前后卷，葡萄长带一边垂。帐前跪作本音语，拾襟搅袖为君舞。安西旧牧收泪看，洛下词人抄曲与。扬眉动目踏花毡，红汗交流珠帽偏。醉却东倾又西倒，双靴柔弱满灯前。环行急蹴皆应节，反手叉腰如却月。丝桐忽奏一曲终，呜呜画角城头发。胡腾儿，胡腾儿，故乡路断知不知。②

刘诗云：

石国胡儿人见少，蹲舞樽前急如鸟。织成蕃帽虚顶尖，细毡胡衫双袖小。手中抛下蒲萄盏，西顾忽思乡路远。跳身转毂宝带鸣，弄脚缤纷锦靴软。四座无言皆瞪目，横笛琵琶遍头促。乱腾新毯雪朱毛，傍拂轻花下红烛。酒阑舞罢丝管绝，木槿花西见残月。③

详勘二诗，可发现《胡饮酒》确与《胡腾舞》存在着较多的共性：一是醉酒表演，“醉却”“蒲萄盏”说明《胡腾舞》的表演是先饮酒后醉舞，《胡饮酒》亦是如此——舞人在登场之前饮酒，舞台之上主要是醉酒的表演。二是腿部动作，“蹲舞”句表示《胡腾舞》有

---

① 参见郭玉茹、刘凤学《唐燕乐舞重建的研究及实践——以台湾刘凤学教授新古典舞团为例》，载西安音乐学院西北民族音乐研究中心编《汉唐音乐史首届国际研讨会论文集》，中央音乐学院出版社 2011 年版，第 199 页；赵琴《唐乐舞的传承、重建与创新：兼论中、日乐舞的研究成果》，载西安音乐学院西北民族音乐研究中心编《汉唐音乐史第二届国际研讨会论文集》，中央音乐学院出版社 2013 年版，第 223 ~ 224 页。

② 《全唐诗》卷二八四，中华书局 1979 年版，第 3238 页。

③ 计有功辑撰《唐诗纪事》，上海古籍出版社 2021 年版，第 696 页。

膝盖弯曲并急起的舞蹈动作，《胡饮酒》序曲中的“居”亦是膝盖弯曲的动作，“蹲”在“跳身转毂”之前，正如“居”在“舞踏”之前。三是脚部舞蹈动作，“环行急蹴”“跳身转毂”“弄脚缤纷”等说明《胡腾舞》以脚部动作为主，伴有腾跳、旋转，《胡饮酒》的“舞踏”亦是脚部踏地的动作，同时身体旋转。四是手部动作，《胡腾舞》是“反手叉腰”，《胡饮酒》舞图中舞人右手叉腰的姿态清晰可见。综合上述四点，可推知《胡饮酒》的舞蹈动作应是主要源出《胡腾舞》。

但四点共性并不意味着《胡饮酒》能够与《胡腾舞》完全等同，二者的表演形态仍然有着一定的差异：二诗云《胡腾舞》戴珠帽不戴假面，《胡饮酒》既戴帽子且戴假面，但帽并不缀珠；《胡腾舞》的胡儿在“帐前跪语”之后开始舞蹈，具有以致语引导表演的性质，《胡饮酒》并无致语。

《胡腾舞》可以是普通乐舞形式的表演，不需脚色扮演与故事情节；《胡饮酒》的假面，却是意味着脚色扮演。任半塘认为《胡腾舞》可转变为歌舞戏，《西凉伎》即是在带有戏剧元素的《胡腾舞》基础上形成的全能剧：“据李端、刘言史集中咏《胡腾》诗，《胡腾》之剧均以路远思乡为主题，其伎亦具科白，特偏重歌舞而已……在新伎——《西凉伎》，以西凉乐、《狮子舞》及二胡儿之科白表情为主，以《胡腾舞》为重要穿插；在旧伎——《胡腾》歌舞剧，乃以《胡腾舞》及《胡醉子》乐曲为主，其他则无。”① 李、刘二诗描写的表演中有科白、歌唱、舞蹈，并具有“故乡路断”“西顾思乡”的故事情节，但“胡儿”乃是真胡儿，并非扮演的人物。故两诗所写的《胡腾舞》具有一定的戏剧元素，但尚非戏剧形态。

白居易《西凉伎》一诗中的“假面胡人假狮子”，任半塘认为是涂面化装，而非佩戴面具。但面与狮子皆假，狮子用假形装扮，

---

① 任中敏著，杨晓霭、肖玉霞校理《唐戏弄》，第381～382页。

“假”既用来指称假形，“假面”当是假面而非表演者的真面。“假面”一词常见于唐代乐舞、戏剧、傩仪的相关记载中，如《教坊记》记《大面》是“刻木为假面”，《唐六典》卷十四、《通典》卷一三三所记《大傩》中“方相氏”“侲子”“唱帅”皆戴“假面”，“假面”皆指佩戴面具而非真面。《西凉伎》的“假面”亦是歌舞戏剧表演所用，应当是佩戴面具而非涂面，“胡儿”应是扮演的人物而非现实生活中的真胡儿。加上扮演元素的《胡腾舞》已与普通的歌舞表演有别，可称为戏剧表演，并成为《西凉伎》的重要组成部分。李、刘、白三诗描写的皆是凉州陷落之后的《胡腾舞》表演，“收泪看”说明胡儿的致辞已传递出悲痛的情感，作为观众的“安西旧牧”与之共情；“泣向狮子双泪垂”已将此种悲痛的情感融入表演之中。《西凉伎》假面胡儿的面部形象必定要表现出悲痛的表情。由此再回看《胡饮酒》的假面，引起误解的“披发皱眉，嘴角向下”的面部表情恰可与《西凉伎》中的胡儿相对应。

《胡饮酒》的舞蹈动作源自《胡腾舞》，但《胡腾舞》可以是普通乐舞的表演，不用扮演与故事。今天的考古发现中有诸多唐代《胡腾舞》的文物与舞图出土，如陕西西安唐苏思勖墓室东壁的《胡腾舞》舞图，陕西扶风法门寺唐代鎏金《胡腾舞》纹银香宝子，等等。图像中的舞人皆作一脚抬起、一脚踏地的舞蹈动作，但皆未佩戴面具，为普通意义上的乐舞表演。将《胡饮酒》视为普通的《胡腾舞》亦无不可，但其假面所代表的脚色扮演与悲痛的情感显然又不同于普通乐舞的表演。《西凉伎》的胡儿已佩戴假面，且极有可能突出悲痛的面部表情，《胡饮酒》的假面应与《西凉伎》中的“假面胡儿”有着密切的联系。结合《胡饮酒》的舞蹈动作与假面形象，可进而判断其表演形态主要源自带有戏剧元素的《胡腾舞》，极有可能是直接受到《西凉伎》的影响。

《西凉伎》所用曲调，任半塘以为“如《凉州》大曲、《西河狮子》、《太平乐》、《胡醉子》，均有可能”①。“《胡腾》之乐曲，可能为《凉州》大曲，亦可能为《胡醉子》杂曲。……日本伎乐中称《醉胡》，或《酒胡子》；在《续日本史·乐志》内，属壹越调。日籍中又称《醉公子》，或《胡饮酒》，谓状胡王之醉态。正仓院有《醉胡》袍，乃其舞服也。《古事类苑》音乐部有《胡饮酒》之面具图，并谓源出散乐《苏中郎》，则附会耳。”② 《胡饮酒》非《苏中郎》，上文已辨。但此处将“伎乐”《醉胡曲》与《酒胡子》《胡饮酒》牵合成一曲，与基本史实不符。首先，“伎乐”是南朝时期经百济传入日本的假面戏，其《醉胡曲》包括醉胡王与醉胡从两个脚色，日本文献并无又名《酒胡子》一说。正仓院的《醉胡》袍，乃是《醉胡曲》所用，亦非别曲装束。其次，《酒胡子》为“唐乐”壹越调曲，又名《醉公子》，《仁智要录》引《南宫横笛谱》云“唐人为酒饮时为此音声”③，后世各家乐书皆从此说。据此，《酒胡子》应即唐教坊曲《醉公子》，东传之后亦为小曲，拍子十四，有乐无舞。最后，《胡饮酒》别名为《宴饮乐》，《酒胡子》《醉公子》又名《胡饮酒》之说不见于任一日本文献。

普通乐舞与带有戏剧元素的《胡腾舞》表演时皆有乐器伴奏。苏思勖墓的舞图中绘有为《胡腾舞》舞人伴奏的乐人，有拍板、横笛、铜钹、笙、琵琶、箜篌、琴、排箫、筚篥等多种乐器伴奏，但不知乐用何曲。通过“环行急蹴皆应节”“横笛琵琶遍头促”等诗句可推知其乐曲用节奏较快的急拍、促拍。《胡饮酒》在日本乐谱中是作为一支独立的乐曲存在，“舞踏”的表演在破曲部分，《胡腾舞》的“环行急蹴”亦当用破曲。从胡人饮酒的表演来看，《胡腾舞》存在着用教坊曲《胡醉子》的可能。但唐代文献中仅《教坊记》记有《胡醉子》曲名，其曲可否用为舞曲、节奏如何皆不可考。日本文献

---

① 任中敏著，杨晓霭、肖玉霞校理《唐戏弄》，第 377 页。

② 任中敏著，杨晓霭、肖玉霞校理《唐戏弄》，第 385 页。

③ ［日］藤原师长《仁智要录》卷五，日本内阁文库本，昌平坂学问所旧藏。

中亦不见《胡醉子》的相关记载，将《胡饮酒》论定为《胡醉子》，今暂无文献可依。

结语

通过上述论证可知，《胡饮酒》假面的高鼻是为表现胡人的形象，而非苏中郎或苏郎中的“鼩鼻”“皻鼻”；《胡饮酒》与《钵头》假面互讹，《钵头》面涂红色对应《苏中郎》的“面正赤”一说根据遗存实物假面可明确证其有误。《乐府杂录》将《踏谣娘》与《苏中郎》列入“鼓架部”而非“胡部”，可知二者并无突出的胡乐文化渊源，其乐曲来自民间歌谣而非胡乐，其故事亦非胡人故事。根据假面特征、乐曲属性，可明确判断《胡饮酒》并非源出《苏中郎》或《踏谣娘》。《胡饮酒》的假面、舞蹈动作、乐曲等与带有戏剧元素的《胡腾舞》以及《西凉伎》，有着更为直接的联系。但是东传之后的《胡饮酒》，未见相关歌辞或致辞的记录，仅存假面、乐曲与舞蹈。假面使其具有不同于普通乐舞的脚色扮演性质，虽有退场时故意走错台阶以示醉酒迷路，但整体的故事性弱化，相比唐时，戏剧性减弱。

（岳俊丽　江苏大学文学院讲师）

戲曲研究

作场：娱神或娱人*

——广胜寺水神庙戏剧壁画的时空关系

程思煜

山西洪洞广胜寺水神庙的戏剧壁画（图 1），作为广胜寺三绝之一，历来吸引诸多戏曲研究者的关注。广胜寺水神庙，又称大郎庙或明应王殿。其位于洪洞县（原属赵城县）东北 17 公里的霍山脚下。霍山是太岳山的主峰，山下有泉名为霍泉，水神庙即为祭祀霍泉水神的风俗神庙，又因水神原名大郎，为霍山山神长子，因此水神庙也称大郎庙。四壁满绘壁画，为元泰定元年（1324）绘制完成。

早在 1934 年 8 月，梁思成、林徽因接受美国学者费正清、费慰梅邀请，到山西汾阳峪道河进行考察之时，便关注到了广胜寺水神庙

* 本文为北京大学金德航女士传统音乐与戏曲研究奖学金（2021—2022 年度）“最佳科研方案奖”资助项目。

图1　山西洪洞广胜寺水神庙戏剧壁画

的壁画。[①] 梁、林敏锐地发现了壁画的非宗教性题材，其后这幅戏剧壁画便进入对于元代演剧形式的讨论中，具代表性的有刘念兹《元杂剧演出形式的几点初步看法——明应王殿元代戏剧壁画调查札记》，柴泽俊、朱希元《广胜寺水神庙壁画初探》，黄竹三《山西洪洞县霍山水神庙及水神庙祭典文碑祭祀演剧考述》，周华斌《广胜寺"忠都秀"戏曲壁画新考》，戚世隽《明应王殿元代戏剧壁画新探》，张勇风《元杂剧"一人独唱"与水神庙元代戏剧壁画新解》，这些文章主要探讨了壁画展现的演剧体裁、演剧形态、所演剧目、题壁文字释读，等等。[②] 对于水神庙壁画整体所呈现出来的观念探讨，主要有美国密歇根大学景安宁所著《广胜寺水神庙：艺术、仪式和戏剧的

---

① 参见梁思成、林徽因《晋汾古建筑预查纪略》，载梁思成《中国古建筑调查报告》（下），生活·读书·新知三联书店2012年版，第721页。

② 参见刘念兹《元杂剧演出形式的几点初步看法——明应王殿元代戏剧壁画调查札记》，《戏曲研究》1957年第2期，第66～85页；柴泽俊、朱希元《广胜寺水神庙壁画初探》，《文物》1981年第5期，第86～91页；黄竹三《山西洪洞县霍山水神庙及水神庙祭典文碑祭祀演剧考述》，载黄竹三《戏曲文物研究散论》，文化艺术出版社1998年版，第169～201页；周华斌《广胜寺"忠都秀"戏曲壁画新考》，载周华斌《中国戏剧史论考》，北京广播学院出版社2003年版，第75～88页；戚世隽《明应王殿元代戏剧壁画新探》，《中山大学学报（社会科学版）》2008年第6期，第35～43页；张勇风《元杂剧"一人独唱"与水神庙元代戏剧壁画新解》，《戏剧艺术》2015年第3期，第85～92页。

宇宙论功能》，书中将壁画内容视作一个完整的祈雨—行雨过程。[①]此外，如朱浩的《从演剧习俗到美术传统：论中国古代演剧图中的"窥帘"及其成因》则从图像学角度进行了讨论。[②]

本文试图跳出对于单一戏剧主题壁画的探讨，把壁画内容放置到当时的时空场域中去，以戏剧壁画为主线索，论述其背后所展现出来的时空关系，进而探讨在祭祀语境下的戏剧形态。

一　替场：图像的空间与空间的图像

巫鸿在《"空间"的美术史》里这样描述图像与空间的关系："并不是图像在空间里，而是图像构成了空间，空间因而存在于图像之中。"[③] 从水神庙壁画来看，一方面壁画满绘于四壁，构成了一个图像空间；另一方面，图像描绘并延展了空间，使得水神庙不仅仅局限于庙宇建筑本身。它既在物理空间上延展到更广阔的外部并指向其所在的赵城县及霍山一带，同时又将人和神的空间连为一体。

水神庙的西壁和东壁是以祈雨图和行雨图为主视觉图像的两幅壁画，体现了水神庙的中心祭祀功能。同时在西南壁、西壁和东壁上，可以找到和霍山当地传说相关的图像以及标志性建筑。比如在西南壁上部所绘玉渊亭图，即为霍山脚下宋元时期的有名亭榭。在描绘行雨图的东壁上隅，绘有古广胜上寺建筑群。前沿置山门一座，山门为重檐三滴水，歇山式屋顶。门内矗立笔直幡杆一根，杆头红幡迎风招展。院内宝塔高耸，八角十三级，底层木廊环绕。塔后建有平面十字形三层高阁一座，四面各出抱厦一间。楼后还有垂直排列的殿宇三座，

① 参见 Anning Jing, *The Water God's Temple of the Guangsheng Monastery*: *Cosmic Function of Art*, *Ritual*, *and Theater*, Leiden; Boston; Köln: Brill, 2002。

② 参见朱浩《从演剧习俗到美术传统：论中国古代演剧图中的"窥帘"及其成因》，《戏曲研究》第 112 辑，文化艺术出版社 2019 年版，第 385 ~ 408 页。

③ ［美］巫鸿著，钱文逸译《"空间"的美术史》，上海人民出版社 2018 年版，第 86 页。

中有走廊相连，左右配殿对称，外沿环廊封护。整座古刹建筑群云雾缭绕，金光闪耀，气势磅礴。虽然形制与现存元代广胜寺建筑有很大不同，但是八角十三级的宝塔让人一望而知：这就是广胜寺的景观。

广胜寺始建于东汉建和元年（147），几度兴废，元大德七年（1303）因地震毁坏后重建。现存广胜上寺基本为元代重建后的建筑。虽然广胜上寺主要为佛寺，看似与水神庙体系并无联系，但是根据《广胜寺志》中《修葺韦驮殿暨前后大殿并佛塔回廊记》所载："大唐肃宗上元元年，行脚赐贤无净比丘北觐曼殊现异端，犹夫觉时，名闻有司上其状于朝，敕令仍旧址竣焉。旋广胜塔落成，上遣丞相李泌封明应王之神以护之，此唐以前广胜塔之本缘也。"① 又据《赵城县志》卷二十七"坛庙"项所述："水神庙……在县东南四十里霍山之麓，庙前即霍水所出……明应之号，旧志为唐时所封，今无改。"②

这两处记述解决了两个问题，一是阐明了水神庙又名明应王殿的缘由，二是厘清了水神庙和广胜寺之间的关系，即为什么在广胜寺的近旁会有不同于自身体系的庙宇出现。此外，在水神庙的修葺过程中，也有广胜寺僧人参与修建并出力出资的记录。因此，在水神庙的壁画空间中，既指涉了水神庙关于四时行雨护佑灌溉农事的功能——霍泉上玉渊亭的描绘；又指涉了其护佑佛寺宝塔的功能——古广胜寺的描绘，这是在功能意义上的空间扩展。

水神庙本身物理空间的扩展，主要体现于东南壁的戏剧壁画上及北壁的两幅后宫图《王宫尚宝图》《王宫尚食图》中。

东南壁所绘戏剧壁画展现的就是元代在水神庙祭祀时用以酬神的戏剧演出。在明应王殿下东南隅所存元延祐六年（1319）立重修明应王殿之碑中就详细描述了在神诞日（农历三月十八日）于水神庙

① 扈石祥编著，童玮校核，政协洪洞县文史资料研究委员会编《广胜寺志》，内部资料，1988年，第55页。

② 杨延亮纂修《赵城县志》，清道光七年（1827）刻本，参见《中国地方志集成 山西府县志辑 道光赵城县志 道光太平县志（一）》，凤凰出版社2005年版，第107～108页。

祭祀酬神演剧观礼的盛况。[①] 对演剧酬神的描绘无疑是对人间的展现，且其位置正好位于明应王塑像的对面，在视觉空间上既是神对于人间的观看，同时也将空间位置推到更南部的戏台，也就是在物理空间上真实存有的戏台那里。

在水神庙正南方靠近霍渠之地，现存对山门后半部改造过的戏台。经发掘，其基础部分仍是金元时期碎砖三合土做法，应为元代水神庙乐楼旧址。明洪武二十五年（1392）水神庙再度兴工之时，将山门移到霍渠北岸重建。民国时进行改造，将门庑的后半部改装为低矮的硬山式戏台，前半部保留明代的柱子和梁栿，并依檐柱砌筑砖墙门面。虽然戏台几经变迁改造，但可以肯定的是，类似的戏台建筑在元代时就已经存有。

在水神庙的北壁，也就是明应王雕塑的后方两侧墙壁上，绘有《王宫尚宝图》《王宫尚食图》，即后宫景象。这是明应王身后神之所居的空间扩展。从人的空间到神的空间，经由壁画描绘，实则也是一种借由图像的空间取代。

为什么要用图像的空间来代替真实的物理空间呢？我们从碑文中可知，在元大德七年（1303）八月初六，此地发生约七级地震，震中恰好在洪洞、赵城一带。按《重修明应王殿之碑》所述："火炎昆岗，玉石俱焚，奚尝有二哉！"[②] 也就是说地震前所建明应王庙建筑全毁，而现存的庙宇均为大德九年（1305）始兴建的。其实元初因水神庙在金代毁于兵火，就曾重修过一次。因此在元至元二十年（1283）的《重修明应王庙碑记》中可以看到这样的记载："中统建元年，本路（平阳路）总管府指挥下两县使修后宫三门，有司虽奉行而终无成绩。至元戊寅……（赵城县宰张公祐）锐意修之。始自两廊陶甓运木……凡三间为一司，左右分司者八，继而将兴三门，南

① 参见黄竹三、冯俊杰等编著《洪洞介休水利碑刻辑录》，中华书局2003年版，第14～17页。

② 转引自柴泽俊、任毅敏《洪洞广胜寺》，文物出版社2006年版，第373页。

渠是役也……三门之基，旧在泉北，公将慨然更新其制，乃曰：‘吾观旧迹，阻渠褊浅，道不前通，岂庙庭之深邃乎。故当前开正路，南树（竖）应门，且有王宫壮丽之威，又得地形而雄瞻之宜。’遂建于渠南，落成之日，识者无不叹服！门之间架同于殿而材用过焉。其层庐累栱，华析藻井，义负致密，规模远矣！□于后宫中门一一完具，皆公之志……”① 从这段描述中可知，在至元十五年（1278）左右建成的水神庙应该是水神庙建筑最恢宏的时候。后宫三门及两侧廊庑皆备，几与王宫形制无二，异常壮丽。而现存的水神庙仅有正殿，过去所建后宫三门皆无。

在大德七年（1303）经历了如此巨大的自然灾害后，要重修一座庙宇是有难度的。水神庙自大德九年（1305）开始重建，延祐三年（1316）五月神龛修成（见神龛右侧下部匠师刻字），延祐六年（1319）殿内砌造沙泥完毕（见《重修明应王殿之碑记》），泰定元年（1324）殿内外壁画绘制完成。可以想见，这座庙宇在重建的时候必然是先恢复它基础的祭祀作用，至于后宫三门这种华丽建筑，再包括乐楼或露台可能在壁画所绘之时都舍弃了。华丽的建筑因为要消耗大量人力物力而无法立即恢复，但是可以通过壁画的形式加以展现。所以我们在壁画中就能看到在明应王身后的后宫描绘与东南壁的戏剧描绘。在此前的至元二十年（1283）的《重修明应王庙碑记》中，其描述主要集中于庙宇建筑修建的恢宏，而关于壁画只是提及有“涂（金）绘像倾颓瓦砾之间”。可见在前一次的修筑中，经济实力主要体现在建筑之上，并且建筑的恢宏更能让民众信徒有直接的震慑之感。而在大德九年（1305）开始的灾后重建中，这些原有的建筑便通过壁画的形式留存了下来，从原先真实的物理空间，变成了壁画中由人及神的想象空间。

在其后的岁月中，后宫三门建筑始终没有恢复。但是因为祭祀不

---

① 转引自柴泽俊、任毅敏《洪洞广胜寺》，第372页。

断，演乐的传统被延续下去，因此在明代以后戏台被修复起来。我们在明万历四十八年（1620）的《水神庙祭典文碑》中可以看到水神庙全年的祭祀频繁，且有多处延请乐户杂剧献艺祭典的描述。① 不过即便建筑即戏台（或为露台、乐亭）一时难以恢复，演剧也并不一定要依附于建筑场所。事实上在有固定的演剧场所以前，更多的就是临时搭棚作场。因此这里的戏剧壁画，恐怕不仅仅是空间关系的扩展，还有时间关系上的扩展。

二　在场：时间的延展，祈神赛社盛况及元代禁令

在场作为戏剧的本质属性之一，意味着共时性、现场感、亲密性等。也就是说，不同于其他的艺术表现形式或者文学形式，戏剧的发生是非常强调时空场域的共存关系的。柯斯丁·斯切梅特（Kerstin Schmidt）在《转换的戏剧：美国戏剧中的后现代主义》中说："'在场'和戏剧密切相关，因为戏剧表演在本质上来讲是此时此刻发生在某一群体的观众面前的一种原创性艺术行为。"②

戏剧的这种共时性，让戏剧成为再现某一时刻或者某一段时间的标志性活动。也就是说，每一次戏剧表演都是时间上独有的观演关系的发生。对于戏剧活动的回忆，可以立刻将人们带回到当时观剧的情境中去。在水神庙的祭祀仪式中，戏剧表演无疑是当时祈神赛社盛况最生动的缩影。而壁画的作用，就是将这种发生在某一时段的标志性活动固定下来，让时间性事件反复发生且持续发生。

从壁画所描绘的演剧场景中可以看到，位于前排左二的演员张着

---

① 参见黄竹三、冯俊杰等编著《洪洞介休水利碑刻辑录》，第 49～55 页。

② Kerstin Schmidt, "The Theater of Transformation: Postmodernism in American Drama", Editions Rodopi B. V., *English & American Studies in German*, Amsterdam – New York: 2005, p. 66. 转引自孙冬、Man – Wah Luke Chan《论当代西方戏剧中的"在场"》，《外国文学研究》2010 年第 5 期，第 146 页。

嘴，其身后的乐师正在吹笛，脸上的表情和手上的动作都表现出他正在扮演戏中人物演唱。在画面左后方，一个孩童撩开帘子向场上观望，他可能是一个正要上场的演员，也可能是一个好奇的孩子在观看前台的演出。不论这个孩子的身份是什么，撩帘观看是一个瞬时性动作，它提示了前台演出的正在进行。

壁画提示着戏剧活动所映射的祈神赛社活动的发生，提示着民众祭拜和神灵感应的在场。更进一步想，这种试图将瞬时性动作固定下来的做法，反而提示着祈神赛社活动的缺席。壁画的作用正是补足这一缺席。那么这种酬神活动是否如我们所想真的缺席以及如何缺席呢？（这里仅讨论壁画发生的元代及以前。）

我们回到关于水神庙祈神赛社盛况的介绍。至元二十年（1283）《重修明应王庙碑记》记述："每岁春季中旬八日，谓神降日，箫鼓香楮骈阗来享者其众。"① 延祐六年（1319）的《重修明应王殿之碑》中所记更为翔实："询之故老，每岁三月中旬八日，居民以令节为期，适当群卉含英，彝伦攸叙时也。远而城镇，近而村落，贵者以轮蹄，下者以杖履，挈妻子与老羸而至者，可胜既哉。争以酒肴香纸，聊答神惠。而两渠资助乐艺，牲币献礼，相与娱乐数日，极其厌饫，而后顾瞻恋恋，犹忘归也。此则习以为常。佥曰：古今之胜游嘉赏，根其人心所同，然没以厉禁莫能也。此与神之格思，不可度思，矧可斁思。不侔矣。"②

这两处记录展现了水神庙祈神赛社的盛况，尤其是三月十八神诞日应是水神庙全年最为盛大的祭祀活动。但是除了对这种盛况的描述外，我们也可以看到其他端倪。首先在于"询之故老"，单这四字就可看出在一段时间内，至少是十几二十年的时间内，这样大型的祈神赛社活动已经不为所见，才会造成立碑之人只能"询之故老"才能

① 转引自柴泽俊、任毅敏《洪洞广胜寺》，第371页。
② 转引自柴泽俊、任毅敏《洪洞广胜寺》，第373页。

重现当时的盛况。而这样的情景在之前是“此则习以为常”。后面两句话就更为直接地说明问题了：“佥曰：古今之胜游嘉赏，根其人心所同，然没以厉禁莫能也。此与神之格思，不可度思，矧可斁思。不倖矣。”也就是说，水神庙祈神赛社，是民心所向，令行禁止是做不到的。接下来这句出自《诗经·大雅·抑》“神之格思，不可度思，矧可射思”，意思是说神的亲临是难以预测的，不知道何时忽然降临，正因如此我们怎么可以厌倦懈怠不加敬畏呢？

从这些话语里，可以合理推想：水神庙祭祀的盛况，至少在立碑之时已经多年不见。当然造成这种状况的原因可能是当时发生自然灾害，在民众身心及经济遭到重创之后，不能立即复现。但更大的可能性在于其后所述的“厉禁”之事。毕竟从祭祀来说，越是遭到灾害，人们就越会倾尽全力祭祀，以向神明忏悔并祈佑将来的风调雨顺——这本是祭祀的功能所在。而碑中所述字里行间都显示出对“厉禁”的反对，因为祈神赛社是“人心所同”，所以“没以厉禁莫能也”。可见厉禁虽真实存在，但祭祀活动却不能禁绝。虽然祭祀活动不能禁绝，但又毕竟受到厉禁影响，其盛大程度或者举行频次显然不可能达到此前的盛况了。其后所引《诗经》一句说明，祭祀活动受到影响不能持续，但是神明的降临又是随时且不可预测的，这该如何解决呢？可以想见，一方面民众一定还在厉禁之下延续小型或不定时的祭祀，另一方面就显示在壁画的描绘上了。既然当日祈神赛社之盛况不能于现实空间中再现，那就用绘画的形式固定在水神庙的墙壁上，戏剧演出作为最具代表性的缩影，就成为这种祈神活动在场的最佳选择。

那么，碑文中所述厉禁究竟指的是什么呢？这里便需要讨论一下元代的祭祀制度。它主要可体现在官方对于“岳镇海渎”的祭祀禁令以及对于民间祈神赛社的禁令上。水神庙所处的霍山地区恰好就是这两种祭祀的交汇之处。

岳镇海渎主要指的是对五岳、五镇、四海、四渎的祭祀。在元代，官方的岳镇海渎祭祀盛极一时。其中五镇指的是东镇沂山、南镇会稽山、西镇吴山、北镇医巫闾山和中镇霍山，中镇霍山就是水神庙所在地。但是需要注意，岳镇海渎祭祀是逐步发展的，尤其五镇并不是一开始就在其列。大致发展脉络为“大蒙古时期，祭祀对象只有五岳、四渎；忽必烈即位初年，加入东海，至元二十八年（1291），为五岳、四渎、四海加封号，是为正式定制；成宗大德二年（1298），增入五镇，完整意义上的岳镇海渎祭祀制度最终形成”①。

在《元史·卷七十六·志第二十七》中有“岳镇海渎”和“岳镇海渎常祀”两个条目，其中“岳镇海渎”条目记载：“岳、镇、海、渎代祀，自中统二年始。凡十有九处，分五道。后乃以东岳、东海、东镇、北镇为东道，中岳、淮渎、济渎、北海、南岳、南海、南镇为南道，北岳、西岳、后土、河渎、中镇、西海、西镇、江渎为西道……至元二十八年正月，帝谓中书省臣言曰：‘五岳四渎祠事，朕宜亲往，道远不可。大臣如卿等又有国务，宜遣重臣代朕祠之，汉人选名儒及道士习祀事者。’”② 在“岳镇海渎常祀”条目中记载：“至元三年夏四月，定岁祀岳镇海渎之制……六月中岳、镇，土王日祀嵩山于河南府界，霍山于平阳府界……祀官，以所在守土官为之。既有江南，乃罢遥祭。”③

从这些记录中可以看到官方对于岳镇海渎的重视，以及祭祀的时间和方式。作为五镇之一的中镇霍山，既然名列官方祭祀之中，自然也不会怠慢。那么水神庙的祭祀难道不应该在这种官方祭祀的笼罩中更加盛大吗？需要注意，水神庙更多的是一座民间祭祀寺庙（虽然有官方参与的痕迹，但还是以民间祭祀为主，兼用官督民办的方法），虽然倚靠中镇霍山，但是离官方祭祀之地越近，就越有可能发生矛盾。事实上，官方祭祀和民间祭祀的冲突在元代公文中是有直接体现的，这种冲突也直接导致了官方对于民间祈神赛社的禁令颁布。

---

① 马晓林《元代岳镇海渎祭祀考述》，《中国史研究》2011 年第 4 期，第 132 页。
② 许嘉璐主编《二十四史全译·元史》，汉语大词典出版社 2004 年版，第 1486 页。
③ 许嘉璐主编《二十四史全译·元史》，第 1488 页。

《元典章·刑部卷十九·典章五十七》“杂禁·禁投醮舍身烧死赛愿”一条中有明确记载：

〔来〕呈：“据山东东西道廉访司申：‘本道封内有太山东岳，已有皇朝颁降祀典，岁时致祭，殊非细民谄渎之事。今士农工商，至于走卒、相扑、（排）〔俳〕优、娼妓之徒，不谙礼体，每至三月，多以祈福赛还口愿，废弃生理，聚敛钱物、金银、器皿、鞍马、衣服、疋段，不以远近，四方辐凑，百万余人，连日纷闹……岳镇海渎，圣帝明王，如蒙官破钱物，令有司岁时致祭，民间一切赛祈并宜禁绝。’得此。本台具呈照详。”……“……又照得至元十一年二月十四日奏：‘祈神赛社，扶鸾祷圣，夜聚晓散，并自伤肌体，挂勾子，打脊硬物抄化的人每，也合禁约。’圣旨：‘准奏。’钦依禁治去讫。今承见奉，本部约请到礼部郎中李朝列一同议得：岳镇名山，国家致祭，况太山乃五岳之尊。今此下民不知典礼，每岁孟春，延及四月，或因父母，或为己身，或称祈福以烧香，或托赛神而酬愿，拜集奔趋，道路旁午，工商（妓）〔技〕艺，远近咸集，投醮舍身，无所不至。愚惑之人既众，奸恶之徒岂无？不惟亵渎神灵，诚恐别生事端。以此参详：合准本道廉访司所言，行移合属，钦依禁治相应。具呈照详。”得此。都省仰依上施行。①

这段描述详细记录了官方岳镇海渎和民间祈神赛社的冲突，而这种情况不仅仅发生在泰山一处。民间赛社是遍布各地的，只是在设有官方祭祀的岳镇海渎之处矛盾集中体现出来了。对于官府来说，在岳镇海渎处的民间祭祀，既是僭越祀典，亵渎神明，也容易聚众滋事，引发祸端。因此在元代颁发了对于民间祈神赛社的禁令。在《元典

---

① 陈高华、张帆、刘晓、党宝海点校《元典章》，中华书局、天津古籍出版社 2011 年版，第 1949～1950 页。

章·刑部卷十九·典章五十七·禁聚众》中有“祈神赛社”“住罢集场聚众等事”“禁聚众赛社集场”“禁罢集场”等条目均描述了这类活动的危害并予以禁止。①

其实即便是有这样的禁令存在，民间祈神赛社也是很难禁绝的。特别是广大乡村地带，这种风俗遍布其间，深入民心，实则是屡禁不止。但是在水神庙所处的霍山地区又有不同，它毕竟是作为岳镇海渎的五镇之一存在，因此官方对于此地的管控又会更加严厉一些。所以在碑文中会有对于这种禁令的不满之意。而那些明确被禁止的聚众唱词、祈神赛社、演剧鸣锣的景象，就被绘为壁画留存在了大殿内。它既是对当下与未来的每时每刻对于神明的祈祷，也是对于往昔赛社盛会的一种追忆及固定。

三　作场：娱神或娱人，祭台或戏台

前文中，笔者讨论了作为整体的水神庙壁画所展现出的空间关系，以及在时间维度上戏剧壁画所反映出来的变迁。下面不妨将目光重新汇集到这幅戏剧壁画中来，单就这幅壁画所展现出来的图像空间关系，交织着娱神与娱人的目的、戏台与祭台的功能。

在这幅戏剧壁画中，提示空间关系最重要的就是在演员后方悬挂的帐幔，帐幔上还有绘制了一人斩蛟图像的两片幕布。在帐幔的上方写有榜题“大行散乐忠都秀在此作场”。幕布褶皱和帐幔边饰被细致地描绘出来，画面左侧一个孩童撩开帐幔正向台上张望。孩童撩动帐幔，让整个空间在纵深上的错落暴露出来。在幕布的前方，下面方格地砖向前延伸，将戏台空间往前探出，形成了表演空间。而孩童撩帘的动作，提示了幕布之后的空间，给观者遐想的余地。

从整个水神庙壁画来看，每一处场景和细节的母题都是有意识选

① 参见陈高华、张帆、刘晓、党宝海点校《元典章》，第1930～1934页。

择的。它们要么指向与当地相关的故事传说，比如太宗千里行径图、敕建兴唐寺图；要么间接指向祭祀或祈雨，比如被许多学者所认同的卖鱼图、打球图、下棋图，是对于“求雨”“祈雨”的谐音等。[①] 对于壁画上所描绘的正在表演的剧目与形态，学者已多有论争，且难有定论。在笔者看来，更加值得玩味的，恰恰是舞台后方的这幅帐幔。笔者挑出三处来讨论，一是上方榜题“作场”二字，二是孩童撩帘的提示，三是绘制于帐幔上的主视觉图像：斩蛟图。

壁画上方的榜题：“大行散乐忠都秀在此作场”，其实被讨论得很多，比如关于“大行”的探讨，关于“忠都秀”人物的发掘，但是少有学者探讨“作场”二字。[②] 关于“作场”，周贻白在《中国戏剧史长编》中说，作场即演戏，比如《蓝采和》剧中有“俺在这梁园棚勾栏里做场，昨日贴出花招儿去”。[③] 再如陆游诗《小舟游近村舍舟步归》四首有：“斜阳古柳赵家庄，负鼓盲翁正作场。”[④] 如果再深究一步，关于“场”，《说文解字》中解释为：“场，祭神道也。”[⑤] 也就是说“场”一开始就和祭祀相关。而演剧所谓“作场”也就是作为祭祀的一种手段。

所谓“戏台”其实最早就是“祭台”，和祭台的功能是共用的，或者说，歌舞杂剧等在祭台上的表演，就是一种“献祭”形式。在《大金承安重修中岳庙图》碑[⑥]和《蒲州荣河县创立承天效法厚德光

---

① 关于卖鱼图、打球图、下棋图的解释可以参见景安宁《广胜寺水神庙：艺术、仪式和戏剧的宇宙论功能》，第 121 ~ 128 页。（Anning Jing, *The Water God's Temple of the Guangsheng Monastery*: *Cosmic Function of Art*, *Ritual*, *and Theater*, Leiden; Boston; Köln: Brill, 2002, pp. 121 – 128.）

② 此处感谢郑岩老师在“中国美术史专题”课程上的启发。陈均老师对该部分亦有指点，一并致谢。

③ 参见周贻白《中国戏剧史长编》，人民文学出版社 1960 年版，第 244 ~ 246 页。

④ 陆游著，钱仲联校注《剑南诗稿校注》卷三十三，上海古籍出版社 1985 年版，第 2193 页。

⑤ 许慎撰，徐铉校定《说文解字》，中华书局 1963 年影印版，第 289 页。

⑥ 参见张家泰《〈大金承安重修中岳庙图〉碑试析》，《中原文物》1983 年第 1 期，第 41 页。

大后土皇地祇庙像图石》碑[1]中，都可以看到在神庙正对面的空地上，有一个高起的方形台——一般被认为是“露台”[2]。“露台”的功能在平日可能是放置一些祭祀用品，作为祭台使用；而在一些祭祀活动的时候，其上则可以演剧、歌舞、杂要等，成为一个“戏台”。在这个阶段，“祭台”与“戏台”没有什么分别。

但随着时间的推移，演剧娱乐的祭祀功能当然还在，但是祭祀更像是一种大家能够聚集在一起集会观演的理由，因此祭祀的功能虽在，但观剧的空间则需增大，戏台的设置也越来越好。一方面戏台的建制越来越恢宏，开始有了屋顶，一面墙、三面墙；另一方面，戏台和庙宇的距离则越来越远，有的时候是与山门合为一体，成为一种山门戏台，或者直接移到了山门以外，目的都是获得更大的观剧空间。从这种变化中可以看出“戏台”和“祭台”的功能处在一种既交互又逐步分离的过程中。

从三面墙开始，戏台便逐步划分了演员的扮戏空间和演剧空间。这便解释了“孩童撩帘”所提示的空间关系。在帘幕后面的空间即演员的扮戏空间，也就是后台。且这个介于上下场之间的动作还提示出了一个空间，即用于上下场的“鬼门道”。按朱权《太和正音谱》所述：“勾栏中戏房出入之所谓之鬼门道。鬼者，言其所扮者皆是已往昔人，故出入谓之鬼门道也……东坡诗曰：‘搬演古今事，出入鬼门道。’正谓此也。”[3] 在用于祭祀的演出中，鬼门道不光是人鬼之间的出入，更有从人到神之间的角色出入。除了在现存的杂剧剧本中能看到大量的神仙杂剧之外，幕布上还提示出了另一层图像证据，就是这幅斩蛟图。

这幅斩蛟图究竟反映的是什么人物故事呢？从水神庙祭祀的目的

---

① 参见《“蒲州荣河县创立承天效法厚德光大后土皇地祇庙像图石”摹本》，《考古》1963 年第 5 期，第 287 ~ 288 页。

② 参见车文明《中国古代剧场史》“露台的兴衰”一节，商务印书馆 2021 年版，第 34 ~ 45 页。

③ 朱权著，姚品文点校笺评，洛地审订《太和正音谱笺评》，中华书局 2010 年版，第 91 页。

和当地民间传说来看，它展现的应是“二郎斩蛟”的故事。关于二郎神的民间信仰流布是非常广泛的，而二郎神究竟是谁，说法也非常多，常见的有李冰或李冰次子说、赵昱说、杨戬说等。如果从“斩蛟”这一事迹来看，主要集中于李冰和赵昱这两个人物，那么此处画的究竟是谁？

从现有材料来看，赵昱的可能性更大。

二郎神从李冰转入赵昱有一个时间发展过程。大体来说唐宋时期，二郎神的说法主要为李冰或李冰次子，而由宋入元以后，则出现了赵昱二郎神的说法并逐步成为主流。① 关于李冰斩蛟的记载，可见《太平广记》：

> 李冰为蜀郡守。有蛟岁暴。漂垫相望。冰乃入水戮蛟。己为牛形。江神龙跃。冰不胜。及出。选卒之勇者数百。持强弓大箭。约曰。吾前者为牛。今江神必亦为牛矣。我以太白练自束以辨。汝当杀其无记者。遂吼呼而入。须臾雷风大起。天地一色。稍定。有二牛斗于上。公练甚长白。武士乃齐射其神。遂毙。从此蜀人不复为水所病。至今大浪冲涛。欲及公之祠。皆弥弥而去。②

关于赵昱的记载最早可见《龙城录》“赵昱斩蛟”条③，《龙城录》托名柳宗元，实应为北宋前期所作。《三教源流搜神大全》与《龙城录》所述基本相同，但将赵昱归为“清源妙道真君”：

> 清源妙道真君，姓赵名昱，从道士李珏隐青城山。隋炀帝知其贤，起为嘉州太守。郡左有冷源二河，内有犍为老蛟，春夏为害。其水汛涨，漂淹伤民。昱大怒，时五月间，

① 参见李飞《唐至元二郎神信仰的传播与演变》，《中国俗文化研究》第十六辑，四川大学出版社 2019 年版，第 125 ~ 139 页。

② 李昉等编《太平广记》，中华书局 1961 年版，第 2316 页。

③ 参见柳宗元《龙城录》，载国学扶轮社辑《古今说部丛书》一集，上海文艺出版社 1991 年影印版，第 477 页。

> 设舟船七百艘，率甲士千余人，民万余人，夹江鼓噪，声振天地。昱持刃入水，有顷，其水赤，石崖奔吼如雷，昱右手持刃，左手持蛟首奋波而出，时有佐昱入水者七人，即七圣是也。公斩蛟时年二十六岁，隋末天下大乱，弃官隐去，不知所终。后因嘉州江水涨溢，蜀人见青雾中乘白马、引数人鹰犬弹弓猎者，波面而过，乃昱也。民感其德，立庙于灌江口奉祀焉，俗曰灌口二郎。太宗封为神勇大将军。明皇幸蜀，加封赤（城王）。宋真宗朝益州大乱，帝遣张乖崖入蜀治之，公诣祠下，求助于神，果（克之），奏请于朝，追尊圣号曰清源妙道真君。①

元代以后李冰或李冰次子为二郎神的说法逐步被赵昱说替代。水神庙的兴建时间比较明确，壁画绘制为泰定元年（1324）前后。关于赵昱斩蛟《龙城录》所述为“左手执蛟首，右手持刀”，《三教源流搜神大全》所述为“昱右手持刃，左手持蛟首奋波而出”。又孙壁文《新义录》“二郎神有二”条说：“《长洲志》谓神姓赵，名昱，灌州人。隋大业中为嘉州守，曾握剑入江斩蛟……”② 这便与壁画中所绘情景非常类似了。图中人物右手持剑，左手张开做出要擒拿蛟龙的姿态，在另一边则是狰狞的蛟龙形象。

除了文字上的记载以外，还能找到更直观的图像资料。在《三教源流搜神大全》“清源妙道真君”条中附有画像（图2）。图中清源妙道真君右手举剑，左手抓住蛟龙的头部，奋而出水。该图与水神庙戏剧壁画中所绘斩蛟图极为相似。

① 《三教源流搜神大全》卷三“清源妙道真君”条，清宣统元年（1909）叶德辉校刊本，第5页。

② 孙壁文《新义录》卷九十一“二郎神有二”条，转引自莞城图书馆编《容肇祖全集（六）语言历史学卷 民俗学与文学卷》，齐鲁书社2013年版，第3107页。

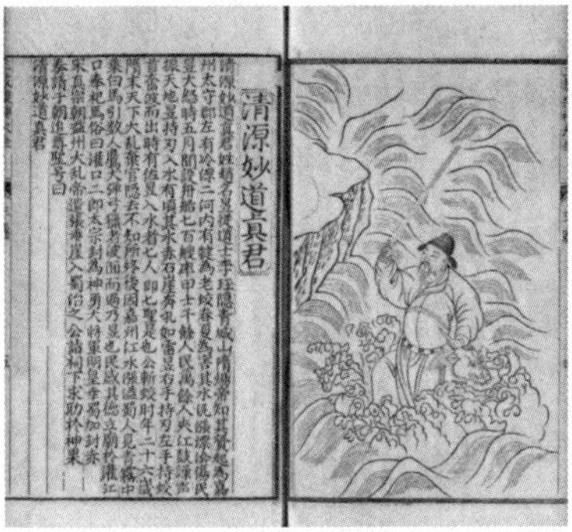

图2 “清源妙道真君”像①

此外，关于二郎神，在元末明初还有不少以其为母题的杂剧作品，如《二郎神锁齐天大圣》《灌口二郎神斩健蛟》《二郎神醉射锁魔镜》等，说的都是赵昱的故事。尤其《灌口二郎神斩健蛟》描述的就是图中所绘故事。至于壁画中台上所演是否为该剧，并不能做直接判断，但是从功能性考虑，在祭祀中演出类似的神仙剧也极有可能。

更加有趣的是，二郎神除了作为水神以外，还有一重身份就是戏神。汤显祖在《宜黄县戏神清源师庙记》中说：“予闻清源，西川灌口神也。为人美好，以游戏而得道，流此教于人间。讫无祠者。”②又，清初李渔在《比目鱼》传奇中说：“凡有一教就有一教的宗主。二郎神是做戏的祖宗，就像儒家的孔夫子，释家的如来佛，道家的李老君。”③ 关于二郎神为何会成为戏神，学者亦有不少探讨，或认为是生殖崇拜，祆教源流，从战神到戏神，等等，各有道理。

在笔者看来，水神庙这幅二郎斩蛟的图像，提供了一个最好的证据，即戏曲与祭祀从功能性的一体到分开。水神庙的这幅二郎斩蛟

① 《三教源流搜神大全》卷三“清源妙道真君”条，清宣统元年（1909）叶德辉校刊本，第4页。

② 汤显祖著，徐朔方笺校《汤显祖诗文集》第三十四卷“宜黄县戏神清源师庙记”条，上海古籍出版社1982年版，第1128页。

③ 李渔《比目鱼》第七出“入班”，载《笠翁十种曲》第20册，清康熙年间刻本。

图，应是非常鲜见的“二郎神”图像同时存在于水神祭祀与戏曲演出的双重语境下的。又如《东京梦华录》所载：“二十四日，州西灌口二郎生日，最为繁盛。庙在万胜门外一里许，敕赐神保观。二十三日，御前献送后苑作与书艺局等处制造戏玩，如球杖、弹弓、弋射之具，鞍辔、衔勒、樊笼之类，悉皆精巧。作乐迎引至庙，于殿前露台上设乐棚，教坊、钧容直作乐，更互杂剧舞旋。”①

可见在祭祀水神的过程中，常常伴随着各类演出的出现。在宋元时期，二郎神是否已经由水神衍为戏神，尚无一定之据。但是从水神庙壁画来看，二郎神作为舞台后方帐幔的主视觉图像，可见它和戏剧演出是不可分离的。戏曲班子的演出具有流动性，每一处演出可能都会重新搭棚，挂置帐幔。可以推想，如果二郎神最初是作为水神而置于帐幔的主视觉图像上的，那么在戏曲班子的长期流动过程中，类似的帐幔也随之行走悬挂。在戏曲与祭祀功能逐渐分离，并主要运用于娱乐之后，二郎神便逐渐作为戏神中的一种而保留下来。

结　语

在水神庙这一组壁画所揭示出来的时空关系中，既可以感知到这座庙宇在当地毁坏又重建的历程，又可以感知到官方祭祀与民间活动的角力。同时它宏大而又细致的描绘，无一处不在紧扣水神庙的祭祀主题。通过对这组壁画的细读，可以发现更多关于元代祭祀与演剧之间的勾连，也可以感受到戏曲作为祭祀中的一环，是如何逐步发展的。

（程思煜　北京大学艺术学院硕士研究生）

① 孟元老撰，伊永文笺注《东京梦华录笺注》，中华书局2006年版，第758页。

戲曲研究

汤显祖《玉合记题词》考辨二则

贾海建

汤显祖与梅鼎祚的交往是晚明文坛的一段佳话。二人青年结识，彼此欣赏，引为同道，梅鼎祚《五君咏·临川汤孝廉显祖》说："义少我辈人，狂鲜与世偶。博文笥在腹，任达柳生肘"[①]。汤显祖《寄宣城梅禹金》则称赞梅鼎祚"秋月齐明，春云等润。全工赋笔，善发谈端"[②]。晚年二人无缘再见，彼此挂念，梅鼎祚《答汤义仍》云："人生渐老，必回思骑竹嬉游处，弟与兄况犹忝声气之末，缔群纪之交耶?"[③] 汤显祖《寄梅禹金》则言"半百之余，怀抱常恶。每念少

① 梅鼎祚《五君咏·临川汤孝廉显祖》，《鹿裘石室集》，载《续修四库全书》第1378册，上海古籍出版社2002年版，第478页。

② 汤显祖著，徐朔方笺校《汤显祖集全编》第1册，上海古籍出版社2016年版，第180页。

③ 梅鼎祚《答汤义仍》，《鹿裘石室集》，载《续修四库全书》第1379册，第641页。

壮交情，常在吾兄”，并曾梦中与之相见：

午日之晓，梦见兄容渥丹于昔。弟殊喜，笑曰，吾辈惟持此好脸，与世人打捱。揖我而入曲巷，后有池，前有堂。予问高瀛台安否，旁一客云，宣州有同籍，而问高君何也。予笑而不答。醒殊怅怅。①

汤显祖为梅鼎祚第一部传奇《玉合记》所作之《玉合记题词》，就是二人友谊的见证。《玉合记》刊刻后不久，梅鼎祚在写给汤显祖的信中说，《玉合记》“吴越之间盛行乐部，正缘大序关之以卖珠饰椟也”②。此话可能有客套的成分，但当时的汤显祖无论是文名还是地位皆在梅鼎祚之上，《玉合记题词》的鼓吹无疑助力了《玉合记》的传播和接受。③ 同时，《玉合记题词》作为一篇重要的戏曲文献，不仅为确定汤显祖《紫箫记》、梅鼎祚《玉合记》的创作时间提供了有价值的信息，而且对研究汤显祖早期戏曲观念及其转变也有积极意义。不过，围绕《玉合记题词》还存在一些争议或认识模糊之处，值得进一步申说。本文拟对《玉合记题词》写作时间以及“水西官柳”的内涵两个问题略陈拙见，以就正于方家。

一 《玉合记题词》写作时间补考

关于《玉合记题词》的写作时间，学界主流的看法是明万历十四年（1586），如黄芝冈、徐朔方、郭英德等学者都持此种观点。④

---

① 汤显祖著，徐朔方笺校《汤显祖集全编》第4册，第1864页。

② 梅鼎祚《与汤义仍太常》，《鹿裘石室集》，载《续修四库全书》第1379册，第519页。

③ 梅鼎祚对汤显祖的这份情义一直念念在心，《牡丹亭》问世后，梅鼎祚在写给汤显祖的信中，主动提及要为《牡丹亭》作序“以报《章台》之役”。参见梅鼎祚《答汤义仍》，《鹿裘石室集》，载《续修四库全书》第1379册，第606页。

④ 参见黄芝冈《汤显祖编年评传》，文化艺术出版社2014年版，第75页；徐朔方《汤显祖年谱》，载《晚明曲家年谱》第三卷，浙江古籍出版社1993年版，第287页；郭英德编著《明清传奇综录》，河北教育出版社1997年版，第167页。

其主要依据是汤显祖在《玉合记题词》中的交代："余往春客宛陵……去今十年矣。八月太常斋出，宛然梅生造焉。"[①] 作《玉合记题词》时，汤显祖任南京太常寺博士，距其游历宣城已有10年。汤显祖的宣城之行在汤显祖及梅鼎祚等人的诗文中多有记述，时在万历四年（1576）三月，因此，《玉合记题词》的写作时间被确定为万历十四年（1586）八月。不过，近来侯荣川撰文指出，《玉合记题词》当作于万历十三年（1585）八月，理由是万历十三年（1585）梅鼎祚曾到南京参加乡试，停留数月，"二人极有相会之可能"，并且"以首尾计算，万历四年至万历十三年恰是'十年'"[②]。相较于之前的观点，笔者认为《玉合记题词》作于万历十三年（1585）的说法更加符合事实，但有些问题还需要进一步补充说明或予以修正。

其一，万历十四年（1586）梅鼎祚一直杜门居家，并未有出游南京求序之事。侯荣川《〈玉合记题词〉新考》认为，万历十三年（1585）春梅鼎祚于吴中新娶王氏为妾，并于此年八月携其赴南京参加乡试，汤显祖《吹笙歌送梅禹金》提及的"新林小妇"即为王氏。而王氏万历十四年（1586）秋中产子，"绝无可能于此年八月同鼎祚赴南京寓于新林；鼎祚亦无道理抛舍新妇幼子，前往南京向汤显祖为《玉合记》请序"[③]。虽然诚如侯荣川所言，梅鼎祚万历十四年（1586）八月不可能"前往南京向汤显祖为《玉合记》请序"，但其论证过程及核心论据还有可商榷之处。首先，梅鼎祚《与建昌周兵使》云："闻今督府有事渡泸，将左右是倚计……秋中鼎祚再举一

---

① 汤显祖著，徐朔方笺校《汤显祖集全编》第3册，第1550页。下文所引《玉合记题词》均据此书，不另出注。

② 侯荣川《汤显祖〈玉合记题词〉新考》，《南京师大学报（社会科学版）》2011年第3期，第156页。

③ 侯荣川《汤显祖〈玉合记题词〉新考》，《南京师大学报（社会科学版）》2011年第3期，第156~157页。

子，玩弄掌上，聊用为娱……”① 侯文花费很大精力考证周光镐“渡泸”是在万历十四年（1586）九月，从而通过确认《与建昌周兵使》作于万历十四年（1586），得出“鼎祚再举一子”时间为万历十四年（1586）秋的结论。实际上，关于梅鼎祚次子梅士好的生年，没必要进行如此烦琐的考证，因为《文峰梅氏宗谱》中有明确的记载：“万历十四年丙戌七月十四日”②。其次，梅鼎祚万历十三年（1585）春于吴中所纳之妾为邹氏，“新林小妇”也应是邹氏。梅鼎祚“娶唐氏，广西按察使唐公汝迪女，庶潘氏、王氏、邹氏”，二子梅士都、梅士好分别是潘氏、王氏所出。③ 之前，学界一致认为梅鼎祚万历十三年（1585）在苏州所买之妾为王氏，邹氏则是其晚年所纳。但从烟台博物馆所藏“贺梅鼎祚纳吴姬行草诗文卷”来考察，事实并非如此。该手卷分为两部分，第一部分《傅吴县席上送梅禹金先生纳细君还宛陵》分别是张献翼、张元凯、毛文蔚、曹昌先、汪显节五人题赠梅鼎祚的诗歌（行书），第二部分《赠梅禹金纳吴姬归宣城十首有序》是宴集的主人傅光宅赠别梅鼎祚的十首诗歌（草书）。其中，傅光宅所作诗序云：“才矣梅生，良哉邹氏，肠成五色，词赋成媒……”④ 据傅光宅的题款，该手卷作于万历十三年（1585）“春二月”。可见，梅鼎祚万历十三年（1585）于苏州所纳之妾为邹氏，在这一前提下，与梅鼎祚同赴南京寓于新林的也理应是邹氏。因此，王氏万历十四年（1586）七月产子，不能作为否定梅鼎祚于该年八月赴南京向汤显祖请序的证据。

关于梅鼎祚万历十四年（1586）的行迹，梅鼎祚《与汤义仍太

---

① 梅鼎祚《与建昌周兵使》，《鹿裘石室集》，载《续修四库全书》第1379册，第518～519页。

② 梅文矩等编《文峰梅氏宗谱》卷三，清乾隆七年（1742）刻本。

③ 参见梅鼎祚《进阶太中大夫云南布政使司左参政先府君宛溪先生行状》，《鹿裘石室集》，载《续修四库全书》第1379册，第383页。

④ 2020年11月烟台博物馆举办“夜航船——晚明社会嬗变下的人间百态”特展，笔者在现场观展时见到了这件名为“贺梅鼎祚纳吴姬行草诗文卷”的展品。

常》值得格外关注：

忆与足下别署中，何黯然也。归而杜门，一再寻旧史，略加丹墨。室有莱妇，颇同庞隐，不大置足城府，无由问讯……来春足下定去为近侍也……姜令君辞邑十年而犹有后思，诸父老以七尺之石将谋之仆。仆谓于今中郎宜莫如足下，且故习令君，敬遣待命，在足下追修前好而已。……《玉合》刻竣，乃费我姬人金步摇耳。吴越之间盛行乐部，正缘大序关之以卖珠饰椟也。①

侯荣川《汤显祖〈玉合记题词〉新考》认为此封书信作于万历十三年（1585），并进而断定《玉合记》刊刻于该年冬月。② 不过，据《与汤义仍太常》所述内容进行考察，该信实作于万历十四年（1586）。③

梅鼎祚信中说姜令君已离开宣城10年，但宣城百姓仍然感念他，想要为之立去思碑。④ “姜令君”即姜奇方，隆庆五年（1571）任宣城令，万历五年（1577）考满离任。辞邑10年后，即在万历十四年（1586）（计首尾）或万历十五年（1587）。此外，信中提到“来春足下定去为近侍”，当是预祝汤显祖京察顺利。汤显祖所任南京太常寺博士属于京官，“京官六年一察，察以巳、亥年。五品下考察其不职者，降罚有差；四品上自陈，去留取旨”⑤。万历十五年（1587）为丁亥年，正是京察之年。刘世杰《汤显祖上计考》认为，丁亥京察，

---

① 梅鼎祚《与汤义仍太常》，《鹿裘石室集》，载《续修四库全书》第1379册，第519页。

② 参见侯荣川《汤显祖〈玉合记题词〉新考》，《南京师大学报（社会科学版）》2011年第3期，第157页。

③ 关于《与汤义仍太常》的写作时间问题，拙文《梅鼎祚〈玉合记〉补考三则——以梅鼎祚的苏州之行为考察中心》［《绍兴文理学院学报（人文社会科学）》2022年第11期，第68页］曾有所涉及，本文在此基础上作了补充、扩展。

④ 参见汤显祖《宣城令姜公去思记》即应梅鼎祚请求所作。参见汤显祖著，徐朔方笺校《汤显祖集全编》第3册，第1574～1576页。

⑤ 张廷玉等《明史》卷七十二，中华书局1974年版，第1737～1738页。

贴黄在万历十五年（1587）十二月，具体考察京官要在第二年即万历十六年（1588）春进行。实际上，刘世杰整篇论文的起点是错误的："……'贴黄'之年，就是上计之年。被贴黄的官员，是在十二月列入上计的，那么这年就被称为'上计之年'。'春秋清黄'，就是在第二年的春天到秋天之间，去掉被上计官员的黄纸。"① 且不说京察与上计的考察对象、程序不同，不能混论，关键是刘文中所谓的"贴黄"是吏部管理官员人事文书的一种制度："吏部以文武百职姓名、邑里及起身、历官、迁次月日，自省、府、部、寺既行省、府、州、县等衙门，皆分类细书于黄纸，贴置籍中，而用宝玺识之，谓之贴黄。有除拜迁调，辄更贴其处。……然拜罢之数，则贴黄有未及改注更贴者，故命吏部月一更贴之。每岁终以其籍进贮于内库……"② 吏部稽勋司官吏每年十二月"以除过官员，用黄纸二，开注脚色，类奏用宝，送印绶监，分贴内外黄。春、秋二季，司官赴内府清黄，续附转贴，其解官者开揭"③。简单地说，"贴黄"的内容即官员的履历档案，是朝廷稽查、铨选、封赠官吏的重要依据，"贴黄""清黄"是明代吏部每年的常规工作，并非专为京察或上计而设。因此，刘世杰所谓京察之年只"贴黄"，具体考察在来年春天的说法是有违史实的。可以肯定，万历十五年（1587）京察即在当年对京官进行考察，"考察日期或于二月初二日或于正月二十八日"④，皆在春季。

既然梅鼎祚《与汤义仍太常》预祝汤显祖"来春"京察顺利，那么此信当作于万历十四年（1586）冬季。万历十三年（1585）第

① 刘世杰《汤显祖上计考》，载《曲学》第五卷，上海古籍出版社 2017 年版，第 375 页。

② 《明太祖实录》卷六十，台湾"中央研究院"历史语言研究所 1962 年校印本，第 1168 ~ 1169 页。

③ 申时行等修，赵用贤等纂《大明会典》卷十一，载《续修四库全书》第 789 册，第 190 页。

④ 温纯《京察自陈疏》，《温恭毅集》，载《景印文渊阁四库全书》第 1288 册，台湾商务印书馆 1986 年版，第 545 页。

七次落第后，梅鼎祚心情低落，“归而杜门，一再寻旧史，略加丹墨。室有莱妇，颇同庞隐，不大置足城府……”万历十四年（1586）一年之中“为二先人卜宅，朝夕劼励，其它则笔札三之，庆吊两之耳”①。因此，万历十四年（1586）梅鼎祚一直待在宣城，八月曾赴南京请汤显祖为《玉合记》作序的观点是没有事实根据的。

其二，《玉合记题词》当作于梅鼎祚乡试之后。万历十三年（1585）四月，梅鼎祚结束了近八个月的吴中之行返回宣城，六月随即前往南京参加乡试，四个月后离京返乡。② 停留南京期间，梅鼎祚客居于江宁西南二十里的新林市。③ 从《玉合记题词》的记述来看，梅鼎祚携《玉合记》求序是汤显祖上任南京后二人的首次相会。也就是说，虽然梅鼎祚六月已到金陵，但一直在郊外备考，并未进城走亲访友。同时也应考虑到，《玉合记》毕竟是“游戏之作”，对于第七次参加乡试的梅鼎祚来说，科考之际为戏曲作品求序，似会给人不务正业之感。④ 按照明朝定规，如无天灾人害，乡试皆于八月举行，“自初九日始试初场，复三日试第二场，又三日试第三场”⑤。梅鼎祚造访汤显祖求序即当在此之后。

顺带一提的是，《玉合记题词》中“八月太常斋出，宛然梅生造焉”一句，往往被理解为汤显祖从太常寺官署中出来，恰巧遇到前来造访的梅鼎祚。其实，此处的“太常斋”一词当与太常寺官员的

---

① 梅鼎祚《与汪子建》，《鹿裘石室集》，载《续修四库全书》第1379册，第522页。

② 参见梅鼎祚《与王百谷》《与毛豹孙》，《鹿裘石室集》，载《续修四库全书》第1379册，第521页。

③ 参见汤显祖《吹笙歌送梅禹金》《招梅生篇》，载《汤显祖集全编》第1册，第416页、第418页。

④ 即使是通俗文学创作繁盛的明清时期，在主流观念中，小说戏曲仍被视为难登大雅之堂的“小道”。如梅鼎祚自述其创作《玉合记》“实以寄其无聊”，并认为编创戏曲“与饮醇酒、弄妇人何异？”参见梅鼎祚《与史仲彧》《与姜使君》，《鹿裘石室集》，载《续修四库全书》第1379册，第518页、第533页。

⑤《明太祖实录》卷五十五，台湾“中央研究院”历史语言研究所1962年校印本，第1084页。

斋戒有关。祭祀是太常寺的主要职责之一，一些重要的祭祀活动要求太常寺官员斋戒："不饮酒，又不食葱韭薤蒜，不问病，不吊丧，不听乐，不理刑名，不与妻妾同处。"① 据《诸司职掌》记载，八月需要太常寺官员斋戒的祀典有"祭山川""祭社稷"等。以"祭山川"为例，"凡斋戒前一日，太常司官宿于本司。次日具奏本奏，致斋二日"②。拜访在太常寺为官的朋友，肯定要避开斋戒之期。如梅鼎祚《莫云卿辈集太常许公宅因过天界听讲》即云："偶值太常斋罢日，初看小陆洛游年。"③《秋浦佘聿云逢予金陵一再同过汤义仍太常……》也说："曾醉太常斋罢酒，更传九子洞中文。"④ 此外，即使将"太常斋"理解为斋署，其表达的意思也与斋戒相关：太常斋署是太常寺官员斋戒期间的斋宿之所，而非日常的办公场所。因此，"八月太常斋出，宛然梅生造焉"是说，万历十三年（1585）八月，汤显祖刚刚结束斋戒，梅鼎祚即前来拜访。

二 "水西官柳"考释

尽管《玉合记题词》是应邀而作的序言，但其可读性强，也是一篇难得的散文佳作。汤显祖先是回忆了宣城之行令人难忘的"水西官柳"以及良朋契友的深情厚谊，而梅鼎祚的造访使过往与现实得以勾连；在对"水西官柳"的问询中，又自然引出了梅鼎祚的《玉合记》（全称《章台柳玉合记》），犹如行云流水，令人赏心悦目。其中，"水西官柳"无疑是入题的关键。

"水西官柳"首先是万历四年（1576）汤显祖游历宣城时所见之

① 佚名《诸司职掌·礼部》，载《续修四库全书》第748册，第683页。

② 佚名《诸司职掌·礼部》，载《续修四库全书》第748册，第692页。

③ 梅鼎祚《莫云卿辈集太常许公宅因过天界听讲》，《鹿裘石室集》，载《续修四库全书》第1378册，第633页。

④ 梅鼎祚《秋浦佘聿云逢予金陵一再同过汤义仍太常……》，《鹿裘石室集》，载《续修四库全书》第1378册，第666页。

景物。梅鼎祚笔下也出现过“水西官柳”的物象，其《送泾川张明府应朝》云：

梅花十月动江城，花里题诗送客行。本授真符来玉笥，便乘仙履觐瑶京。梦回曾听钧天奏，朝下稀闻昼漏清。明到县斋春满路，水西官柳最先迎。①

泾川张明府即张尧文，字复吾，江西新淦人，万历十一年（1583）到万历十六年（1588）知泾县。此诗当作于张尧文进京入觐之际。泾县与宣城是同属宁国府所辖的邻县，且宣城为府治所在地，因此两县交往密切。从“明到县斋春满路，水西官柳最先迎”来看，“水西”当指泾县之水西。《（嘉靖）泾县志》云：“昔时赏溪甚狭，实循山趾，井邑官舍皆跨溪为之，故有水东、水西之名。”“泾之山水以西为宗……县西五里曰水西山，林壑邃密，下临赏溪……”② 水西是泾县乃至宁国府的风景名胜，有“千载风光尚水西”③ 之誉。尤其是嘉靖万历年间，水西精舍（水西书院）成为与白鹿书院、岳麓书院媲美的治学圣地：“钱（德洪）王（畿）两公更迭往来，学士荐绅云集，弦歌洋洋。由是水西之学名天下，盖其盛也！嘉靖中，郡守罗公汝芳数过讲习；邑最著者查宪副铎、萧侍郎彦、布政良干，相与切磨其间，改为水西书院，正祀王文成公，配以高弟子王公艮及邹、欧、钱、王四公。岁会以时，屦舄常满。”④ 水西风景优美，又是老师罗汝芳曾经的讲学之所，身为王学信徒的汤显祖，客处宣城时是有可能到水西一游的。

---

① 梅鼎祚《送泾川张明府应朝》，《鹿裘石室集》，载《续修四库全书》第 1379 册，第 1 页。

② 丘时庸修，王廷幹纂《（嘉靖）泾县志》卷四《次舍纪》，明嘉靖三十一年（1552）刻本，载《天一阁藏明代方志选刊续编》第 36 册，上海书店出版社 1990 年版，第 93 页、第 51 页。

③ 梅鼎祚《酬泾邑邵明府泾有琴溪琴高控鲤之地》，《鹿裘石室集》，载《续修四库全书》第 1378 册，第 641 页。

④ 施闰章撰，何庆善、杨应芹点校《施愚山集》文集卷十二，黄山书社 2014 年版，第 236 页。

不过，如果结合上下文的语境来考虑，《玉合记题词》中的“水西官柳”似乎又不能与梅鼎祚笔下的“水西官柳”等同。自《诗经·采薇》“昔我往矣，杨柳依依”① 始，诗文中的柳意象多与别离事象相关。《玉合记题词》述及难忘“水西官柳”后，紧接着说“时送我者姜令、沈君典、梅生禹金宾从十数人”，那么，苏苏可人的“水西官柳”就应见于汤显祖离开宣城、与友人分别之际。我们知道，汤显祖是在前往南京国子监游学时，受时任宣城知县姜奇方的盛情邀请，顺道过访宣城的，而同乡好友、太平府江防同知龙宗武也相伴而行。汤显祖结束宣城之行后，与龙宗武一道北上（可能在龙宗武的任所当涂有所停留），游学金陵，准备来年的春试。泾县在宣城西南一百余里，汤显祖从泾县直接北上，且“姜令、沈君典、梅生禹金”等宣城友人到泾县送别汤显祖的可能性不大。

梅鼎祚送别汤显祖时有诗《龙溪别龙郡丞身之、汤孝廉义少》纪其事云：

酒阑千嶂夕，帆挂一溪阴。此地把君手，浮云伤客心。
中年多别恨，末俗少知音。为缓须臾发，依依听醉吟。②

徐朔方认为此诗与梅鼎祚《观复楼夜宴同汤义少》《同义少登开元寺塔》3首诗作于万历八年（1580），并据此推断汤显祖于该年“秋离南京，道出宣城，返临川”，“龙宗武离任，与汤氏过宣城同时”③。《龙溪别龙郡丞身之、汤孝廉义少》等3首诗除梅鼎祚《鹿裘石室集》有收录外，也见于沈懋学、梅鼎祚等人编撰的《（万历）宁国府志》。④ 关于《（万历）宁国府志》编纂的时间，万历五年

① 十三经注疏整理委员会整理《毛诗正义》卷九，北京大学出版社2000年版，第696页。

② 梅鼎祚《龙溪别龙郡丞身之、汤孝廉义少》，《鹿裘石室集》，载《续修四库全书》第1378册，第545页。

③ 徐朔方《汤显祖年谱》，载《晚明曲家年谱》第三卷，第259～260页。

④ 参见陈俊修，沈懋学、梅鼎祚等纂《（万历）宁国府志》卷十二《艺文志》，明万历五年（1577）刻本。

（1577）汪道昆《宁国府志序》云：“丙子首事，旬月而告成。”① 即于万历四年（1576）历时10个月编纂完成。因此，梅鼎祚《龙溪别龙郡丞身之、汤孝廉义少》等3首诗作于万历四年（1576）汤显祖游宣城时。事实上，万历八年（1580）汤显祖并未到访过宣城。

据《（万历）宁国府志》卷六《方舆志》：“（宁国府）城东三里为句溪……（北）至水阳镇为龙溪。”② 水阳镇在宣城北70里，龙溪又称水阳江，是宁国府“孔道，南下走秣陵，东走于湖，舟车襁属……”③水阳镇东岸北接应天府高淳县。汤显祖后来回忆宣城之行时也多次提到水阳：“行水阳，林树修远，厨传甚饬。”“阁道飞霞延夕赏，水阳鸣雁送春声。”④ 梅鼎祚等送别汤显祖直至七十里外的府界，可见其依依不舍以及宣城之行汤显祖受到的重视。因此，“水西官柳”或是指水阳江西岸的道旁杨柳。⑤

当然，《玉合记题词》中的“水西官柳”不仅是指景物，更是指人。古代诗文常以柳喻美人，葛立方《韵语阳秋》曾说：“柳比妇人尚矣。条以比腰，叶以比眉，大垂手、小垂手以比舞态……”⑥ 同时，以柳指称的女子多非良家，典型的如关汉卿【南吕·一枝花】《不伏老》：“攀出墙朵朵花，折临路枝枝柳。花攀红蕊嫩，柳折翠条柔，浪子风流。凭着我折柳攀花手，直煞得花残柳败休。半生来折柳

---

① 汪道昆《宁国府志序》，载陈俊修，沈懋学、梅鼎祚等纂《（万历）宁国府志》，明万历五年（1577）刻本。

② 陈俊修，沈懋学、梅鼎祚等纂《（万历）宁国府志》卷六《方舆志》，明万历五年（1577）刻本。

③ 梅鼎祚《东洋王翁七十序》，《鹿裘石室集》，载《续修四库全书》第1379册，第258页。

④ 汤显祖著，徐朔方笺校《汤显祖集全编》第3册，第1574页、第1231页。

⑤ 水阳江总体上为南北走向，《（万历）宁国府志》云“水阳巡检司：在水阳东镇”（卷十一《防圉志》），又说“水阳西镇置官庾一区”（卷十三《艺文志》），“俞逢辰，字彦章，水阳西镇人”（卷十六《忠节传》）。由此可知，明代当以水阳江为界，置“水阳东镇”“水阳西镇”两镇。

⑥ 葛立方《韵语阳秋》卷十九，载何文焕辑《历代诗话》，中华书局1981年版，第642页。

攀花，一世里眠花卧柳。”[1] 梅鼎祚《玉合记》中“章台柳”——柳氏的身份也是歌姬侍妾。

《玉合记题词》开篇即云：“余往春客宛陵，殊阙如邛之遇。”汤显祖的宣城之行虽没有司马相如那样的艳遇，但“苏苏可人”的“水西官柳”也让他念念不忘。在与梅鼎祚追忆宣城往事时，汤显祖问及“水西官柳”，梅鼎祚借用柳氏答韩翃诗云：“纵使君来岂堪折”。由此来看，“水西官柳”当是汤显祖在宣城结识的风尘女子，梅鼎祚对其也非常熟悉。黄芝冈认为“水西官柳”是指梅鼎祚当时的意中人，其风流韵事以悲剧终场。[2] 但是，如若“水西官柳”与汤显祖毫无关系，而仅是梅鼎祚的意中人，那么汤显祖对“水西官柳”念念不忘（甚至认为可以聊补“殊阙如邛之遇”的遗憾），梅鼎祚说“纵使君来岂堪折”，就显得极不符合情理。

汤显祖的宣城之行是十分惬意的，受到了热情的招待，结识了诸多好友，尤其是沈懋学、梅鼎祚，“文雅风快，为之欣然”[3]。沈懋学、梅鼎祚当时年轻气盛，任侠使气，身染公子哥习气（沈懋学的父亲沈宠、梅鼎祚的父亲梅守德皆为高官、名士）。后高中状元的沈懋学“自束发交游多天下异人名士、酒徒剑客，趾错于户，无弗折节延款者。读书务涉猎，多而不精，而落笔为诗若文，流畅跌宕，顷刻千万言，虽精者自以为弗如也。人有以穷来归者，不难捐千金畀之，苟可脱人于阨，即借六尺不辞，人稍稍以古侠烈称焉”[4]。梅鼎祚也是“布衣颇任侠”[5]，其《侠少行》充溢着豪迈之情：“十年破产买吴钩，三尺寒泉掌上流。恩怨并酬心即了，笑他辛苦觅封侯。”“美人

---

① 关汉卿著，蓝立蓂校注《关汉卿集校注》，中华书局 2018 年版，第 1700 页。

② 参见黄芝冈《汤显祖编年评传》，第 76 页。

③ 汤显祖著，徐朔方笺校《汤显祖集全编》第 3 册，第 1574 页。

④ 屠隆《沈太史传》，《白榆集》，载《续修四库全书》第 1359 册，第 777 页。

⑤ 梅鼎祚《昔游》，《鹿裘石室集》，载《续修四库全书》第 1378 册，第 472 页。

挟瑟上高楼，一掷千金不掉头。北斗西垂喧满座，紫骝嘶处绿杨愁。”[①] 虽然汤显祖游宣城前已“名蔽天壤”[②]，“狂鲜与世偶”的性情也已展现，但与沈懋学、梅鼎祚等人的交往无疑更激发了其狂放的一面。汤显祖在回顾自己的思想转变时即云：“后稍流浪，戏逐诗赋歌舞游侠如沈君典辈，相与傲睨优伊。”[③] 正如徐朔方评论汤显祖宣城之行时所说：“罗汝芳的明心见性的理学暂时被搁置在脑后，天真活泼的青年在这里找到一片自由的天地。……和他们（按：指沈懋学、梅鼎祚）的交游加速汤显祖由兢兢业业的应试士子到风流倜傥的才人名士的转变。同时也使他的拘谨平实的诗风为之一变。”[④]

万历四年（1576）汤显祖在南京纳妾赵氏，除“山妻惟女息，买妾望男祥”[⑤] 的原因，或也受到了梅鼎祚纳妾的影响。万历四年（1576）秋，梅鼎祚入金陵乡试，见到汤显祖新纳之妾，“作得《赠义叔内妾》诗”[⑥]。梅鼎祚《赠义叔内妾》已佚，但汤显祖的《戏答宣城梅禹金四绝》或即对《赠义叔内妾》的回赠之作：

公子翩翩拥隽才，陵阳陌上步春回。竹根如意清谈后，莲子深杯送酒来。

自是吴歈多丽情，莲花朵上觅潘卿。春妆夜宴怜新舞，愿得为欢送此生。

飞鸾相及并栖柯，公子乘春艳绮罗。记得长干大垂手，秋清木叶水微波。

红壁春残绛树楼，援琴促柱倚吴讴。才情好似分流水，

① 梅鼎祚《侠少行》，《鹿裘石室集》，载《续修四库全书》第1379册，第56～57页。

② 邹迪光《临川汤先生传》，载汤显祖著，徐朔方笺校《汤显祖集全编》附录《传记文献》，第3137页。

③ 汤显祖著，徐朔方笺校《汤显祖集全编》第4册，第1727页。

④ 徐朔方《汤显祖评传》，南京大学出版社1993年版，第21页。

⑤ 汤显祖著，徐朔方笺校《汤显祖集全编》第1册，第153页。

⑥ 梅鼎祚《与汤义叔》，《鹿裘石室集》，载《续修四库全书》第1379册，第467页。

却怪卢家有阿侯。

署名为徐渭的评语云“潘卿”是“有子之妓也”①，即万历三年（1575）九月刚为梅鼎祚诞下长子的姬妾潘氏。潘氏能歌善舞，色艺俱佳，从“记得长干大垂手，秋清木叶水微波”来看，当是梅鼎祚于南京所纳之歌女舞姬。汤显祖在宣城时曾见识过潘氏的舞艺才情，其与梅鼎祚情投意合②，且为梅鼎祚生下了当时唯一的子嗣（梅鼎祚的妻子唐氏一直未能生育），这对“望男祥”的汤显祖来讲，无疑会起到“示范效应”。

在此背景下，我们再来审视《玉合记题词》中的“水西官柳”，就会对其有新的认识。汤显祖游宣城时27岁，身处一群任侠使气、风流不羁的青年才俊之中，“一日而醉二三。履舄交错，丝肉迭奏，吐裀不怒，角韵称奇”③。才子风流，宴饮欢歌，当然少不了美人相伴。梅鼎祚《座有歌者为身之、义少夺去却寄》云：

燕辞先社日，莺啭别林春。沅芷思公子，巫云梦美人。临期曾解佩，隔座尚含颦。为谢看花客，能忘漉酒巾。④

义少即汤显祖⑤，身之即与汤显祖同游宣城的龙宗武。梅鼎祚的这首诗当作于万历四年（1576）春汤显祖游宣城期间。宴饮时的歌妓与梅鼎祚“临期曾解佩，隔座尚含颦”，彼此有情，但汤显祖等却捷足先登，将其“夺去”。此外，梅鼎祚《戏同义父赠徐优得陵字》同样是与汤显祖追欢取乐时所作：“午夜虚堂醉一灯，美人如玉酒如

---

① 汤显祖著，徐朔方笺校《汤显祖集全编》第1册，第251页。

② 潘氏去世后梅鼎祚为其写过多首悼亡诗，陆林认为《玉合记》就是为纪念潘氏而作。参见陆林、侯荣川整理《梅鼎祚戏曲集》，黄山书社2016年版，“前言”第3页。

③ 梅鼎祚《与龙身之使君》，《鹿裘石室集》，载《续修四库全书》第1379册，第466页。

④ 梅鼎祚《座有歌者为身之、义少夺去却寄》，《鹿裘石室集》，载《续修四库全书》第1378册，第552页。

⑤ 汤显祖游历宣城前后，梅鼎祚诗文中提及汤显祖时多以“义少”或“义叔”称之，反映了二人关系的亲昵。汤显祖中进士后，此类称呼则被“义仍”取代。

渑。樽前何惜缠头费，公子风流自五陵。”① 徐朔方认为此诗也作于万历四年（1576）汤显祖游宣城时。② 尽管不能认为被汤显祖“夺去”的歌者或徐优一定就是《玉合记题词》中的“水西官柳”，但至少能证明将“水西官柳”理解为汤显祖于宣城结识、印象深刻的歌妓绝非无稽之谈。汤显祖正是通过对“水西官柳”的回忆，与梅鼎祚《玉合记》产生了共鸣，从而也说明了《玉合记》的价值：其所反映的境遇是世人普遍经历过的——“人生若朝暮，聚散喧悲，常杂其半”，“事如章台柳者，可胜道哉？”

（贾海建　《绍兴文理学院学报》编辑部副教授）

① 梅鼎祚《戏同义父赠徐优得陵字》，《鹿裘石室集》，载《续修四库全书》第1379册，第65页。

② 徐朔方《汤显祖年谱》，载《晚明曲家年谱》第三卷，第241页。

戏曲研究

《弦索辨讹》剧目考

田　语

明初南曲盛行，与北曲交流融合。南北曲本协不同音韵，当时多混杂不分。自魏良辅、张野塘等人改良昆山腔、创娄东弦索，南曲全面隆盛、北曲日趋衰落，十数年后，元人北曲在吴中几近消亡，唯留些许遗音在俗唱中。在此背景下，晚明曲学家沈宠绥作《弦索辨讹》与《度曲须知》，以正吴中唱北曲之讹，兼论南北曲之度曲法则。

目前对于《弦索辨讹》的研究多集中在度曲层面。周维培《曲谱研究》（1999）中将《弦索辨讹》视为北曲格律谱系统；李惠绵《明清昆腔音韵度曲考论》（2019）将《弦索辨讹》纳入昆腔演唱系统。以往研究均较少关注《弦索辨讹》中剧目的版本问题，而它们恰好反映着沈宠绥的北曲观，是理解沈氏曲唱理论的重要途径，值得引起重视。笔者以《弦索辨讹》所收剧目为研究对象，对比各剧目所存留的版本，细考其中曲牌、曲词的由来，缀成此文，一窥沈氏在剧目选择上的倾向性，以及背后所反映的晚明吴中曲坛的特殊现象。

不足之处，敬请方家指正。

《弦索辨讹》所录剧目有《西厢记》20出、“近时习弹者”折子戏《千金记·追贤》《焚香记·构祸、阳告》《宝剑记·投泊》《红拂记·探报》《西楼记·错梦》《红梨记·花婆》《珍珠衫·劝欢》，以及时曲《小十面》《阻欢》《咏湖》三套，共计28出剧曲、3套散曲。其中，《阻欢》《咏湖》《西楼记·错梦》为南北合套，其余剧目均为北曲。通过考察《弦索辨讹》所收剧曲与散曲的版本，笔者归纳出以下三点特征。

一 《弦索辨讹》所收剧目以舞台本为主

据《古本戏曲剧目提要》所考，《千金记·追贤》《焚香记·构祸、阳告》《宝剑记·投泊》《红拂记·探报》《西楼记·错梦》《红梨记·花婆》均为明嘉靖、万历年间创作。笔者以各剧目在《古本戏曲丛刊》《六十种曲》等所收版本为案头参考本、《缀白裘》《审音鉴古录》《纳书楹曲谱》等为清唱剧唱参考本，与《弦索辨讹》中所收版本一一作对比，发现《弦索辨讹》所收版本均与案头本差异较大，有些甚至曲牌并曲词均与案头本对不上。这一方面这体现了沈宠绥对待选本“求乎雅俗惬心”的态度，佐证其在序言中所论“《九宫谱》爰定章程，良一代宗工哉，特奉行者过当，或不免逢迎白家老妪”①，即恪守用韵的辞章未必适宜场上演唱。另一方面，这些“误差”更体现出在晚明南北曲体趋同的大背景下，沈宠绥对曲词字格、腔格的遵韵依据以口头发音与曲牌旋律为准。

以《千金记·追贤》为例。按，钱遵王注《南词叙录》：“《追

① 沈宠绥《弦索辨讹》，载俞为民、孙蓉蓉编《历代曲话汇编·明代编》第二集，黄山书社2009年版，第476页。

贤》一出，乃元曲。"① 这说明该出由北曲改编而来，《古本戏曲丛刊初集》收明刊本，《纳书楹曲谱》等均有其谱留存，表1为具体变化。

表1 《千金记·追贤》在明刊本与《弦索辨讹》中的曲牌对比

	曲牌一	曲牌二	曲牌三
明刊本	【川拨棹】干功名千难万难。求荣显两次三番。想前日离了项羽。今日别了炎汉。不觉的皓首苍颜。对着这月朗回头把剑弹。百忙里揾不住英雄泪眼	【七兄弟】半夜里恰回还。抵多少夕阳归去晚。涧水潺潺。环珮珊珊。冷清清夜静水寒。这的是渔翁江上晚	【收江南】脚踏着跳板。手执着竹竿。不住的把船湾。又只见沙鸥惊起芦花岸。见忒楞楞飞过了蓼花滩。似禹门浪激桃花泛
《弦索辨讹》	【沉醉东风】干功名千难万难。求荣显两次三番。想当日离了项羽。到今日又别了炎汉。不觉的皓首苍颜。对着这月朗回头把剑弹。百忙里揾不住英雄泪眼	【七兄弟】脚踏着跳板，手扶定竹竿，不住的把船湾。兀良，见沙鸥惊起在芦花岸，见忒楞楞飞过蓼花滩，似禹门浪汲桃花泛	【收江南】呀。这是烟波名利大家难。抵多少五更朝外马嘶寒。对着一天星斗跨征鞍。非是我倦谈。这的是算来名利不如闲

在明刊本中，曲牌联缀为【新水令】【驻马听】【双胜子】【川拨棹】【双胜子】【雁儿落】【得胜令】【挂玉钩】【七兄弟】【收江南】【梅花酒】，在《弦索辨讹》中，变为【新水令】【驻马听】【沉醉东风】【雁儿落】【得胜令】【挂玉钩】【七兄弟】【梅花酒】【收江南】，其中，明刊本【川拨棹】牌名被调换作【沉醉东风】，曲词几乎未变。明刊本中【七兄弟】【收江南】【梅花酒】3支曲词与曲牌被完全颠倒，【收江南】的曲词被讹认作【七兄弟】，【梅花酒】的曲词被拆分，一部分放入【收江南】，【七兄弟】仅保留曲牌，曲词

① 徐渭《南词叙录》，载中国戏曲研究院编《中国古典戏曲论著集成》（三），中国戏剧出版社1959年版，第254页。

被删去。此类现象在其余剧目中均有体现，此不赘述。

《珍珠衫·劝欢》属较为俚俗的剧曲，《中国古典戏曲论著集成》点校者因嫌文辞秽亵而将其删去，《历代曲话汇编》则保留了下来。《珍珠衫》是根据冯梦龙《喻世明言》中《蒋兴哥重会珍珠衫》白话小说改编而来，曲词俚俗，内容富有戏剧性。据载，清同治末、光绪初年："昔年旧历新春……必演剧助觞，均系徽班（二黄、昆曲），从无演秦腔者。……堂会遂有秦腔加入，（时同治末、光绪初年）以《新安驿》《珍珠衫》最著名。"① 如果说的是同一个《珍珠衫》剧目的话，那么可以看出：1. 《珍珠衫》不止用弦索官腔搬演，或沈宠绥所收北曲不限定于弦索官腔。2. 《珍珠衫》在舞台的传播程度突破了市民与文士之间的阶层壁垒，因而尽管文辞秽亵，沈宠绥仍将其选入《弦索辨讹》——这也体现出沈宠绥亲近俚俗的态度。进一步调查可知，《珍珠衫》至今仍活跃于弹剧、评剧、越剧等地方剧种的舞台上，相当好地体现了该剧目所具有的民间性。

关于《小十面》。明万历年间流行一套《大十面》，其雏形为元末明初北套曲【仙吕·点绛唇】"天淡云孤"，最初载于明正德间的《盛世新声》，仅为散套，未标题名。后经艺人加工，成为折子戏，讲述韩信奉刘邦之命在九里山前排下十面埋伏阵势，围困楚霸王的故事；到嘉靖年间的《词林摘艳》中，该曲套被题名为《咏十面埋伏》；到《雍熙乐府》中又以《大埋伏》作题名，俗称《大十面》。《大十面》按照杂剧的表演形式，由韩信一人独唱到底。

《弦索辨讹》所收《小十面》是晚明时在吴中流传的一套北曲，本无题名，因"听来一似淮阴声口"②，被吴郡人士与韩信十面埋伏的故事联系了起来，故得名《小十面》。"淮阴声口"包含两层含义：

---

① 许久野《梨园轶闻》，载张次溪编《清代燕都梨园史料》下册，中国戏剧出版社1988年版，第846页。

② 沈宠绥《弦索辨讹》，载俞为民、孙蓉蓉编《历代曲话汇编·明代编》第二集，第605页。

一方面，韩信又被称为淮阴侯，该散套的演唱形式可能也是一人独唱到底；另一方面，韩信的故乡在淮阴，为江之北淮扬官话区，与南方官话接近，“淮阴声口”可能也指演唱字音与吴中有别。

沈宠绥试图为《小十面》溯源，他从友人颜俊彦所藏先世词集中找到与《小十面》极为相近的套曲，且“词文倍乎时唱，宫吕隶乎黄钟，首曲为【醉花阴】，连收尾词凡有七……”① 然而，查《词林摘艳》所录《大十面》，为仙吕调，由【点绛唇】【混江龙】【油葫芦】【天下乐】【哪吒令】【鹊踏枝】【寄生草】7 支曲牌组成，显然不是《小十面》的源头。但细考曲文，二者确有相似之处。如《小十面》【侧砖儿】“在九里山按着那九宫八卦摆下了一个十面埋伏”② 句，是化用自《大十面》【混江龙】。

《小十面》中前两支【醉花阴】【喜迁莺】均属黄钟宫，第三支【侧砖儿】起转入双调，其后【古水仙子】【刮地风】【竹枝儿】皆为双调。《小十面》套曲联缀为：【醉花阴】【喜迁莺】【侧砖儿】【古水仙子】【刮地风】【竹枝儿】【收尾】。按，【侧砖儿】，《中原音韵》称“【荆山玉】，即【侧砖儿】”③，《紫箫记·审音》中鲍四娘亦有念白云：“【荆山玉】便是【侧砖儿】。”④ 元曲中，【侧砖儿】常与【竹枝歌】连用在【尾声】前面，属双调【新水令】套。

《北词广正谱》所收郑德辉《倩女离魂》中有一套黄钟宫曲与之相近，摘录如下：【醉花阴】【喜迁莺】【出队子】【刮地风】【四门子】【古水仙子】【寨儿令】【神仗儿】【幺篇】【挂金索】【尾】

---

① 沈宠绥《弦索辨讹》，载俞为民、孙蓉蓉编《历代曲话汇编·明代编》第二集，第 605 页。

② 沈宠绥《弦索辨讹》，载俞为民、孙蓉蓉编《历代曲话汇编·明代编》第二集，第 603 页。

③ 周德清《中原音韵》，载中国戏曲研究院编《中国古典戏曲论著集成》（一），第 227 页。

④ 汤显祖《紫箫记》，载徐朔方笺校《汤显祖全集》（三），北京古籍出版社 1999 年版，第 1736 页。

（借）【水仙子】，在尾曲下有注云：“时本有双调【金山玉】【竹枝歌】，在【水仙子】前，三调俱别韵，作散场。【金山玉】即【荆山玉】，为【侧砖儿】别名。”① 这句话解释了《小十面》套曲的由来。《北词广正谱》为明末清初李玉所编，李玉与沈宠绥差不多同时代，所接触“时本”相近。李玉指出是彼时的唱曲活动中，在黄钟宫套曲内混入了双调套曲“作散场”，笔者推测是用于区别前后声情。该“作散场”之曲调得到了戏台的认可，逐渐形成固定的曲套，最终形态已完全脱离《倩女离魂》中的【醉花阴】套，以至历代曲家都无法稽考。

《小十面》的曲牌联缀始终带有随机性，但由于曲调本身受欢迎，所以曲套的形态反而相对稳定。对于恪守宫调的曲家而言，整套《小十面》都是“离轨”之词。在以供应清唱场合为主的《纳书楹曲谱》中，叶堂选入了这套《小十面》，但删去了所有的曲牌，并批注“牌名全不合，故不录”，如图 1。

小十面
非是俺統三軍將帥能漢國中有幾個良臣有
一個靠何來爲着韓信封做了將軍他掛着齊
王的金印
只將這軍合去行兵有一個張子房吹歲簫楚
歌吹散了八千兵
韓元帥擺下了十面埋伏陣托一個楚重瞳困
在垓心處
陣東上九江王領了一枝兵擺陣西上關大梁
王擋住了[illegible]陣南上[illegible]先鋒把住了西[illegible]
陣北上韓元帥親自來壓陣
四下裏圍兵殺得他八千兵一個個無投奔
閃得他匹馬單鎗沒處存欲待要往前行又只
見高山峻嶺欲待要往後行又被那漢軍兵追
得個緊四下裏難行這其間怎前程進
一直到烏江渡口見一個年老漁翁架着個小
舟兒刁刁蹬蹬口兒裏架明明說渡人不渡馬
又說道渡馬不渡人俺不當荷着悲啼
納書楹曲譜 小十面 二
尾 激得他氣昂昂八面威風撇下了虞姬拔
劍在烏江自刎

图 1　《纳书楹曲谱》中所收《小十面》②

在舞台上，这套《小十面》则生机勃勃。清中叶，昆班艺人将之吸收到《雅观楼·擒海》中搬上戏台；清代剧作家唐英《英雄报》将这套《小十面》以正规曲套的形式填词。此外，清末嫏嬛山樵所著《增补红楼梦》中有这样一段：“贾祉又唱了一套《小十面》‘非是俺统三军将帅能’的清曲。梦兰唱了一套‘一夜无眠’，绿云又唱

① 李玉等编《一笠庵北词广正谱》（一），1937 年北京大学影印清康熙刻本。
② 叶堂编《纳书楹曲谱》卷四，北京大学图书馆影印本。

了一套'虎啸龙吟动天表'，都是【醉花阴】的北曲。"① 可见，《小十面》虽然连底本都无法确认，却因曲调受欢迎而一直广为传播。

二 南北合套存在"南腔北曲"现象

在《弦索辨讹》中，选入了3个音乐上采用"南北合套"的剧目，分别是散套《阻欢》《咏西湖》与剧套《西楼记·错梦》，三者都呈现出"南腔北曲"② 相互影响的状态。在版本选择上，沈宠绥仍然拥抱了舞台系统。他对于其中存在的谬误，一些进行了厘正，而另一些，则选择了默认。

《阻欢》《咏西湖》两个套曲都来自元曲。《咏西湖》的曲套结构自元中叶至晚明相对比较稳定，而《阻欢》则从结构上就存在较大差异。在这两个元曲散套中，还残留着早期南曲"宋人词益以里巷歌谣"的形态，其字格与《增定南九宫曲谱》（以下简称《南曲全谱》）中存在较大差异，但被《九宫大成南北词宫谱》（以下简称《九宫大成》）以"又一体"容纳了。沈宠绥所记录下的曲谱，体现了这些南曲由元入明，尤其是"入宫调"后发生的变化。

（一）《阻欢》

《阻欢》是明代中叶郑若庸所作套曲，《词林逸响》《九宫大成》亦整套收录。原型来自元代无名氏所作双调散曲《情》。该套曲在戏曲选本中出现频率极高，但从所选内容来看，套曲的体制出现了分野：一类如沈宠绥所记，为南北合套；另一类则只记南曲曲牌，为南曲散套。兹将仅记南曲套的戏曲选本罗列，与《弦索辨讹》作比较，

---

① 嫏嬛山樵《增补红楼梦》，黑龙江美术出版社2017年版，第91页。按，"一夜无眠"与"虎啸龙吟动天表"分别是《长生殿·絮阁》《连环记·探子》中的【醉花阴】。

② 沈德符《万历野获编》："今南方北曲，瓦缶乱鸣，此名北南，非北曲也"，载《明代笔记小说大观》（三），上海古籍出版社2005年版，第2572页。

如表2。

表2　各选本中的《阻欢》套曲

选本	曲牌体制
《弦索辨讹》	南北合套：【珍珠马】—【新水令】—【步步娇】—【雁儿落】—【沉醉东风】—【得胜令】—【忒忒令】—【沽美酒】—【好姐姐】—【七弟兄】—【嘉庆子】—【梅花酒】—【豆叶黄】—【脱布衫】—【园林好】—【倘秀才】——【川拨棹】（南）—【川拨棹】（北）—【锦衣香】—【收江南】—【浆水令】—【尾声】
《盛世新声》	南套：【步步娇】—【沉醉东风】—【忒忒令】—【好姐姐】—【桃红菊】—【园林好】—【川拨棹】—【锦衣香】—【浆水令】—【尾声】
《南北词广韵选》	南套：【步步娇】—【沉醉东风】—【忒忒令】—【好姐姐】—【桃红菊】—【园林好】—【川拨棹】—【锦衣香】—【浆水令】—【尾声】
《词林摘艳》	南套：【步步娇】—【沉醉东风】—【忒忒令】—【好姐姐】—【桃红菊】—【园林好】—【川拨棹】—【锦衣香】—【浆水令】—【尾声】
《吴骚合编》	南套：【步步娇】—【沉醉东风】—【忒忒令】—【好姐姐】—【桃红菊】—【园林好】—【川拨棹】—【锦衣香】—【浆水令】—【尾声】
《九宫正始》	南套：【步步娇】—【沉醉东风】—【忒忒令】—【好姐姐】—【桃红菊】—【园林好】—【川拨棹】—【锦衣香】—【浆水令】—【尾声】
《南宫词纪》	南套：【步步娇】—【沉醉东风】—【忒忒令】—【好姐姐】—【桃红菊】—【园林好】—【川拨棹】—【锦衣香】—【浆水令】—【尾声】

为何会出现这样巨大的分野？许建中《由元代南套到明代南北合套——以元无名氏散套〈情〉的北曲增补为范例》对这一现象做出了解释。他分别从南曲部分与北曲部分，深入研究了元套曲《情》在明代流传过程中的形态变化，考证出该套曲在元代本为南曲套，北曲部分是在明代传唱过程中增衍而来的。①

① 参见许建中《由元代南套到明代南北合套——以元无名氏散套〈情〉的北曲增补为范例》，载《曲学》第五卷，上海古籍出版社2017年版。

该套曲直到嘉靖年间才确立南北合套的结构。《南音三籁》评价其中北曲“多有牵强堆凑，而调亦多不合，其首、末但勉强就上下文以成，与南曲天然者，如出二手”①，与《弦索辨讹》差不多同时期的《吴骚合编》，就将这套散曲还原成了最初的南套形态。沈宠绥则肯定了整套曲词的南曲特质，他特地在开头指出“此曲押南韵”——说明他了解这套曲子的流变过程——但又接纳了后人堆叠上去“调多不合”的北曲，亦可说明他对待场上加工的宽容心态。

（二）《咏西湖》

《咏西湖》出自贯云石所作《西湖游赏》②。贯云石是元中叶最早接触到南曲的一批北方文人，一般认为其对海盐腔的发展具有重要意义。兹将《弦索辨讹》与《全元散曲》分别所录《咏西湖》对比，如表3。③

表3 套曲《咏西湖》在《弦索辨讹》与元散曲中的比较

套曲位置	《弦索辨讹》所载牌名及曲词	《全元散曲》所载牌名及曲词
第一支	【粉蝶儿】小扇轻罗，描不上小扇轻罗，恰便是真蓬莱也赛他不过，怎比着百二山河嵌平堤连绿野，端的是有亭台百座。暗想东坡、逋仙诗有谁酬和？	【粉蝶儿·北】描不上小扇轻罗，你便是真蓬莱赛他不过，虽然是比不的百二山河。一壁厢嵌平堤，连绿野，端的有亭台百座。暗想东坡、逋仙诗有谁酬和？
第二支	【泣颜回】谩说凤凰坡，怎比繁华江左？无穷风景，端的是胜迹极多。烟笼雾锁，绕六桥翠障如螺座。青霭霭山抹柔蓝，碧澄澄水泛金波	【好事近·南】谩说凤凰坡，怎比繁华江左？无穷千古，真个是胜迹极多。烟笼雾锁，绕六桥翠障如螺座。青霭霭山抹柔蓝，碧澄澄水泛金波

① 凌濛初《南音三籁评语》（辑录），载俞为民、孙蓉蓉编《历代曲话汇编·明代编》第三集，第247页。

② 《录鬼簿》将贯云石此套散曲称为《西湖游赏》。

③ 参见沈宠绥《弦索辨讹》，载俞为民、孙蓉蓉编《历代曲话汇编·明代编》第二集，第576～578页；周振甫主编《唐宋诗词元曲全集：全元散曲》第二册，黄山书社1999年版，第455页。

（续表）

套曲位置	《弦索辨讹》所载牌名及曲词	《全元散曲》所载牌名及曲词
第三支	【石榴花】俺只见采莲人唱采莲歌，端的是胜景盛其他。则他这远峰倒影蘸清波，晴岚翠锁，怪石嵯峨。俺只见忒楞楞沙鸥儿点的湖光破，咿咿哑哑橹声吹过。见几个女妖娆，见几个女妖娆，闲凭着雕栏坐，好一似宝鉴对嫦娥	【石榴花·北】我则见采莲人和采莲歌，端的是胜景胜其他。则他那远峰倒影蘸清波，晴岚翠锁，怪石嵯峨。我则见沙鸥数点湖光破，咿咿哑哑橹声吹过。我则见这女娇羞倚定着雕栏坐，恰便似宝鉴对嫦娥
第四支	【泣颜回】缘何，乐事赏心多？诗朋酒侣费吟哦，花浓酒浓，破除万事无过。追游玩赏，对清风明月安闲坐。任他是春夏秋月冬天，适兴四时皆可	【料峭东风·南】缘何，乐事赏心多？诗朋酒侣吟哦，花浓酒艳，破除万事无过。嬉游玩赏，对清风明月安然坐。任春夏秋月冬天，适兴四时皆可
第五支	【斗鹌鹑】闹穰穰急管繁弦，闹穰穰急管繁弦，齐臻臻兰桡画舸，娇滴滴粉黛相连，娇滴滴粉黛相连，颤巍巍翠云半朵。这的是洗古磨今锦绣窝，你可也不信是观他。绿依依杨柳千株，红馥馥芙渠万朵	【斗鹌鹑·北】闹穰穰的急管繁弦，齐臻臻的兰舟画舸，娇滴滴粉黛相连，颤巍巍翠云翠云万朵。端的是洗古磨今锦绣窝，你不信试觑波。绿依依杨柳千株，红馥馥芙渠万朵
第六支	【扑灯蛾】静悄悄沟平莲蕊香，明皎皎月穿岫云破。清湛湛水光浮岚碧，响潺潺晚钟敲过。乌咽咽猿啼古岭，见对对鸳鸯戏清波。清湛湛雷峰蘸影，碧澄澄水中鱼戏新荷	【扑灯蛾·南】清风送蕙香，月穿岫云破。清湛湛水光浮岚碧，响玎玎晓钟敲破。乌噎噎猿啼在古岭，见对对鸳鸯戏清波。迢迢似渔舟钓艇，碧澄澄满船雨笠共烟蓑
第七支	【上小楼】密稠稠那一答，疏刺刺这几伙。俺则见映着青天，倚着青山，湛着清波。俺则见微雨初收，俺则见微雨初收，微烟初散，微风初过，再休题淡妆浓抹	【上小楼·北】密匝匝那一坨，疏刺刺这几窝。我这里对着晴岚，倚着青山，湛着清波。微雨初收，微烟初散，微风初过，却正是再休题淡妆浓抹

（续表）

套曲位置	《弦索辨讹》所载牌名及曲词	《全元散曲》所载牌名及曲词
第八支	【扑灯蛾】叠叠的层楼画阁，簇簇的奇花异果。远远的绿莎茵，茸茸的芳草坡，跎的跎蹬马蹄踏破。隐隐似长桥跨波，袅袅似绿绿金波。飘飘漾漾渔舟钓艇，点点儿满船雨笠共烟蓑	【扑灯蛾·南】叠叠层楼画阁，簇簇奇花异果。远远的绿莎茵，茸茸的芳草坡，跎蹬的马蹄踏破。隐隐似长桥跨波，细袅袅绿绿金波。迢迢似渔舟钓艇，碧澄澄满船雨笠共烟蓑
第九支	【尾声】阴晴昼皆行乐，古往今来吟咏多，雪月风花事事可	【尾声】阴晴昼永皆行乐，古往今来题咏多，雪月风花事事可

从表3中我们可以得到以下几点信息：

1. 南曲曲牌的变化较大，北曲曲牌则比较稳定。

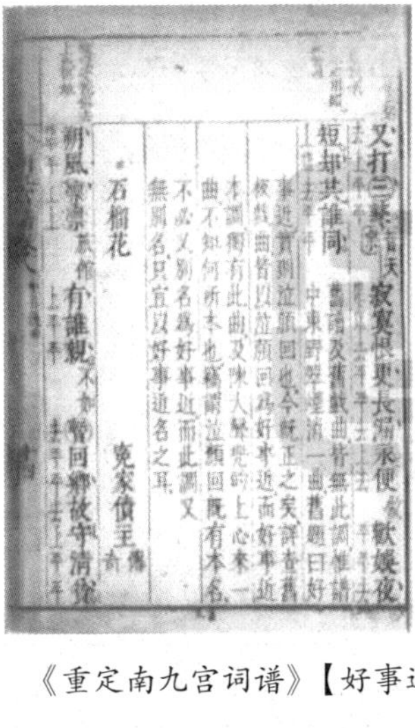
又打三疊
短却共誰同
舊譜及舊戲曲皆無此調
事近實則泣顏回也今就正之
板數曲皆以泣顏回為好事近而好事近
本調獨有此曲及陳大聲
曲不知何所本也竊謂泣顏回既有本名
不必又別名為好事近而此調又
無別名只宜以好事近名之耳
石榴花
寃家債主

图2　《重定南九宫词谱》【好事近】①

南曲【好事近】和【料峭东风】均被改为【泣颜回】。《南曲全谱》卷八【好事近】（图2）录散曲“风月两无功”，曲后注云：“《旧谱》及旧戏曲皆无此调……题目【好事近】，实则【泣颜回】

① 沈璟《重定南九宫词谱》卷八，明文治堂刊本，第14页，图片来自《中国哲学书电子化计划》数据库（https：//ctext. org/zhs）。

也。……详查旧板戏曲，皆以【泣颜回】为【好事近】，而【好事近】本调，独有此曲及陈大声‘兜的上心来’一曲，不知何所本也?”[①]《九宫大成》将【好事近】与【泣颜回】的关系列为“又一体”，区别在于句首、句中或句尾的位置有无犯调。

2. 北曲中曲词变化较大，南曲中曲词相对稳定。

曲词的变化主要体现在大量使用衬字，还有“叠头”和“换尾”的处理，曲词的变动会进一步带来音乐及演唱的变化。

3. 由贯云石散曲转化而来的南北合套，对后世影响很大。

乾嘉之后的经典折子戏《长生殿·惊变》，其架构即仿此套，但是作了较多改动。徐灵昭《长生殿·惊变》眉批曰：“此调弦索仿于‘小扇轻罗’，时人喜唱之。作者亦多效。”在第二支【南扑灯蛾】上，徐灵昭批曰：“此调时人讹作【北叠字犯】，非。”[②] 因曲中叠字多、重句多，时人以为是北曲的【叠字犯】，并以讹传讹。《万壑清音》印证了这个说法。在其所收这组套曲中，后半套曲牌的【斗鹌鹑】被改为了【黄龙滚犯】，【上小楼】被改为了【小楼犯】，第一个【扑灯蛾】被改为了【扑灯蛾犯】，第二个【扑灯蛾】被改为了【叠字犯】，形成【黄龙滚犯】【扑灯蛾犯】【小楼犯】【叠字犯】的联缀形式。[③] 这个结构在万历后的多种曲集（《歌林拾翠》《醉怡情》《万家合锦》）及戏曲选本（《红梅记》《昙花记》《邯郸记》等）中均被沿用，至于清代李渔、吴伟业、李玉等人的剧作中，仍采用此套。

《九宫大成》于【斗鹌鹑】【扑灯蛾】【上小楼】曲牌名目分别另列数支“又一体”，【斗鹌鹑】后注“第三体系合套格”[④]，【扑灯

---

① 沈璟《重定南九宫词谱》卷八，明文治堂刊本，第 14 页。

② 洪昇《长生殿》，清康熙稗畦草堂刻本，载《中华再造善本·续编》，中国国家图书馆出版社 2014 年影印本。

③ 止云居士辑，白雪山人校《万壑清音》，载王秋桂主编《善本戏曲丛刊》第四辑，台湾学生书局 1987 年版，第 572 ~ 574 页。

④ 允禄等编《九宫大成南北词宫谱》，载王秋桂主编《善本戏曲丛刊》第六辑，第 1466 页。

蛾】后注“第五、六曲，句法与前格迥异，此体止用在南北合套内，南词套中未见”①，【上小楼】后注“惟第九阕止用在合套中，纯北套中无此体”②。造成这一讹误的原因在于“皆唱作北腔，以致前半套系南北相间，后半套纯是北套”③。南北合套，理论上分别遵南北曲各自的演唱方式，但是后半套由于曲牌在以讹传讹的过程中脱落，与曲调关系变得疏离，就出现了后半套全部唱成北曲的结果。现存【扑灯蛾】工尺谱较多，总体上呈现出两种形态，一种是有板有眼的有旋律结构，另一种为滚板的无旋律结构，如图3、图4。

图3 《纳书楹曲谱》
《一文钱·济贫》④

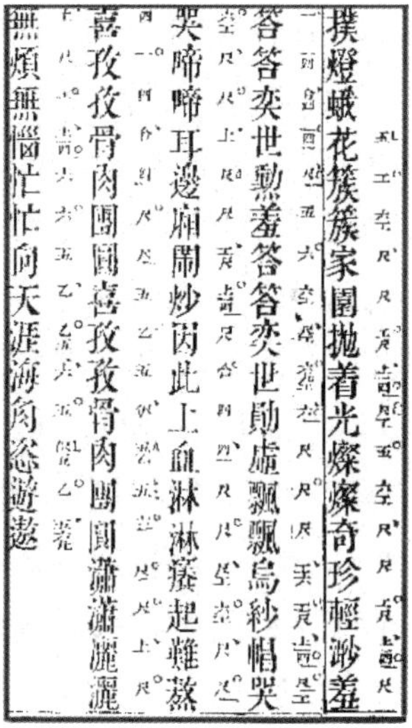

图4 《纳书楹曲谱》
《风云会·送京》⑤

---

① 允禄等编《九宫大成南北词宫谱》，载王秋桂主编《善本戏曲丛刊》第六辑，第1276页。

② 允禄等编《九宫大成南北词宫谱》，载王秋桂主编《善本戏曲丛刊》第六辑，第1473页。

③ 允禄等编《九宫大成南北词宫谱》，载王秋桂主编《善本戏曲丛刊》第六辑，第1816页。

④ 参见台湾“中央大学”洪惟助编《昆曲宫调与曲谱》数据库。

⑤ 参见台湾“中央大学”洪惟助编《昆曲宫调与曲谱》数据库。

明万历年间的《新刊绞管时尚摘要集三卷·新刊时尚雅调百花赛锦》中，【扑灯蛾】被收在“北”类乐曲中，记作“滚板”[①]。此外，在关中弦子戏唱腔中，【扑灯蛾】也属于典型的“滚板”板式，即无旋律但有节奏的说板，【扑灯蛾】的数板中带锣鼓点[②]。

再对比现存【叠字犯】与非滚板的【扑灯蛾】旋律，二者在每个乐段截板处的音乐具有较高相似度（表4）。

表4　【叠字犯】与【扑灯蛾】每乐段截板处旋律对比

【扑灯蛾】[③]	上一四	上一四	五	尺	上一四	尺	六	上一四
【叠字犯】[④]	上一四	上一四	五	六	上一四	上	六	上一四

笔者基于以上观察，大略勾勒出【扑灯蛾】的流传过程：贯云石所作【扑灯蛾】应以海盐腔为肌底，是南曲。万历年间，同时有弦管类小曲【扑灯蛾】流行，对南曲【扑灯蛾】产生影响，使得曲词中叠词增多并相应导致节奏变快，《弦索辨讹》所载即为受到影响后的南曲【扑灯蛾】形态。且从音乐角度而言，此时的南曲【扑灯蛾】接近【叠字犯】，故后世常混用。

《咏西湖》套曲的第八支【扑灯蛾】中，“画阁”二字皆入声，但沈宠绥标注“画”为“胡挂切”，作去声唱，按，《中州音韵》[⑤]记为“胡挂切”，《洪武正韵笺》亦记为“胡挂切”，可见兼遵《洪武》与《中州》；沈宠绥标注“阁”叶“果”，作上声唱，按，《中州音韵》记为“叶果”，收入“入声作上声”，《洪武正韵笺》记为入声，

① 《新刊弦管时尚摘要集三卷》，载龙彼得辑，泉州地方戏曲研究社编《明刊闽南戏曲弦管选本三种》，中国戏剧出版社1995年影印本，第7页。

② 参见屈聖洁、王勇编著《陕西地方剧种》，太白文艺出版社2011年版，第169页。

③ 取《纳书楹曲谱》中《长生殿·惊变》的第一支【扑灯蛾】为参考。

④ 笔者搜集到现存【叠字犯】工尺谱共3个，分别为：《集成曲谱》中所收《渔家乐·刺梁》中的【叠字犯】，《纳书楹曲谱》及《六也曲谱》分别所收【一文钱·济贫】中的【叠字犯】（存在差异）。综合对比3支【叠字犯】后，取【一文钱·济贫】中的【叠字犯】为参考。

⑤ 本文所用《中州音韵》检索系统，是台湾大学中国文学系、台湾“中央研究院”历史语言研究所、信息科学研究所、数位文化中心共同开发的《中州音韵》开放式数据库，收录《中州音韵》全部8159个字。

可见此处又遵《中州音韵》。其余标注切音的“茵”“茸”“袅”“蹬”四字，经对比均遵《中州音韵》。可见沈宠绥对这支【扑灯蛾】的字面以《中州音韵》为主。结合其所言“凡南北词韵脚，当共押周韵。若句中字面，则南曲以《正韵》为宗”①，说明这支【扑灯蛾】被视作北曲。

（三）《西楼记·错梦》

《西楼记·错梦》，袁于令作于1632年之前，陈继儒《题西楼记》言：“近出《西楼记》，凡上襄名流、冶儿游女，以至京都戚里、旗亭邮驿之间，往往抄写传诵，演唱殆遍。”② 可见明清之际，该剧广为传诵。今传版本有明刊《剑啸阁自订西楼梦传奇》、明刻《陈继儒批评西楼记》、明读书坊刻《恬云阁西楼记》、明末汲古阁刻本、清宁我斋刊巾箱本《西楼记》与《六十种曲》本，从翻刻种类之多，也足见其在案头的受欢迎程度。表5为沈宠绥《错梦》一出的案头版本③、舞台版本④与沈宠绥《弦索辨讹》所录版本⑤对比。

表5 《西楼记·错梦》在案头与舞台的流变

	《弦索辨讹》所录本	舞台本	案头本
曲牌联缀情况	【新水令】 【步步娇】 【折桂令】 【江儿水】 【雁儿落带得胜令】	【北新水令】 【南步步娇】 【北折桂令】 【南江儿水】	【二郎神慢】 【集贤宾】 【二郎神换头】 【琥珀猫儿坠】

① 沈宠绥《弦索辨讹》，载俞为民、孙蓉蓉编《历代曲话汇编·明代编》第二集，第653页。

② 转引自李修生主编《古本戏曲剧目提要》，文化艺术出版社1997年版，第390页。

③ 参见袁于令《剑啸阁自订西楼梦传奇》，载《古本戏曲丛刊二集》，国家图书馆出版社2016年影印本，第62~67页。

④ 参见玩花主人选编、钱德苍续选《新编缀白裘新集初编》卷四，载王秋桂主编《善本戏曲丛刊》第五辑，第367~374页。

⑤ 参见沈宠绥《弦索辨讹》，载俞为民、孙蓉蓉编《历代曲话汇编·明代编》第二集，第593~595页。

（续表）

	《弦索辨讹》所录本	舞台本	案头本
曲牌联缀情况	【侥侥令】 【收江南】 【园林好】 【沽美酒带太平令】 【清江引】	【北雁儿落带得胜令】 【南侥侥令】 【北收江南】 【南园林好】 【北沽美酒带太平令】 【南清江引】	【尾声】 【北新水令】 【南步步娇】 【北折桂令】 【南江儿水】 【北雁儿落带得胜令】 【南侥侥令】 【北收江南】 【南园林好】 【北沽美酒带太平令】 【北清江引】

舞台演出中，把《错梦》分成了《玩笺》和《错梦》两部分，前面【二郎神慢】【集贤宾】【二郎神换头】【琥珀猫儿坠】【尾声】为一套商调曲，后面从【新水令】到【清江引】为一套仙吕调曲。曲牌基本没有变化，唯一不一样的是最后一支【清江引】的南北归属问题。

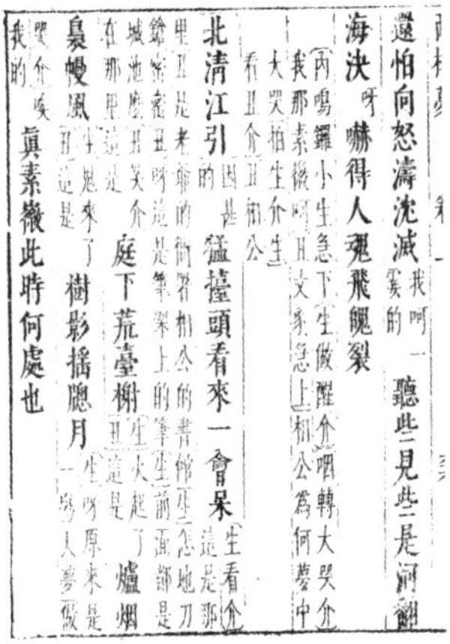
邏怕向怒濤洸滅我呵一霎的聽些二見些二是河翻
海決呀嚇得人魂飛魄裂
〔丙鳴鑼小生急下〕〔生做醒介〕〔唱轉大哭介〕我那素徽呵〔丑文豕急上〕相公爲何夢中大哭〔怕生介〕〔生〕看〔丑介〕〔丑〕相公
北清江引的因是猛擡頭看來一會呆〔生看介〕這是那里〔丑〕是老爺的衙署相公的書館〔生〕怎地刀鎗密密〔丑〕呀這是筆架上的筆〔生〕前面那是城池麼〔丑笑介〕在那里〔丑〕這是庭下荒臺榭〔生〕火起了〔丑〕這是爐烟〔生〕鬼來了〔丑〕這是梟慢風樹影搖殘月〔生〕呀原來是一場人夢〔做嘆介〕〔喚〕我的真素徽此時何處也

图5 《剑啸阁自订西楼梦传奇》中《错梦》一出的尾声曲牌①

① 参见袁于令《剑啸阁自订西楼梦传奇》，载《古本戏曲丛刊二集》，第66页。

【清江引】又名【江儿水】，本身亦南亦北。按，《九宫大成》："南北合套，俱以南北曲间用，此一定之格也。"① 那么【清江引】与【园林好】一样，当属南曲。又，据《集成曲谱》②（1925）金集和《纳书楹曲谱续集》③（1972）卷三所收录曲谱，将二者中的板眼相结合看下半套曲各曲牌的节拍为：

【新水令】散板—【步步娇】一板三眼带赠板—【折桂令】一板三眼—【江儿水】一板三眼—【雁儿落带得胜令】一板一眼—【侥侥令】一板三眼—【收江南】一板一眼—【园林好】一板一眼—【沽美酒带太平令】一板一眼—【清江引】一板一眼。

从节奏看，【清江引】当与前一支【沽美酒带太平令】一样，属北曲。这旋即带来一个问题：如果以工尺谱为准，那么整个曲子从【收江南】开始，"南北合套"就已经名存实亡了。南曲【园林好】【清江引】与前后两支北曲无甚差别，并不能如魏良辅所言"北曲字多而调促""南曲字少而调缓"④，说明《西楼记·错梦》与《咏西湖》套曲出现了相似的问题，即南北合套中的"南腔北曲"现象。

三　北《西厢记》存在"南化"痕迹

明代《西厢记》版本众多，据《弦索辨讹》批注，沈宠绥以当时流行的多个"时本""俗本"为基础，结合臧懋循《元人百种》、毛晋《六十种曲》以及王骥德、徐渭、沈璟、屠隆、焦猗园等人的

---

① 允禄等编《九宫大成南北词宫谱》，载王秋桂主编《善本戏曲丛刊》第六辑，第1816页。

② 王季烈、刘富梁考订《集成曲谱》（金集）卷六，商务印书馆1925年版，第24～29页。

③ 叶堂编《纳书楹曲谱续集》卷三，载王秋桂主编《善本戏曲丛刊》第六辑，第1～5页。

④ 魏良辅《曲律》，载中国戏曲研究院编《中国古典戏曲论著集成》（五），第7页。

评注本①，修订了其中存在的部分问题，同时也保留了晚明北《西厢记》存在的“南化”痕迹。

北《西厢记》为5本20折，以本为单位提名标目，每本分四折，不另外命名。明代流传的北《西厢记》有的按照杂剧体制进行标目，有的则按照传奇体制。在《弦索辨讹》中，北《西厢记》在结构体制上完全传奇化，楔子被删去，分上下两卷，总20出，各出均有标目，基本与《六十种曲》中一致。此外，与明代刊行的北《西厢记》版本相比，《弦索辨讹》中的北《西厢记》多出有曲牌增减、异名的情况，兹以表6简要呈列②。

表6 《弦索辨讹》所收北《西厢记》与案头本的差异

折目	曲牌变化
《殿遇》	删去【赏花时】【幺】;【村里迓鼓】改为【节节高】，词不变
《假寓》	删去【耍孩儿】【四煞】【三煞】【二煞】【一煞】【煞尾】
《联吟》	增加一支【幺】“一轮明月可中庭”[【小桃红】后增此曲，此【幺】最早见徐士范刊本。又，罗懋登注释本、汤沈合评本无此曲，汤沈本另有批语曰：“今本有‘一轮明月’一折，古本无，不载。”（继志斋刊本《西厢记》)]
《闹会》	删去【六幺序】【幺篇】
《解围》	【耍孩儿】两支牌名均改为【白鹤子】
《请宴》	删去【耍孩儿】【四煞】【三煞】【二煞】【一煞】【煞尾】
《简窥》	删去【耍孩儿】【四煞】【三煞】【二煞】【一煞】【煞尾】

① 《请宴》尾注有：“业经徐文长、沈宁菴、王伯良诸公后先驳正。”《假寓》【小梁州】后注有：“王伯良叶‘虑’。”《殿遇》【元和令】后注有：“沈宁庵辨之甚详。”《捷报》【集贤宾】后注有：“臧晋书《百种元曲》，凡遇‘恶’字……”《传情》【元和令】：“时本皆作‘五瘟使’，焦猗园曰：‘谬甚’。”参见沈宠绥《弦索辨讹》，载俞为民、孙蓉蓉编《历代曲话汇编·明代编》第二集，第514页、第491页、第486页、第560页、第526页。

② 北《西厢记》现存最早刊本为《新刊奇妙全相注释西厢记》（明弘治十一年，1498)，《古本戏曲丛刊四集》收录，此处以其为案头参考本。该版本中还有《崔张引首》《闺怨蟾宫》等诗词曲调，均不参考，仅以正文为准。

（续表）

折目	曲牌变化
《送别》	删去【耍孩儿】【四煞】【三煞】【二煞】【一煞】【煞尾】；拆【满庭芳】曲词为两段，后半段为【幺】
《缄仇》	删去【白鹤子】【四煞】【三煞】【二煞】【一煞】【煞尾】；删去【耍孩儿】【四煞】【三煞】【二煞】【一煞】【煞尾】
《锦还》	删去【庆东原】【落梅风】【甜水令】【雁儿落】【得胜令】【太平令】【锦上花】【幺】【尾声】

“【煞】尾连用”在元杂剧里较为常见，杨荫浏称为“结尾前同曲变体的连用”①，功能上起到逐渐收束、最后导入尾声的作用。结合《西厢记》的内容来看，“【煞】尾连用”多出现在剧情紧凑、情感浓烈的地方，如《长亭送别》中出现了两次。回环往复的旋律与缠绵跌宕的情绪形成呼应，是曲情的重要组成，但在明代的演唱版本中却被删去了。这或许和明代北曲失落的历史背景有关。南曲传奇中无【煞尾】，只用【尾声】作结。【尾声】在舞台的搬演中文乐关系不断脱落，变成了一类有名无实的曲牌，其演唱方式早已被标准化。② 南曲传奇对【尾声】的处理，影响到了元曲中具有尾声作用的“【煞】尾类”曲牌。一方面，案头创作不再出现“【煞】尾连用”；另一方面，舞台对“【煞】尾类”曲牌采用一样的演唱方式。在二者的合力下，“【煞】尾连用”原本的形态日益模糊，到晚明流行的《西厢记》唱本中，也就自然会删去“【煞】尾连用”。

从沈宠绥的选择来看，他对版本的态度基本上与徐渭、王骥德一致，即亲近舞台系统；在具体曲词的校准上，他的思维接近沈璟但又不同于后者的“斤斤反古”。沈宠绥说接纳了一些“时俗”的改动——这并不意味着他从心理上完全认同。实际上在整部《弦索辨

① 杨荫浏《中国古代音乐史稿》下册，人民音乐出版社 2014 年版，第 556 页。

② 笔者曾考南曲传奇中“【引子】”的流变，发现“【引子】”实际上有名无实，是维持体制完整性的结构化存在，【尾声】与【引子】同理。

讹》中，他都在不厌其烦地反复论证“时俗”的谬误，尽管他在一定程度上也被这些谬误影响。

结 语

以上对《弦索辨讹》所选剧目版本的对比，皆从曲牌、曲词、曲调等角度入手，总体上体现出沈宠绥肯定北曲剧唱、戏工的观念。

究其原因，首先，沈宠绥认为北曲的遗音在舞台上。昆腔时曲流行后，北曲的演唱模式受到冲击，但伶人口中仍残留着演唱北曲的惯性，“夫然，则北剧遗音，有未尽消亡者，疑尚留于优者之口，盖南词中每带北调一折，如‘林冲投泊’‘萧相追贤’‘虬髯下海’‘子胥自刎’之类，其词皆北，当时新声初改，古格犹存”[①]，此处的“当时”，据前“林冲投泊”等剧目来看，应为《浣纱记》产生之后、昆山腔流行之际。

其次，沈宠绥认为经过舞台考验的曲子才具有参考性，文士虽善于填词，却拙于度曲，并且不屑于探究度曲之奥义，使得曲词虽工于字面，但是无法进行搬演，“若乃文人墨士，则工于填词，而拙于度曲，亦且卑其事而不屑究讨”[②]。

最后，沈宠绥指出，不熟悉牌调乐律的案头之作实际上是在加速北曲的消亡，“特恨词家欲便优伶演唱，止【新水令】【端正好】几曲，彼此约略扶同，而未惯牌名……则骚人绝笔，伶人亦绝口焉”[③]，埋首于案头之曲的文人们，只会彼此模仿、附和，并且为了方便写作，总是重复使用几支相近的曲牌，且牌名混用，导致舞台上能演唱

① 沈宠绥《弦索辨讹》，载俞为民、孙蓉蓉编《历代曲话汇编·明代编》第二集，第618页。

② 沈宠绥《弦索辨讹》，载俞为民、孙蓉蓉编《历代曲话汇编·明代编》第二集，第640页。

③ 沈宠绥《弦索辨讹》，载俞为民、孙蓉蓉编《历代曲话汇编·明代编》第二集，第618页。

的越来越少，曲牌之间的界限也越发模糊。

此外，《弦索辨讹》中的北套曲均存在大大小小的问题。如《焚香记·阳告》中途换韵，上半套曲韵脚为齐微韵，下半套韵脚为尤侯韵；《宝剑记·投泊》则萧豪韵、廉纤韵混用。北曲向来是体制严谨、格律规范的代表，何以到明末沈宠绥时期，出现了如此多的问题？是由于沈宠绥没有稽考，还是因为晚明的南北曲曲体之间的界限模糊？

从《弦索辨讹》批语中多次批评他人唱曲不稽考的态度来看，沈宠绥本人应该秉持着较为严肃的治曲精神，那么就有可能是，在他的观念中，南北曲曲体已经不存在差异，唯一的区别在演唱口法。他将语音置于首要位置，有关曲牌、曲词、曲调的问题皆被悬置。在他看来，咬字发音是区别南北曲最重要的标准。沈宠绥虽以厘正、辨别南北曲为务，但其着眼点仅在字音。他接纳了吴中曲坛南北曲音乐上的互相影响，对曲牌本身的规范性未加以重视。

（田语　浙江大学文学院博士后）

明代戏曲时事书写的困境与突破

——以《狂鼓史》为中心

梁　凯

中晚明时期，出现了大量时事题材的戏曲，其中潜藏着新的书写困境。表现权奸欺瞒、谄媚的一面是艺术真实的要求，只写欺下不写媚上，人物深度和典型性有所不足，而书写权奸在权力下欺瞒和谄媚的一面，则往往要暴露皇帝的缺陷。规避对皇帝的批评是明代作家普遍内化的生存准则。此前学界已注意到时事作为戏曲题材的创作潮流①，但很少有学者延伸至艺术和政治之间的矛盾。

《狂鼓史》借祢衡骂曹影射沈炼骂严嵩的时事，为时事剧创作提

---

① 参见郭英德《明清传奇史》，人民文学出版社 2012 年版，第 352 页；李江杰《明清时事剧研究》，齐鲁书社 2014 年版，第 92 ~ 110 页；李江杰《明末时事剧作〈息宰河〉传奇本事考辨》，《古籍整理研究学刊》2017 年第 4 期，第 12 页。这些研究都注意到了政治会作为戏曲的题材，戏曲创作会因为政治做一些删改。

供了一个突破困境的新思路。《狂鼓史》选择了阴间重演的结构，增设了更高权力者察幽，重演了一次历史，充分展现了曹操在权力面前谄媚、欺瞒的一面。政治和艺术因此达成新的平衡。之前学界主要是从构建虚幻大团圆①，丰富“祢衡骂曹”的内容②，塑造戏中戏③的角度来看待“阴间重演”的作用和价值的，对此角度有所忽略。以下从《狂鼓史》出发，结合明代时事剧展开分析和论述。

一　徐渭笔下的沈炼及其书写困境

沈炼，字纯甫，明嘉靖十七年（1538）进士，曾为溧阳知县，后为锦衣卫经历。曾因弹劾严嵩被贬至保安州，但仍“日相与詈骂嵩父子为常”④。后严嵩与路楷等勾结，将沈炼放入叛乱名单中，诬其谋反，于是沈炼被斩首。⑤ 隆庆时，沈炼被平反，谥号忠愍。

沈炼与徐渭的关系十分密切。他是徐渭的表姐夫，还曾与徐渭一起结社，号“越中十子”。因此《徐渭集》中很多作品与沈炼有关。

---

① 参见杜桂萍《论清代杂剧对徐渭〈四声猿〉的接受》，《文学评论》2007 年第 3 期，第 101 页；［日］青木正儿著，王古鲁译《中国近世戏曲史》，中华书局 2010 年版，第 137 页；林国清《试论悲喜剧杰作——〈四声猿〉》，《福建论坛（人文社会科学版）》2010 年第 12 期，第 87 页。

② 参见陈远洋《徐渭戏剧研究》，中国社会科学出版社 2014 年版，第 267 页。扩展骂曹内容这一点，《狂鼓史》中祢衡自己也说过：“这个有何不可！只是一件，小生骂座之时，那曹瞒罪恶尚未如此之多，骂将来冷淡寂寥，不甚好听。今日要骂呵，须直捣到铜雀台分香卖履，方痛快人心。”

③ 参见李亦辉《有意味的形式——论徐渭〈狂鼓史〉的结构特征及其思想意蕴》，《绍兴文理学院学报（人文社会科学）》2019 年第 5 期，第 14 页；陈远洋《徐渭戏剧研究》第四章第三节第四小节：“虚实相生的戏剧结构——戏中戏”，第 279 页。

④ 张廷玉等《明史》，中华书局 1974 年版，第 5534 页。

⑤ “嵩无他才略，惟一意媚上，窃权罔利。帝英察自信，果刑戮，颇护己短，嵩以故得因事激帝怒，戕害人以成其私。张经、李天宠、王忬之死，嵩皆有力焉。前后劾嵩、世蕃者，谢瑜、叶经、童汉臣、赵锦、王宗茂、何维柏、王晔、陈垲、厉汝进、沈炼、徐学诗、杨继盛、周鈇、吴时来、张翀、董传策皆被谴。经、炼用他过置之死，继盛附张经疏尾杀之。”参见张廷玉等《明史》，第 7916 页。

有些作品是酬唱和抒发感慨之作，只提及而没有叙述沈炼的生平，如书写美景的《桃花堤上看美人走马（和青霞君）》，表达对沈子期待的《送沈叔成》等。有10篇作品则较详细叙述了沈炼生平，分别是《保安州——寄沈青霞君》《赠光禄少卿沈公传》《会祭沈锦衣文》《与诸士友祭沈君文》《锦衣篇答赠钱君德夫》《哀四子诗·沈参军青霞》《沈府公尊君中舍挽章二首》《知清丰沈公祠碑》《短褐篇送沈子叔成出塞》。

因沈炼和祢衡经历相似，徐渭作品中常用祢衡喻指沈炼。如《与诸士友祭沈君文》："公之死也，诋权奸而不已，致假手于他人，岂非激裸骂于三弄，大有类于挝鼓之祢衡耶?"① 再如《锦衣篇答赠钱君德夫》："骂座曾喧丞相筵，槌鼓终埋江夏土……君不见，沈锦衣。"②因此"《狂鼓史》是借祢衡以颂沈炼，这也受到学界普遍认同"③。

沈炼事件作为题材在文学创作上存在天生难以克服的困难。这是沈炼、严嵩、皇帝之间发生的纠葛，其中，嘉靖帝是最高权力拥有者和最终决策者。严嵩是权奸，被皇帝信任，对下属残暴自私，对上欺瞒谄媚。避免批评嘉靖帝和表现严嵩媚上是难以两全的。从创作上讲，塑造权奸媚上的特征是艺术的必然要求，只写欺下，不写媚上，那权奸形象的深度和典型性就有所不足。而规避对皇帝的批评，也是必要的生存准则。嘉靖一朝，时代风气尚未从明初严厉的文字狱中完全活转过来，更何况嘉靖朝已有多例文字狱④，徐渭本人也因政治一生坎坷。所以，把沈炼写入作品的同时，如何安排嘉靖帝，如何处理嘉靖帝与严嵩的关系，如何两全政治与艺术，就成了徐渭必须要面对的问题。

---

① 徐渭《徐渭集》，中华书局1983年版，第1051页。

② 徐渭《徐渭集》，第126~127页。

③ 周群、谢建华《徐渭评传》，南京大学出版社2006年版，第268页。

④ 比如南京工部尚书吴廷举因为引用白居易、张永诗句，其中多呜呼之语，被嘉靖帝认为大不敬，大怒，将其革职。再比如河南巡抚胡缵宗因为写迎驾诗中有"穆王八骏"语，被认为是诽谤，被嘉靖帝革职，杖四十。参见张廷玉等《明史》，第5310页、第5333页。

徐渭终生创作不倦，对政治和艺术的二难选择是有清晰认知的。他在《幕抄小序》中表达了这种矛盾的心态："凡五载，记文可百篇，今存者半耳。其他非病于大谀，则必大不工者也，噫！存者亦谀且不工矣！"[①] 徐渭虽然厌恶"谀"，又不得不"谀"。在严嵩失势前，徐渭曾经多次吹捧严嵩。比如《代贺严公生日启》："知我比于生我，益征古语之非虚。感恩图以报恩，其奈昊天之罔极。"[②] 再如《代贺严阁老生日启》："施泽久而国脉延，积德深而天心悦，三朝耆旧，一代伟人。"[③] 极尽吹捧之能事。徐渭还在青词和表章中多次吹捧嘉靖帝，如《代初进白牝鹿表》"必有明圣之君，躬修玄默之道"[④]，《代再进白鹿表》"兹盖恭遇皇上，德函三极，道摄万灵"[⑤]，等等。但徐渭并不是吹捧拍马之辈，他会为了阿谀奉承而自责，而且很看重"工"。所谓"工"，就是指作品具有较高的艺术水准，"工"是徐渭一直以来的追求，即使为了"谀"而不工，"且谀且不工"也是不满意的状态。谀和工是其不可偏废的价值标准。

二　《徐渭集》与《狂鼓史》：多样探索与困境突破

在上述背景下，徐渭对沈炼之事做了改编。其诗文中有两种改编办法。第一种是把沈炼—严嵩—嘉靖帝之间的纠葛改写成沈炼—严嵩之间的纠葛，将三层权力结构改写成两层权力结构。以下略举几例：

参军青云士，直节凌邃古。伏阙两上书，裸裳三弄鼓。万乘急宵衣，当廷策强虏。借剑师傅惊，骂座丞相怒。遗帼辱帅臣，筹边著词赋。截身东市头，名成死谁顾。（《哀四

---

① 徐渭《徐渭集》，第536页。

② 徐渭《徐渭集》，第445页。

③ 徐渭《徐渭集》，第883页。

④ 徐渭《徐渭集》，第430~431页。

⑤ 徐渭《徐渭集》，第433页。

子诗·沈参军青霞》)①

于是远近无不颂公真忠忾……党为计日深，公由此遂遇祸。(《知清丰沈公祠碑·代商督学》)②

这些作品都省略了嘉靖帝的存在和作用。选文中提及的祢衡骂曹，也是二层权力结构的一种，因为曹操之上并无更高的权力拥有者。以严嵩为尊，可以表现欺下，亦可规避对嘉靖帝的指责。但这一模式也有其固有的缺陷。二层结构中，没有比严嵩更高的权力拥有者，谄媚欺瞒这一典型特征就不可能再表现出来，调查中被揭穿的历史事实也难以复原。

第二种改编办法则保留了更高的权力拥有者。这又可以细分成两种变体，第一种变体对嘉靖帝做了较多的美化，如《短褐篇送沈子叔成出塞》：

忆昔何人正当路，若翁上书凡两度。请缨直欲系单于，借剑亲将斩师傅。

圣主如天万类容，夺官谪向边城去。曹操沽名不杀贤，终付祢衡与黄祖。③

此诗称嘉靖帝为“圣主”，虽然复原了历史上的权力结构，向表现权奸谄媚欺瞒迈进了一步，但同样不能复现历史本真。如果说嘉靖帝是圣主，他的做法别人无法揣测，那也就不能说明严嵩欺骗到了嘉靖帝，因而不能表现严嵩欺瞒谄媚的本质。

第二种变体较少对嘉靖帝做美化，但仍有缺陷。《赠光禄少卿沈公传》中有“有诏廷杖君五十”“而忠不信于主上”④ 等句子，虽然并未明确批评嘉靖帝不能明察严嵩、草菅人命的行为，但已经使这一

---

① 徐渭《徐渭集》，第 67 页。
② 徐渭《徐渭集》，第 618 页。
③ 徐渭《徐渭集》，第 717～718 页。
④ 徐渭《徐渭集》，第 624 页。

敏感事件的书写比较贴近历史本真了。这是二层权力结构书写所做不到的——但这种写法避讳的效果很差。

由上述对徐渭两种写法的分析，可得到如下推论：首先，规避对嘉靖皇帝的批评与表现严嵩的欺瞒与谄媚这二者往往不能同时实现。其次，二层结构启发我们，严嵩为尊的故事架构可以表现欺下，在避讳的问题上也有独特的价值；但因难以容纳更高的权力拥有者，在表现权奸媚上的典型特征时有缺陷。再次，诗文中的三层结构给了我们启发。三层结构可以提供比严嵩更高的权力拥有者，这是表现权奸谄媚和欺瞒典型特征的必要条件。但更高的权力拥有者的故事不止一种写法，像上引的《短褐篇送沈子叔成出塞》《赠光禄少卿沈公传》，各有其弊端。因此，要重新安排权力架构，提供更高的权力拥有者，但权力架构之间的故事内容则需要再考虑。要解决这一困境，单独的二层结构、三层结构皆不可行，需要重新考虑情节架构。这是我们考察徐渭同题材作品之后，以书写严嵩本质、复现历史、避讳这三点为逻辑起点所作出的推论。避讳是徐渭绝大多数同题材作品要依从的，而复现历史和塑造人物典型特征，则是优秀的文艺创作和批评所必须要坚持的原则。

阴间重演，正是上述原则下的具体实践。

首先，“阴间重演”保留了诗文中以严嵩为尊的结构方式。阳间杀祢衡时，与汉献帝无关，汉献帝与历史上大权在握的嘉靖帝也大有不同。因为没有嘉靖帝的对应人物，也就很难产生对嘉靖帝的不必要联想，从而规避了对皇帝的批评。

其次，“阴间重演”创造性地提供了更高权力拥有者——判官察幽。因此可以表现曹操（严嵩）的欺瞒行为和谄媚的典型特征。比如此段引文：

> （外扮判官引鬼上）……我想起来，当时曹瞒召客，令祢生奏鼓为欢，却被他横睛裸体，掉扳（板）掀搥（槌），翻古调作渔阳三弄，借狂发愤，推哑妆聋，数落得他一个有

> 地皮没躲闪。……俺待要请将他来，一并放出曹瞒，把旧日骂座的情状，两下里演述一番，留在阴司中做个千古的话靶……下官斗胆，敢请先生权做旧日行径，把曹操也扮做旧日规模，演述那旧日骂座的光景，了此夙愿，先生意下如何？（祢）这个有何不可。……（判）更妙！更妙！手下带曹操与他的从人过来。曹操，今日要你仍旧扮做丞相，与祢先生演述旧日打鼓骂座那一桩事。你若是乔做那等小心畏惧，藏过了那狠恶的模样，手下就与他一百铁鞭，再从头做起。①

对于复原本真，察幽很在意。先是和祢衡说“权做旧日行径”，“扮做旧日规模”；对曹操则说若“藏过了那狠恶的模样”，就打他铁鞭，要求曹操按历史复现。因为是复原文本世界中真实的历史，这场戏就有了对质和调查的性质，就给予了人物表现欺瞒、谄媚本质的可能。试看此段引文：

> （判）这贼元来这每巧弄了这生。（曹）大人这也听他不得，俺前日也是屈招的。（判）这般说，这生的头也是自家掉下来的？（曹）祢的爷饶了罢么。（判）还要这等虚小心，手下铁鞭在那里？②

在这一段引文中，可以看到曹操在祢衡之死上说谎又被揭穿，表现出了欺瞒与谄媚，向真实历史中的严嵩更近了一步。这是二层结构的诗文做不到的，因为诗文的二层结构中不会有权奸和更高权力拥有者的对话。

再次，以严嵩为尊的权力架构与更高的权力拥有者是互斥的。“阴间重演”把“骂曹”从一场变为阴间、阳间两场，阳间是严嵩为尊的结构，阴间则有比严嵩更高的权力拥有者，从而较好地解决了政治和艺术之间的矛盾。

---

① 徐渭《徐渭集》，第1177～1178页。

② 徐渭《徐渭集》，第1182页。

总之，相比二层结构的诗文，《狂鼓史》保留了避讳的功能，但在表现“严嵩欺瞒”的本质上更进了一步。《徐渭集》中“圣主”的三层结构书写，为了避讳难以写出严嵩的典型性格，《狂鼓史》则做到了。相比不避讳的三层结构书写，《狂鼓史》同样可以表现严嵩欺瞒谄媚的本质，但在避讳皇帝上则更胜一筹。这是《徐渭集》中所有其他作品都做不到的，而这一创新源自“阴间重演”的情节架构。

另外需要说明的是，徐渭对于权力架构的多次切换应是自觉的行为，而非自发的巧合。总体来说，在所有叙述沈炼事迹的作品中，不同作品间的切换是普遍的。具体来说，《短褐篇送沈子叔成出塞》是比较特殊的一个。在这首诗中，有的句子把严嵩处理成根源，有的句子在严嵩之上增加更高权力拥有者，两种结构在一首诗中共存。这些都可作为自觉切换的证明。

三　《狂鼓史》与时事剧：传世一折与应时之作

所谓时事剧，一般指将时事作为题材的戏曲剧目，题材发生时间和写作时间较为相近。《狂鼓史》取材于古代，因此一般不算作时事剧，但毕竟意在时事，精神相通。时事剧的出现与明末政治黑暗与“经世致用”实学思潮的风行有关①，内容以反奸臣、反阉宦为主，是书写时事的主力军②。主要的作品有：反映与严嵩斗争的《鸣凤记》《六恶记》《飞丸记》《犀轴记》；反映与魏忠贤、崔呈秀等阉宦斗争的《广爰书》《秦宫镜》《中流柱》《清凉扇》《清凉扇余》《请剑记》《不丈夫》《冰山记》《过眼浮云》《孤忠记》《双真记》《瑞

① 参见阙真《论明清时事剧的发生》，《求是学刊》2008 年第 2 期，第 104 页；郭英德《明清传奇史》，第 351 页。

② 参见朱恒夫《论明清时事剧与时事小说》，《明清小说研究》2002 年第 2 期，第 15 页。

玉记》等。①

无论是严嵩等权臣还是魏忠贤等阉宦，他们的权力来源都是皇帝。严嵩深受嘉靖帝信任，自嘉靖二十一年（1542）起入阁，握权二十余年。② 魏忠贤，曾任司礼监秉笔太监，深得天启帝信任，排除异己，专断擅权，甚至生前立祠。崇祯年间被法办。③ 崔呈秀，万历四十一年（1613）进士，后投靠魏忠贤，为阉党核心骨干。④ 因此，晚明时事剧创作面临着与《狂鼓史》类似的矛盾。

总体来看，明代戏曲有三种办法来缓和这一矛盾。但比较来看，效果均不如《狂鼓史》。

首先是插入神鬼情节补充表现权奸的媚上性格。不借助鬼神，时事戏很难写出权奸媚上性格。《大明律》规定不允许演员扮演历代皇帝，“违者，杖一百”⑤，甚至“全家杀了”⑥。即使在皇帝最应该出现的部分，比如《鸣凤记》中“二相争朝”一出，皇帝都未能出现。此时神秘文化中的天帝、城隍则可作为皇帝的替代品，将皇帝隐于幕后，在权奸之上重塑一个能够正面出现的权力拥有者，以表现权奸面对权力上层的谄媚和欺瞒。⑦

如《魏监磨忠记》第三十五出“群仙会勘”：

（仙人）忠贤贼子，你既擅威福于生前，又欲盗芳名于

---

① 参见郭英德《明清之际时事剧的思想艺术特色》，《中州学刊》1985 年第 2 期，第 79 页；朱恒夫《论明清时事剧与时事小说》，《明清小说研究》2002 年第 2 期，第 15 ~ 16 页。

② 参见张廷玉等《明史》，第 7916 页。

③ 参见张廷玉等《明史》，第 7816 ~ 7825 页。

④ 参见张廷玉等《明史》，第 7848 页。

⑤ 刘惟谦等撰，怀效锋点校《大明律》，法律出版社 1999 年版，第 204 页。

⑥ “但这等词曲，出榜后，限他五日，都要干净将赴官烧毁了，敢有收藏的，全家杀了。”顾起元《客座赘语》，载陆粲、顾起元撰，谭棣华、陈稼禾点校《元明史料笔记丛刊　庚巳编　客座赘语》，中华书局 1987 年版，第 347 ~ 348 页。

⑦ 学界早就注意到神鬼情节的存在。参见李江杰《明清时事剧研究》，第 260 ~ 261 页。该书有详细的神鬼情节统计图表。但一般只把它当作塑造大团圆、增加新奇感、表达因果报应的方式，没有注意到神鬼用以表现媚上、欺瞒的独特意义。

身后，假旨建祠，靡烂朝野的钱粮，眩惑愚民的耳目，可恨也……（丑、净）天官爷爷那里知有今日……（净）天官爷，俺忠贤自个鲁莽男子，字儿多不识的，那里敢去凌虐缙绅，多是崔田二贼子，今日也来拜见干爷，说某官该怎的，说某官该怎的？明日也来拜见干爷，说某官该恁的，说某官该恁的？是非遍是这两个贼子来搬，计谋通是这两个贼子来造，俺忠贤只不过依样画葫芦……①

再比如《喜逢春》第三十二出“梦勘”：

（生）……魏贼之罪，件件堪诛，般般该戮。魏贼，你有何话说？（净）受不刑起，望大神饶恕……（老旦）大王，小妇人止不过在宫□□些富贵，外面朝政俱是魏忠贤侮弄。……（净）每事我与你交通做的，怎么都推上我身？②

这种权奸和更高权力拥有者的对话，是无法出现在皇帝和魏忠贤之间的。在对话中，魏忠贤的卑躬屈膝、欺瞒、推卸责任得到了生动的表现。神秘文化在此对人物性格的深度做了可贵的补充。

其次，时事剧还会对历史进行改写以缓和矛盾。《息宰河》③ 以化名苌公孟的主人公指代山东道监察御史张继孟，与真实拉开距离的同时，也可相对远离时下政治。④ 在晚明时事剧的书写中，《鸣凤记》对历史的改写尤为精心。《鸣凤记》也取材于严嵩事迹，故事多与历史相合。⑤ 剧本内写合称“二忠八义”的十位义士，前赴后继地弹劾

---

① 范世彦《魏监磨忠记》卷下，载《古本戏曲丛刊二集》，国家图书馆出版社 2016 年版，第 41 页。

② 清啸生《喜逢春》，载《古本戏曲丛刊二集》，第 33 页。

③ 沈嵊作，南京师范大学图书馆藏有明末且居刊本。

④ 参见李江杰《明末时事剧作〈息宰河〉传奇本事考辨》，《古籍整理研究学刊》2017 年第 4 期，第 12 页。

⑤ 参见伏涤修《〈鸣凤记〉所涉史实问题考辨》，《南京师大学报（社会科学版）》2016 年第 2 期，第 130～136 页。该文对剧本和正史的同异之处有详细的考辨。如“八义”之一的郭希颜历史上是一个沽名钓誉之徒，孙丕扬只是参与了严嵩抄家，并没有弹劾严嵩。

严嵩父子。最初嘉靖帝被严嵩蒙蔽，弹劾者皆遭打击。经过不懈斗争，严世蕃最终被腰斩，严家被抄家。具体说来，《鸣凤记》对史实做了如下修改：

第一，不谈青词。政治力量消长、利益冲突等因素固然是严嵩上台与失势的重要原因，但青词的作用亦不可忽视。历史上，嘉靖一朝权力交接的重要节点都有青词的影响。首辅徐阶失势时，就“益精治斋词迎帝意”[①]；首辅夏言的青词不合嘉靖帝心意，严嵩因此有了陷害夏言的可乘之机：“言进青词往往失帝旨，嵩闻益精治其事。”[②]严嵩的失势也与青词相关：“所进青词，又多假手他人不能工，以此积失帝欢。”[③] 由此可见，从历史上讲，青词是嘉靖年间官场的重要要素。从艺术上讲，青词是一把双刃剑。把青词写入情节，才能复现嘉靖朝官场的某些本质，表现严嵩擅权的不合理性，但同时会不可避免地造成对嘉靖帝的批评，故而省略。

第二，不谈道士。严嵩的倒台，和明代道士蓝道行有关。蓝道行当时号称“蓝神仙”，颇受嘉靖帝宠幸，嘉靖帝曾问蓝道行：天下为何不治？蓝道行则说是上天惩罚严嵩罪恶所致。“未几，帝入方士蓝道行言，有意去嵩。”[④]《鸣凤记》对于历史大多复现准确，但蓝道行在《鸣凤记》中没有出现，其原因与青词相类。

再次，《鸣凤记》将一些隆庆万历年间的平反之事，转移到嘉靖年间，以求歌颂嘉靖帝。比如《鸣凤记》第四十一出，嘉靖帝分别给夏言、曾铣、杨继盛等人平反，还让夏言的遗腹子世袭官职。但夏言和杨继盛都是隆庆年间才被平反的。

《鸣凤记》的改写是有意义的。删除了青词和道士，重组了事实，虽然牺牲了对嘉靖官场本质的部分解释，伤害了对权奸的全面塑

---

① 张廷玉等《明史》，第 5633 页。

② 张廷玉等《明史》，第 5197 页。

③ 张廷玉等《明史》，第 7918 页。

④ 张廷玉等《明史》，第 7918 页。

造，但维护了嘉靖帝。可这种维护相比《狂鼓史》也是有缺陷的。《狂鼓史》直接删除皇帝以求避讳，但《鸣凤记》书写时事，有些批评嘉靖帝的内容无法避免。比如此段引文：

前日被我心腹劾奏曾铣克减军饷，妄动失机，圣旨已批拿解来京，斩首无疑矣。夏言举荐非人，误国大事。皇上方在震怒。我欲乘机再托心腹劾奏夏言假图复地。每岁逼取边军常例银二万两，以致将士离心，丧师辱国，谤毁圣上，谋立东宫等事。咦，夏言，夏言，此本一上，你不知死所矣。只是他是个老臣，未必加刑。访得皇上两个谨身太监，素恶夏言刚直不通货贿。今日乘他落班，特请他来用几句言语打动，再将些金银啖他，教他以渐谮愬，激怒圣心，必然处斩，好计好计。①

在这一段引文中，嘉靖帝信任沆瀣一气的严嵩和太监。而严嵩和太监均是心胸狭窄的名利之徒，仅因夏言“不通货贿”，就要杀掉夏言。嘉靖帝偏听偏信，实在难称明君。

最后，时事剧中往往会增加很多歌颂皇帝的文字来缓和矛盾。比如《鸣凤记》“龙飞嘉靖圣明君，忠义贤良可庆”② “从教盛际同尧舜” “皇明圣治称嘉靖”③。再如《魏监磨忠记》：“幸圣主犀照当阳。”④ 又如《回春记》：“你看只些衙门布置周密妆拾精致，非圣天子制作，何以有此？……如今乱臣贼子布满天下。”⑤ 社会问题与官场矛盾皆因臣子贪奸庸懦，与圣明的皇帝无关。相比前述书写方法，这种方法更容易，也更肤浅，经不起思考与推敲。只要存在更高的权力拥有者，要书写权奸，那么就必然有对皇帝的批评。增加一些歌颂

① 《鸣凤记》，载毛晋编《六十种曲》，中华书局 1958 年版，第 26 ~ 27 页。
② 《鸣凤记》，载毛晋编《六十种曲》，第 1 页。
③ 《鸣凤记》，载毛晋编《六十种曲》，第 179 页。
④ 范世彦《魏监磨忠记》，载《古本戏曲丛刊二集》，第 1 页。
⑤ 朱葵心《回春记》，载《古本戏曲丛刊三集》，第 3 ~ 4 页。

的词语，只能造成更大的不协调性，此方法的艺术价值有限。徐渭未曾采用这种方式。

当梳理过明代时事剧后，我们能发现《狂鼓史》的三点特殊价值：第一，其他时事剧虽然也面临塑造权奸和规避对皇帝的批评的矛盾，但其他时事剧多是在二者之间游离，典型塑造常有缺憾，而规避也没有做好。《狂鼓史》的避讳更为利落，典型塑造得更扎实，批判也更畅快一些。第二，“阴间重演”使《狂鼓史》同时具备了艺术真实和极强的抒情烈度。时事剧或多或少失于冗长，阻遏了情感深入的宣泄，隔靴搔痒，令人扼腕。《狂鼓史》同时拥有以严嵩为尊的权力结构、更高权力拥有者、欺下与媚上等要素，但徐渭不是一件一件分别叙述的，而是把这些要素都融在“阴间重演”一件事中。因此，“阴间重演”使《狂鼓史》的文字浑然一体而又极具张力：重演的痛骂是内蕴丰富的，所以痛骂可以占据全篇，情感借此才得以透辟地抒发；而充盈全篇的情感并不是空洞的，其背后又有比较完整的权奸性格。第三，其他时事剧多是应时之作，而徐渭就沈炼题材已创作了多种不同体裁、风格的作品，这种孜孜以求、苦心孤诣的创作态度是精品的根本保证。

总而言之，塑造奸臣的同时规避对皇帝的批评，是戏曲中时事书写常有的困境，会对戏曲的情节安排产生深刻的影响。时事剧的书写往往会根据政治改写情节，这会对艺术真实、典型性格、历史真实造成伤害。而剧作者往往也有自己的底线和坚守策略，历史的改写，文字的增删，神鬼情节的增加，都可以在这一角度获得新的评估与阐释。在历史背后，是一代剧作者坚韧又婉曲的艺术用心，而其中最优秀者，则是苦心孤诣、慷慨不群的徐渭。

（梁凯　中国人民大学文学院博士研究生）

浅谈明杂剧中的“春社撞席”

薛舒丹

作为我国源远流长的传统民俗节日之一，“春社”吸引着众多研究者的目光。与历史学、民俗学研究领域已取得的丰硕成果不同，关于古代春社主题文人创作的研究，目前主要见于对社日诗歌和春社题材画作的探讨两个方面[①]，针对文人戏剧作品中春社情节的专门研究尚属少见。通

① 参见李霞锋、李桂英《试析杜诗中的唐代节日民俗》（《杜甫研究学刊》1995 年第 2 期）；王雪《唐代农事诗研究》（博士学位论文，东北师范大学 2016 年）；王倩堂《宋代社日诗研究》（硕士学位论文，西北大学 2019 年）；李懿《宋代节令诗研究》（中国社会科学出版社 2020 年版）；高泽《从“春社醉归”到“田畯醉归”》（硕士学位论文，中国美术学院 2019 年）；高泽《从〈春社醉归图〉到〈大涤子自写睡牛图〉——石涛晚年心态研究》（《湖北美术学院学报》2021 年第 3 期）等。

过对现存历代杂剧作品的整体研读①，可以发现明杂剧中的“春社”不仅像传统诗文中那样被当作文学意象或叙事背景，还在部分作品中被详细描摹，构成主体情节，与戏剧这一文艺样式相得益彰。这种不同于诗文、绘画，以及在其他时代杂剧创作中几乎无见的呈现方式值得关注。

一　明杂剧对“春社”的选择

在古老的农耕文明中，我们的先民很早就通过置“社”的方式在春日向土地之神祈祷风调雨顺，于秋日向土地之神感恩粮食丰收。秦汉以降，官社与民社分化，民间社祭活动逐渐完成从严肃礼制到节庆娱乐的演变。② 春社的日期也开始基本确立在立春后的第五个戊日（秋社日为立秋后的第五个戊日），又因我国古代以重日为节的传统习俗，所以农历二月二也常被民间定为春社日开展祭拜活动。③ 历经魏晋南北朝，唐宋时期民社大盛，乡民狂欢的春秋社日成为文人笔下的常见主题，不仅有数量可观的社日诗反映生动丰富的社日节俗、寄寓文人作者的悲喜兴叹，还有不少传世文人画作品描绘出里中春社结束后乡民醉归的悠然氛围。④ 至元代，在诗文绘画之外，又有新兴的

---

① 参见臧晋叔编《元曲选》（中华书局1958年版）；郑振铎主持修订的《古本戏曲丛刊四集》（国家图书馆出版社2016年版）；隋树森编《元曲选外编》（中华书局1959年版）；谭帆、程华平、吴平主编《明代杂剧全编》（全二十八册）（上海书店出版社2020年版）；国家图书馆在郑振铎《清人杂剧》初集、二集基础上增补影印的《清人杂剧百廿种》（全八册）（国家图书馆出版社2022年版）等。

② 参见孔宾《从礼制到节庆——先秦两汉时期社祭的变迁》，《山东社会科学》2011年第7期，第61~64页。

③ 参见张君《神秘的节俗：传统节日礼俗、禁忌研究》，广西人民出版社2004年版，第67页。

④ 参见宋代朱锐所绘的《春社醉归图卷》（绢本 卷 设色31.7厘米×326.3厘米，台北“故宫博物院”藏）；南宋刘履中的《田畯醉归图》（绢本 长卷 浅设色28厘米×104厘米，故宫博物院藏）；较大可能为南宋画家李唐绘制的《春社醉归图》（绢本 册页 设色21厘米×18.7厘米，中国嘉德2005年秋季拍卖会）等传世文人画。

散曲与杂剧将社日主题纳入其中，并且在具体社日的选择上以秋社为主，例如王恽在【越调】《平湖乐・尧庙秋社》小令中对里中秋社"霹雳弦声斗高下，笑喧哗"①热闹场面的记录，又如李寿卿在《说鱄诸伍员吹箫》杂剧第三折中对丹阳县某村在秋收后由村民轮流祭赛牛王社风俗的提及②。至明代，里中春社取代秋社成为被杂剧作者更多涉及的创作主题，呈现出秋社在元明杂剧创作中都不曾具备的丰富面貌。现存明杂剧中只有《感天地群仙朝圣》这一部内廷供奉剧涉及较具体的秋社活动，出于为当朝皇帝歌功颂德的需要，此剧安排了一段顺天府府尹在郊外祭赛苍天酬谢大收之岁，让里长老人安排祭物祭祀的情节。③ 而与这种场面严肃、目的纯粹的官方秋社相比，里中春社有着民间祭祀活动的相对随意性，以及春日祈祷时心怀希望却一切待定的未知特质，因此，里中春社成为明代杂剧作者的普遍选择，为他们精微复杂的文人心绪提供更加合理的安置之所。

在那些简单提及春社的明杂剧中，"春社"可以作为文学意象或构成叙事背景。前一种用法承袭抒情文学传统，借惯用意象来凸显角色品格，例如桑绍良《司马入相传奇》杂剧中司马光春游时被旁人认为会得到复用，于是进而由此表达自己的不慕功名"我则愿社鼓村醪岁不虚，煞强如赞皇猷在天禄石渠"④；又如沈自徵《簪花髻》杂剧中杨慎在仕途彻底无望之时放诞春游，用以抒发满腔愤懑的"被这社翁雨洗涤得吟情细，少女风撩脩将诗句摧"⑤。这种用法不仅对戏剧人物形象塑造起到辅助作用，还发挥着替作者本人表达心境的

① 隋树森编《全元散曲》，中华书局 1964 年版，第 100 页。

② 参见李寿卿《说鱄诸伍员吹箫》，载臧晋叔编《元曲选》，第 656 页。

③ 参见无名氏《感天地群仙朝圣》，明脉望馆钞校《古今杂剧》本，载谭帆、程华平、吴平主编《明代杂剧全编》第二十八册，第 291 ~ 292 页。

④ 桑绍良《司马入相传奇》，明脉望馆钞校《古今杂剧》本，载谭帆、程华平、吴平主编《明代杂剧全编》第七册，第 491 ~ 492 页。

⑤ 沈自徵《簪花髻》，《盛明杂剧》初编本，载谭帆、程华平、吴平主编《明代杂剧全编》第十一册，第 510 页。

抒情功能。后一种构成叙事背景的用法则继承叙事文学传统，更多是基于戏剧情节设置需要的简单提及，例如徐渭《女状元》杂剧中罪犯交代其在酒中下毒害人的犯罪活动发生在“遇着做春社，众客都散了”① 之时。孟称舜《桃源三访》杂剧中的女主父亲用“目下正是清明节令，邻家请饮社酒，索和女孩儿说了去来”② 的念白交代了时令和主角生活背景，并让自己合理离场，从而引出男女主角相遇的后续剧情。

与之相比，明杂剧中详述春社的作品更见创新。现存明杂剧中详述春社的作品有王子一的《刘晨阮肇误入天台》、王衡的《真傀儡》、来集之的《冷眼》和李逢时的《酒懂》4 部，诸剧不仅对醵钱办社、轮做会首、祭祀宣誓、饮酒观剧、社毕醉归等春社具体流程作出前代戏剧中所未见的完整呈现，还借富有特色的“春社撞席”情节与“撞席者”设置对传统戏曲的创作空间加以拓展，对文人作者的复杂心境有所袒露。

二 “春社撞席”的结构意义

撞席情节并非明杂剧首创，元杂剧中已有对这类情节的采用。元代诸剧中的“撞席”为剧情本身服务，目的在于制造戏剧冲突推进剧情，以及营造实际表演所需的热闹氛围与喜剧效果。例如前文提到的《说鱄诸伍员吹箫》杂剧，其第三折中伍员流落至丹阳县某村，在秋社撞席照例讨酒却被驱逐的情节③，是为了引出义士鱄诸“醉冲上”解围，二人因此结识的剧情，继而推进伍员为父兄复仇的主线

---

① 徐渭《女状元》，明万历四十二年（1614）钟人杰刻本，载谭帆、程华平、吴平主编《明代杂剧全编》第六册，第 522 页。

② 孟称舜《桃源三访》，《古今名剧合选 · 柳枝集》本，载谭帆、程华平、吴平主编《明代杂剧全编》第十二册，第 2 页。

③ 参见李寿卿《说鱄诸伍员吹箫》，载臧晋叔编《元曲选》，第 657 页。

活动，撞席行为与秋社场景本身作为戏剧人物行动的一环，并非戏剧的表现重心，亦无更深刻意涵。又如秦简夫的《晋陶母剪发待宾》杂剧，其第三折中陶侃请范学士做客吃饭，却招来了社里饥、世不饱两个村中泼皮撞席蹭吃蹭喝的情节①，一方面是为了触发陶母剪发卖钱以招待两位不速之客的关键剧情，另一方面也有着在戏剧表演时，通过两位净角的插科打诨来营造热闹活泼场面效果的考量。这种完全为剧情本身服务的撞席剧情也被明杂剧继承，例如《徐伯株贫富兴衰记》中的南方火帝真君化身道士撞席测试徐员外、《瘸李岳诗酒玩江亭》中的铁拐李两次撞席点化牛员外和《黄眉翁赐福上延年》中的黄眉翁撞席为佘太君庆贺寿辰等情节皆属此类。

较此更进，明杂剧中的“春社撞席”情节在整体结构上呈现出特别的复合面貌，不仅采用“戏中戏”的嵌套结构连缀剧情，还借“撞席者”一角承载作者意志，跳出场外评点剧情、观照世态。

1.“戏中戏”的设置

“戏中戏”的结构形式是戏剧艺术发展成熟的产物，这种成熟既指作为该戏剧结构载体的“本戏”的趋于成熟，又代表着被纳入的“内戏”已臻完善。因此，在我国传统戏曲中，较戏曲更早成熟的说唱伎艺率先成为剧中“内戏”，在元杂剧《货郎旦》的第四折中，便有靠说唱【货郎儿】为生的张三姑“为俺这一家儿这一桩事，编成二十四回说唱”②，登场表演了一段完整的【九转货郎儿】。元代以后，“戏中戏”结构在戏曲中的运用趋于普遍。在明清戏曲中，金院本、杂剧、传奇、讽刺小戏等诸多戏剧样式都曾作为“内戏”被纳入创作，不仅出现在“本戏”中需要歌舞演出的社交场合，还在部

① 参见秦简夫《晋陶母剪发待宾》，载隋树森编《元曲选外编》，第575～576页。
② 《风雨像生货郎旦》，载臧晋叔编《元曲选》，第1650页。

分作品中发挥着与“本戏”主题互相映照、寓示的叙事功能。[①]

明杂剧中的“春社撞席”情节便运用了特别的“戏中戏”嵌套结构连缀剧情，其具体可分为两个层次：一是明确的戏中演戏，即在作品中直接搬演戏剧，剧中角色与这些上演剧目发生直接互动；二是相对间接的戏“外”观戏，即剧中“里中春社”这个场域本身便是象征世情种种的大戏场，象征碌碌世人的社众粉墨登场，并不属于这个场域的外来撞席者对社众行为作出冷静审视。

在《真傀儡》《冷眼》与《酒懂》这3部杂剧中，傀儡戏或杂剧选段被直接搬演，融入整体剧情。其中《真傀儡》与《冷眼》皆以里中春社时所搬演的数个傀儡短剧连缀而成，每个短剧演罢便由撞席者主人公做出评点，意在抒发作者本人的不平之气。《真傀儡》中杜衍闯入桃花村春社，观看了曹参痛饮中书堂、曹操铜雀台、宋太祖雪夜访赵普3个与宰相有关的傀儡戏剧目，这与剧中主角杜衍本人的故相身份相符，亦同杂剧作者王衡身为内阁首辅之子的现实背景有关，因此剧中杜衍对这3个剧目的评价都切中要害，在切身抒发为相不易的同时，感慨众人求取功名不如“我二十年呵，渔樵相傍”[②]。《冷眼》则依次上演了“羊质虎皮”“恩将仇报”“昏夜乞哀，白日骄人”“雪中送炭与锦上添花”“守钱虏”“欺善怕恶”“宋人揠苗”“烈兄弟赵礼让肥”“契君臣羊裘钓泽，足加帝腹”“美夫妻馌至如宾”“好朋友范张鸡黍”这11个涉及人间方方面面世态的故事，每剧演罢，皆由撞席者蓝采和冷眼点破世情丑恶，当傀儡演完，客人告

① 参见戴谨忆《明清戏曲“戏中戏”场上审美样式研究》，《戏曲艺术》2021年第2期，第56～58页。此外，关于传统戏曲“戏中戏”结构的相关研究大多将明清经典作品结合起来作整体讨论，参见李玫《略论明末清初苏州作家群剧作中的“戏中戏”》（《文学评论》1995年第1期）；胡健生《“戏中戏”在戏剧艺术中的运用》（《民族艺术研究》2000年第1期）；胡健生《试探明清戏剧中的“戏中戏”艺术》（《东岳论丛》2012年第5期）；李扬、齐晓晨《清中期以前“戏中戏”的发展》（《文化遗产》2010年第2期）等。

② 王衡《真傀儡》，《盛明杂剧》初编本，载谭帆、程华平、吴平主编《明代杂剧全编》第九册，第113页。

散，蓝采和对诸剧再作评点，最终化作金光抽身离去。

不同于《真傀儡》中杜衍与傀儡戏所演内容的切身联系，《冷眼》中的蓝采和则显得分外疏离，二者这种立场上的差异不仅在剧作的直观叙述中有所显露，还通过作者对傀儡戏类别的甄选隐性呈现。《真傀儡》搬演的是“人妆的傀儡”①；《冷眼》搬演的是“树头树底觅残红，刻木牵丝作老翁”② 的木偶傀儡。前剧中的杜衍看似旁观台上他人做戏，实际上自己也是被丝头线尾暗中牵系的傀儡，逃不出命运的牵制：杜衍混迹尘廛二十年，看透世情，闲散适意，但当朝使带着皇帝咨访口敕前来时，他仍是立即换上傀儡戏衣整理仪容提出治国建议，在面对皇帝明察谏官妄奏、下旨赏赐时山呼万岁谢恩。其实，于传统饱学士人而言，归隐田园、渔樵相傍往往是在看到世事无常，看透世态炎凉之后的被动选项。然而，即使他们真的做出了这样的抉择，国家理想、功名之念还是难以被彻底摒弃，那一线期望或明朗、或晦暗，始终存在于心，只需一次机遇便会焕发生机。这并不是作者王衡或明中后期士人群体的某种特有心态，而是古代士人群体基于治国理想所共同存在的深层心理特征：在命运无常与把握命运的拉锯战中，他们都需要设法寻得平衡，实现经世价值，追寻心灵自由。杜衍对明君尚存期待，《冷眼》中的蓝采和却只余冷眼旁观，这种疏离感便通过与前者不同类别的傀儡戏得到有效呈现。与《真傀儡》中“往常间都是傀儡妆人”③ 的人妆傀儡相比，《冷眼》中的木偶傀儡看似是回归寻常，却呈现出更显隔阂的戏剧效果。不同于杜衍将自己也纳入命运的傀儡场上，有着与傀儡戏演员相似的被暗中牵系的身不由己，《冷眼》中的蓝采和虽然也曾“平生肠热，也悲千古灵均”，

---

① 王衡《真傀儡》，《盛明杂剧》初编本，载谭帆、程华平、吴平主编《明代杂剧全编》第九册，第102页。

② 来集之《冷眼》，明倘湖小筑本，载谭帆、程华平、吴平主编《明代杂剧全编》第十三册，第189页。

③ 王衡《真傀儡》，《盛明杂剧》初编本，载谭帆、程华平、吴平主编《明代杂剧全编》第九册，第102页。

却“及至世网终疏，我情愈淡”①，最终在他眼中，世人不过是木偶，世事不过是戏场，那些操纵木偶（世人）的人不过也是木偶，只有自己不是被任何他者操控的“偶”，而是完全身处局外的“仙”，旁观者清，可以事不关己地评点每一个台上的短剧。这其中体现出的是晚明士人在面对国家内忧外患、个人命途无望时自我调适出的一种近乎自我防卫，却依然心存改良之念的矛盾人生姿态：既然一切皆不可控，索性“办得一副救世之热心”“而又具一双观世之冷眼”，随时跳出场外，“进退绰绰，胸中廓然矣”。②

与前面两剧选取的傀儡戏内戏不同，《酒懂》的作者李逢时则直接在该剧第一折的语溪春社场景中挪用了晚明来集之所作的《小青娘挑灯闲看牡丹亭》杂剧从【商调·山坡羊】开始的全部唱段与念白原文，由贴旦登场演绎：

> ……【前腔】我前日个腰半缠扬州鹤小，今日个门未开钱塘鸦叫。便广陵潮不比浙江潮。则两峰儿谁似金陵好？锁兰桡，愁烟冷六桥，可知把南渡的金瓯跌碎了，又闪得我南国佳人没下稍。笙箫，把芳魂西子招。虚飘，我小青魂何处招？
>
> 【解酲带甘州】（贴旦）看不得痴儿砧藁，听不得河东声暴。则向孤山明月清风小，怎么山中也叫一个孤字儿？我孤眠山也无聊。做不得娘子军随岳少保，则待学孝娥女哭向子胥涛。愁多，怎捱过今宵这宵？③

来集之的《小青娘挑灯闲看牡丹亭》原剧虽然是根据明万历年间女子小青娘因痴情积怨成疾，对着自己的画像自奠而亡的佳人事迹

① 来集之《冷眼》，明倘湖小筑本，载谭帆、程华平、吴平主编《明代杂剧全编》第十三册，第190～191页。
② 姚希孟《段黄门幻然》，《文远集》卷六，明崇祯大隐堂刻本，哈佛燕京图书馆藏，第17页。
③ 李逢时《酒懂》，明崇祯山水邻刻本，载谭帆、程华平、吴平主编《明代杂剧全编》第十册，第13～14页。

写成，其部分曲词却隐见金戈之声。并且倘湖小筑本《小青娘挑灯闲看牡丹亭》中的“可知把南渡的金瓯跌碎了”一句处，还有来集之亲弟来荣[①]堪称露骨的批语：“三秋桂子，十里荷花，又增一重罪案。”[②] 然而这样明显意有所指的内容，《酒懂》的剧情却意外地缺乏互动，在杂剧演完后，社众便直接结束春社活动匆匆退场，亦未有角色像《真傀儡》和《冷眼》中那样直接出面评点剧情。这种大段引用与最终静默之间存在明显落差的处理方式并非作者失误，它实际上将生逢末世的作者在面对无可阻挡的切身悲剧时的沉痛与失语以一种相对隐晦的方式表露出来，是未写之写。

在明确的戏中演戏之外，另一层次的戏“外”观戏在《刘晨阮肇误入天台》《真傀儡》《冷眼》和《酒懂》这 4 部杂剧中都有所体现。一方面，在这 4 部涉及“春社撞席”剧情的作品中都能够看到作者对“尘世与世人”的隐喻。《刘晨阮肇误入天台》的天台县十里庄春社与社众象征的是沧海桑田的易变人间与只顾眼前酒足饭饱的碌碌世人。《真傀儡》的桃花村春社象征着官场世态，当社众官商争斗，并随着杜衍身份和皇帝态度的变化来回转换姿态时，变幻莫测的官场世态人情在此间表现得淋漓尽致。《冷眼》中的长安市春社象征了人间百态，象征着世间的社客在每剧演罢都要发表趋炎附势的世俗之见。《酒懂》的语溪里中春社是一个众人虔心祈祷、饮酒观剧的欢聚空间，所象征的其实是已经不复存在的往昔美好。另一方面，诸剧中都有角色能够跳脱出来，以自己的行动或视角观照整个春社场域。《刘晨阮肇误入天台》中的刘、阮二人山中一日，人间百年，在看透

---

① 来荣，字元启，生于明万历丙辰年（1616）八月十三日，卒于清顺治丁酉年（1657）十一月十五日，庠生，来集之亲弟。参见周伟娟《来集之及其戏曲研究》，硕士学位论文，南京师范大学 2011 年，第 33 页。

② 来集之《小青娘挑灯闲看牡丹亭》，明倘湖小筑本，载谭帆、程华平、吴平主编《明代杂剧全编》第十三册，第 171 页。

世事易变、世人短视后，选择皈依“一壶天地宽，两轮日月迟”① 的神仙世界。《真傀儡》中的杜衍旁观社客官商相争、社众态度变换，最终“还了你妆门面的破衣囊，原归我乡祭酒那穷门巷”②，潇洒离去。《冷眼》的蓝采和在社客每次发出世俗之见时直接点破，始终保持清醒。《酒懂》的村人钱小竹因变卖房屋错过整场春社，这样的情节安排让他直接被隔绝在春社之外，以“伤心怕见门前柳，明月犹如陌路人”③ 的先觉悲痛与尚在享受欢娱的懵懂社众形成鲜明对照。

这种戏中演戏与戏“外”观戏重叠嵌套的结构设置是对传统戏曲创作空间的有效拓展。至此，明杂剧作者已经不满足于操纵笔下人物完成一个内部圆融自洽的故事，而是通过有意识的情节排布跳出这个“故事”，向观众、读者直接输出自己对某些重大问题的认识与思考。

2. “撞席者”的设置

明杂剧“春社撞席”情节中的撞席者之所以会遭驱赶、受冷遇，是因为他们是与碌碌社众相区隔的外来者、陌生人，然而亦是缘于此，他们得以成为作者意志的绝佳载体。

在详述春社的4部明人杂剧中，撞席者一角都贯穿了春社活动的始终。其中，《刘晨阮肇误入天台》《真傀儡》和《冷眼》中的撞席者作为主人公全程参与里中春社，完成了一套“贸然闯入—遭驱赶/受冷遇—双方交锋—社毕离开”的完整戏剧动作。而《酒懂》中的撞席者钱小竹虽然是一名由丑角扮演的短暂出场的配角，但他的身影亦出现在春社活动首尾，形成呼应：

> （末云）钱小竹如何不到？（净外云）他为乃郎官事，

---

① 王子一《刘晨阮肇误入天台》，明脉望馆钞校《古今杂剧》本，载谭帆、程华平、吴平主编《明代杂剧全编》第一册，第77页。

② 王衡《真傀儡》，《盛明杂剧》初编本，载谭帆、程华平、吴平主编《明代杂剧全编》第九册，第120页。

③ 李逢时《酒懂》，明崇祯山水邻刻本，载谭帆、程华平、吴平主编《明代杂剧全编》第十册，第18页。

将房屋变卖，今日去成交，多分不得来了。①

（丑扮钱小竹醉上）甑有青苔瓦有尘，家园一旦属西邻，伤心怕见门前柳，明月犹如陌路人。（生见揖介）（生）今日社酒，如何不到？（丑）为些薄事，不得奉陪。（揖别介）（落银一锭介）（生拾介）自古道“见物不取，失之千里”，此乃自来之物，我若不取，必为他人拾去。（下）（丑哭上寻介）

【下山虎】（丑）我苦逢厄运，垂老无家，只为着儿遭法，把家筵费些，谁知道半路消亡，使我伤心痛嗟，产费无能避鼠牙，这苦谁知也？抢地呼天泪似麻，到不如死向黄泉下，忍见他飘零落花。（哭下）②

作为春社活动的线索人物，4部杂剧中遭受驱逐冷待的撞席者们显然是与“众”不同的，这种个体与他者之间的区隔表征在4部杂剧中有着丰富的呈现层次。

首先，这种区隔与撞席者的身份设置有关。从《刘晨阮肇误入天台》到《真傀儡》与《冷眼》，作者都选择了修仙者或神仙作为撞席主人公的身份，这种高于“人”的异质身份不仅自带与春社祭祀活动适配的神圣属性，还将主人公与碌碌庸众天然隔开，从而具备了评点世情的“特权”，将作者的思想观念顺畅输出。《酒懂》不同，剧中撞席者沦为远离神坛的非主角边缘人物，因此并无高高在上直白批评世人的资格与立场，只能以切身的惨痛呼号与社众的无知欢聚在内容上形成对照。

其次，这种区隔通过个体相对于他者的“陌生感”来凸显。自

① 李逢时《酒懂》，明崇祯山水邻刻本，载谭帆、程华平、吴平主编《明代杂剧全编》第十册，第11页。

② 李逢时《酒懂》，明崇祯山水邻刻本，载谭帆、程华平、吴平主编《明代杂剧全编》第十册，第18页。

从屈原行吟泽畔，发出“举世皆浊我独清，众人皆醉我独醒”的沉重慨叹起，这种不与世俗同流合污的高洁人格开始为历代文人所推崇仿效，明人杂剧中的撞席者角色亦受到这样一种卓尔不群的理想人格模式的影响，作为陌生的外来者登场，寄寓作者本人的理想愿望和悲忧怅惘。刘、阮二人时隔百年再回家中，对于后人而言已是素不相识的陌路人，他们因此体悟星移物转之苦，选择入山修仙来逃避尘世沧桑。《真傀儡》与《冷眼》中的撞席者是与所赴乡社毫无粘连的陌生外来者，不过他们身上的陌生感不仅源于表层上与乡民的素昧平生，还体现在双方之间认识层面的难解隔阂，杜衍与蓝采和在春社日冲撞入席，看透说破，席间社众依然故我，沉溺无觉。《酒懂》中的撞席者身为春社的受邀者，却因故无法及时赴会，只能在社毕席罢后才踉跄登场，他与社众自然是同乡旧识，其相对“陌生”的状态层次有二：一是家国陌路（自己房屋变卖）相对于昔日安稳（春社众人欢聚）的“陌生”；二是亡国切肤之痛（钱小竹抢地呼天）相对于部分人熟视无睹（社众享乐依旧），甚至趁火打劫（姜应召拾取落银）的“陌生”。无论哪一层次，都流露出易代巨变下心怀故国之人无从排遣的迷惘悲凉。

最后，这种区隔表征并不意味着双方的实质决裂。戏剧中的撞席者与社众可以通过身份设置或情节排布直接隔离开来，而现实中的人类个体即便再卓尔不群也难免会受到群体牵连，或受其影响，或图求改变，终究难以理想化地将自己完全摘出，与之彻底隔绝。这样的现实自然影响到明杂剧对代表作者的撞席者与代表世人的社众之间关系的处理，在彼此互相区隔的表征下，矛盾双方存在深层牵涉。一方面，撞席者与社众有深层的精神关联。《刘晨阮肇误入天台》中的刘晨虽是修仙者，却依然在意世人眼光，刻意标榜修仙者身份，连继续修行的决定也是基于永享世间风流美好的动机，其本质上与只顾酒足饭饱、纵享世俗之乐的社众并没有什么差别。作者虽然明显在剧中做着将修仙主角与普罗乡民的生存境界拉开的努力，却在实际的呈现效果中将双方对世俗世界的留恋都显露无疑。《真傀儡》中的杜衍早已远离官场的汲汲营营，却在朝使到来时还是忍不住流露出自己对至高明君的殷切期望，人妆傀儡的形式让他与社众一起被放置于命运的傀儡场上，孰高孰低，孰醒孰痴，皆不过身不由己。《冷眼》中的蓝采和当下冷眼观世，其实亦曾是年少气豪、平生肠热的凡人陈陶。《酒懂》中的钱小竹失家痛哭，然而他也曾是能够安心享乐的社众一员。另一方面，撞席者（作者）对社众（世人）的改变心存希望。刘晨宣扬仙界美好，意存劝化；杜衍勘破官场百态，仍保留着大家相亲相让的美好希冀；蓝采和冷眼观世，仍期望有朝一日“处处说法，人人接引”①。而钱小竹虽与社众物理隔绝，互动有限，但他所缺席的春社中的祥和氛围与虔诚祭仪亦蕴藏着作者对梦幻往昔的追怀与对美好明天的祈盼。

三 “撞席者”承载的戏剧立意

身为打破平静的外来者，撞席者们自然受到原住民的质疑排斥，而这种区隔表征并非实质决裂，只是双方所处的认识阶段不同。当下的撞席者其实在过去都曾属于懵懂社众中的一员，不过他们先一步察觉到了某些重大问题，得以率先从中超脱出来，继而希望其他人也能够在自己的劝化呼号中意识到这些问题的存在，并且做出同样的改变，作者本人的所思所想便是在这个撞席者劝化呼号的过程中传递给世人。而需要注意的是，由撞席者承载的作者意志并不单指那些被角色宣之于口的直白观点，还指通过戏剧情节的整体排布被间接表达出来的更加关键的戏剧立意。

一方面，作者立场在撞席者与社众的交锋互动过程中逐渐明晰。

① 来集之《冷眼》，明倘湖小筑本，载谭帆、程华平、吴平主编《明代杂剧全编》第十三册，第191页。

《刘晨阮肇误入天台》中的刘、阮二人时隔百年归家，已是后人不识，这种生人闯入本村春社仪式的冲突通过刘晨与其孙辈刘德的对话交锋得以逐渐缓和，并且在这一过程中引出这百年来的世间变迁，以及神仙世界的美好永恒，最终刘阮回到山中继续修炼，十里庄的社众醉饱归家，双方各得其所。不过，在对社众最后的态度描写方面，该剧《元曲选》本的内容要较脉望馆钞校《古今杂剧》本更加详细。脉望馆本中刘德直接接受了爷爷刘晨的神仙身份，匆匆宣告散席，《元曲选》本中的刘德则认为“虽然如此，我又不认的他，知道是真是假？也不必去追寻他了”，最后感叹“纵然在桃源洞炼药烧丹，只不如俺牛王社醉酒饱肉”①，十分自得其乐。而联系前文中刘晨自恃仙高于人，却仍在意他人冷遇，主动向乡民标榜修仙者身份，最终为了永占世间风流入山修炼的种种世俗倾向来看，《元曲选》本的收束方式似乎更为自洽。剧中的修仙者个体与世俗大众虽然身份天差地别，但都从根本上认可尘世美好，这亦是作者本人的根本立场，故而剧中追逐永恒或享受当下的矛盾，双方看似辩得有来有回，实则左右互搏，难分高下。《真傀儡》中撞席者与社众则在基本出发点上就有所不同，相对于汲汲营营、趋炎附势的社众，身为作者化身的杜衍是明显异质的存在，然而即便他看透官场世态，并且在与社众的互动中占据上风，最终所能做的也只是倚仗自己的身份发出希望所有人都能“无是无非，相亲相让”② 的善意呼吁，然后抽身而退，作者清醒认知却有心无力的游移态度在这个过程中得到表达。《冷眼》对“冲突”的表现较前两剧要逊色得多，神仙撞席者不费吹灰之力便混入春社，兀自发出一些喃喃低语，直至剧终才引起社众注意，被调侃作痴道人也浑不在意地抽身离去，剧中个体与群体间身份与观念上的巨大鸿沟让矛盾双方冲突的产生与消解都无从谈起，但却也突出了作者

① 王子一《刘晨阮肇误入天台》，载臧晋叔编《元曲选》，第 1364 页。

② 王衡《真傀儡》，《盛明杂剧》初编本，载谭帆、程华平、吴平主编《明代杂剧全编》第九册，第 120 页。

热肠冷眼的观世姿态。

另一方面，作者的目的在春社剧情的收束时刻做出最终袒露。《刘晨阮肇误入天台》《真傀儡》和《酒懂》三部剧作都是以撞席者兀自离场的方式直接结束春社剧情，此前使用相当篇幅点明的重大问题被直接搁置：刘晨追逐永恒世界的美好，社众享受当下，两种观点在短暂交集后迅速各归其位；杜衍好心劝诫，潇洒退场，众人碍于他的身份低头认错，其实仍然各怀心思；蓝采和将世情丑恶冷眼看破、冷口说破，却只顾独善其身，徒留众人愕然。从中能够发现杂剧作者根本无意或无力对问题本身做出更深入的探讨，他们的创作其实还是为了文人个体的抒怀尽兴。然而，这种基于文人抒怀目的的问题处理方式虽然在结撰戏剧方面无可厚非，甚至还有着言有尽而意无穷的文学美感，但同时也导致诸剧缺乏对问题本身的深邃阐发与对解决方法的实质探索，最终不仅剧中社众对撞席者的观点感到不置可否，对于那些未曾有过类似思考的读者观众而言亦难因剧作内容产生思想观念上的实际转变。此外，与前面三剧不同，《酒懂》中的钱小竹缺乏与群体的直接互动，连退场也是哭哭啼啼不甚体面。不过这样的剧情设置正与作者想要隐秘表达的东西相适应，在借撞席者悲号宣之于口的同时，亦通过戏剧结构得到间接表达，失去房产的村民被隔绝在本村春社之外这一整体剧情即是对易代之民再也无法回到往日美好的现实悲剧的隐喻。

综上，可以看到在戏剧的表层结构中，明杂剧中的春社撞席者是自认的先觉者，是社众眼中的冒闯者，戏剧冲突由此产生。然而，在戏剧的更深层次中，矛盾双方并非彻底隔绝的两端，反而有着深层的精神关联，因而承载作者意志的撞席者始终怀抱希望，心存改良之念。不过，虽然明杂剧作者们耗费心力，通过角色呼号与情节辅助的双重路径努力将自己的所思所想传达给观众、读者，但他们都只是出于文人抒怀的需要将某些实际存在的问题抛出，然后搁置，缺少深入处理，这种戏剧立意上的局限，使诸剧无法探索更深邃的哲理意涵，甚至难以发挥现实指导作用。

结　语

明杂剧中的“春社撞席”情节在继承前代创作传统的同时呈现出在戏剧结构方面的有益探索。戏中演戏与戏“外”观戏的嵌套结构不仅丰富着传统戏曲的表现形式，还让作者本人在剧中的存在感得到加强；“撞席者”作为春社撞席情节的线索人物，不仅与社众有着或表面区隔、或深层关联的复合关系，还因此成为作者意志的绝佳载体。虽然诸剧最终止步于文人抒怀，缺乏对问题的足够深入的思考探讨，但是这并不会影响到“春社撞席”这一情节本身在传统戏曲结构方面的拓展意义。

（薛舒丹　北京大学中文系博士研究生）

“温峤骗婚”本事的文学演绎及叙事模式差异性成因

魏琛琳

“温峤骗婚”的故事最早出现在《世说新语·假谲篇》。突出的戏剧性和精彩的喜剧效果使其不仅频频为历代书籍收录、改写，而且成为后世戏曲家进行文学演绎的经典母题。《九宫正始》中残存的“《温太真》元传奇”①、关汉卿的《温太真玉镜台》、朱鼎的《玉镜台记》、范文若的《花筵赚》，以及祁彪佳的《远山堂曲品》中提到的孙君、清阮堂所作玉镜台故事②，都是后世戏曲家围绕“温峤骗

① 徐子室《九宫正始》，载王秋桂主编《善本戏曲丛刊》第三辑，台湾学生书局1984年版，第620页。

② 参见祁彪佳《远山堂曲品》，载中国戏曲研究院编《中国古典戏曲论著集成》(六)，中国戏剧出版社1959年版，第52页。

婚”进行的文学演绎。其中，完整流传下来的《温太真玉镜台》《玉镜台记》《花筵赚》是三个重要的文学文本，它们的叙事模式、审美特征和艺术风格迥异，反映了后世文人在新的社会语境下对“温峤骗婚”故事的接受，彰显着三位戏曲家各自的文学理念和艺术追求，启发后世读者思考时代背景、社会风尚、审美精神对作家作品的深远影响。

一　“温峤骗婚”初始文本的发生

《世说新语·假谲篇》载：“温公丧妇，从姑刘氏，家值乱离散，唯有一女，甚有姿慧，姑以属公觅婚。公密有自婚意，答云：‘佳婿难得，但如峤比云何？’姑云：‘丧败之余，乞粗存活，便足慰吾余年，何敢希汝比！’却后少日，公报姑云：‘已觅得婚处，门地粗可，婿身名宦，尽不减峤。’因下玉镜台一枚。姑大喜。既婚，交礼，女以手披纱扇，抚掌大笑曰：‘我固疑是老奴，果如所卜！’玉镜台，是公为刘越石长史，北征刘聪所得。”[①] 这是现存文献中有关“温峤骗婚”故事的最早记载。

在《世说新语》之前，有裴启《语林》、郭澄之《郭子》记录名士大夫、隐逸之士的言论及逸闻轶事，其中诸多内容在刘义庆编撰《世说新语》和刘孝标为《世说新语》作注时袭用。通行本《语林》《郭子》都有关于温峤及其相关事件的记载，但并未涉及“温峤骗婚”这一故事。[②] 鉴于信而有征的考虑，本文将《世说新语·假谲篇》“温公丧妇”条作为研究“温峤骗婚”的初始文本。

---

① 刘义庆著，刘孝标注，余嘉锡笺疏《世说新语笺疏》（下），中华书局 2007 年版，第 1006 ~ 1007 页。

② 笔者按，《语林》《郭子》两书均为后人辑佚所得，虽可起到窥斑知豹的作用，但绝无复现《语林》《郭子》原书全貌的可能，因而后世研究者其实无从得知原书中是否记载过更多与温峤有关的内容，也无法确知“温峤骗婚”情节是否更早地出现在《语林》或《郭子》中。

二 “温峤骗婚”故事的流变及其在戏曲创作中的文学演绎

“温峤骗婚”的初始文本在后世载录过程中不断发生变异，逐渐形成三种彼此关联、各有侧重的叙事模式。此后，这三种模式的叙事经由历代书籍载录而广泛流传，奠定了后世戏曲家演绎“温峤骗婚”故事的文本基础和情节脉络，展现出多元化的文学审美。

1. 意料之外、情理之中：初始文本的创作特点及其在《花筵赚》中的演绎

在《世说新语·假谲篇》中，“丧妇”和姑女“甚有姿慧”是温峤“自婚”的内在动力，“姑”以“觅婚”事嘱温峤是其“自婚”的绝佳契机，温峤与姑言语往来时暗藏的机锋更将情节的戏剧性展露无遗，不仅塑造了机警缜密、步步为营的温峤形象，而且展现出“姑”面面俱到、练达人情的处世智慧，更兼呼应了“家值乱离散”的背景设置，为后续情节发展张本。姑女“手披纱扇”“抚掌大笑”，其爽直诙谐却不乏亲昵的言语，既是其以退为进争取婚姻主动权的策略，也是其“姿慧”在这一简短文本中的具体表现。面对被动不利婚姻，她主动出击、积极沟通；面对名望和地位占据绝对优势的男主人公，她应对裕如、落落有度，以其直率的行为和幽默的言语收场，使故事在和乐融融的氛围中走向喜剧结局。这一结尾与意料之外、情理之中的戏剧性情节设置相辅相成，构成了“温峤骗婚”初始文本的双重喜剧效果，增强了叙事的文学表现力。

《艺文类聚》《白孔六帖》《古今合璧事类备要前集》《锦绣万花谷前集》等引用的相关文本，都是这一叙事模式的延续。明末清初，此叙事模式及其显著的文学性特征在范文若创作的《花筵赚》中得到充分演绎，具体表现为对历史人物形象的颠覆、对女性角色自主意识的强调、诙谐幽默的人物对白、意外与情理兼具的情节设置等，它们共同造就了《花筵赚》丰富的文学表现力、突出的戏剧性和显著的喜剧效果。

《花筵赚》剧演温峤寄居姑母家教书，对表妹刘碧玉暗生情愫，但碍于自己“满部胡须”恐被嫌弃，于是与好友谢鲲扮作乞丐夫妻来到碧玉所居园门外打花鼓、唱歌儿，引得碧玉与丫鬟芳姿一同观看。碧玉见扮作乞儿的谢鲲“丰姿俊逸，飘飘欲仙”，不禁“心情摇漾，如痴如醉”；芳姿也属意谢鲲，并将偷窥碧玉的谢鲲误认作“温家哥”，遂使碧玉误以为扮作乞儿的乃是温峤；温峤与谢鲲则“你妆做我，我妆做你”，竞相逗引碧玉。其间，温峤从芳姿处偶得题有碧玉诗作的团扇，不想又为谢鲲发现盗去。后姑求温峤为碧玉觅婿，温峤便假借谢鲲名义下玉镜台为聘。温峤送聘之时，恰逢王敦派人强请其至营中为官。为笼络温峤，王敦又派人强取碧玉阖家来营中完婚，后温峤以郭璞占卜为托词瞒过姑母，又在成亲时戴上红罗盖头与碧玉交礼。至夜洞房闹婚，姑母始知新郎乃温峤，无奈之下只好将错就错承认这门亲事；碧玉心有不甘，遂让芳姿代替洞房，捉弄温峤。得知洞房内情后，温峤纳芳姿为妾。未几，王敦作乱，谢鲲奉命平叛，探知温峤正在王敦处，意欲约为内应。其时，谢鲲已知温峤假借己名骗娶碧玉，便拿出团扇诘责温峤，并要温峤以碧玉为质，证明其反正的诚心。幸得芳姿侠义，以自身代替碧玉。王敦乱平，谢鲲送还芳姿并团扇，温峤阖家团圆。

范文若对“温峤骗婚”的初始文本进行了颠覆性改写，加入另一位男性角色谢琨，乃“合太真、幼舆而演之”①。剧中，温峤和谢鲲不再是正史中风流儒雅的名士大夫、国之栋梁，一个“谢假温郎”，一个“温妆谢婿”②，做的都是登徒子的浪行、偷香窃玉的勾

① 焦循《剧说》，载王德毅主编《丛书集成三编》（三二），台湾新文丰出版公司1997年版，第702页。

② 范文若《花筵赚》卷上，载《古本戏曲丛刊二集》（八二），商务印书馆1955年版，第1页。

当。“温之痴”和“谢之癫”① 在两人争看碧玉时产生的言语交锋中表现得尤为明显；碧玉外具大家闺秀的矜持、内蕴世俗情欲的本性，毫不惺惺作态；芳姿则敢与小姐竞争、大胆追求幸福，且身具侠义精神，绝非传统意义上的女性形象。就此而言，《花筵赚》对人物形象的塑造暗合了《世说新语》中“温峤骗婚”故事的文学审美，着重于塑造鲜明立体、各具特色的人物形象，这是《花筵赚》文学张力的具体表现，也是其戏剧性和喜剧效果得以完整呈现的艺术基础。

范文若还在《花筵赚》中设置了一系列戏剧冲突与巧合，为“温峤骗婚”故事增饰了诸多推动情节逻辑式发展的转捩。如温、谢相商偷香窃玉事，谢因偷窥折齿而誓戒贪花，不仅交代了温、谢二人的关系，初步塑造了温痴谢癫的人物形象，也为后文温、谢因会碧玉一事互相插科打诨、揶揄调笑的情节设置作了铺垫。又如谢鲲偷窥碧玉时，被不认识温、谢二人的芳姿发现盘问，误认谢为温，这一戏剧冲突的出现正是基于温峤与碧玉隔壁为邻的巧合……诸多出人意料的戏剧冲突和巧合，使整个文本的叙事节奏平稳、情节发展合理有序。尤其是第十四出“媒赚”一节在敷演温峤筹谋“自婚”情节时，作者安排温峤明确提出六条择婿标准，既呼应了此前不遗余力铺垫的温峤自婚的打算，也为后文姑母识破内情后的将错就错埋下伏笔，叙事逻辑的完整和统一帮助作者完成了文本内部艺术与和解的蓄势，如此一来，历尽曲折的大团圆结局也就在情理之中了。由此论之，《花筵赚》虽是一场千头万绪、纷纭错乱的闹剧，但整体上“闹”得平缓有度，“乱”得有条不紊，而这有序的“闹”与“乱”正得益于文本中兼顾文学审美和生活现实的叙事逻辑。叙事氛围的“闹”“乱”纷纭与情节设置的张弛有度，赋予充满戏剧性的故事情节此起彼伏的喜剧性，使读者忍俊不禁。此外，诙谐幽默、俚俗本真的人物语言散布

① 参见祁彪佳《远山堂曲品》，载中国戏曲研究院编《中国古典戏曲论著集成》（六），第11页。

全书，如“江边姐儿洗红纱，清水照见满头花。千人见了千人喜，万人见了万人夸”[①] 的歌子，既富挑逗性又见真性情；温、谢二人因碧玉而起的激烈言语争执不仅是《花筵赚》文本趣味性的集中体现，更是全书最具喜剧效果的内容。

作为后世诸多文学作品中最接近《世说新语》中“温峤骗婚”初始文本创作特点和文学气质的一部，《花筵赚》传奇以跌宕起伏的情节设置、诙谐幽默的人物对白、鲜明立体的人物形象等丰富了作品的戏剧性，营造出“意料之外、情理之中”的动人喜剧效果。

2. 性情有余、铺陈不足：减省文本的风格特征及其在《温太真玉镜台》中的呈现

虞世南《北堂书钞》中出现了有关“温峤骗婚”故事的减省文本，其内容由《北堂书钞》卷一百三十四“披扇大笑”条及卷一百三十六“镜台”条引《世说》语合并而成——温峤娶姑女，下玉镜台一枚。既婚交礼，女以手披扇，抚掌大笑曰：“我嫌是老奴，果如所疑也。”[②] 这一文本虽然保留了“温峤骗婚”故事的大致内容，但是由于删减了“骗婚”发生的背景及温峤自婚前后的情节，导致“从姑刘氏”的处境及主人公温峤的角色特征泯然无迹；“姑女”形象也由于失去前两者铺垫而显得格外突兀，极大地破坏了原有的喜剧效果，降低了“温峤骗婚”故事的戏剧性和文学表现力。

此种叙事模式在《事类赋》《天中记》等引用的相关文本中均有所延续。纵览后世作品，关汉卿的杂剧《温太真玉镜台》是袭用这一叙事模式进行改编的作品中最有代表性的一个，它延续了此模式在文本叙事、审美风格方面存在的问题：突兀的大团圆式结尾削弱了文本前期竭力营造出的戏剧性，导致叙事出现明显的中断与割裂。

《温太真玉镜台》就“温峤骗婚”本事进行敷演，基本承袭了

---

① 范文若《花筵赚》卷上，载《古本戏曲丛刊二集》（八二），第8页。

② 虞世南撰，孔广陶校注《北堂书钞》卷一百三十四、卷一百三十六，清光绪戊子年（1888）羊城富文斋刻孔氏三十三万卷堂影钞本。

《世说新语》中的故事情节，较为明显的改动表现在女主人公刘倩英的形象塑造方面。关剧中，刘倩英是一位中规中矩、深受传统儒家礼仪熏陶的大家闺秀：以德律之——当温峤教书时捻着她的手腕，她即刻回避，并以“男女七岁不可同席”① 的礼教名言予以驳斥；以言方之——她轻易不发一语，而开口则必有理有据、掷地有声；以容绳之——温峤对其一见倾心，赞她是“一个好女子也”②，称其乃“神仙中人”③；以功目之——她出场时“正在房中习针指”④。刘倩英言行举动处处以礼节制，不见少女活泼的神采，与《世说新语》中爽朗率直的“姑女”性格迥异。在得知温峤骗婚的内情后，她表示强烈不满，进行坚决反抗：先是两番诘责，怒斥温峤无礼；又是誓不同房，威胁称“若是他来，我抓了他那老脸皮”⑤；再是绝不共盏，断然拒绝温峤好意；即使在温峤真切地诉说完一己衷肠后，她的心意也未有丝毫改变。至此，刘倩英的反抗已达极限，与温峤的关系似无转圜余地。可惜的是，这番至情至性的叙事却走向了充满妥协与和解的大团圆，更为可惜的是，剧中的大团圆结局由于失却了符合艺术与现实双重逻辑的情节铺垫而显露出狗尾续貂的窘态。于是，不可避免的突兀感伴随刘倩英水墨宴后的迅速妥协油然而生，不仅让骗婚的闹剧戛然而止，使倩英的反抗无疾而终，而且斩断了剧中娓娓而下的戏剧脉络，割裂感顿生。

关汉卿自称“普天下郎君领袖，盖世界浪子班头”，是“锦阵花营都帅头”⑥，这是他文人个性的自然流露，更是面对社会现实的无奈悲吟。其杂剧充斥着游戏人间的诙谐意趣，同时又不乏对底层人物

---

① 关汉卿《温太真玉镜台》，载《古本戏曲丛刊四集之二·古杂剧》（一），商务印书馆 1958 年版，第 7 页。
② 关汉卿《温太真玉镜台》，载《古本戏曲丛刊四集之二·古杂剧》（一），第 4 页。
③ 关汉卿《温太真玉镜台》，载《古本戏曲丛刊四集之二·古杂剧》（一），第 6 页。
④ 关汉卿《温太真玉镜台》，载《古本戏曲丛刊四集之二·古杂剧》（一），第 3 页。
⑤ 关汉卿《温太真玉镜台》，载《古本戏曲丛刊四集之二·古杂剧》（一），第 12 页。
⑥ 蓝立蓂校注《汇校详注关汉卿集》（下），中华书局 2006 年版，第 1702 页。

和女性的人文关怀，因此他笔下的人物角色大都具有鲜明的性格特征，《温太真玉镜台》中的刘倩英形象便是明显的例子。而他在大结局上进行的艺术妥协，不仅缘于时代局限，更缘于其寄托遥深、寓旨幽微的文学审美。

3. 平铺历史、穷极记事：改易文本的历史性及其在《玉镜台记》中的延续

《初学记》是最早对“温峤骗婚”故事进行改易的文本——“刘聪为玉镜台，温峤辟刘越石长史，北征得之，后娶姑女下焉。”① 这段文字侧重描述温峤北征刘聪得玉镜台这一历史事件，并以玉镜台为聘与姑女订婚。通过减省文字、改易叙事顺序，《初学记》不仅大幅度压缩了与“骗婚”相关的故事情节，而且模糊了“骗婚”的过程和结果，形成了记录这一故事的第三种叙事模式。不仅如此，情节的减省和变动直接导致姑女形象的消弭，姑女和温峤就“骗婚”进行的对话也不复存在，这样一来，故事原有的戏剧性和喜剧效果荡然无存，彻底沦为历史记录的附庸。

《白孔六帖》《古今合璧事类备要外集》等，都延续了这一叙事模式。虽然改易文本较为晚出，且这种平铺历史、穷极记事的处理方法在后世接受的范围并不十分广泛，但它的出现依旧透露了隋唐时温峤形象的变化，更反映出随着唐修《晋书》而确立下来的叙事风格和撰述规范在文本改易过程中发挥了不容忽视的作用。

唐太宗“贞观二十年，诏修《晋书》”②，以为“大矣哉，盖史籍之为用也”③，并“自著宣、武二帝及陆机、王羲之四论”④，足见统治阶层对修《晋书》的重视。然而，《晋书》中并没有记载任何有

① 徐坚《初学记》卷二十五，中华书局 1962 年版，第 3 册，第 609 页。

② 王钦若等编纂，周勋初等校订《册府元龟》（七），凤凰出版社 2006 年版，第 6349 页。

③ 宋敏求编《唐大诏令集》卷八十一，商务印书馆 1959 年版，第 467 页。

④ 刘昫等撰《旧唐书》卷六十六，中华书局 1975 年版，第 7 册，第 2463 页。

关“温峤骗婚”的内容，而对温峤绝裾辞母、勠力王事的历史展开渲染，着重刻画温峤的忠义，乃是以官方意识形态对温峤形象进行的重构。更兼《晋书》问世后，“自是言晋史者，皆弃其旧本，竞从新撰者焉”①。如此，稍为后出的《初学记》在收录“温峤骗婚”文本时便不可能不考虑《晋书》确立的著述规范和官方文献对温峤这一人物形象的“定性”，而史官出身的徐坚更是在引用《世说》所记“温峤骗婚”故事时最大限度减省初始文本、模糊具体情节，使以往的骗婚温峤形象不致损害《晋书》中确立的忠义温峤形象。与此相似，朱鼎的《玉镜台记》也对“温峤骗婚”故事进行了大幅度改易，使其变为才子佳人式的婚恋故事，并将之夹杂到全剧众多历史事件的演绎中，从而使“骗婚”彻底沦为全剧其他情节的附庸。《玉镜台记》在文学审美方面的取向、在塑造温峤形象时做出的取舍，正预示了文学创作在官方立场和范式观念影响下的必然走向，即在不损害历史人物正史形象的前提下进行有限度的艺术加工。

在《玉镜台记》中，朱鼎以平铺直叙、穷极记事的史传手法敷演了温峤一生的主要事迹，塑造出一个与《晋书·温峤传》中的忠义温峤无限趋同的人物形象。不仅如此，凡是这部剧中涉及的历史事件均符合史传文本中的已有记载，作者对次要人物的塑造也多是为了衬托主人公温峤的忠和义。此类叙事模式背后潜藏着的，是创作者深沉的家国观念，反映出他们有意识地将历史叙事寄寓到才子佳人故事中的创作自觉。与其说《玉镜台记》是对“温峤骗婚”初始文本的改编，倒不如说是对历史文本的文学再现，彰显着业已形成、不言自明并被广泛接受的创作思路和著述规范。

三　“温峤骗婚”三种叙事模式差异性之缘由

如前所述，关汉卿、朱鼎、范文若在对“温峤骗婚”故事进行

① 刘知几撰，浦起龙释《史通通释》卷十二，上海古籍出版社1978年版，第350页。

文学演绎时取舍不同，表现出多样化的文学审美，形成传承有自而又风格各异的特点。就创作时间而言，《温太真玉镜台》是现存最早完整演绎了“温峤骗婚”故事情节的戏曲文本，其次是嘉靖、万历时人朱鼎所作《玉镜台记》，最后才是明末范文若创作的《花筵赚》；就文学性而言，《花筵赚》的文学性居首，《温太真玉镜台》次之，《玉镜台记》又次之。这三个文本在创作风格和艺术特点方面的差异既受到作者所处时代背景、社会环境、审美风尚的影响，又离不开他们各自的人生经历、艺术修为和文学理想。

学界对关汉卿出身的探讨聚讼纷纭。在不同版本的《录鬼簿》中，有的记其乃“太医院尹”①，有的称其为“太医院户”②。朱经在《青楼集序》中称关汉卿“金之遗民”③，而遍查《金史》可知金代太医院有提点、使、副使、判官、管勾等官职，并无院尹一职；《元史》和《新元史》中也都没有关于“太医院尹”一职的记载。因而，关汉卿很可能为出身民间、混迹市井的太医院户。民间出身和长期混迹市井的经历让关汉卿格外熟悉底层民众的情感喜好，进而影响到他的文学审美和艺术追求，再加上城市的繁荣、俗文学的兴盛、勾栏瓦舍的发展，共同造就了他庄谐兼具、雅俗共赏的创作风格。此外，关汉卿曾南北游历，《南吕·一枝花·杭州景》中有“大元朝新附国，亡宋家旧华夷”④句，可见他曾在宋亡后不久，“玩府游州”⑤到达江南，驻留了相当长的时间，并结识了出落于“十里扬州风物妍”⑥

---

① 钟嗣成《录鬼簿》卷上，载中华书局编辑部编《宋元明清书目题跋丛刊》（三），中华书局2006年版，第11页。另，清康熙四十五年（1706）曹寅辑刻《楝亭藏书十二种》本、日本关西大学图书馆藏旧钞本也都作“太医院尹”。

② 钟嗣成撰，贾仲明补《天一阁蓝格写本正续录鬼簿》卷上，中华书局1960年版，第3页。另，明《说集》本、明孟称舜校刻本亦作“太医院户”。

③ 朱经《青楼集序》，夏庭芝《青楼集》，载中国戏曲研究院编《中国古典戏曲论著集成》（二），中国戏剧出版社1959年版，第15页。

④ 蓝立萓校注《汇校详注关汉卿集》（下），第1698页。

⑤ 蓝立萓校注《汇校详注关汉卿集》（下），第1702页。

⑥ 蓝立萓校注《汇校详注关汉卿集》（下），第1696页。

的珠帘秀，这些都为他洞悉底层民众内心世界的愁闷苦痛提供了便利。因此，或许是为了迎合金宋遗民不愿提及国破家亡痛楚往事的情感需求，关汉卿在剧中模糊了初始文本中“家值乱离散”的时代背景，改“北征刘聪所得”之玉镜台为御赐之物；而皆大欢喜的大团圆喜剧结局，更是为市民大众所喜闻乐见，易于接受。以《温太真玉镜台》观之，贾仲明谓关汉卿“玲珑肺腑天生就”，说他“风月情忒惯熟”①；朱权目其词为“琼筵醉客”，称其“乃可上可下之才”②，可谓的评。虽然关汉卿自认“浪子”，后世也目其为“驱梨园领袖，总编修师首，捻杂剧班头”③，但他骨子里仍不乏汉族文人特有的骄傲，虽身处底层仍具文人特有的审美理想和人生抱负。剧中温峤求偶不得的愁郁恰如入元知识分子仕进无途的苦闷，形成艺术与现实的相互呼应；温峤在水墨宴中以诗才获得刘倩英认可的突兀结局，恰恰表露了作者渴望通过个人能力和才华禀赋施展理想抱负的美好愿景——这是传承千载、寄托遥深的香草美人传统在杂剧中的延续。《温太真玉镜台》中略显突兀的大团圆结局，不仅是艺术的妥协与和解，更是关汉卿理想的自白，是其蕴藉深沉的艺术实践。明人谓“关之辞激厉而少蕴藉”④，虽不可谓不确，但放诸该剧关目结构设置上，则难免障目之失。

朱鼎的生平不详，记载不多，《传奇汇考标目》《扬州画舫录》《曲目新编》都只言其字永怀、昆山人及作《玉镜台》事。吕天成《曲品》卷下记朱永怀“所著传奇一本”，谓之《玉镜台》，并称他“与二顾同盟，而才不逮”⑤；二顾，即昆山人顾希雍、顾仲雍两兄弟。顾希雍字懋仁，作《五鼎记》，演主父偃故事；顾仲雍字懋俭，

---

① 钟嗣成撰，贾仲明补《天一阁蓝格写本正续录鬼簿》卷上，第3页。
② 朱权《太和正音谱》卷上，台湾学海出版社1980年版，第15页。
③ 钟嗣成撰，贾仲明补《天一阁蓝格写本正续录鬼簿》卷上，第3页。
④ 何良俊《四友斋丛说》卷三十七，中华书局1959年版，第337页。
⑤ 吕天成撰，吴书荫校注《曲品校注》，中华书局1990年版，第330页。

作《椒觞记》，似演南宋陈亮故事。结合吴书荫关于顾仲雍当生于嘉靖十七年（1538）而卒于万历三十六年（1608）的考证[①]，可知朱鼎乃嘉万时人。就文学审美言之，《玉镜台记》辞藻典雅密丽、结构整饬严谨，唯以作者“才不逮”，这种典雅整饬的文学审美在传奇关目设置和人物形象塑造上便显得墨守陈规，难以摆脱历史规范的限制，既无法像关剧那样亦庄亦谐，又无以比肩范文若《花筵赚》之雅俗可观、谐趣天成。朱剧将“温峤骗婚”改成才子佳人两情相悦的婚恋故事，主要情节设计也多依傍《晋书》而来，正是其典雅的文学审美与“才不逮”的现实相互作用下的艺术妥协。此外，朱鼎身处明朝内忧外患极深之际，彼时“南倭北虏并急”[②]，“海内忧世之士，游谈聚议，必曰南倭北狄”[③]。嘉靖三十三年（1554），倭寇围攻昆山的经历更是昆山人挥之不去的惨痛记忆。据昆山人归有光《昆山县倭寇始末书》记载，昆山“各乡村落，凡三百五十里，境内房屋，十去八九，男妇十失五六，棺椁三四”[④]；而造成这种惨景的祸首，非惟倭寇，亦有“承檄来援，巽懦不敢前”[⑤] 的明朝都司梁凤，即归氏所谓“贻昆山之祸者，梁凤也”[⑥]。昆山人郑若曾先后编《筹海图编》《江南经略》，对昆山之变记载颇详，亦皆以“凤逗留之罪”[⑦]及“皆风遗祸”[⑧] 论之。据顾仲雍参与校阅的《重修昆山县志》，昆山最终得以保全，与时任昆山知县、“措置有方，督率士民坚守”的

---

① 参见吕天成撰，吴书荫校注《曲品校注》，第 84 页。

② 朱国祯《涌幢小品》卷三十，中华书局 1959 年版，第 718 页。

③ 胡松《筹海图编序》，载郑若曾撰，李致忠点校《筹海图编》，中华书局 2007 年版，第 988 页。

④ 归有光著，周本淳校点《震川先生集》卷八，上海古籍出版社 1981 年版，第 183 页。

⑤ 徐复祚《花当阁丛谈》卷八，载《笔记小说大观十六编》（二），台湾新兴书局有限公司 1977 年版，第 1284 页。

⑥ 归有光著，周本淳校点《震川先生集》卷八，第 184 页。

⑦ 胡松《筹海图编》，载郑若曾《筹海图编》，第 405 页。

⑧ 郑若曾《江南经略》卷二“长吴二县倭患事迹”，嘉靖四十五年（1566）序刊本。

祝乾寿[①]密不可分。无论是否亲历其间，作为昆山人的集体记忆，昆山之变的惨痛现实不能不对朱鼎产生影响。他以《晋书》历史铺陈《玉镜台记》，或许正是因为这段历史契合了其所处内忧外患的时代背景，而他对温峤忠义形象的塑造也正透露出渴求政治清明、臣民勠力为国的政治理想——他对如梁凤般遗祸昆山的文臣武将辛辣讽刺，对如祝乾寿及昆山士民般勠力为国的忠臣义士热情歌颂。非有朱鼎般经历者，无以理解其慷慨陈词，郑振铎评价《玉镜台记》“是有感而发、有为而作的慷慨悲歌，光彩动人”[②]，便夹杂着其在风云变幻的时代局势下朴素真诚的爱国主义情怀。

“鬼语情语”是范文若传奇创作的艺术追求，是其文学审美的集中体现。他在《〈花筵赚〉序》中说“每叹文有文魔、诗有诗魔、词有词魔。词固忌堆砌，亦定以香艳为主”，颇认可元杂剧“冷中藏谑”的俊语，认为谱曲要“无难字，无梗句，戏子易于习唱”。[③] 他既不赞同创作中一味俚俗的文学审美，也不认可文辞过分典雅、一味讲求教化、卖弄学问的做法，提倡“但得情亲，何碍天理”[④] 的真性情文学创作，重视传奇的可表演性，这既是明末文学在王学左派影响下追求一片赤诚“童心”的必然结果，也是明传奇作家在汤沈之争后反思自身创作的自然之举。作为“吴江派”代表作家，范文若在《花筵赚》凡例中明言其“韵悉本周德清《中原》，不旁借一字”，又“记中每出一宫，始终不敢出入”[⑤]，恪守曲律；但在实际创作中，他有意识地熔铸汤沈之长，于当行本色中追求语言的词采，所以《花

① 周世昌《（江苏省）重修昆山县志》（一）卷五“仕宦”，万历四年（1576）刊本，载《中国方志丛书·华中地区·第四三三号》，台湾成文出版社 1983 年版，第 333 页。

② 郑振铎《古本戏曲丛刊二集序》，载《古本戏曲丛刊二集》（一），第 3 页。

③ 郑元勋著撰，阿英校点《媚幽阁文娱》，载施蛰存主编《中国文学珍本丛书》（第一辑第二十五种），上海杂志公司 1936 年版，第 64 页。

④ 范文若《花筵赚》卷上，载《古本戏曲丛刊二集》（八二），第 35 页。

⑤ 范文若《花筵赚凡例》，《花筵赚》卷上，载《古本戏曲丛刊二集》（八二），第 1 页。

筵赚》的语言既有“欲化西园蝶为成”之雅，亦不乏“小乞儿总为花疼”之俗，且常同邻并出，有意识地突出雅与俗的对比、交融，整体上呈现出雅俗可观、谐趣天成的文学审美。祁彪佳评《花筵赚》“洗脱之极，意局皆凌虚而出，真是‘语不惊人死不休’”[①]，当亦着眼于此。然而，在沈氏“宁协律而不工”[②] 的创作方法指导下，范文若的传奇创作要想兼顾词采、追求“语不惊人死不休”，势必会因部分文字藻饰太过而产生扞格，使其遗受“雕镂”[③] 之讥。

范文若进士出身，却沉沦下僚，先后担任汶上、秀水、光化县令，任南京兵部主事，遭中伤左迁大理寺评事，后丁忧去职，再未出仕，明崇祯七年（1634）左右为家奴刘贞所弑。[④] 他具理政才干，在治汶上县时，“以德化民，以礼自持，剪恶安良，吏胥守法”，以至于白莲教作乱尚不敢有所侵犯。[⑤] 林熙春在《举劾畿省种马官员疏》中评价他“心若履薄临深，才堪理烦治剧，声高百乘，价重千金”。[⑥] 他虽“两仕剧邑，著绩迁部曹”[⑦]，但仍旧“意不自得”[⑧]，过人的政治才能和满腔的理想抱负到底未能完全展现，因而他视人情不过一场“闹”剧，世情不过一出“乱”剧。闹乱纷纭间，人生贵在至情至性。《花筵赚》中，满腹才华的温、谢选择放荡不羁、游戏人间的生活，甚至做下偷香窃玉的勾当，这种对“闹”和“乱”另类的具象

---

① 祁彪佳《远山堂曲品》，载中国戏曲研究院编《中国古典戏曲论著集成》（六），第 1 页。

② 王骥德《曲律》，载中国戏曲研究院编《中国古典戏曲论著集成》（四），第165 页。

③ 沈自晋《重订南词全谱凡例续纪》，《南词新谱》，载王秋桂主编《善本戏曲丛刊》第三辑，台湾学生书局 1984 年版，第 42 页。

④ 参见叶绍袁《启祯记闻录》卷二，载乐天居士编《痛史》（十三），商务印书馆 1917 年版，第 1 页。

⑤ 参见闻元炅续编《续修汶上县志》卷四，清康熙五十六年（1717）序刊本。

⑥ 林熙春《林忠宣公全集》卷二十一，载沈乃文主编《明别集丛刊　第四辑》（三八），黄山书社 2016 年版，第 65 页。

⑦ 叶梦珠《阅世编》卷五，载《笔记小说大观三十五编》（五），台湾新兴书局有限公司 1983 年版，第 131 页。

⑧ 郭廷弼《松江府志》卷四十四，清康熙二年（1663）修刊本。

化呈现，正是其不得已而为之的任诞。诙谐风流的温、谢二人，岂非“美姿容，工谈笑，雅慕晋人风度”① 的范文若对一已失意人生的自讽？就《花筵赚》至情至性的文学审美而言，“识者拟之汤临川”②却也恰切。

结　语

自《世说新语》记“温峤骗婚”故事以降，历代书籍在收录这一文本过程中逐渐发生变异，呈现出三种各有侧重、彼此关联的叙事模式。关汉卿《温太真玉镜台》、朱鼎《玉镜台记》、范文若《花筵赚》对“温峤骗婚”故事进行的改编，在审美倾向上与记录“温峤骗婚”的三种叙事模式呈现出一一对应的特点，这种彼此对应的关联性看似偶然，实则反映了历代文人在不同社会背景下接受、改编“温峤骗婚”本事的必然：三位戏曲家对“温峤骗婚”故事进行的文学演绎和艺术化改编既离不开他们身处的时代和社会环境，也离不开他们对戏曲这一文学体裁的理解和各自的人生经历、文学造诣、艺术修为。同时，反映了他们迥异的创作思路、文学审美、政治抱负和人生追求。

（魏琛琳　西安交通大学人文社会科学学院副教授）

① 郭廷弼《松江府志》卷四十四，清康熙二年（1663）修刊本。
② 郭廷弼《松江府志》卷四十四，清康熙二年（1663）修刊本。

新见中国艺术研究院藏全本《改制皮黄新词》考*

李万营　袁贝贝

《改制皮黄新词》（以下简称《新词》），题“济南慧山明湖间游戏主人改，黄河曲九峰山顶啸月樵客评”[①]，首都图书馆藏有吴晓铃旧藏稿钞本（以下简称“首图藏本”）。它与《梨园集成》被誉为“清代京剧剧本选编的双璧”[②]。颜全毅、谷曙光曾撰文介绍此书。[③]书中游戏主人、关西铁绰板道人、乐安布衣香芜氏、山阴听琴散客所写的4篇序言，以及例言，被收入《京剧历史文献汇编·清代卷》第8

* 本文为国家社会科学基金冷门绝学研究专项学术团队项目“《全明戏曲》编纂与俗文学编目整理研究”（项目编号：20VJXT006）阶段性成果。

① 按，署名中的“閒”，学界或识读为“闲”，或识读为“间”，鄙意当作“间”，因“济南慧山明湖间”与“黄河曲九峰山顶”对举，间、顶皆表处所。

② 颜全毅《清代京剧剧本选编的双璧》，《文史知识》2006 年第 6 期，第 111 页。

③ 参见颜全毅《清代京剧剧本选编的双璧》，《文史知识》2006 年第 6 期，第 110 ~ 115 页；谷曙光《清末稿钞本〈改制皮簧新词〉整理选录》，《戏曲与俗文学研究》第 3 辑，社会科学文献出版社 2017 年版，第 322 ~ 341 页。

册，成为研究文人士大夫与皮黄剧关系的重要资料。以往的介绍与整理，均以首图藏本为对象，然而此本只收“新改皮黄”20出，实为原书前半帙，故学人于此书作者、评者、序者不知其详，于此书性质亦只能言其“修改皮黄”①。

中国艺术研究院藏有一种《新词》稿钞本，不但有“新改皮黄”20出，还有“新制皮黄”20出，确如例言所说，“新改词二十出，分为上卷；新制词二十出，分为下卷”②。是为全本，对于考订此书作者、重新认识此书价值具有重要意义，因而笔者不揣浅陋，略作考述。此本影印收入王文章主编的《中国近代地方戏曲剧本丛刊》第一辑第47、48册，以下考述即以影印本为对象。

一

中国艺术研究院藏全本《改制皮黄新词》（以下简称“全本”），封面题“改制皮黄新词”，下接小字“上卷之一”，背面题“雅俗共赏”。首有序言4篇，与首图藏本4篇序言全同；例言42则，比首图藏本多1则。次为“改制皮黄新词上下卷总目录”。每卷各分为4部分，每部分又有封皮、目录：封皮题“改制皮黄新词”，下接小字“上/下卷之×”；目录作“改制皮黄新词目录”，下署“济南慧山明

---

① 如颜全毅《清代京剧剧本选编的双璧》以为此书是“对流行剧目文词修改幅度最大的选编”。参见颜全毅《清代京剧剧本选编的双璧》，《文史知识》2006年第6期，第111页。《京剧历史文献汇编·清代卷》提要云：“遂选择若干出（折）戏加以修改……”参见傅谨主编《京剧历史文献汇编·清代卷》第8册，凤凰出版社2011年版，第449页。谷曙光《清末稿钞本〈改制皮簧新词〉整理选录》以“只见新改词，未见新制词也。或者新制词部分已亡佚，或者未完成”，而断此书为“修改皮黄剧本的游戏之作”。参见谷曙光《清末稿钞本〈改制皮簧新词〉整理选录》，《戏曲与俗文学研究》第3辑，第322页。

② 《改制皮黄新词·例言》，载傅谨主编《京剧历史文献汇编·清代卷》第8册，第453页。

湖间游戏主人改/制①，黄河曲九峰山顶啸月樵客评”，后为“上/下卷之×”及剧目。下卷之一又有序言二篇，及“改制皮黄新词下卷总目录”，署名与上卷同。下卷亦分四部分，每部分又有封皮、目录，体制、署名与上卷同。上卷收新改皮黄20出，下卷收新作皮黄20出。

首图藏本为4卷，剧目分别是：卷一，《骂曹》《长亭会》《天水关》《摔琴》《李陵碑》；卷二，《牧羊卷》《捉放》《柴桑口》《大登殿》；卷三，《上天台》《清官册》《战北原》《洪阳洞》《凤鸣关》《教子》《借箭》；卷四，《打金枝》《南阳关》《困荥阳》《定军山》。

全本上卷的4部分相当于首图本的4卷，剧目数量及剧名全同，但分卷及次序略有不同：上卷之一，《骂曹》《长亭会》《天水关》；上卷之二，《摔琴》《牧羊卷》《李陵碑》《捉放》《柴桑口》；上卷之三，《大登殿》《上天台》《清官册》《战北原》《洪阳洞》《凤鸣关》；上卷之四，《教子》《借箭》《打金枝》《南阳关》《困荥阳》《定军山》。

两种钞本孰先孰后？有何关系？今见全本多有涂抹点画增删修改之迹，如例言“各戏多有时代不可考者”条后，有“一，戏为新改为新制，各于题目上注明，以示区别”，此条被勾去，而首图藏本例言无此条。又如《骂曹》一出，有“到后来垓下打一仗，立逼霸王丧乌江”句，“垓下”后原有小字“转二六板”，被点去，“一仗”后插入“多亏了三齐王登台拜□十面埋伏”，“霸王”后插入“命”，而首图藏本此句作“到后来垓下打一仗，多亏了三齐王登台拜帅，十面埋伏立逼霸王命丧乌江”。正是全本此句修改之后的面目。由此可见，首图藏本确如谷曙光所推测是“誊清稿本”②，据以誊清的底本，则是这部全本，当时应当全部誊清，可惜下半部不知踪影。

这部全本应当亦有所本，如《赠绨袍》有一句评语“门官情态也，一天下人情态也，作者慨世之意深矣”，原在门官上场之初，

---

① 上卷各部分作“改”，下卷各部分作“制”。

② 谷曙光《清末稿钞本〈改制皮簧新词〉整理选录》，《戏曲与俗文学研究》第3辑，第322页。

“（扮门官上白）官不在大小，混两个钱就好，在下门官是也。只因魏国大夫须贾出使来秦，现居驿馆，我只得在此伺候”两行文字之上，被点去，抄于张禄送门包情节处，即“（张禄白）待我将门包取出。（门官白）你瞧他者个样儿，他也配见大夫，真真的不要脸。（张禄白）啊门官。（门官白）嗳呀呀，你者位老爷，果然是大夫的同乡至好，待俺与你回禀”两行文字之上。① 显然，“门官情态”的评语，系就门官私接门包、前鄙视后奉承的情节而言。这种情况应该是誊录者就底本移录评语时抄错位置，故而画去重抄。又如《天水关》一出有一句“兵将倒把豪杰困中央，上边看是诸葛亮，催马向前手拈枪”，此句前有科介“净扮姜维上，净扮魏延末扮马岱小生扮关兴净扮张苞上”，无唱白提示，据词意，“兵将”句非蜀将口吻，当属姜维所唱，“兵将”二字前增入“姜维唱遥板四面都是蜀”，此句可断句为“（姜维唱遥板）四面都是蜀兵将，倒把豪杰困中央，上边看是诸葛亮，催马向前手拈枪”②，如此科介、语义及字句匹配才相符，可能的情况是，插入之句不是新作，而是底本完整而被抄写者漏抄，校者又据底本补入。进一步推断，底本很可能是作者手稿，或许书写随意并不工整，遂致誊抄时有诸多谬误，校者又据底本查缺补漏。因而，此全本当是在手稿基础上的誊清、校核本。

二

此全本下卷又有序言二篇，谨录于下。

序

游戏主人改皮黄戏词二十出，余既读而序之矣。今观其

① 参见《赠绨袍》，《改制皮黄新词》，载王文章主编《中国近代地方戏曲剧本丛刊　第一辑》第48册，学苑出版社2017年版，第212～213页。

② 《天水关》，《改制皮黄新词》，载王文章主编《中国近代地方戏曲剧本丛刊　第一辑》第47册，第323页。

自制者又二十出，益叹才人之笔，真具有太史公作《项羽本纪》、施耐庵作《水浒传》手段，且其命意之所在，尤为深挚透快也。夫古今人著书立说，以有关世道人心者为最贵，乃日取圣经贤传，不惜唇焦舌敝，斤斤焉为世人讲解，而听者以为老生常谈，垂头欲睡；又或以善恶果报谆谆劝诫，亦嫌其徒托空言，不足以触目而警心。此游戏主人皮黄戏词之作之一再不已也，圣贤道理寓其中，果报事迹灿于外，穷形尽相，眼前指点，益神智而生观感，可决其必传于后无疑矣。世有同心人，当不河汉吾言也。光绪辛丑秋八月山阴听琴散客。①

序

历城柳迂全宦归自蜀，自制世俗所号皮黄及杂曲新词授小鬟，时病之，或曰有所托而逃焉者耶。适余重来此地，迂全乃招余与泰州宫子行棹舟大明湖，自歌其所制皮黄及杂曲，手足舞蹈，且视镘本，属一言。时余与子行皆有弟丧，又连岁值世事之变，不觉闻之而潸然也。昔蜀杨升庵尝簪花傅粉歌弹词，迂全宦其乡，傥得其流风欤？又念秦火之余，《诗》《书》尽毁，惟《易》以卜筮存。今之趋富贵者，争夸时务海外之语言文字是尚，凡近古之作，概屏为无用之学，而圣道亦由此日微。迂全于是时犹获与风尘数女子评花醉月，调宫协律，徜徉乎山水之间也，岂非独幸也哉？光绪二十有八年春三月封邱何家琪。②

按，上卷有山阴听琴散客写于清光绪庚子（二十六年，1900）的序言，下卷又有他写于光绪辛丑（二十七年，1901）的序言，一可知

① 山阴听琴散客《序》，《改制皮黄新词》，载王文章主编《中国近代地方戏曲剧本丛刊　第一辑》第48册，第115～116页。

② 何家琪《序》，《改制皮黄新词》，载王文章主编《中国近代地方戏曲剧本丛刊　第一辑》第48册，第117～118页。

他与作者游戏主人关系至密，其人为谁，待考。二可知作者于光绪二十五年（1899）秋八月（据其自序），先完成修改皮黄戏20出；至迟至光绪二十七年（1901）秋八月，又完成自制皮黄新词20出。

由何家琪的序言可知，此书作者为柳迂全。柳迂全即柳文洙。据《光绪丁丑科会试柳文洙硃卷》，柳文洙字道源，号如荃，生于清道光戊戌年（十八年，1838）八月二十九日，济南府历城县（今属山东省济南市）人。[①] 光绪三年（1877）进士。《（宣统）山东通志》《续修历城县志》有传，附于其父柳培和后，《通志》载："文洙字迂全，光绪三年进士，以知县分发四川，补开县，寻调岳池，亲擒盗首，以卓异荐，会有忌者，文洙因输饷以道员用，并加二品衔，归。少负奇气，有侠士风，既而折节读书。解组后日徜徉于湖山之间，以书画自娱，著有《悔蹉跎斋诗稿》。"[②] 《县志》载："文洙字道源，号如荃，又号鱼筌，光绪三年进士，以知县分发四川办理鹾务，举办荒政，迭著成绩，寻补开县知县，调岳池，亲擒盗首，历充己卯、戊子、癸巳同考官，以卓异荐。会有忌者，因输饷开缺归道班，旋里。文洙少负奇气，有侠士风，既而折节读书。解组后日徜徉于湖山之间，以书画自娱，著有《小仁在堂试律诗存》《如荃诗文存》《喜猎偶笔》《雕虫要语》已梓行，《鱼筌试律诗续存》《晚学斋古文诗存》待梓。"[③] 因知他又号鱼筌，又作迂全，正是何家琪序中所称之"柳迂全"。据《缙绅全书（光绪十二年秋）》，柳文洙补开县（今重庆市开州区）知县的时间为光绪九年（1883）十二月[④]，而《爵秩全览

① 参见《光绪丁丑科会试柳文洙硃卷》，载"爱如生中国谱牒库（二集）"。

② 杨士骧修，孙葆田等纂《（宣统）山东通志》（七），载《中国地方志集成·省志辑·山东》第8册，凤凰出版社2010年版，第310页。

③ 毛承霖纂修《续修历城县志》（五），载《中国方志丛书·华北地方·第四号》，台湾成文出版社1968年版，第2386~2387页。

④ 参见《缙绅全书（光绪十二年秋）》，载清华大学图书馆、科技史暨古文献研究所编《清代缙绅录集成》第46册，大象出版社2008年版，第355页。

（光绪十九年秋）》显示柳文洙仍在任[①]，而《缙绅全书（光绪十九年冬）》显示他已离任，然亦未就任岳池（今属四川省广安市）知县[②]。事实上，此年（1893）以后至光绪二十五年（1899），开县知县、岳池知县皆非柳文洙，《通志》《县志》所载"调岳池"不知何时之事，或许柳文洙于光绪十九年（1893）冬致仕。致仕后他游乐于湖山景致，并以书画自娱。门宗耀有《济南名士柳文洙》一文介绍此人，然亦不详其卒年，更无涉其戏剧活动。[③]

作序者何家琪（1843—1905），字吟秋，号天根，河南封丘（今属河南省新乡市）人，光绪元年（1875）举人。幼年因父何维典（1819—1855）任职东阿、黄县等地知县，遂留寓济南，与郭翊（字荩卿，1846—1885）、柳文洙交好，在《郭荩卿墓志铭》中，何家琪说："予少侍父官山东，父殁，客济南，所交多四方产，其地惟荩卿、柳鲁泉而已。"[④] 柳鲁泉即柳文洙。何家琪于光绪七年（1881）任洛阳教谕，光绪二十四年（1898）迁汝宁府（今河南驻马店、信阳部分地区）教授，至光绪二十八年（1902）因省其弟何家珍之墓回到济南[⑤]，遂与柳文洙、宫子行（1840—1902 后）[⑥] 有大明湖泛舟之会，他所写的《柳鲁泉哀辞》亦记此事，并论柳文洙为人行事：

---

① 参见《爵秩全览（光绪十九年秋）》，载清华大学图书馆、科技史暨古文献研究所编《清代缙绅录集成》第 54 册，第 147 页。

② 参见《缙绅全书（光绪十九年冬）》，载清华大学图书馆、科技史暨古文献研究所编《清代缙绅录集成》第 54 册，第 371 页、第 369 页。

③ 参见门宗耀《济南名士柳文洙》，《齐鲁文史》2000 年第 4 期，第 37～38 页。

④ 何家琪《郭荩卿墓志铭》，《天根文钞》，载《清代诗文集汇编》第 752 册，上海古籍出版社 2010 年版，第 54 页。

⑤ 何家琪《书郭李家人语》："光绪二十有八年，余自汝宁省弟赡云墓济南。"参见何家琪《天根文钞续集》，载《清代诗文集汇编》第 752 册，第 102 页。

⑥ 宫本昂（1840—1902 后），字子行、紫珩，号千里，室名延蝶仙馆，江苏泰州人。出身于泰州宫氏家族，因父宫汝云任职山东，在山东出生，曾任山东日照、泗水、范县、即墨等县知县。参见钱成、叶康宁《清扇面收藏"海内第一"宫本昂、宫昱兄弟考——兼论明清泰州宫氏艺文世家的书画创作与鉴藏》，《中国美术研究：书画理论研究》第 27 辑，上海书画出版社 2018 年版，第 132～133 页。

光绪二十八年春，余自汝宁之济南，与故人柳鲁泉、宫子行舟大明湖，遍过诸亭榭。鲁泉须发皓然而意气豪迈，自歌所作时剧，旋振衣起舞，夕至酒家，纵饮高谈，月落乃散去。余与子行愧叹弗及。既返，子行告鲁泉于是秋死矣。向余论交济南时，鲁泉与郭荩卿年少诸生耳，已而相继成进士，荩卿年四十死郎署，而鲁泉历令蜀大县十余年，累官至监司矣。一旦弃而归，市宅湖，于日召声妓自娱嬉。又逾十年，济南人惜荩卿死，艳鲁泉显达有老福，而又未尝不怪其早退也。鲁泉见余而问曰："子谓我何如？"呜呼！今时事亟矣，海内政教之所尚不同于畴昔也，荩卿夙负才望，焉知非天以死全其令名邪？鲁泉直道而仕，假不自乞退，位愈高责愈重，强抑志节以曲赴时，会不罪辱幸矣，又安能有所表见于当世也哉？余故人荩卿外，若赵菁衫、高丽中、邹乐生、李少连、子行之弟玉甫，常偕湖上游，俱已凋谢，独幸与鲁泉犹得于后二十年，鹊华山色间一执手也，乃文以哀之，寄子行俾吊于其墓。①

由此可知，柳文洙于光绪二十八年（1902）秋谢世。何家琪回忆与柳氏之交谊，以为以柳文洙之正直志节，处当时世变混乱之时，急流勇退得以自娱，实乃幸事。这正可看作何氏所作序言"迂全于是时犹获与风尘数女子评花醉月，调宫协律，徜徉乎山水之间也，岂非独幸也哉"的注解。这也可以视作对柳文洙作《新词》的背景与心态的解说。

大明湖之会后不过半年柳文洙即谢世，其间《新词》又经两次誊清，能否在他谢世之前刊刻，殊不可料；柳氏家人能否在其身后将此游戏之作刊刻，更难预料。

综上可知，柳文洙生于道光十八年（1838），卒于光绪二十八年

---

① 何家琪《柳鲁泉哀辞》，《天根文钞续集》，载《清代诗文集汇编》第752册，第99～100页。

(1902)，在辞官归隐后，开始编撰《新词》，至迟至光绪二十七年(1901) 完稿。

三

又考评者“黄河曲九峰山顶啸月樵客”，乃济南九峰山家塾之郑鏄，他曾为郭诩与柳文洙的八股制艺文选集《郭柳时文合选》作序，称：“吾乡之攻制艺而藉甚人口者，则必曰：郭柳。郭柳者，吾友郭君荩卿、柳君如荃也。”署名“历城郑鏄溪樵氏书于九峰山家塾”①。可知郑鏄字溪樵，啸月樵客或为其号；黄河曲九峰山顶，或为九峰山家塾之戏称。他与柳文洙为同乡、好友，可能长期在私塾任教；又因曾选评郭、柳时文，故而柳文洙请他为《新词》作评。郑氏生平、事迹无考。

又考卷上序作者“关西铁绰板道人”，为柳文洙同邑人王维言，生于清同治七年（1868)②，字海秋，光绪二十年（1894）举人，著有《玉映楼多识录四种》，即《毛诗疏证补陆》《陆疏广证》《毛诗名物状》《夏小正笺疏》，以及诗文集《玉映楼缬芳集》，均为稿本，现藏山东省图书馆，已影印收入《山东文献集成》。《玉映楼缬芳集》收入《山东文献集成》第二辑第38册，集中收有《皮黄新词序》二篇，其一与《新词》上卷署“关西铁绰板道人”者几乎全同，可知“道人”即王维言。

由《玉映楼缬芳集》所收赠答酬唱之作来看，王维言喜交友，

---

① 郑鏄《郭柳时文合选序》，清光绪十六年（1890）刻本。参见侯林《王府池边郭进士》，《济南日报》2020年2月18日第B03版。承侯老先生惠教，《郭柳时文合选》现藏济南市图书馆，又获老先生赐书影5页，特此致谢！又曾托芦娜查访《郭柳时文合选》，谨此致谢！

② 据山东官立法政学堂宣统二年（1910）“别科一班”毕业名册，王维言年龄(1910) 栏为“四三”，可推知他生于1868年。名册图片载褚承志《山东官立法政学堂（下）》，《山东文献》1978年第3卷第4期，第58页。

好冶游，与辞官归野的柳文洙为忘年交，兴味相投，他们一起狎妓品曲，诗酒风流，《张来堂先生诗集跋》中记录了与柳文洙莲湖痛饮事："醉莲湖，为文字交徐苠臣醉也，为同年交刘子秀醉也，为五五大和尚张子永醉也，为三三懒道人郁兰孙醉也，而大醉者则为迂全老人。"① 集中收有他为柳文洙眷顾的歌姬赵连城所作《连城歌》《和鱼筌老人赠连城原韵》；还收有《过齐窣仙故居有感为鱼筌老人作》，由诗句来看，齐窣仙亦是歌姬，且曾为柳文洙所眷顾②；还收有《遇素新编序》《遇素新编题词》，此《新编》是柳文洙为歌姬尹素卿所编小曲集，王维言为之作序言、题词③。而柳文洙作《新词》，王维言更以知音的身份，为之作序言二篇，其一即《新词》上卷署名"关西铁绰板道人"者，《玉映楼缬芳集》所收者题《皮黄新词序》④，唯个别文字有异。其二亦题《皮黄新词序》，而今所见全本《新词》未收，大约全本为初次誊清，而序文后出。兹录于下。

① 王维言《张来堂先生诗集跋》，《玉映楼缬芳集》，载《山东文献集成　第二辑》第38册，山东大学出版社2007年版，第813页。

② 王维言《过齐窣仙故居有感为鱼筌老人作》："青鸾飞去画楼空，咫尺银河路不通。杨柳无人随意彩，桃花有恨可怜红。绣軿昨夜传行雨，珠箔今宵不耐风。阶下苍苔最深处，依稀认有旧鞋弓。"《玉映楼缬芳集》，载《山东文献集成　第二辑》第38册，第744页。

③ 首都图书馆藏有吴晓铃旧藏《遇素新编》刻本，题"小曲摘抄/（清）遇素新编"，附注：本书收《情人话别》《情女别郎》《四季盼郎》《愿从良》《杯酒送郎》小曲5支，每支曲后有评语，署"素素妄评"。参见 https：//primo. clcn. net. cn/primo_ library/libweb/action/display. do； jsessionid = 549AE13D9311269C5CE008828B929A59? tabs = detailsTab&ct = display&fn = search&doc = CLCN_ ALEPH_ CN000148151&indx = 1&recIds = CLCN_ ALEPH_ CN000148151&recIdxs = 0&elementId = 0&renderMode = poppedOut&displayMode = full&frbrVersion = &frbg = &&vl（23971421UI0） = title&dscnt = 0&scp. scps = &mode = Basic&vid = ST&srt = rank&tab = default_ tab&dum = true&vl（freeText0） = % E9% 81% 87% E7% B4% A0% E6% 96% B0% E7% BC% 96&dstmp = 1617436288687。由王维言所作序言可知，此书当名《遇素新编》，即遇尹素卿而新编的小曲，编者为柳文洙，评者为尹素卿。参见王维言《遇素新编题词》《遇素新编序》，载《山东文献集成　第二辑》第38册，第743页、第787页。

④ 参见王维言《皮黄新词序》，《玉映楼缬芳集》，载《山东文献集成　第二辑》第38册，第787页。

皮黄新词序

匏巴未作，畴知丝竹通神；优孟不逢，谁假衣冠警世。故花奴羯鼓声满梨园，柳子鸾箫名高菊部。罕知音于洛下，韩娥求一饭之餐；寄狂态于滇南，升庵挽双丫而出。讵祇铜琶铁板，长公高唱江东；玉笛银筝，屯田怡情巷北。从来名士，雅好声歌，大抵人情，皆如傀儡。歌成白雪，郢中无楚客之音；响遏行云，世上少薛青之技。瑶琴月涩，瓦缶雷喧。壁上画龙，不少叶公之好；管中求豹，何堪大令之窥。每当嘈杂管弦，阑珊诗酒，虽使拓枝入妙，谁求花样翻新。混屠子于衣冠，英雄怒目；奏金璈于里巷，父老轩眉。反覆苍黄，参差节奏，由来久矣。游戏主人慨元音之阒寂，伤雅乐之沦亡，豪竹哀丝，几多感喟；晨钟暮鼓，谁唤痴迷。于是苦口劝人，现身说法，登生公之座，顽石点头；参佛祖之禅，天龙竖指。一管生花之笔，提唱纲维；卌篇霏玉之词，扶持名教。其文则雅俗共赏，其音则高下咸宜。粉墨登场，别开生面。鬼神偷曲，时杂仙心。白太傅之诗，老妪能解；秦少游之作，蛮女倾心。游戏文章，整齐风化，厥功伟矣。则有正平灭刺北海荐贤，《渔阳三挝》声传金石，《鹦鹉》一赋光烛云霄，此《骂曹》所以存正气也（《骂曹》）。更有北地捐躯成都星殒，西川失险剑阁云愁，雠国立千言，老臣束手，背城决一战，将军断头，此《战绵竹》所以表忠烈也（《战绵竹》）。又有舍命全交，杀身助友，三江风雪，剧悲日暮途穷，万里云山，尽属冷心热血，此《枯桑坡》所以全友谊也（《枯桑坡》）。别有黄金散尽，季子归来，白眼相逢，家人势利，锥寒宵之骨，谁识英豪，设长亭之筵，可怜阿嫂，此《佩印》所以刺炎凉也（《佩印》）。他如《定军山》功让汉升（《定军山》），《清官册》才称寇准（《清官册》）。昭关出走，伍员则有志复仇（《长亭会》）；契丹未平，杨业则无心返国（《李陵碑》）。灶下焚送穷之表，定登才子科名（《祭灶》）；途中戕沽酒之人，早识奸雄伎俩（《捉放》）。高山流水，红尘绝少子期（《摔琴》）；舞袖歌衫，赤壁未携苏小（《赤壁图》）。凤鸣关孤军破敌（《凤鸣关》），洪阳洞六使归真（《洪阳洞》）。埋头囹圄之中，狄青将略（《英雄遇》）；反目房帏之内，郭暖男儿（《打金枝》）。火灭空山，王者不死（《上方谷》）；身登魏阙，贰臣羞颜（《骂王朗》）。贺龙头老成，酒斟长寿（《贺龙头》）；借狼牙利箭，雾锁寒江（《借箭》）。逢骨肉于牧羊，朱春登两行热泪（《牧羊圈》）；运机谋于汗马，武乡侯一纸军书（《战北原》）。智可除奸，大汉功成婢子（《连环计》）；酒能乱性，圣王误害功臣（《上天台》）。关失南阳，将军避难（《南阳关》）；珠还合浦，学使逢儿（《双珠记》）。谁怜范叔之寒，绨袍恋旧（《赠绨袍》）；为爱姜维之勇，符节频颁（《天水关》）。纪信焚身，忠心贯日（《困荥阳》）；宝川登殿，苦节光天（《大登殿》）。寒士救人，毕竟功名预卜（《报天榜》）；贞姬教子，果然节烈可风（《教子》）。寄诗酒于雪天，云门寺巧逢铁丐（《云门寺》）；动干戈于江上，柴桑口痛哭周郎（《柴桑口》）。邺水投巫，河伯岂能娶妇（《嫁河伯》）；离亭置酒，丈夫讵忍别妻（《曹家店》）。士元非百里之才，谈笑而清案牍（《治耒阳》）；留守乃万人之敌，慷慨而誓甲兵（《牟驼岗》）。破镜重圆，夫妻会合（《鸳鸯镜》）；宝刀小试，恩怨分明（《逢侠客》）。凡此皆节综大概，别演排场。稽古三千年，得剧四十出。铿金锵玉，韵协宫商，调竹配丝，上追雅颂，贵洛阳之纸，然暗室之灯。富贵神仙，指珊瑚而教舞；升平藻绘，勒翡翠以成书。从此天上笙歌，风传钧奏，人间锦绣，月照琳琅。挽梆笛之颓风，正意复作；洗俳谐之陋习，古乐重新。庶哉贺老琵琶，擅名场屋；仙期方响，振美尘寰。时当仙乐遥闻，俾斯世重开化宇；说到天花乱坠，愿众生共证菩提。[①]

此序赞扬作者抱救世之心，以时剧为教化，文辞既典雅又通俗易晓，剧作更别有深意，历举40出戏的名目与内容主旨。而柳文洙自称改制皮黄新词，“即以识各剧中人心之邪正、险夷、仁忍、智愚，并其喜怒哀乐、郁舒谨肆之所以然，藉为法戒”[②]，即含教化平民之意，而王序把此意做了重点突出。前引山阴听琴散客称赞诸剧“圣贤道理寓其中，果报事迹灿于外”，亦含此意。此外，上卷之序称“凡得若干出”[③]，由此序可知此时王维言已将《新词》通读一遍。

又考卷上序作者“乐安布衣香芜氏”，乃张炳文（1857—1914）。他字象午，自号香芜居士，其《耕月山馆诗文集》中《耕月山馆记》后署“青丘布衣香芜居士”。乐安、青丘，皆指山东广饶（今属山东省东营市）。他终身守祖业为盐商，绝意仕进，与柳文洙相交最善，时相唱和[④]，张还曾为柳文洙作《迂全先生小传》，《续修历城县志》即据《（宣统）山东统志》与此《小传》编写柳文洙传记[⑤]，可惜笔者未获见此传。其诗文集中有《步迂泉先生游岱韵即赠二首》《迂泉先生过山斋煮茗话旧，留画题书，拟有买山卜邻之举，感慨书呈二首》《书呈迂泉先生二首》《雪夜同迂泉先生听歌北渚亭》《寄怀迂泉先生》《迂泉先生悬弧良晨开筵湖亭观，女伶好儿艺献绝技，诗以纪盛》诸诗与柳文洙酬唱。柳去世时，张炳文写有《山中闻迂泉先生噩耗》《长短歌哭迂泉先生并引》二诗伤逝，多年后还有《读迂泉先生遗稿有怀》诗怀

---

① 王维言《皮黄新词序》，《玉映楼缬芳集》，载《山东文献集成　第二辑》第38册，第789～790页。

② 游戏主人《序》，《改制皮黄新词》，载王文章主编《中国近代地方戏曲剧本丛刊　第一辑》第47册，第275页。

③ 关西铁绰板道人《序》，《改制皮黄新词》，载王文章主编《中国近代地方戏曲剧本丛刊　第一辑》第47册，第277页。

④ 参见张志安《耕月山馆诗文集·校刊后记》，载张炳文《耕月山馆诗文集》，1965年铅印本。感谢陈艳林帮忙复制。

⑤ 参见毛承霖纂修《续修历城县志》，载《中国方志丛书·华北地方·第四号》，第2387页。

想。《长短歌哭迂泉先生·引》则称“予幸结识先生于山水中，谬蒙知遇，买山结邻，方期诗酒往还，永陶学识，讵意天不载道，五年心交竟永别而长逝矣”①，可知张炳文与柳文洙曾结邻五年之久，二人关系很好。《书呈迂泉先生二首（其一）》有“正俗翻新曲”②，盖指《皮黄新词》，诗作于光绪己亥年（二十五年，1899），盖此时新改皮黄词已编成。

综上，柳文洙解组归田后，在诗酒冶游、“暮年放诞”（柳文洙《序》）的生活中，对20出流行皮黄剧做了修改，又新编写了20出皮黄剧，编成《改制皮黄新词》。而新词的改、制，包含着柳文洙教化平民的意愿。

四

全本下卷为“新制词二十出”，即柳文洙新编皮黄剧。剧目为：下卷之一，《战绵竹》《枯桑坡》《双珠记》《骂王朗》；下卷之二，《报天榜》《赠绨袍》《英雄遇》《佩印》《赤壁图》；下卷之三，《牟驼岗》《曹家店》《连环计》《祭灶》《贺龙头》；下卷之四，《云门寺》《嫁河伯》《鸳鸯镜》《治耒阳》《上方谷》《逢侠客》。

从题材来看，20出戏多为常见题材，如《枯桑坡》写左伯桃舍命全交事，《赠绨袍》写范雎报复须贾事，《佩印》写苏秦佩六国相印事，《嫁河伯》写西门豹治邺事，皆为先秦故事。又如《战绵竹》写诸葛瞻父子战死绵竹事，《骂王朗》写诸葛亮骂死王朗事，《连环计》写王允以貂蝉离间董卓、吕布事，《治耒阳》写庞统耒阳县断案事，《上方谷》写诸葛亮火烧上方谷事，皆为三国故事，且情节多出自《三国演义》。又如《牟驼岗》写岳飞救宗泽事，《曹家店》写林冲发配众人饯行事，

---

① 张炳文《长短歌哭迂泉先生·引》，载《耕月山馆诗文集》，第18页b。
② 张炳文《书呈迂泉先生二首（其一）》，载《耕月山馆诗文集》，第7页b。

《祭灶》写吕蒙正祭灶神事，《贺龙头》写吕洞宾入梁颢笔管避雷劫事，亦是常见故事。《嫁河伯》《治耒阳》以外，其余诸剧清末皮黄多有搬演。然而这13出戏也多有情节创新，如《枯桑坡》改羊角哀鬼战荆轲为左伯桃受封成仙、羊角哀建祠供奉，《佩印》改苏秦羞辱妻嫂为慰劳妻嫂感谢家人督促，等等。

更为重要的是，柳文洙编写了多出题材稀见的剧作。

《双珠记》，剧写江宁人余立文因太平军攻破南京携家逃难，家眷被军兵冲散，五岁孩儿玉宝走失。11年后余立文任兖州府童生试主考，见到滋阳县文童姜天佑右耳坠珍珠一颗，与玉宝相像，命教谕叫姜怀恩夫妇带天佑来至考院。原来余立文有金宝、玉宝双胞胎儿子，金宝左耳坠珍珠，玉宝右耳坠珍珠，以作区分。余立文唤出金宝亦认出兄弟。余立文承诺虽认亲，还令孩儿侍养身父母如同亲生。然姜妻不同意认亲，姜怀恩问天佑意见，天佑答走失之时便知父母姓氏，于是父子兄弟相认。余立文将金宝改名余天保承接余氏宗嗣，玉宝仍名姜天佑承接姜氏香火，并接姜怀恩夫妇至省城同享富贵。据批语，“此词乃国朝咸同年间山东学使某公实事，经游戏主人文笔装点，遂成绝妙传奇”①。可知此剧乃据实事编写。

《报天榜》，剧写席德正岁暮自外归家天晚住进旅店，夜闻妇人啼哭，询知隔壁刘成美外出三年未归，母无食度岁，要将媳妇谢氏卖掉，次日分离，谢氏因而啼哭。席德正假作刘成美家书一封，称次年四月即归，并附白银十两，使老母媳妇得以度岁。次年刘成美归来，媳妇因说起银信之事，成美言并未托人带信，始知得善人相救。成美欲知恩人姓氏，去文昌帝君前祷告，忽而入眠，梦中帝君令其观看乡试天榜，席德正因救刘美成一家不致离散积上等阴骘而获头名。刘成美去席家答谢，并说天榜之事，席德正坚辞不认，同去应举的李怀仁言静待乡

① 《双珠记》批语，《改制皮黄新词》，载王文章主编《中国近代地方戏曲剧本丛刊第一辑》第48册，第158页。

试发榜便知分晓。本事无考。

《英雄遇》，剧写刑部尚书征西大经略尹洙受蔡太师所托，要将人犯狄青斩首。尹洙提审狄青，狄青立而不跪，知审官为尹洙方下跪诉说冤情。原来蔡府家人为蔡公子抢掠民女，被狄青打跑，蔡太师因而差人将他捉拿入狱。尹洙见狄青通晓兵书战策又武艺出群，遂令人将他带至书房。西夏犯边，圣旨令尹洙带兵出征，尹洙问策于狄青，狄青所答深得尹洙之心，遂将狄青收入门下。此剧剧情皆虚构，大约据史书中尹洙向范仲淹推荐狄青事编演，见《宋史·狄青传》。

《赤壁图》，剧写西湖名妓徐翩翩拜唐寅为师，学得一身技艺，声名大噪。唐寅因要与友共游赤壁，与翩翩作别。翩翩欲一起前去，未获允准，于是取出白绢一幅，请唐寅作赤壁图，并将翩翩与他皆画入图中，以便时常展观，如同伴随左右同游赤壁一般。唐寅画好，与翩翩洒泪而别。本事不可考。明万历间金陵秦淮名妓有名徐翩翩者，诗画殊绝，汪道坤（1525—1593）曾与之交，而唐寅于嘉靖初年已谢世，不可能与徐翩翩有交。上文曾考证，王维言与隐居的柳文洙喜冶游、眷歌姬，此剧可能是作者冶游自况之作。

《云门寺》，剧写查伊璜云门寺饮酒赏景，见乞儿吴六奇自千斤大钟下取饭篮，因而招与同饮，知六奇通兵书战策又武艺高强，因而写书将他荐在好友韩忠帐下，并送金银衣物助其投军。韩忠试吴六奇武艺，收于帐下。山贼李虎讨战，韩忠派吴六奇出马，一战而擒。十年后，吴六奇衣锦还乡，徒步来见查伊璜，拜谢举荐。事本钮琇《觚剩》、王士禛《香祖笔记》、蒲松龄《聊斋志异·大力将军》。蒋士铨有《雪中人》传奇。此剧情节与《大力将军》更为相近。批语云："《云门寺》一词，颇与游戏主人当年遇呼延将军事相似，查先生之为人，殆主人自为写照耶。"① 则此剧当亦是作者写心之作。

---

① 《云门寺》批语，《改制皮黄新词》，载王文章主编《中国近代地方戏曲剧本丛刊第一辑》第48册，第327页。

《鸳鸯镜》，剧写徐仲德年过半百尚无子嗣，其妻为之纳妾，入新房时听此女啼哭，徐仲德询知，此女名沈秀英，因兵乱与丈夫李贤驾船往夔州避难，路遇贼兵，沈秀英投水不死，漂流至宜昌府，卖身为奴，打听丈夫消息，不愿为妾。徐仲德将沈秀英收为义女，并命仆人寻找李贤。沈秀英拿出一片鸳鸯镜，言此镜与李贤手中之镜可合为一面圆镜。管家徐义将鸳鸯镜挑在竿头，去夔州府寻找李贤，遍寻不着，到卦摊问卜，原来卖卜者正是李贤，他取出所带之镜，与徐义所带配成一面，随徐义回到宜昌，夫妻团圆。送子天仙因徐仲德善举送去贵子。批语云："游戏主人向仆言曰，此主人宦蜀时同官某太守之实事，而主人采其大略托言明季事以作传奇也，太守夫人五十生子，某秀才亦登乡榜，作善降祥，捷于影响，谁谓冥冥中无□察耶?"① 可知此剧据实事编写，剧中张献忠兵乱，可能指太平军乱蜀事。

《逢侠客》，剧写寇准奉旨还朝，行至太原府短缺盘费，向知府魏志仁借银。原来魏志仁本是江洋大盗，被狄青拿获要斩，寇准见他是条好汉遂救他一命，后来魏志仁投入军营，得人保荐为太原知府。魏志仁热情招待寇准，听寇准说起借银之事，愿奉千金为报，请寇准至书房歇息。欧阳杰因魏志仁贪赃枉法，夜间来为民除害，却听到魏妻欲害寇准、使张虎前去刺杀。张虎来到书房，被欧阳杰杀死。欧阳杰送寇准出城后，回到魏府杀死魏志仁夫妇，到十里长亭来寻寇准，将魏氏夫妇首级掷于地下，说起魏志仁贪赃枉法、其妻欲害寇准事，送黄金为路费。寇准感谢救命之恩，约欧阳杰入京相见。本事无考。

这些题材稀见的剧作，丰富了中国古典戏曲题材。其中宣扬善恶报应的剧作，如上文所说，显示出柳文洙宣扬教化之意。值得注意的是，据实事编写的《双珠记》与《鸳鸯镜》，反映了战乱造成的人民流离失所、家庭分离的惨剧。而借古人之名而自况的《赤壁图》《云门

① 《鸳鸯镜》批语，《改制皮黄新词》，载王文章主编《中国近代地方戏曲剧本丛刊第一辑》第48册，第358页。

寺》，则是以皮黄为酒杯浇心中之块垒，显示出柳文洙已经将皮黄作为成熟文体来写作。

结 语

文人士大夫的参与，是古代戏曲发展的重要动力之一，如杂剧产生之后，关汉卿、王实甫等人编创杂剧，推动了元杂剧发展成熟，成为一代文学；南戏产生之后，汤显祖、沈璟等人编创传奇、总结曲律，推动了传奇的成熟、昆曲的雅化。至清代“花雅之争”后，皮黄兴起，虽然演员名家辈出、艺术精湛，但剧本唱词的粗鄙，也呼唤文人士大夫参与到剧本创作中。道光二十年（1840），惰园主人说：“戏至二簧陋矣，而吾谓非二簧陋，作之者陋也。使执笔者得《西厢记》之王实甫、《离魂记》之汤若士、《长生殿》之洪昉思，吾知天下锦绣才子，必有拍案叫绝者。”① 柳文洙自述作《改制皮黄新词》说：“姚七等以伊所学旧词数见不鲜，且多荒谬鄙俚，请为改制新词。”“聆其词（按，指程长庚）亦数见不鲜，且多荒谬鄙俚，如姚七等所云者。”前为柳文洙“辛未、壬申间读书潭西精舍”时，即同治十年（1871）、同治十一年（1872），后为“游京师”② 时，即光绪三年（1877）前后。山阴听琴散客序中也说：“其（按，指程长庚）神采声调，皆足以动人之听睹，独其词句则有大可嗤者。……余方惜其词多谬劣，恐为长庚盛名之累”③。他曾官居京城20年，以序末所署“庚子仲冬”逆推20年，则他称程长庚唱词鄙陋，在光绪六年（1880）左右。柳文洙还在例言中强调，“书名新词，但重词耳。至戏中一切场面，并行止进退、神色

① 惰园主人《极乐世界传奇・自序》，载傅谨主编《京剧历史文献汇编・清代卷》第8册，第415页。

② 游戏主人《序》，《改制皮黄新词》，载王文章主编《中国近代地方戏曲剧本丛刊 第一辑》第47册，第274页。

③ 山阴听琴散客《序》，《改制皮黄新词》，载王文章主编《中国近代地方戏曲剧本丛刊 第一辑》第47册，第281页。

体段，概未标注，防挂漏也”①。可见对于文辞的追求，是柳文洙创作皮黄剧的初衷，也是自道光年间以来，文人士大夫改造皮黄剧的不懈追求。

几乎与柳文洙同时，李钟豫、杨镜秋、唐景崧、乔荩臣等一大批文人参与到皮黄（主要是京剧）的编创中，推动着京剧在清末发展成熟，至民国年间，齐如山等人专为梅兰芳写戏，罗瘿公等人专为程砚秋写戏，精英文人簇拥着艺术大师将京剧艺术推向高潮。

虽然何家琪曾记载大明湖之会柳文洙“自歌其所制皮黄及杂曲”，然而未见柳剧演于舞台的相关记录，这对于他希望人们以诸剧识人心并“藉为法戒”的愿望当然是一种遗憾。而柳文洙又有借古以自况的两出戏，反映出他将皮黄作为一种文体来创作，这在同时代的皮黄编剧中非常少见。

无论如何，柳文洙与《新词》是清末文人推动皮黄发展大潮中的一朵浪花，尤其是此全本《新词》，作为研究皮黄与文士关系的新材料，应该获得学界的关注。

（李万营　安徽师范大学文学院特聘副教授

袁贝贝　安徽师范大学文学院讲师）

① 《例言》，《改制皮黄新词》，载王文章主编《中国近代地方戏曲剧本丛刊　第一辑》第47册，第285页。

戲曲研究

陈仲子戏曲形象的演绎与新变*

任　刚

作为中国古代的官方哲学、主流思想，儒家经典在很长一段时间，主要通过师承、科举、教育等渗透入人们尤其是士大夫阶层的灵魂。宋元转入近古文化之后，其又借助新兴的戏曲艺术传播至范围更为广阔、人数更为众多的民间。不过，鉴于孔孟过于隆尊的地位，各代执行效度虽有严弛差异，尊儒崇圣、禁演孔孟圣贤却始终是朝廷的明令。在“四书”下灌趋向与朝廷禁令的矛盾拉扯下，陈仲子、齐人等来源于儒家经典却又并非圣贤的人物形象顺理成章登上戏曲舞台。从言简义深的哲学内容，到通俗动人的戏曲故事，他们首先需要完成的是这一跨文体过程中的身份和意义转换。同时，走出经典，沉

* 本文为中国博士后科学基金第72批面上资助艺术学项目“元明清时期‘四书’的戏曲演绎研究”（项目编号：2022M720488）阶段性成果。

入民间，还使他们融会雅俗，调整品位。而在流播中，这些经典形象也必然进行着因应于时代、地域乃至声腔的调适。这个复杂、动态的传播过程之后，生长于“四书”的这些非圣贤人物多数改头换面，产生了新的特质与价值。以一直传演至今的明代杂剧《公孙丑东郭息忿争》为例①，剧作主角陈仲子与《孟子》中的本来面目已经有明显距离。测度差距并探求其背后的复杂因素，不但能走近儒家经典在古代戏曲中的演绎过程，亦能为儒家经典的当代传播提供启示。

一　陈仲子的复杂性格及相关评价

无论是在战国思想还是《孟子》的研究视野中，陈仲子都算不上一个举足轻重的人物。然而，他有着多重性格，出入儒、墨、道、农诸家之间，深受争议。儒家经典、诸子文献、历代文人均有不同程度提及，作为通俗文艺样式的戏曲亦有演绎。陈仲子成为一个充满言说空间、承载多维研讨话题的对象。

历史上的陈仲子，原名定，字子钟、子仲，又名陈仲、田仲。出身于战国时齐国世家。陈仲子未有著述存世，但《孟子》、刘向《列女传》、皇甫谧《高士传》等均有简略记载。根据这些文献，可以知道陈仲子生平、思想的大概：陈仲子兄长田戴为盖大夫，他认为兄长衣食处所来之不义，于是离开兄长、母亲，与妻子隐居於陵，织屦辟纑，因而他又被人称作於陵子。陈仲子为人廉洁、自食其力、安贫乐道。曾三天不吃不喝，凭借井沿上螃螬虫吃剩下的李子充饥。又因误食别人馈赠兄长的鹅肉而惭愧、悔恨，出门呕吐。楚王听说陈仲子的声名，想要聘为丞相，陈仲子拒绝，为人灌园。他追求道德执着而极端，曾讲学于稷下学宫。

---

① 该剧流变情形参见拙文《从明杂剧到川剧：〈公孙丑东郭息忿争〉流变考》，《中华戏曲》第 67 辑，文化艺术出版社 2023 年版，待刊。

生平行迹之外，这些记载还对陈仲子言行做了价值判断，但所处立场及具体观点不尽相同。而这种分歧最早出现于《孟子》。孟子弟子匡章听闻陈仲子三咽李食、避居於陵之事，感叹："陈仲子岂不诚廉士哉？"① 称赏其贞廉节操。

孟子对此则主要持批判、反思态度，表现在两方面。其一，认为陈仲子为求绝对清廉排斥个体基本生存需求，过犹不及：

> 于齐国之士，吾必以仲子为巨擘焉。虽然，仲子恶能廉？充仲子之操，则蚓而后可者也。夫蚓，上食槁壤，下饮黄泉。仲子所居之室，伯夷之所筑与？抑亦盗跖之所筑与？所食之粟，伯夷之所树与？抑亦盗跖之所树与？是未可知也。……以母则不食，以妻则食之；以兄之室则弗居，以於陵则居之。是尚为能充其类也乎？若仲子者，蚓而后充其操者也。②

如果不能确证於陵居所、衣食源自廉士而非大盗，那么这些与兄长居室、别人馈赠的鹅肉又有什么本质上的区别呢？相比之下，只有以土壤、黄泉为食的蚯蚓才能够达到陈仲子所谓的至廉。在孟子看来，陈仲子的极致追求过于理想，现实生活中根本不存在，也不必存在。

陈仲子对个体基本生存需要的排斥在客观上导致了"避兄离母"、有失人伦的后果，这是孟子批判陈仲子的第二个出发点。在孟子看来，陈仲子无视君臣、母子、兄弟之分，对抗封建等级秩序，与儒家基于宗族伦理构建的思想体系背道而驰，是为求小廉而失大节的表现。③

---

① 朱熹《孟子集注》卷六《滕文公章句下》，载朱熹撰《四书章句集注》，中华书局1983年版，第278页。

② 朱熹《孟子集注》卷六《滕文公章句下》，载朱熹撰《四书章句集注》，第278～279页。

③ 参见朱熹《孟子集注》卷十三《尽心章句上》，载朱熹撰《四书章句集注》，第366页。

此后，陈仲子的相关评价，基本沿着如上正负两端延展、填充。赞扬者如东汉王充，曾作《刺孟篇》为陈仲子翻案，称“仲子之吐鹅也，耻食不合己志之物也，非负亲亲之恩而欲勿母食也”；“室因人故，粟以屦纑易之，正使盗之所树筑，已不闻知”。① 在肯定陈仲子清廉之志的同时，也使其附着了慎独、笃定、自食其力的品德。西汉刘向《列女传》还载录了陈仲子妻劝陈仲子拒绝楚相而去灌园的事迹。叙述主角虽然是陈仲子妻，但她所描绘的“结驷连骑，所安不过容膝。食方丈于前，甘不过一肉”② 的图景同样是陈仲子的志趣所向。高标远举、安于贫贱成为陈仲子的又一重品格。在后世诗文作品中，陈仲子因着安贫乐道、清介自守、遁世高隐多被赋予正面形象。如柳宗元、苏辙均以陈仲子为模范，自我鼓励。前者诗言：“退想於陵子，三咽资李螬。斯道难为偕，沉忧安所韬?”③

与之相对，后世对陈仲子的负面评价基本围绕孟子所说的两个方面展开。关于过犹不及、执着近于苛刻的道德实践态度，北宋司马光亦评价：“若仲子者，诚非中行，亦狷者有所不为也。”④ 认为陈仲子言行有违儒家中庸之道。《荀子》《战国策》、韩非子则侧重于对陈仲子离群索居、罔顾人伦的批评。前者载：

忍情性，綦溪利跂，苟以分异人为高，不足以合大众，明大分；然而其持之有故，其言之成理，足以欺惑愚众，是陈仲、史䲡也。⑤

---

① 王充《论衡》卷第十《刺孟篇》，上海人民出版社 1974 年版，第 162 页、第 163 页。

② 刘向《列女传》卷二《贤明传》，载刘向、皇甫谧撰，刘晓东校点《列女传 高士传》，辽宁教育出版社 1998 年版，第 24 页。

③ 柳宗元《游南亭夜还叙志七十韵》，载柳宗元著，易新鼎点校《柳宗元集》，中国书店 2000 年版，第 615 页。

④ 司马光《陈仲子避兄离母》，载司马光著，李之亮笺注《司马温公集编年笺注》第 5 册，巴蜀书社 2009 年版，第 420 页。

⑤ 荀子著，祝鸿杰校注《荀子》之《非十二子》，浙江古籍出版社 1999 年版，第 40 页。

《战国策》载：

> 齐王使使者问赵威后……（威后）乃进而问之曰："……於陵子仲尚存乎？是其为人也，上不臣于王，下不治其家，中不索交诸侯。此率民而出于无用者，何为至今不杀乎？"①

在这些儒家学者看来，陈仲子不合大众，不明大分，不讲伦理秩序，已经无用到让人喊打喊杀的地步。近代以来，在反封建帝制之民主主义革命次第开展的社会背景下，陈仲子身上这些不奉君王、跳出伦理的非儒家元素被重新激活，加以运用。梁启超即称陈仲子为遁世的个人主义者。②

由于陈仲子性格多维而且生活在百家争鸣的战国时期，历来文人、学者多从先秦诸子中为陈仲子寻找思想来源，并做人格定位，众说纷纭。③ 其实，陈仲子所携带的复杂性格和多元思想，融治于春秋战国思想争鸣的独特氛围，自然渗透、汇集了儒、墨、道、农等不同学派的思想，没有必要强制离析。而这也正是这个人物的魅力所在，他不但折射着那一文化繁荣、思想开放的轴心时代，也成为一个特殊符号、典型形象，为后人所不断言说，乃至进入更为通俗、流行的戏曲艺术，在民间、后世视野下被多向度演绎，赋予更多的性格内涵。

---

① 刘向编集，贺伟、侯仰军点校《战国策》卷十一《齐四》，齐鲁书社 2005 年版，第 127 页。

② 参见梁启超《先秦政治思想史》"本论"第九章《道家思想（其二）》，岳麓书社 2010 年版，第 131 ~ 133 页。

③ 东汉高诱在注《淮南子》时认为陈仲子是孟子弟子，属儒家。梁启超将陈仲子视作个人主义者，主要是出于对道家"个人的""非社会的""非人治"本质的理解。赵仲英、战化军则以陈仲子织屦辟纑、不分贵贱认为其属于农家（参见赵仲英《田仲与先秦农家》，《昆明师范高等专科学校学报》1999 年第 3 期，第 14 ~ 18 页；战化军《田仲子及战国农家考论》，《管子学刊》2008 年第 1 期，第 37 ~ 40 页），等等。孙虹综述诸人观点，纵览历代有关陈仲子的文献记载，认为陈仲子总体上属道家，且为庄子一派［参见孙虹《陈仲子思想与道家庄子学派关系考辨》，《云南大学学报（社会科学版）》2021 年第 4 期，第 61 ~ 65 页］，不过这一观点仍有待商榷。

二　戏曲演绎的两个基本向度

至唐宋时期，由《孟子》《荀子》《列女传》等“复原”而出的陈仲子整体上具备了清廉自守、执着求道、高蹈隐逸的正向性格与过于狷介迂腐、违背人伦的负面形象。在宋元兴起的戏曲艺术中，这二者也成为演绎陈仲子的两个主要方面，而且，这种分流趋向表现得十分明显。

在以陈仲子为主角的戏曲作品中，对陈仲子负面性格的揭露与反思是主要题旨。这类作品有明代许潮《泰和记》所收单折杂剧《公孙丑东郭息忿争》及其后世改编本，如明代《徽池雅调》所收《公孙丑判断是非》、徐复祚《东郭记》传奇《仲子》出、昆剧折子戏《陈仲子》及川剧《文武打》。在这类剧作中，陈仲子首先以饥寒形象出场：“外扮饥寒陈仲子上。”再经由陈仲子与齐人互骂时齐人之口进一步强化：“是谁人在此路傍撒屎？呀，原来是你个饿殍。”“我半日之餐，可当你一生之用。”“你打草鞋，编芦席，是最贱的生涯。”“你这般穷嘴脸，宜当见弃于官兄。”“你拾烂李子以充饥，是与蛴螬虫争食。”“你腰间钞无半文来多。”①

与禄食万钟的盖大夫长兄离居、与妻子避处於陵织屦辟纑、以蛴螬吃剩李实充饥，这些在陈仲子眼里以“廉介自守”来道德自炫的事迹，在齐人以及剧作者、观众眼里，则成为饥寒、贫贱的原因和表现。

如果说“饿殍”“贱”“穷”“饥寒”只是对陈仲子物质层面的评价，违背天伦则涉及对他的道德批判，这依旧主要围绕陈仲子避兄离母一事展开，先后由齐人、公孙丑道出。

---

① 许潮《公孙丑东郭息忿争》，载胡文焕编，李志远校笺《〈群音类选〉校笺》中册，中华书局2018年版，第862～863页。

（净）你避兄离母，全无些天理。……你不顾母兄，乱俗伤伦。

（末）判曰：……父母兄弟，天之懿性。……（指外）今你轻千乘而重豆羹，孝弟安在……母兄亲而且然，他可知矣。①

这一批评主要依据《孟子》，特别是公孙丑评判陈仲子的“今你轻千乘而重豆羹”明显取自《孟子》卷十三《尽心上》“舍箪食豆羹之义”一章。而“无些天理”“乱俗伤伦”“孝弟安在”等内容不但与该章中“人莫大焉亡亲戚、君臣、上下”相合，亦与朱熹对《孟子》卷六《滕文公下》“陈仲子岂不诚廉士哉”章的阐释一脉相承：“仲子避兄离母，无亲戚、君臣、上下，是无人伦也。岂有无人伦而可以为廉哉？”②

可见该剧对陈仲子避兄离母行为的反思渗透着传统儒家思想尤其是宋明理学的核心内容。该剧通过设置陈仲子与齐人之间的冲突来表达儒家中庸思想，可以进一步说明此点。明朝立国初年，朝廷延续元代制度，将《大学》《中庸》《论语》《孟子》这四部儒家经典及南宋朱熹为之作注的《四书章句集注》作为科举考试主要内容。《公孙丑东郭息忿争》作者许潮生活于明正德至万历年间，正处于朝廷明确科举内容之后不久，而且他曾于明嘉靖十三年（1534）中举，嘉靖二十年（1541）任河南新安知县，经由科考出仕官职，对“四书”及《四书章句集注》耳濡目染。这构成了《公孙丑东郭息忿争》以《孟子》中陈仲子、齐人寓言为素材，以《孟子》原义及程朱理学为思想旨归的大体背景。至于该剧从明中期开始到清末民初为止屡次被多种声腔改编、演出，亦与“四书”及《四书章句集注》一直作为科举考试主要内容、儒家思想特别是程朱理学长期身居古代社会主流

① 许潮《公孙丑东郭息忿争》，载胡文焕编，李志远校笺《〈群音类选〉校笺》中册，第863页、第865页。

② 朱熹《孟子集注》卷六《滕文公章句下》，载朱熹撰《四书章句集注》，第279页。

意识形态的情形相关。

不过，应当注意的是，除了孟子、程朱学派，这部剧作还融汇了荀子一派的某些主张。这集中体现在对陈仲子“矫情干誉”一面的刻画上。这一点最早由《荀子》提出：“綦溪利跂”，指其离群立异，故作高深；“欺惑迷众”，则有欺世盗名之意。《公孙丑东郭息忿争》在演绎陈仲子时，着重凸显了这一性格。在二人对骂中，齐人骂陈仲子“竹竿心何曾诚实”，“是个务名不务实的虚包”，“羊质虎皮”，犀利批评他虚伪、名实不符。而在公孙丑调解时，则称其“以诡异为奇”，“矫情干誉最堪尤”，陈仲子也坦言自己所作所为皆因“心贪美誉，欲钓高名”。① 因而在陈仲子形象生成过程中，沽名钓誉可以说是一个关键侧面。《公孙丑东郭息忿争》着重展现此点，既是塑造陈仲子形象、突出剧作批判性的需要，也使该剧所反映的儒家思想更具包含力、丰富性。

《公孙丑东郭息忿争》及其改编作品描摹了陈仲子饥寒、违背天伦、欺世盗名等性格，多处于批判、讽刺的立场。与之相对，在以陈仲子为配角的剧作中，他却多以正面形象出现。如清前中期熊超《齐人记》杂剧，陈仲子与妻子住在青山绿水、鸟啼花落、鸢飞鱼跃的世外桃源，看破历史迁转，跳出红尘缠绕，认为富贵功名不过是遮障心灵的尘埃，徒使身躯受累：“看那绶若若，印累累，乞邻哀，衣冠那有男儿气？半虺隤。躯壳百骸未朽，灵台一点全灰。宴台舞馆歌吟地，土一堆。”② 这样的生活状态与人生境界，与沿门乞讨以至不顾礼义廉耻到侯门坟头乞食祭品的齐人同样是两个极端。只是，在这一剧作中，作者对陈仲子言行给予了充分褒扬。齐人甫一登场，就称：“我看齐国中，急功利，喜夸诈，尽是求富贵利达之徒。只有一

① 许潮《公孙丑东郭息忿争》，载胡文焕编，李志远校笺《〈群音类选〉校笺》中册，第 863 ~ 865 页。

② 熊超《齐人记》第四出《骄妻》【春光好】，中国国家图书馆藏清抄本。

陈仲子，不要富贵，住在於陵，实实难得。”[①] 齐人酒醉归家途中，跌倒在地，梦入於陵，听陈仲子弃名绝利的一番言语后，再次感慨“齐国许多人，有谁能与比”。也是在此次梦会中，挣扎于名缰利锁中的齐人开始醒悟：“一梦破黄粱，一梦破黄粱，身超尘网，不必掂斤播两。无拘管，富贵真抛却，富贵真抛却，破此烦恼城，受无穷快乐。”直到结尾，齐人归家后欲骄妻妾反被妻妾拆穿乞丐行径之时，陈仲子安贫乐道、出世隐居的状态及带给齐人的打破利名关之启示，成为化解剧情矛盾和齐人尴尬局势的妙招。齐人先向妻妾称：“看齐国中除陈仲子一人不肯乞，那个不是乞人？”[②] 又同妻妾言明安贫志向。该剧旨在揭露、讽刺世态炎凉、熙来攘往的俗世。在这样的时代背景下，清廉自守、高蹈出尘的陈仲子无疑是一股清流。陈仲子在该剧以及同类剧作，如明中期孙仁孺《东郭记》传奇、清末苏源《东郭传》传奇中，发挥了衬托齐人、贯通情节、突出主题的文本功能[③]，正如熊华在点评其族叔熊超所作《齐人记》时所言：“陈仲子是作者注意之人，与记中无数人对照者也。故作者加倍写焉。”[④] 在如是主题表达、关目布局、编剧作意等多重因素的作用下，陈仲子安贫、隐逸的高士形象被渲染，与《公孙丑东郭息忿争》这类剧作呈现出不同样貌。也就是说，以陈仲子为主角的剧作持批判态度，以其为配角的剧作持肯定立场，这一对同一历史人物做分流演绎的戏曲现象，从根本来讲，是戏曲艺术在表达作者及其所生活的整个社会状态时所发生的遴选、过滤和重新塑造。

---

① 熊超《齐人记》第一出《处室》，中国国家图书馆藏清抄本。

② 熊超《齐人记》第四出《骄妻》，中国国家图书馆藏清抄本。

③ 如在孙钟龄《东郭记》中，陈仲子同样被塑造为甘心苦节、高蹈隐逸的清洁之人。他曾在齐人乞食墦间后劝其一同归隐於陵，为齐人求得富贵后决定举家退隐发挥了关键性作用。

④ 熊华《齐人记》第四出《骄妻》总论，中国国家图书馆藏清抄本。

三　经典的戏曲传播与陈仲子形象新变

以文字载体存活于《孟子》《荀子》《列女传》等先秦、汉代典籍中的陈仲子现身元、明、清戏曲舞台，实际上意味着经典文本和典型形象自古而今、由上至下的传播。戏曲作为这一过程中的重要媒介，关涉艺术体制内部之演唱声腔、表演风格及外部之时代思潮、地域风俗、观众审美等诸多因素。在这些因素的彼此牵扯、综合作用下，呈现于戏曲作品中的陈仲子形象，除了出现上文所论正反向的分化现象外，也出现了一些新的特质。

首先是懦弱。许潮《公孙丑东郭息忿争》杂剧中最为经典的是陈仲子和齐人互相詈骂、殴打的设置。该关目一直被后世继承，演于场上，在川剧《文武打》中则直接成为剧作的命名缘由。在对骂时，陈仲子尚能与齐人针锋相对，甚至略占上风，进入互殴阶段则已经完全落败。关于此，《公孙丑东郭息忿争》仅以“净、外相打科”① 一笔带过，无法详察端倪。该剧的徽州腔、青阳腔改编本在齐人提议相打时，陈仲子“文打？武打”② 的反应在清晰刻画陈仲子迂腐形象的同时初步表露其内心怯懦的一面。徐复祚根据许剧改编而成的《东郭记》传奇《仲子》出及其后世昆曲演出本、川剧改编本对这一点则做了进一步渲染、描摹。齐人醉饱呕吐，陈仲子由于吃了不义之鹅亦呕吐。齐人误以为陈仲子学他，出手相打。陈仲子的反应是回避和退让：“吓！这是齐人。吓！此人凶煞煞，不免打大路而避之。”当齐人决定从大路相接时，陈仲子又决定从小路走开。齐人骂陈仲子为

---

① 许潮《公孙丑东郭息忿争》，载胡文焕编，李志远校笺《〈群音类选〉校笺》中册，第863页。

② 《墦间记·公孙丑判断是非》，熊稔寰《徽池雅调》卷之二下层，载王秋桂主编《善本戏曲丛刊》第一辑，影印明万历刊本，台湾学生书局1984年版，第120页下栏。

饿殍时，陈仲子不是立即骂还，而是温言询问："齐老先生，学生开口老先生，闭口老先生，怎么骂我学生是饿殍？"在二人相打的关目设置中，陈仲子的软弱表现得尤其明显。齐人准备落拳时，陈仲子央求"把拳头略放松些"，理由是"怕疼"。而在自己准备打还齐人时，又因担心下手过重而游移不定，屡次退让。①

纵览战国以来相关文献记载，胆怯、懦弱这样的词汇从来都与陈仲子无关。上文提及的避兄离母、呕吐鹅肉、迁居於陵、三咽烂李等为追求清廉之名而将自身欲望降至最低限度的言行甚至共同体现了陈仲子执着卫道的一腔孤勇，与怯懦相反。那么，是什么原因让陈仲子在后世接受中被赋予了这一性格？

这应当与戏曲艺术相关。作为面向普通大众、以演出盈利为目的的戏曲，关目、排场的新颖、有趣是基本艺术追求。严肃板滞、孜孜求道的故事缺乏跌宕与趣味，陈仲子以如此形象走上戏曲舞台，带给观众的只有枯燥、乏味。而在原来故事的基础上加以夸张、变形，重新组合，乃至加入懦弱等世俗常人可能存在的缺点后，陈仲子不但成为一个真实可感、与观众没有太多间离感的血肉之躯，舞台上的戏剧性、表演性、趣味性也由此获得。《公孙丑东郭息忿争》创作后，被后世多种声腔改编，演诸舞台。尽管如此，时至今日，昆曲、徽州腔、青阳腔已经不再上演，唯有自昆曲改编而来的川剧仍在传唱。这背后的原因，正是重新塑造后、具有世俗意味与喜剧效果的陈仲子及其与齐人的对手戏契合了川剧对幽默感的追求。很长一段时间以来，《文武打》中的陈仲子与《佘塘关》中的佘彪、《五子告母》中的阎王一起，均是川剧中的经典丑脚形象。②

陈仲子在戏曲演出与传播中生成的第二个新性格是慈悲、悯生。

---

① 参见徐复祚《东郭记·仲子》，转引自张玄《新发现〈敬苍水馆曲谱〉稿本考略》，《文化遗产》2018 年第 6 期，第 61 ~ 62 页。

② 参见李文杰《真正的喜剧效果》，《戏剧报》1962 年第 8 期，第 58 页。

关于其“出而哇之”，《孟子》的解释是“以兄之禄为不义之禄而不食”①。许潮据此演绎，陈仲子称“误食此不义之物，恐污了吾之五脏，故出而哇之，尚有余臭在口”②。《公孙丑东郭息忿争》的明清改编本也多一脉相承，如《公孙丑判断是非》将恐污脏腑进一步明确为“恐污伤吾廉节”③。不过，到川剧《文武打》，则有明确改动，将呕吐原因由恐伤廉节转换为不忍杀生：“母有爱子之心，杀鹅与子充饥。圣人有云：见其生不忍见其死，闻其声不忍食其肉，是故君子远庖厨也。但母病在床，不好拒绝，也只好忍而食之。出得庄来，寻一幽静地方，待我来哇而吐之。”④

这一改动，首先来自与文本内其他信息的勾连。在《文武打》中，陈仲子在举拳之际思索：“唉呀，不可呀，不可！我这拳头打将下去，犹如泰山压顶，齐人必要呕血身亡。有道是：见其生不忍见其死。这便如何是好？”亦言及“见其生不忍见其死”。⑤将陈仲子哇而吐之的原因从与清廉相妨改为珍惜生命，与后文意脉贯通。

当然，如果从戏曲作品中走出来，还可能发现这一改动背后更为深层的原因。《文武打》改编的具体时间未知，但可以推测大体是在清中后期。此时，中国的政治局势、思想文化正经历着前所未有的大变革。伴随封建专制政体多方面积弊的浮现，作为封建制度思想保障的儒家伦理道德出现不同程度的松弛、蜕变，儒家观念中为求道义限制个体欲望的思想开始受到反思，不再是广大民众普遍接受、遵循的行为规范。追逐大众思想观念与审美趣味的戏曲，自然不免做出相应

① 朱熹《孟子集注》卷六《滕文公章句下》，载朱熹撰《四书章句集注》，第278页。

② 许潮《公孙丑东郭息忿争》，载胡文焕编，李志远校笺《〈群音类选〉校笺》中册，第863页。

③ 《埽间记·公孙丑判断是非》，熊稔寰《徽池雅调》卷之二下层，载王秋桂主编《善本戏曲丛刊》第一辑，影印明万历刊本，第118页下栏。

④ 《文武打》，载四川省川剧艺术研究所编《川剧传统喜剧选》下集，四川人民出版社1982年版，第204页。

⑤ 《文武打》，载四川省川剧艺术研究所编《川剧传统喜剧选》下集，第207页。

调适，彰显出背古从今、趋向通俗的特征。历来对“出而哇之”中“哇”字的解释，同样可以体现这一点。在《孟子》原文中，“哇”为呕吐之意，与“吐”相近。《公孙丑东郭息忿争》《播间记·公孙丑判断是非》均沿用“哇”字。徐复祚《东郭记·仲子》“哇”“吐”连用，称“哇而吐之”①，除与“吐”词性、词义相同，“哇”字还兼具了形容呕吐声之意。此后，至昆曲《陈仲子》折，这一用法被保留下来。② 然而，在《文武打》的实际演出中，“哇”改为“挖”，陈仲子扮演者同时将手指伸入口内，做出“挖而吐之”的动作。③ 其实，改“哇”为“挖”并非川剧表演者的独创，早在明代陈仲子题材小说中就已出现：“他（笔者按：陈仲子）却到一块空地上，立住了脚，就把两个指头向喉咙里边一挖，霎时呕吐，把方才吃下去的酒食不觉倾囊而出。犹恐吐得未尽，又把指头再挖，哪里还有一些吐出来！”④ 不论是与“吐”同意，还是作为象声词，“哇而吐之”均带有上古、中古汉语的色彩。相较而言，“挖而吐之”更接近近现代汉语，有着更强的通俗性，与普通大众的认知水平、语言习惯相契。小说与部分戏曲将“哇”改作“挖”，出于作者对受众所处时代、身份特征及其语言习惯的判断，从本质来看，亦是对二者作为通俗文学所具备之当下性、大众性、通俗性特征的强调与回归。

---

① 徐复祚《东郭记·仲子》，转引自张玄《新发现〈敬苍水馆曲谱〉稿本考略》，《文化遗产》2018 年第 6 期，第 61 页。

② 《太和记·仲子》，载苏州昆剧传习所编《昆剧传世演出珍本全编》（十），上海人民出版社 2018 年版，第 427 页。

③ 爱奇艺视频平台有四川艺术职业学院川剧学校演出的《文武打》，参见该视频 2 分 15 秒至 20 秒处，https：//www. iqiyi. com/w_ 19rs516fk1. html？ list = 19rrknmvke，2023 年 1 月 24 日访问。

④ 佚名著，李致忠、袁瑞萍点校《七十二朝人物演义》卷二十三《陈仲子岂不诚廉士哉》，书目文献出版社 1988 年版，第 253 页。

结　语

陈仲子曾真实存在，只是在历史长河中并未留下太多痕迹，这为他在之后的流传预留了足够空间。真实的历史、经典文献的记载、小说与戏曲的演绎，构成了陈仲子形象还原、塑造的三种场域，有关言说因之相互区别又彼此牵缠。大体而言，经典文献对历史上陈仲子真实形象的选择性记载和想象性附会，主要出于各自不同的思想观念与持论立场。而陈仲子借助小说、戏曲等通俗文艺进行的传播，其具体形象及精神内涵多因应后世时代背景的变化并通过创作者意图展现。

在后一过程中，将《孟子》原文中陈旧思想、古老语汇做敞向底层、当下，富有动作性的修改，很大程度反映着小说、戏曲作为一种通俗文艺在参与儒家经典的大众传播时所发挥的能动作用。本文对《孟子》中陈仲子形象之舞台演绎的梳理、辨析，能对类似文本在当今时代戏曲艺术中的传播提供某些启示：在面对来自春秋战国时期的儒家经典时，守旧、创新到怎样的程度，才能更好消弭先秦与眼下两千余年的历史差，均衡好经典本来思想、当下时代背景、观众审美趣味之间的关系，是一门颇费周章，需要仔细斟酌的艺术难题。这可以联系新编梨园戏《陈仲子》的编演历程加以理解。1990 年春，王仁杰依据《孟子》及《七十二朝人物演义》编写完成历史寓言剧《陈仲子》，由福建省梨园戏实验剧团演出，但曲高和寡。时隔近 20 年，2018 年国庆，该剧再度由福建省梨园戏实验剧团重排、公演，却引发观众热议。从门庭冷落，到激起反响，其间既有中国当代社会对儒家传统思想接受情境的变化，也融会了以曾静萍、王仁杰等为中心的编导演团队对经典原旨的深入理解，对当下观众审美状态的熟稔，对梨园戏古典、深邃、优雅精神气质的尊重、阐扬，以及对三者动态关系的把控和均衡。

（任刚　北京师范大学哲学学院博士后）

从“拼字体系”到“形体动作”

——论斯氏体系对焦菊隐戏曲表演理论的影响

郭羽思

焦菊隐作为横跨话剧与戏曲两大领域的导演艺术家，他的戏剧生涯及理论与实践成果，早已被划分为不同阶段而得到深入研究。大致而言，20 世纪 30—40 年代初的北平（中华）戏校、巴黎留学与桂林文化城时期，他的工作重心在戏曲（旧剧）方面；此后辗转于江安、重庆、兰州、北平等地，1952 年北京人民艺术剧院建立后，直到去世以前，他的工作重心均在话剧方面。探究焦菊隐在北京人艺的导演历程，又可将其细分为两个阶段：1950—1956 年，创立“心象说”，接受完整的斯坦尼斯拉夫斯基体系；1956 年以后，从事“话剧民族化”即话剧向戏曲学习的实验探索。一般而言，学界在论述焦菊隐的导演理论与实践时，都是将这两个阶段分而述之，特别突出1956年以后“话剧民族化”的创作成果与美学原则。

至于上述两个阶段的关系，一般被描述为一种实践层面的转折。如苏民、左莱等编写的《论焦菊隐导演学派》（1985）中写道：“触动焦菊隐在《虎符》的艺术创作中鼓足了勇气、下定了决心行动的，主要有正反两方面的因素：一方面是一九五六年三四月间在京举行的第一届全国话剧观摩演出大会；另一方面是同年四五月间昆剧《十五贯》进京演出的轰动及周恩来同志的有关指示。”① 董健、胡星亮主编的《中国当代戏剧史稿》（2008）与田本相主编的《中国话剧艺术史》（2016）沿用了这种说法。于是，关于焦菊隐戏曲理论的研究，一般也从1956年重新算起。实际上，《论焦菊隐导演学派》一书以相当可观的篇幅，叙述了焦菊隐从1952年第一届全国戏曲观摩演出大会受到启迪、读到斯氏《演员自我修养》第二部，到1954年排演《明朗的天》失败，再到1956年观摩苏联专家导演《布雷乔夫》接受完整斯氏体系、正式提出“话剧向戏曲学习”设想的具体过程。或许著者已经认识到，这个过程在理论与实践的双重意义上，潜藏着焦菊隐看似“转折”实则“连续”的丰厚内在因素。然而时过境迁，在近年来的话剧史概述和学界研究中，这部分内容依然是焦菊隐导演艺术链条上的“薄弱环节”。质言之，它应是中国话剧、中国戏曲与斯氏体系三方交互作用的时段和场域，这种交互关系仍须澄清。

本文拟从理论角度入手，论述斯坦尼斯拉夫斯基体系，特别是“形体动作”概念及思维模式的介入，对焦菊隐戏曲表演理论的重要影响，力图在理论的层面上，将焦菊隐“早期戏曲研究”“接受斯氏体系”与“话剧民族化实验”等阶段，焊接为相互呼应、相互交融的戏剧史述。

---

① 苏民、左莱等《论焦菊隐导演学派》，文化艺术出版社1985年版，第70页。

一　焦菊隐“拼字体系”理论的逐步完善

中国戏曲表演艺术具有“程式化”特点，这个观点在张厚载《我的中国旧戏观》（1918）中已隐约可见，“国剧运动”主将赵太侔也指出，艺术中存在程式之间相互组织的“程式化”规律。焦菊隐的“拼字体系”理论即建立在此基础之上。

1938 年，焦菊隐在法国巴黎大学文学院以论文《今日之中国戏剧》取得博士学位。该文初步提出戏曲程式具有象征性和固定性：

> 我国古代前辈艺人虽做过艰苦的努力使戏曲具有写实性质，但是，社会及经济条件十分困难，迫使他们半途而废。从那时起，他们便竭力使“写实”与“简朴”这两个观念吻合起来。在这条道路上，他们运用一套非常简单的象征性的程式……创造了一套用于表演的字母表，借助它可以表示动作、歌唱，表示服装及剧中的某些礼节用语。
>
> 虽然剧本与剧本之间，演出与演出之间存在着差异，但构成精湛表演技术的那些单元（指程式——译者）的数目却是固定的。因此可以说中国戏曲具有图解性。①

这套“象征性的程式”字母表如何发挥作用，焦菊隐借助法语字母组成词句加以说明，这是受到了瑞士语言学家索绪尔结构主义语言学理论的影响，因为汉语语法与此并不类同。此时的焦菊隐还在使用学院派和抽象化的理论话语，解释为中国广大民众耳熟能详、约定俗成的戏曲程式。焦菊隐还从“塑型”即造型艺术的角度看待戏曲程式，戏曲表演的时空形态被描述为成套的“机械动作”与宁静的

① 焦菊隐《今日之中国戏剧》，载北京人民艺术剧院戏剧博物馆编《焦菊隐文集》第一卷，文化艺术出版社 2005 年版，第 139 页。

“停顿”的穿插组合。①

在《旧剧构成论》（1939）中，焦菊隐深化和修正了关于戏曲表演“拼字制”的论述。程式之间的组合关系与程式本身的艺术特征，被明确地分解为两个问题。针对前者，仍然重申程式单位犹如西洋字母，只要懂得其组合后的含义就可创作或欣赏；针对后者，却不再使用“象征”而改用“印象”一词，取其直接模拟形象之意。关于戏曲表演的动作形态，焦菊隐追溯到了古时的傀儡戏与江湖卖艺，认为其“节奏的单调”与“韵律的重复”具有原始的刺激和喜剧效果。②这样的论述使他关于戏曲表演时空形态“动”与“静”、“机械”与“停顿”相交错的观点更趋定型。

《桂剧之整理与改进》（1940）中的戏曲表演理论，仍是“拼字体系”的丰富与细化。首先，焦菊隐继续梳理戏曲动作程式化的历史来源，认为其渊源是傀儡戏而近源则是昆曲，当下分流为精细软性的皮黄和现代化的粤剧等。其次，他列举“拼字”的单元如抖袖、捋髯、哭头、叫头、起霸、趟马、卧鱼、朝天凳、拿顶、三见面、打连环、荡子等，认为这些动作单位自身“已能代表某一独立的意思”，这显然比将程式理解为没有表意功能的西文字母更加准确了。最后，他将戏曲表演与舞台其他部门相联系，指出一切部门的组合法都是为了适应傀儡式的动作，演员的动作、姿态和表情除了要模拟形象，还要暗示周围的景物与气氛。③这里出现了他20世纪50年代关于戏曲布景的认识的雏形。至此，焦菊隐的“拼字体系”理论，已经由分别说明戏曲艺术各部门的“拼字”规律，深入到戏曲艺术各部门的“拼字”为戏曲表演的“拼字”服务。这是一种戏剧艺术整

---

① 参见焦菊隐《今日之中国戏剧》，载北京人民艺术剧院戏剧博物馆编《焦菊隐文集》第一卷，第141页。

② 参见焦菊隐《旧剧构成论》，载北京人民艺术剧院戏剧博物馆编《焦菊隐文集》第一卷，第241～243页。

③ 参见焦菊隐《桂剧之整理与改进》，载北京人民艺术剧院戏剧博物馆编《焦菊隐文集》第一卷，第296页、第300～301页。

体性观念的萌芽。

《旧剧新诂》（1941）是焦菊隐本阶段戏曲表演理论的集大成者。"拼字体系"被更加宽泛地理解为艺术形式的"调格的表现"，即艺术门类之间的本体区分。焦菊隐阐述了一个新观点，即程式法则始终在进行着突破与限制相交替的动态演变。① 这就从历史的维度上为戏曲程式开出了不断创造、适应新时代与新环境的可能性。而在戏曲表演动作本身，焦菊隐的探索深入到了艺术风格层面，这比探讨戏曲动作的表意功能与"机械""停顿"的"塑型美"又推进了一步。他指出，演员活动线条的柔和化与动作的轻松化是戏曲表演艺术美的素质和情感发挥的关键。前者是指戏曲演员舞台调度都是曲线，后者是指演员动作以圆的外形调和直的力量，以服装冠带的宽大轻松调剂动作的机械性。两者的原理都是曲线相比直线更加省力，这里的"省力"是从演员和观众的双重角度得出的。② 可见，无论是作为程式组合关系还是程式本身特征的"拼字体系"理论，在《旧剧新诂》中的阐释都已详尽。但是，这套理论的本质缺陷在于：经过如此"符号化"提炼的程式，并不必然承载人物的心理动机或内在情感，当焦菊隐单纯地列举"起霸、趟马、卧鱼"等程式时，它们只包含单层的指示意义，对此意义的破译不依赖于具体戏剧情境和人物。当然，这并不意味着戏曲程式不具备"表情"内蕴，只是说明焦菊隐的"拼字体系"理论，尚不涉及对戏曲程式情感内蕴的阐释。

与此同时，焦菊隐的工作重心转向了执导话剧、剧专教学与剧本译介，因为他关于戏曲（旧剧）的"拼字体系"理论已经相当成熟。然而，其理论对于"傀儡动作"的挖掘也达到了极限，因为在将程式动作理解为不可继续化约、继续拆分的固定单位的前提下，所谓

---

① 参见焦菊隐《旧剧新诂》，载北京人民艺术剧院戏剧博物馆编《焦菊隐文集》第一卷，第424～425页。

② 参见焦菊隐《旧剧新诂》，载北京人民艺术剧院戏剧博物馆编《焦菊隐文集》第一卷，第435～437页。

“曲线”无论指向舞台调度还是动作形态，都嫌过于抽象和僵化。焦菊隐需要某种触媒和溶剂，才能重估戏曲表演程式动作的重要价值。

二　焦菊隐对斯氏“形体动作”概念的接受

20世纪40年代初，焦菊隐接触到斯氏体系的“内心体验诸元素”，并尝试运用到《一年间》（1939）、《明末遗恨》（1941）的排演中，甚至斯氏体系方法与戏曲表演形式也已发生了接触[①]，但他此时尚未产生在理论上将斯氏体系与戏曲表演连接起来的念头。这个连接是在焦菊隐曲折接受斯氏“形体动作”概念的前提下才形成的。

焦菊隐读到斯氏《演员自我修养》第二部，即外部体现诸元素的有关内容，应不晚于1951年。证据有二：第一，在《我怎样导演〈龙须沟〉》（1951）中，焦菊隐写道：

> 所以，在舞台动作与画面上，我们要求它们出现于内在的活动力（这是自然现象，而非艺术），可是最后再加以提炼和润饰（这是艺术）。这也就是斯坦尼斯拉夫斯基在《演员自我修养》第二部里所论到的“控制与润饰”。[②]

第二，在1951年对中央戏剧学院本科生的讲话中，焦菊隐讲述了《演员自我修养》第二部“性格化”一章中那兹瓦诺夫扮成批评家的故事，并以此作为“心象说”的依据。[③] 所以，《论焦菊隐导演学派》中论及的“正是在这个时候（笔者按：指举行了全国戏曲观摩演出大会的1952年），焦菊隐从自苏联回国的同志手中，借到一本一九四八年出版的、由斯氏的学生把老师的遗著汇集编辑的《演员

---

① 参见王宏韬编《叶子》，北京十月文艺出版社1992年版，第108页。

② 焦菊隐《我怎样导演〈龙须沟〉》，载北京人民艺术剧院戏剧博物馆编《焦菊隐文集》第二卷，第189页。

③ 参见邹红《焦菊隐“心象说”与斯氏体系关系二题》，《北京师范大学学报（社会科学版）》2017年第3期，第12页。

自我修养》第二部（论体现部分）。他在自学俄文的基础上，凭借英俄字典，日夜兼程地阅读了这本著作”①，这只能是一个模糊的说法，说明焦菊隐理解和消化这部书经历了一个较长的过程。

那么，《演员自我修养》第二部究竟强调了什么？概括而言，斯氏写作第二部时，为了使演员不仅体验到，而且传达出“人的精神生活”，从第一部已有的诸元素中选取了“形体动作”这个元素，将它作为诱导演员内心体验、打破身心二元对立的关键。斯氏强调：

> 为了认识并且判明内在心理状态和人的精神生活的逻辑与顺序，我们不是求助于极不稳固、难以确定的情感，不是求助于复杂的心理，而是求助于我们的身体及其明确具体的、我们易于做到的形体动作……②

同时，关于形体动作的速度节奏，斯氏也作出了类似的论述，也就是《论焦菊隐导演学派》一书所引述的、促使焦菊隐转向形体动作的关键内容。③ 如果这里的表述还不够显明，那么在斯氏晚年补充修订《演员自我修养》第一部俄文本时，他更加反复强调了形体动作及其逻辑顺序对于激起内心体验的重要性：

> 在每一个形体的任务中，在每一个心理的任务中，以及在这些任务的执行中，都有许多心理方面和形体方面的成分，这两者怎么也分不开……要去利用形体任务与心理任务之间的这种界限模糊不清的情况。
>
> 在心灵的领域里，真实和信念或者是自然而然地产生的，或者是通过复杂的心理技术工作才形成的。而在形体的领域里，却最容易从极细小、极平常的形体任务和动作中找

---

① 苏民、左莱《论焦菊隐导演学派》，第56页。

② ［苏］斯坦尼斯拉夫斯基著，郑雪来译《演员自我修养》第二部，中国电影出版社2006年版，第231页。

③ 参见苏民、左莱等《论焦菊隐导演学派》，第56~57页。

到或者激起真实和信念。形体任务和动作是捉摸得到的，稳定的，看得见的，感触得到的，是服从意识和命令的。再说，它们是比较容易确定的。因此我们首先要去请教它们，借它们的帮助去接近所创造的角色。①

而焦菊隐在1951年恰恰也及时读到了这些内容，因为他在为北京师范大学音乐戏剧系学生讲解“斯坦尼斯拉夫斯基体系研究”课程时，不仅参考了俄文本、标明了俄文本比英文本增加的内容，而且的确透彻地理解了这些内容。焦菊隐指出：

具体的步骤是：先把每场戏分成很小的单位，其目的是寻找真实；使演员自己更易于找到动作，并相信它的真实性。经过练习再把各个小单位串连起来，创造成一连串有生命的形体动作。他要求每一个细小的动作都是真实的，都有一定的生活根据，都与规定情境相结合，演员对它都要有起码的信念。于是，在不断的排演中，在与其他人物的接触交流中，在当时舞台创造气氛的感染下，演员内心的思想情感也就必然会活跃起来，逐渐形成一条不断的线。这条内心活动的连线一经建立，就会反过来修正形体动作，修正了的形体动作又反过来丰富内心活动。在这样不断的辩证发展过程中，演员对全剧的真实性就会建立起纯真的信念了。②

这一节的小标题是“关于形体动作方法”。然而，形体动作的线与相应的思想情感的活跃、内心活动的线的建立，并不一定就意味着“形体动作”元素构成了一个完整可行的排演方法。实际上，由于缺乏“以形体动作改进案头工作”“逐步添加规定情境”“规定最高任务和贯串动作”等环节，焦菊隐理解的“方法”还非常不完整。这

---

① 以上引文分见［苏］斯坦尼斯拉夫斯基著，林陵、史敏徒译，郑雪来校译《演员自我修养》第一部，第196页、第214页。

② 焦菊隐《信念与真实感——〈演员自我修养〉第八章讲解》，载北京人民艺术剧院戏剧博物馆编《焦菊隐文集》第二卷，第280页。

是因为即使斯氏自己也用了多年时间才将“形体动作”拓展为“形体动作方法”，相关手稿迟至 20 世纪 50 年代后期才在国内译出。① 不过这并非本文论述的重点。应该看到，至少关于“形体动作”元素被斯氏挑选出来作为创新方法、重构体系的关键要素，以及形体动作必然包含内心体验、形体动作的线必然伴随着与之平行的内心活动的线，这些重要内容，焦菊隐在理论层面上知之甚明。这就已经足以支撑他在更高层次上重新认识戏曲表演艺术。换句话说，焦菊隐关于戏曲形体动作的再认识与实践（发端于 1952 年第一届全国戏曲观摩演出大会与 1954 年第一届全国话剧观摩演出会），与对斯氏体系的完整接受（完成于 1956 年观摩苏联专家库里涅夫排演《布雷乔夫》），这是两个时间有所重合、关联非常紧密、然而并不完全同构的过程。确切地说，前者是依赖于“形体动作”概念而不依赖于“形体动作方法”的。

因此本文亦应对《论焦菊隐导演学派》一书作出补充与修正：焦菊隐 1951 年至 1952 年发生的“形体动作”转向，不仅仅是阅读了《演员自我修养》第二部的结果，更是返回头去深入理解了《演员自我修养》第一部关于“信念与真实感”（其中包含“形体动作”“形体动作线”概念）的内容，并将其与斯氏后期“形体动作方法”初步联系起来的结果。接下来可以发现，正是包含内在体验的“形体动作”概念，化解了戏曲程式在焦菊隐早期“拼字体系”理论中呈现为“固定单位”“傀儡动作”“塑型”所造成的认知限度。这是焦菊隐基于斯氏体系重估戏曲表演的合理性依据。

三　焦菊隐基于斯氏体系重估戏曲表演

焦菊隐在接受斯氏体系的同时，提出“话剧向戏曲学习”，始于

---

① 《〈奥瑟罗〉导演计划》是斯氏著作中唯一完整地记录“形体动作方法”排演流程的文献，其汉译本有两个，北京人艺演员英若诚由英文本译出、根据俄文本修订的版本于 1957 年出版，郑雪来由俄文本译出的版本于 1963 年出版。

1951年《龙须沟》上演后的一篇短文《〈龙须沟〉创作散记》。该文指出“戏曲有很强烈的节奏感，这种节奏感是从人物出发的，我也学了一些”①。显然焦菊隐此时对话剧向戏曲学习什么、为何学习和如何学习，观点还不甚清晰。焦菊隐再次集中探索戏曲艺术，始于1954年在北京市文艺工作者第二次代表大会上所做的专题发言《北京市戏剧工作上的几个问题》。该文论及戏曲表演的内容，主旨在于：“戏曲的表演艺术，是从生活出发的，所以是现实主义的。”② 焦菊隐认为：

> 我们的传统的艺术动作，确是从生活里提炼出来的，它是否能表现生活的真实，全看演员在表演的时候，在运用这些动作的时候，是掌握了它们的内容和生活的意义，内心是具有真实感呢，还是在机械地表演技巧？问题只在这里。
>
> ……所以，我们如果要改进戏曲的表演方法，改进戏曲的做工和舞蹈，第一个主要工作就是要“从生活出发”，按照现实生活的规律，根据剧情和人物的思想感情，把我们在每出戏里所运用的动作单位，好好检查一下，叫那些已经刻板化了的做工，恢复它们原有的生命，使形式和内容统一起来，使动作和人物的思想感情统一起来。③

这段内容的关键在于：第一，焦菊隐根据新中国成立以来学习延安文艺理论建立的文艺观，认为戏曲艺术是现实主义的、从生活出发的，这是他早期戏曲理论中已有的观点，也是当时戏剧界的基本共识。第二，此时焦菊隐为他早已熟悉的戏曲动作注入了内心体验的内涵，以“内容和生活的意义”“内心的真实感”“剧情和人物的思想

---

① 焦菊隐《〈龙须沟〉创作散记》，载焦菊隐等著《焦菊隐与〈龙须沟〉》，中国财政经济出版社2020年版，第257页。该文未收入《焦菊隐文集》（十卷本）或《〈龙须沟〉的舞台艺术》等艺术资料。

② 焦菊隐《表演艺术上的三个主要问题》，载北京人民艺术剧院戏剧博物馆编《焦菊隐文集》第二卷，第447页。

③ 焦菊隐《表演艺术上的三个主要问题》，载北京人民艺术剧院戏剧博物馆编《焦菊隐文集》第二卷，第452～453页。

感情”融入和化解“机械地表演技巧”“刻板化了的做工”，来“恢复它们原有的生命”。这种论述显然将“拼字体系”中无法再推进一步的“固定单位”“傀儡动作”，剖解为内外二元结构，它的内部盛放的就是从斯氏体系中新习得的内心体验诸元素。“真实感”“思想感情”“动作单位”等词语的存在，提示了这种重新思考，正是基于前述斯氏体系“形体动作”概念的影响。焦菊隐开始尝试将斯氏体系以“形体动作”综合身心二元的思维方式，推行到戏曲表演艺术领域。

随着以《虎符》（1956）、《茶馆》（1958）、《蔡文姬》（1959）、《武则天》（1962）等为代表的“话剧民族化”实验的开展，焦菊隐探讨戏曲表演艺术的论文明显增多。在《关于话剧汲取戏曲表演手法问题——历史剧〈虎符〉的排演体会》（1957）中，焦菊隐明确指出自己接受斯氏体系“形体动作”概念与戏曲的密切联系：

> 我学习斯坦尼斯拉夫斯基体系，得力于契诃夫作品的启发者不少，而得力于戏曲的启发者也不少。戏曲给我思想上引了路，帮助我理解和体会了一些斯氏所阐明的形体动作和内心动作的有机的一致性。符合于规定情境、符合于人物性格、合理的、合逻辑的形体动作，能诱导正确的内心动作，在这一点上，我们的戏曲比斯氏的要求更加严格。①

戏曲形体动作对于外部动作和内心体验一致性的要求，相比话剧“更加严格”在何处呢？焦菊隐也给出了清楚的论述：

> 所有戏曲的形式都服从于内心世界的刻画，都为表现内心的真实而存在……话剧本来是非常注意交流的，但演员之间的真实的交流，往往是通过真听真看和真的感受来传达给观众的；戏曲则在这些以外，特别强调思想上的反应。因此，在舞台上人物听取对方谈话的时候，往往要把眼睛对着

① 焦菊隐《关于话剧汲取戏曲表演手法问题——历史剧〈虎符〉的排演体会》，载北京人民艺术剧院戏剧博物馆编《焦菊隐文集》第三卷，第46页。

观众，耳朵对着对方，这样就不只表现了听的动作，而且通过他的眼睛，把他在听话时心里在想些什么，准备做些什么，同时突出地告诉了观众。耳听，脑子想，眼睛动，同时来表现人物内在的复杂的思想感情活动状况——戏曲就是这样采取许多外形动作，以表现内在的真实。①

此外，这时戏曲形体动作的时空形态，在焦菊隐眼中也不再是一个个程式单位的机械拼接，而是“通过一系列的贯穿的、逻辑的、合理的、正确的但又非常简练的形体动作，来表现内心动作”，以“把特定人物在特定环境中的思想感情上的特点、变化，鲜明地、恰如其分地表现出来”。虽然反映在《虎符》的演出中，仍需“搬用戏曲的套子，加以改动，加以组合”，有时会“看出生硬的痕迹来”，但是在某些能够将程式的“点”连接和消化为动作的“线”的部分，“生硬搬用的痕迹就比较不大”。② 这说明，在理论层面上，焦菊隐对戏曲表演的认识，已经由斯氏体系的包含内心体验的“形体动作”概念，将机械的戏曲程式动作单位化解为贯穿的、合乎逻辑的、合理的动作线；在实践层面上，也确实证明了连接“动作线”比搬用“套子”效果更为自然。

这种认识之所以能够成立，正是因为“形体动作”概念在本质上区别于焦菊隐早年对戏曲程式的“符号化”解释。此时，对于焦菊隐而言，戏曲程式的内蕴由单纯的“表意”提升为复杂的“表情”，“表意”只需要观者辨认这个形体动作“是什么”，而“表情”却同时包含了“是什么”“为什么”和“怎么做”，其中后两者的完成，必然基于具体的戏剧情境和人物心理，它们往往以贯串的、糅合的、多变的甚至无微不至地模拟和突出生活细节的形式，加诸固有的

---

① 焦菊隐《关于话剧汲取戏曲表演手法问题——历史剧〈虎符〉的排演体会》，载北京人民艺术剧院戏剧博物馆编《焦菊隐文集》第三卷，第47页。

② 焦菊隐《关于话剧汲取戏曲表演手法问题——历史剧〈虎符〉的排演体会》，载北京人民艺术剧院戏剧博物馆编《焦菊隐文集》第三卷，第48页。

程式之上，改变演员—人物动作的整体面貌与质性。复杂的“表情”内蕴为戏剧表演带来了双向的创造动力，充满活力的情感规则润饰了（可能趋于）沉积僵化的程式规则，演员编定动作与观众破译动作都得益于这一新的规则。实际上，中国戏曲“展示人物性格”与“遵循程式规则”的辩证关系，早已散见于《鸾啸小品》《扬州画舫录》等经验性材料中。至于较为纯粹的理论言说，或以1935年爱森斯坦在梅兰芳访苏讨论会上的发言为典型。① 但是，斯氏体系提供的内铄的、情感的视角，在中国充分展开和传播，影响焦菊隐等戏剧工作者，这个过程迟至20世纪50年代才发生。

此后，焦菊隐对于戏曲形体动作的阐发，主要是沿着前引“表现人物内在的复杂的思想感情活动状况”这个方向延展的，即强调戏曲表演要求将人物内心的思想情感直接“表现”给观众，这实际上是为话剧表演加入越来越多的“剧场性”成分，从而构成了对斯氏“形体动作”概念的超越：

> 话剧和戏曲同样要求表演者的形体动作和台词要具有内在的支持，具有一定的思想内容，具有丰富的心理活动。但话剧的内心独白或潜台词，并不要求演员把它们直接用形体动作表现出来，而只是要它们来加强行动和台词的目的性。而戏曲呢，却要求把行动者或说话者的观察判断等等，和对方的一系列内心态度，双方的全部思想感情的细致的活动，即无论是潜台词、内心独白，或是变化很多而又很迅速的内在反应，都和主要的舞台行为与台词同时而且直接地用形体动作表现出来。②

诚然，焦菊隐这篇文章中有的说法是不准确的，如“戏曲是体

---

① 参见李湛、皮野《“梅兰芳剧团访苏总结讨论会”记录》，《当代比较文学》第九辑，华夏出版社2022年版，第158页。

② 焦菊隐《略论话剧的民族形式和民族风格》，载北京人民艺术剧院戏剧博物馆编《焦菊隐文集》第三卷，第98页。

验派的艺术，这是肯定的，因为这是事实”①，然而应该看到，该文的论述重点并不在此，甚至焦菊隐关于戏曲形体动作直接表现人物内心活动的阐发，恰恰反拨了这个不准确的论断。他说“戏曲是体验派的艺术”，只是为了强调戏曲表演与话剧表演一样，它们的形体动作都必须包含确切的内在根据。真正的论述重点在于，在表现形式方面，戏曲形体动作与话剧形体动作是显著不同的，戏曲的“动作线”比（当时舞台上的）话剧更贯串、更鲜明、更简练、更凝练，于是就为演员和观众提供了更丰厚的相互理解与共同创造的土壤。

《虎符》之后诸剧的演出，对戏曲形体动作的运用更加融贯，向着“与观众共同创造”的剧场性方向推进。这种推进主要表现为，演员—人物的舞台情感交流被越来越细腻和显豁地转译为动作交流。例如，《蔡文姬》第三幕文姬与董祀的交流中，演员均以正面微侧站立，以便观众清晰地捕捉到一方说话时另一方惊讶、关切、欲言又止等微妙的情绪反应，这种表演方式延续至今，以至今日的摄影机能够摄下演员眼珠轻微的（然而却是有意的）转动。即使在独角戏中，演员也为人物设定繁复的形体动作线，以便与台上的物乃至心中的人进行交流。随着这类舞台实践的积累和扩充，部分演员还从中提炼出理论观点，如刁光覃亲身借鉴戏曲形体动作、成功塑造曹操形象后归纳的“点论”，为焦菊隐的观点构成了极好的佐证与呼应：

> 戏曲，正是依靠演员集中了许多重要的细节刻画，所谓许多“点”，来让观众接受戏剧效应。“点”，不是静止的，也不是孤立的，从表面上看，在一定的时期中（比如一段表演后的某个“亮相”）雕塑感很强，但，这个从形象到思想感情的凝结状态之所以能够说服观众，是因为在这以前做过必要的铺叙和照应；另外，这个“点”，是前一段感情状

---

① 焦菊隐《略论话剧的民族形式和民族风格》，载北京人民艺术剧院戏剧博物馆编《焦菊隐文集》第三卷，第96页。

态的终结，同时又是下一段感情的起点，因之，在静止的形象中，又孕育着强烈的欲动因素，观众不能不在这个突出的“点”当中，一步步地被吸引被说服，从而接受演员所要说明的东西。①

刁光覃所说的“点”源于焦菊隐和戏曲界一直以来所说的“程式”，然而它已经不仅仅是一个个固有的、机械的、雕塑性的动作单元，它在时空中的前方和后方，都延伸出了与前后动作关系的连线，即既有铺叙，也有照应；既是终结，也是起点；静止中包含动势，动作点构成动作线。这意味着焦菊隐不仅在理论上准确理解了“形体动作”与“形体动作线”的概念，将其成功地运用在话剧导演实践中，而且还启发了演员从自身表演实践中重新得出类似的结论，完成“理论—实践—理论”的循环。

四　当时戏曲界关于程式动作的共识与差异

与焦菊隐的“话剧民族化”实验及其理论总结大致同时，1949 年后中国戏剧界关于戏曲程式动作的再认识也正如火如荼，这些讨论同样是在斯氏体系不仅进入话剧界，而且进入戏曲界的语境下展开的。

阿甲 1952 年即提出“戏曲是现实主义的艺术”，戏曲表演“从生活的体会出发”等观点②，比焦菊隐更早。欧阳予倩 1955 年也指出：“有人认为中国戏专重外形，不注意表达内心活动，这个看法是不对的。还有人说中国戏的动作不是直接从生活来的，那也不对……它（中国戏曲）的长处就在能用简单的线条勾勒出人物的形象，并使他的内心活动

① 刁光覃《演员、观众及其他》，载蒋瑞、王宏韬编《刁光覃、朱琳论表演艺术》，中国戏剧出版社 1991 年版，第 16 页。

② 参见阿甲《谈我国戏曲表演艺术里的现实主义》，载阿甲著，李春熹编选《阿甲戏剧论集》（上），中国戏剧出版社 2005 年版，第 96 ~ 97 页。

自然流露。”[①] 可见，在20世纪50年代前中期，斯氏体系大规模传入和普及的前提下，戏曲艺术具有现实主义本质、戏曲表演包含思想感情和内心体验的论断，已经是包括焦菊隐在内的众多戏剧工作者的共识。

随后阿甲围绕“程式”关键概念进行的论述，继续强调戏曲程式与现实生活的辩证关系，戏曲程式动作揭示人物心理矛盾：

> 所以运用程式时，并不能从程式出发，而要从生活出发；并不是用程式来束缚生活，而是以生活来充实和修正程式。……所以运用程式，必须从生活出发，从人物的具体思想性格和具体的规定情景出发。

> 生活总是有血有肉的，程式总是比较定型的；生活总是要冲破程式，程式总是要规范生活。……要正确解决这个矛盾，不是互相让步，而是要互相渗透。……一句话，就是以现实主义的创作方法来对待生活和程式的关系。

> 我们要理解戏曲表演上的省略、简洁、突出、繁复，都是为了典型地表现人物的复杂心理矛盾，集中地表现戏剧的冲突；但是好的演员在表演上并不因省略轻描淡写而失去动作的联贯性，并不因繁复突出而凝滞累赘，而是更觉得意味深长。[②]

阿甲戏曲表演理论与焦菊隐的差异在于：由于当时戏曲界存在教条主义地学习斯氏体系的情形，如认为演员只要有了正确的内心体验，外部动作就自然而然地相应产生，甚至认为“戏改”的目的就是要革除戏曲程式，等等；所以阿甲在肯定戏曲程式源于生活、包含

---

① 欧阳予倩《话剧、新歌剧与中国戏剧艺术传统》，载《欧阳予倩全集》第四卷，上海文艺出版社1990年版，第264～265页。

② 以上引文分见阿甲《生活的真实和戏曲表演艺术的真实》，载阿甲著，李春熹编选《阿甲戏剧论集》（上），中国戏剧出版社2005年版，第115页、第116～117页、第121页。

体验以后，重点强调了程式的特殊性。首先，戏曲程式的来源不仅有对人的直接模拟，而且“还要从古典舞蹈、民间舞蹈，从武艺拳术，从演义小说，从壁画塑像，从飞禽走兽，从书法图画等等材料中摹拟其形，摄取其神，作为自己的内容”①。其次，戏曲程式包含内心体验，必须以形体技术的娴熟为前提，即“先把演员基本的身段工架训练好，甚至要把基本的表情形式和语言形式训练好，然后再深入角色的体验……再从角色的个性去融化这些东西，这是中国戏曲表演艺术特殊的体验方法”②（相反，焦菊隐认为“应当首先叫演员进行体验，再在体验的基础上去要求他们适当地运用戏曲动作”③）。最后，戏曲程式的内容，除了人物的思想情感和内心体验，还有虚拟为主的舞台逻辑、夸张鲜明的美学评价、浓厚的地方色彩和民族风格等独特的艺术特征，这方面的内容是由古人的生活决定的。④ 阿甲的观点在当时较为透辟和典型。

所以，在焦菊隐参照斯氏体系重估戏曲表演的同时，在他周围形成了一个形体动作与内心体验并重、强调中国戏曲程式动作的特殊性与艺术特征的理论氛围。在此不仅有国家领导人周恩来，老一辈戏剧家田汉、欧阳予倩的宏观提倡，也有以阿甲为代表的戏曲理论家，在认同戏曲程式的真实性与连贯性的同时，深入洞察它的本体特征与美学风格。戏曲程式源于生活、戏曲程式应该包含内心体验，这是焦菊隐与其他理论家的共识。他们之间的差异，一方面是立场的差异，如有的立足于广义的戏剧本位，有的立足于话剧或戏曲本位；有的立足

---

① 阿甲《再论生活的真实和戏曲表演艺术的真实》，载阿甲著，李春熹编选《阿甲戏剧论集》（上），第130页。

② 阿甲《关于戏曲舞台艺术的一点探索》，载阿甲著，李春熹编选《阿甲戏剧论集》（上），第173页。

③ 焦菊隐《略论话剧的民族形式和民族风格》，载北京人民艺术剧院戏剧博物馆编《焦菊隐文集》第三卷，第103页。

④ 参见阿甲《再论生活的真实和戏曲表演艺术的真实》，载阿甲著，李春熹编选《阿甲戏剧论集》（上），第130～132页。

于理论立场，有的立足于实践立场等。另一方面是内容的差异，这典型地表现在焦菊隐与阿甲之间。焦菊隐以斯氏体系的“形体动作”概念，化解自己早期“拼字体系”理论中固有机械的程式单位，这是他在新的时代和语境下，基于自创理论体系的自我提升，最终目的是为话剧表演所用；阿甲则在斯氏体系被戏曲界不恰当地理解和运用的情况下，坚持深入挖掘戏曲程式本体论层面上的艺术特征，这决定了他的程式理论最终的落脚点不是“体验”而是“表现”。当然，当下的戏曲理论早应摆脱“体验”与“表现”二分的窠臼，不过这已经超出本文论述的范围。

结　语

如果说斯坦尼斯拉夫斯基借助歌剧改进表演方法、实现“由内到外”的转向，形成晚年的“形体动作线”“形体动作方法”等成果；那么在焦菊隐的戏剧生涯中，戏曲艺术也起到了类似的作用。焦菊隐在创办北平（中华）戏校、整理改进桂剧、总结“拼字体系”的前提下接触斯氏体系，导致他更容易理解斯氏“由内到外”的转向；而在斯氏“形体动作”概念的影响下反观戏曲表演和戏曲程式，又促使他产生比“拼字体系”更加连贯、更加深刻、更有针对性的戏曲形体动作理论，向着“剧场性”与“民族化”的方向迈进。焦菊隐受斯氏体系影响改进其戏曲表演理论，这一事件仍然具有当代意义：实现各个艺术门类的“民族化”与“中国化”建设，既不意味着对外来理论与实践闭目塞听，也不意味着生搬硬套。首先要充分掌握自己的民族艺术；其次要根据掌握的情况选择适宜的理论资源，并进行同等程度的了解；最后也最重要的是，必须找到两者本质的契合点，即后者的加入应该能够解决前者的未尽之处或薄弱之处。这样即使在接受的过程中发生失误或曲折，其结果也将是相对融贯和具有发展前景的。

（郭羽思　中国艺术研究院戏剧戏曲学系博士研究生）

戲曲研究

西北民间小戏在20世纪五六十年代的保护研究*

王　萍

非物质文化遗产作为一种学术概念得到关注与研究及其在政府主导下的保护、实践活动的开展在中国已有20多年，但是，从戏剧戏曲遗产保护历史来看，早在20世纪五六十年代，中华人民共和国政府主导下的保护工作即已有之。当然，目前非物质文化遗产保护与中华人民共和国成立初期戏曲遗产保护是两个完全不同语境下的文化实践活动，时代语境、历史使命不同，文化实践活动的任务、目的及实践措施、路径等自然亦不相同。

然而，值得注意的是，中华人民共和国成立初期，政府在建构社会主义新文化发展规划目标，包括进行“戏改”运动的同时，对作

* 本文为国家社会科学基金重大项目“丝路审美文化中外互通问题研究”（项目编号：17ZDA272）阶段性成果。

为戏曲遗产组成部分的民间小戏，开辟出了组织艺人研讨、进行各种会演、成立专业剧团、专业培训以及发掘、整理出版相关书籍等一系列具体路径和相关措施，并积累了丰富的经验，在客观上不仅使民间小戏得到一定程度的重视和发展，而且理论研究也取得了可观的成绩，为后来民间小戏的进一步研究奠定了重要基础。回顾、总结这段历史，从学术史层面对这一时期政府主导下的民间小戏遗产保护发展进行一些梳理和探讨，可以看出其背后蕴含的历史契机及其学术特性。

一

在历史的长河中，民间艺人用他们的智慧创造了民间小戏，并自觉传承、传播，给我们留下了丰富的文化遗产。但是，20 世纪初由于战乱等历史原因，许多民间小戏面临生存危机。据《中国戏曲志·陕西卷》载，“辛亥革命后，因军阀混战，跳戏社戏活动日渐减少，除合阳东乡莘里村、行家庄等少数几个村社还有演出外，其它村社的跳戏活动则销声匿迹”①。阿宫腔、八岔戏、弦子腔及陕北佳县赛戏也面临同样困境。民国十八年（1929），陕西大旱三年，很多阿宫腔艺人先后饿（病）死，戏班解散，仅有段天焕一个阿宫腔班，时演时停，勉强维持到解放。② 民国三十年（1941）左右，受战乱和饥荒影响，八岔戏大部分班社解体，艺人流散。③ 弦子戏在抗日战争

---

① 中国戏曲志编辑委员会、《中国戏曲志·陕西卷》编辑委员会《中国戏曲志·陕西卷》，中国 ISBN 中心 1995 年版，第 128 页。

② 参见中国戏曲志编辑委员会、《中国戏曲志·陕西卷》编辑委员会《中国戏曲志·陕西卷》，第 113 页。

③ 参见中国戏曲志编辑委员会、《中国戏曲志·陕西卷》编辑委员会《中国戏曲志·陕西卷》，第 119 页。

期间，大部分班社解体，艺人寥落，剧种濒临绝灭。[①] 辛亥革命后，陕北赛戏“日趋衰落，仅有佳县的王家班一家演出”[②]。

与此同时，民间小戏理论研究也十分落后，书籍、报刊等出版物很少有研究民间小戏的内容。从西北各地戏曲志记载看，秦腔作为西北大戏中的一种，在西安仅有少量相关出版物，而民间小戏研究出版物在西北则普遍少见，这种情况在偏远地区更加突出。《中国戏曲志·青海卷》载，青海早期的戏曲书籍只有“民国十一年（1922）盖世书铺出售的西安出版的石印本秦腔剧本唱词小册子”。直至民国十九年（1930）以后“西宁相继创办了《到民间来》、《曙光》、《轮影》、《边声》、《民众乐园》等文艺刊物，戏曲作品才出现在这些综合性文艺刊物以及当时《民国日报》的副刊上”[③]。《中国戏曲志·宁夏卷》记述“宁夏回族自治区内刊印的戏曲报刊专著，清代以前的尚未发现。民国二十年（1931）《宁夏民国日报》创刊，辟出戏剧专栏、专版”，“中华人民共和国成立后，始有戏曲书刊发行”。[④]《中国戏曲志·新疆卷》载：“新疆几乎没有出版过专门记载戏曲活动的报刊专著。”[⑤] 总之，中华人民共和国成立前民间小戏不只是演出方面呈现萎缩，面临危机，理论研究也相当沉寂，研究成果更是无从谈起。

中华人民共和国成立后，这种局面大为改观。面对传统戏曲这份有着厚重历史积淀的文化遗产，政府从实践层面对传统戏剧戏曲等民

---

① 参见中国戏曲志编辑委员会、《中国戏曲志·陕西卷》编辑委员会《中国戏曲志·陕西卷》，第 114 页。

② 中国戏曲志编辑委员会、《中国戏曲志·陕西卷》编辑委员会《中国戏曲志·陕西卷》，第 130 页。

③ 中国戏曲志编辑委员会、《中国戏曲志·青海卷》编辑委员会《中国戏曲志·青海卷》，中国 ISBN 中心 1998 年版，第 434 页。

④ 中国戏曲志编辑委员会、《中国戏曲志·宁夏卷》编辑委员会《中国戏曲志·宁夏卷》，中国 ISBN 中心 1996 年版，第 393 页。

⑤ 中国戏曲志编辑委员会、《中国戏曲志·新疆卷》编辑委员会《中国戏曲志·新疆卷》，中国 ISBN 中心 1995 年版，第 538 页。

间艺术采取了积极的保护抢救、扶持发展等措施，在客观上使民间小戏得到一定程度的保护和发展，一些濒危小戏也摆脱了自生自灭，艰难生存的境遇。据统计，这一时期西北民间小戏剧本、音乐得到了系统性的搜集整理，出版整理的音乐作品至少有12部，涉及民间小戏剧种13个。[①] 尤其随着地方政府组织的各种比赛演出活动的兴盛，民间小戏作品在各省市，甚至在全国范围内的影响也逐渐得到扩大。

在新中国文艺史上，中国共产党的文艺政策对于文学艺术的发展具有举足轻重的作用[②]，中华人民共和国成立初期，戏剧戏曲发展深受文艺政策的影响。可以说，民间小戏作为戏曲遗产得以保护发展的历史契机，与中华人民共和国成立初期建构“人民戏曲”的文艺政策与目标密切相关。民间小戏从一开始就是中国文艺建设与发展中的一部分。1950年12月1日，时任文化部戏曲改进局、艺术事业管理局局长的田汉在全国戏曲工作会议上作了题为《为爱国主义的人民新戏曲而奋斗》的报告。这一报告不是一般的学术文章，而是一份整合全局、规范与指引实践行动的政策性纲领文件。它以国家话语的形式，明确了中华人民共和国在特定历史时期建构“人民新戏曲”的奋斗目标及未来工作的对象和任务。田汉指出：“地方戏有两个范畴，一是地方大戏，像秦腔、徽调、汉剧、川剧、湘剧、滇剧、绍兴大班等十行脚色比较完全，着重老生、青衣、丑、净等，一般搬演历史故事。大抵继承昆弋的传统，成为京剧的前身。一是民间小戏，如今日流行的评戏（蹦蹦）、越剧（的笃班）、沪剧（申滩）、楚剧（湖北花鼓戏、湖南花鼓戏也称楚剧）、云南花灯戏等，脚色主要是小生、小旦、小丑，所谓‘三小’；曲调简单，一般只演家庭故事，

① 数据来源系本人根据西北各地方戏曲志统计，亦可参见本文“（四）组织整理出版物”内容。

② 参见周晓风《当代意识形态与新中国文艺政策》，《文艺研究》2003年第2期，第31页。

社会杂相，尤其是男女情爱等。”[①]这里，田汉从概念外延明确了民间小戏的对象、范围，确立了民间小戏作为建设“人民新戏曲”组成部分的主体地位，将民间小戏与大戏一起纳入中华人民共和国社会主义意识形态新的文化秩序之中。应该说，正是在这样的历史契机下，千百年来以口传心授为主要传承方式的民间小戏，不再是单纯个体性的事业，从此进入政府行政管理体系，成为国家戏剧文化规划发展的一部分，而这恰恰从客观上为民间小戏保护、研究提供了比较有利的条件。

如果说，田汉报告更多的是表征了中华人民共和国构建“人民戏曲”为核心的“戏改”叙事图景，那么，随后政府的方针政策则凸显了对民族文化传统继承、保护的一种积极立场和态度。1951 年 5 月 5 日中央人民政府政务院颁布《关于戏曲改革工作的指示》，提出：“我国戏曲遗产极为丰富，和人民有密切的联系，继承这种遗产，加以发扬光大，是十分必要的。”[②] 1952 年 11 月 26 日《人民日报》又发表了社论《正确地对待祖国的戏曲遗产》，明确指出：“我们的戏曲艺术绝大部分是由人民所创造，和人民有悠久的密切的联系，具有强烈的人民性和现实主义精神。”[③] 1953 年 9 月在第二次全国文代会上，周扬作了题为《为创造更多的优秀的文学艺术作品而奋斗》的报告，就如何看待民族传统文化遗产问题，周扬与五四运动时的情况做了比较，他明确指出：“‘五四’运动没有正确解决继承民族文学艺术遗产的任务。当时的有些人对民族遗产采取了错误的完全否定的态度，这种态度，和对西方资产阶级文化的盲目崇拜相结合，就给了后来新文学艺术的发展以有害的影响。”[④] 报告强调：“一切作家、

---

① 田汉全集编委会编《田汉全集》第 17 卷，花山文艺出版社 2000 年版，第188 页。

② 吉林师范大学、吉林大学文艺学编写组《文艺方针政策学习资料》，吉林人民出版社 1961 年版，第 35 页。

③ 吉林师范大学、吉林大学文艺学编写组《文艺方针政策学习资料》，第 421 页。

④ 中国文学艺术界联合会编印《中国文学艺术工作者第二次代表大会资料》，内部资料，1953 年，第 30 页。

艺术家都必须认真地学习自己民族的文学艺术遗产，把继承并发扬民族遗产的优良传统引为己任。”① 不难看出，中国文艺政策的设计制定者认识到“一个国家的文化传统、文化属性，是与其民族的文化传统和文化属性密切相关的”②。

诚如有研究者认为的，这是中华人民共和国在建构新文艺实践过程中“对于文化传统的审慎的继承立场和一种积极的文化创造的心态”③。进一步来说，这也是对民间文化传统一种自觉自信的表征。自信来自对未来戏剧、戏曲改革成功叙事图景的理想预设，自觉则体现了对积淀厚重的民族文化传统的历史担当和眼界胸怀。当然，众所周知，后来由于受极“左”思潮的影响、干扰，民间小戏继承、保护出现偏离既定政策预设目标、脱离自身规律等情况，这毋庸讳言。值得注意的是，正是在这样复杂的历史背景下，民间小戏不仅与大戏一起作为传播社会主义意识形态的重要载体直接参与了戏改运动，而且作为“戏曲遗产”组成部分获得了政策上的支持，从而具有了得以保护和发展、研究的可能，民间小戏迎来了新的历史发展时期。

二

中华人民共和国成立初期，百废待兴，在新的文化政策指导下，各地方政府通过一系列行之有效的具体措施，改变了民间小戏长期以来依靠个体口耳相传、单一演出的传承与传播形式，开启了以政府为主导的民间小戏遗产保护新局面，由此呈现出一种新的文化表述和社会效应。具体主要有以下几个方面。

---

① 中国文学艺术界联合会编印《中国文学艺术工作者第二次代表大会资料》，内部资料，1953年，第29页。

② 金宜鸿《新中国文艺政策的文本演变》，《武汉纺织大学学报》2013年第1期，第32页。

③ 周晓风《新中国文艺政策的文化阐释》，中国社会科学出版社2008年版，第129页。

（一）组织民间艺人研讨会，收集整理资料

为抢救一些濒临衰亡的民间小戏，各级政府地方部门组织艺人研讨，请民间艺人传授技艺，录制、整理音乐、剧本等资料，在此期间，一些民间艺人贡献了家传的手抄剧本。

《陕西省戏剧志·安康地区卷》载，1956 年、1957 年安康专区组织民间小戏会演和研讨会，勾稽皮影戏、陕南道情、八岔、大筒子戏、曲子等小戏剧种的源流沿革，登记剧目 320 个，口述记录 195 个，收到捐献剧本 51 个，其中 26 个被登记为祖传珍本。艺人李荣堂、王连成献出家传手抄剧本 105 本，李荣堂被誉为“保存戏曲遗产的功臣”。①

《环县道情皮影志》载，1952 年至 1963 年，甘肃省文艺工作者多次对环县道情皮影艺术进行挖掘、搜集和整理。其中仅 1963 年就整理道情传统剧目 62 本（出），记录道情唱段 200 多段，丝竹曲牌、唢呐曲牌、打击乐谱、民歌曲谱等 270 多首，录音（磁带）3100 多米，临摹皮影人物造型、头饰、道具 270 多件，还绘制《道情皮影艺人传承谱系表》。②

（二）组织各类演出活动

中华人民共和国成立后，举办群众性调演、会演等活动成为政府传承保护民间小戏的主要途径和方式之一，并通过对参演剧目进行评奖的方式（获奖作品既有传统剧目，也有新编剧目），鼓励、调动了民间艺人表演创作的积极性，扩大了民间小戏的社会影响。

《中国戏曲志·陕西卷》记述，1957 年至 1960 年，陕西省先后举办民间音乐舞蹈大会、新搬上舞台剧种会演大会等，全省有 14 个代表团 19 个剧种参加新搬上舞台剧种会演大会，演出剧目 30 多个。

---

① 参见陕西省戏剧志编纂委员会编，鱼讯主编《陕西省戏剧志·安康地区卷》，三秦出版社 1994 年版，第 56 页。

② 参见环县道情皮影志编纂委员会编《环县道情皮影志》，甘肃文化出版社 2006 年版，第 8 ~ 11 页。

碗碗腔《火焰驹》、阿宫腔《王魁负义》、弦板腔《九连珠》、关中道情《墙头马上》、陕南道情《木匠迎亲》、线戏《白汗衫》、大筒子戏《赶会》、紫阳民歌剧《嫁嫂失妻》和西府曲子《王妈问病》等民间小戏参加了会演。合阳行家庄跳戏社《收红孩》还获得陕西省第三届民间音乐舞蹈大会挖掘整理民间艺术先进奖。①

《陕西省戏剧志·安康地区卷》载，1956年11月，安康专区皮影戏会演，参演剧种除二黄外，民间小戏有道情、弦子腔、八岔皮影等。② 同年，安康专署、陕西省文化局举办皮影、木偶会演。③ 1957年2月又举办专区第三届民间音乐、舞蹈会演，道情、八岔等地方小戏参加了演出。④

《陕西省戏剧志·商洛地区卷》载，1957年2月11—13日，商洛专署举办第二届民间音乐、舞蹈会演大会，参赛代表110人，演出节目57个，其中民间小戏演员36人赴省参赛，剧目有《劝嫁》《老换少》等。⑤

《陕西省戏剧志·渭南地区卷》载，1957年2月，在陕西省第三届民间戏曲会演中，韩城县秧歌剧、合阳县跳戏、渭南县秧歌等小戏的剧目、演员均获得奖励。⑥

《中国戏曲志·甘肃卷》载，1959年国庆十周年献礼演出，除秦腔、京剧、陇剧等大戏外，参加演出的民间小戏有：陇南影子腔、高山剧、灵台灯盏头、弦板腔、玉垒花灯戏等。此次汇演涌现了陇南影

① 参见中国戏曲志编辑委员会、《中国戏曲志·陕西卷》编辑委员会《中国戏曲志·陕西卷》，第30页、第128页。

② 参见陕西省戏剧志编纂委员会编，鱼讯主编《陕西省戏剧志·安康地区卷》，第26页。

③ 参见陕西省戏剧志编纂委员会编，鱼讯主编《陕西省戏剧志·安康地区卷》，第56页。

④ 参见陕西省戏剧志编纂委员会编，鱼讯主编《陕西省戏剧志·安康地区卷》，第26～27页。

⑤ 参见陕西省戏剧志编纂委员会编，鱼讯主编《陕西省戏剧志·商洛地区卷》，第24页。

⑥ 参见陕西省戏剧志编纂委员会编，鱼讯主编《陕西省戏剧志·渭南地区卷》，第42页。

子腔《碧血西城》等优秀剧目。[1] 1956年11月，甘肃省举办全省首次地方小戏会演，武都县鱼龙乡杨坝行政村高山剧《咸阳讨帐·店房相遇》第一次进省会兰州演出。1959年元月，文县举行业余文艺演出调演，玉垒坪花灯戏业余剧团的《松林解带》《打面缸》受到关注，而且打破了以往不准妇女参加演出的封建旧规，女演员张秀英等登台演戏。[2] 1958年8月灵台县剧团代表地区赴省参加地方特有剧种会演，1961年灵台县灯盏头剧团赴省参加西北五省戏曲会演。[3]

《环县道情皮影志》记述，1953年4月，环县道情皮影艺人史学杰、敬廷玺等赴北京参加全国第一届民族民间音乐舞蹈观摩演出大会。周恩来总理观看演出并接见与会代表。1956年秋，他们再赴北京参加全国第二届民族民间音乐舞蹈会演，受到毛泽东、周恩来、刘少奇、朱德等党和国家领导人接见。据统计，在政府部门的组织下，仅1962年环县10个道情皮影戏班上半年就演出新旧、大小型剧目200多场次。[4]

除组织多种观摩会演外，地方文化主管部门还设立各种奖项，鼓励、促进艺人参加演出。1956年，陕西省举办第一届戏曲观摩演出大会，会务组设立了剧本奖、创作奖、演出集体奖、导演奖、音乐演奏奖、舞台设计奖、制作管理奖、舞台美术奖、演员奖9个奖项，民间小戏获奖剧种有眉户、花鼓戏、陕南曲子、曲艺剧、八岔戏、端公戏等。[5] 根据《中国戏曲志·甘肃卷》统计，1955年至1965年的10年中，甘肃省举办全省戏剧戏曲观摩会演6次，参加演出获奖的民间

---

① 参见中国戏曲志编辑委员会、《中国戏曲志·甘肃卷》编辑委员会《中国戏曲志·甘肃卷》，中国ISBN中心1995年版，第29页。

② 参见陇南地区行政公署文化处、《戏曲志》陇南分卷编辑部《中国戏曲志·甘肃卷陇南分卷》，内部资料，1989年，第35页。

③ 参见中国戏曲志甘肃卷平凉分卷编辑部《灵台县灯盏头志》，内部资料，1989年，第10～11页。

④ 参见环县道情皮影志编纂委员会编《环县道情皮影志》，第278页。

⑤ 参见中国戏曲志编辑委员会、《中国戏曲志·陕西卷》编辑委员会《中国戏曲志·陕西卷》，第780～789页。

小戏有眉户、陇东道情、碗碗腔、影子腔、玉垒花灯戏、灯盏头、河西小调、高山剧、华剧9个不同剧种，参演剧目多达41个。[①]

总之，20世纪五六十年代在政府组织参与下的各类演出活动对西北民间小戏保护、传播起到了积极、有效的促进作用。

（三）将民间小戏搬上舞台、成立专业剧团、进行专业培训

中华人民共和国成立前，由于受剧种及演出文化习俗影响，大部分民间小戏演出空间比较灵活，天井、院落、场坝等空地都是演出场所。[②] 甘肃陇南民间小戏有演“街头戏”的习俗。“街头戏”，顾名思义不用舞台，在街头或地头就可以演出。武都高山剧一直在社火场上演出。甘肃曲子戏又叫“地摊子”“刨土坑”等，从名称上就可以看出这种小戏演出场所简陋、随意的特点。[③] 然而，中华人民共和国成立后，经过挖掘、整理，民间小戏开始走向舞台演出。

《陕西戏剧志·渭南地区卷》记述，1958年、1959年，朝邑县剧团的碗碗腔传统戏《二度梅》，合阳县新生剧团的线腔《金凤钗》，富平县剧团的阿宫腔《玉瓶赠金》，华阴剧团老腔剧《借赵云》等先后搬上大戏舞台。[④]

《陕西省戏剧志·安康地区卷》载，1960年至1965年，在陕西省新搬上舞台剧种会演大会影响下，安康县汉剧团、旬阳县汉剧团、安康专区秦剧团先后把道情戏正式搬上舞台。[⑤]

《中国戏曲志·甘肃卷》载，1958年7月，环县道情剧团将陇东

---

① 参见中国戏曲志编辑委员会、《中国戏曲志·甘肃卷》编辑委员会《中国戏曲志·甘肃卷》，第677~699页。

② 参见王萍《民间小戏展演的时空特征及其文化意蕴——以甘肃、陕西乡村民间小戏为例》，《中国古代小说戏剧研究》第13辑，甘肃人民出版社2017年版，第344页。

③ 参见王萍《民间小戏展演的时空特征及其文化意蕴——以甘肃、陕西乡村民间小戏为例》，《中国古代小说戏剧研究》第13辑，第345页。

④ 参见陕西省戏剧志编纂委员会编，鱼讯主编《陕西省戏剧志·渭南地区卷》，第42页、第55页。

⑤ 参见陕西省戏剧志编纂委员会编，鱼讯主编《陕西省戏剧志·安康地区卷》，第56页。

道情搬上舞台，演出《金碗钗》《高山流水》《挑女婿》等剧目。10月，灵台县皮影灯盏头剧《吹鼓手招亲》首次以真人扮演的形式搬上舞台。1962年3月，西礼县影子腔《刺目劝学》亦以真人扮演的形式走上舞台，由此定名为陇南影子腔。①

其次，一些地方还成立了民间小戏专业剧团。1949年后，华阴县政府将流散的一些老艺人组织起来，成立了革新皮影社。1950年年初，华阴县政府改秦腔团为迷胡团，该团1956年参加了省第一届戏剧观摩演出大会，剧目、演员、导演分别获奖。大荔、朝邑合县之后，朝邑剧团一度正式定名为"碗碗腔剧团"，1960年到1963年之间该团曾赴宁夏、内蒙、甘肃、青海等地演出。②

甘肃环县道情皮影戏在甘肃是很有影响力的民间小戏，1952年甘肃省文化局在环县成立业余道情皮影社。1958年6月，环县秦腔剧团更名为环县道情剧团。在此基础上，1959年2月，甘肃省陇东道情剧团正式成立，后来将其确立为甘肃代表性剧种。③ 1958年，灵台县秦剧团改为泾川县灯盏头剧团。④

再次，地方政府拨专款扶持民间小戏。1958年，陕西省文化局拨专款举办了眉户培训班，专门为该培训班培养眉户演员。《陕西省戏剧志·安康地区卷》载，1952年至1955年，安康专署拨款扶持成立业余道情皮影班。⑤

（四）组织整理出版物

如前所述，中华人民共和国成立前，西北地区民间小戏相关研究

---

① 参见中国戏曲志编辑委员会、《中国戏曲志·甘肃卷》编辑委员会《中国戏曲志·甘肃卷》，第69~73页。

② 参见陕西省戏剧志编纂委员会编，鱼讯主编《陕西省戏剧志·渭南地区卷》，第70页、第74页、第75页。

③ 参见环县道情皮影志编纂委员会编《环县道情皮影志》，第10页。

④ 1959年10月撤销灵台县并入泾川县，故称泾川县。参见中国戏曲志甘肃卷平凉分卷编辑部《灵台县灯盏头志》，内部资料，1989年，第10页。

⑤ 参见陕西省戏剧志编纂委员会编，鱼讯主编《陕西省戏剧志·安康地区卷》，第56页。

出版物付之阙如，中华人民共和国建立初期这种局面迅速得到改变，研究成果如雨后春笋般涌现，尤其是音乐专题性的研究成果十分丰富。

以《中国戏曲志·陕西卷》为例来看，仅1953年至1958年5年间整理出版的民间小戏音乐专题研究成果达6部之多，涉及小戏剧种8个。[①] 如《陕北道情音乐》（西北人民出版社1953年出版）收道情音乐曲谱111首，整理唱腔包括平调类19种，十字调8种，耍猴调类8种，滚白、箭板类7种，一支梅、凉腔调类4种，高调、太平调等杂类8种，系统介绍了陕北道情音乐曲调的演变与发展，及道情板眼、调式、唱法等。《碗碗腔音乐》（西北人民出版社1953年出版）整理介绍了碗碗腔各种板式的起法、过门与变化及打击乐特点，收录曲牌12种。《眉户音乐》（陕西人民出版社1954年出版）介绍眉户主要打击乐器、弦乐器的种类与用途，以及起板、哭音、欢音等各种板头，并收录【背宫】【金钱】等曲调120种，唱法243种；曲式、曲牌50多种。《商洛花鼓戏音乐》（陕西人民出版社1957年出版）收录商洛地区花鼓戏声腔系统的筒子戏、八岔戏和小调戏57个曲调以及花鼓戏的锣鼓点。《合阳线偶戏音乐》（陕西人民出版社1957年出版）收录弦乐曲牌12首，各类腔调、板路8种，唱例43段，并简要介绍剧种的源流、发展和特征，以及文武场所用乐器并附打击乐谱说明表。《眉户常用曲选》（陕西人民出版社1958年出版）简要介绍了眉户音乐的历史，收录了眉户常用的基本唱调56种、常用曲牌21种，选录了艺人张炳义演唱的《金碗钗·题诗》一段，并对起落、过渡、接连以及过门板路作了介绍。即使相对偏远的青海地区也有了民间小戏研究出版物。《青海眉户》（青海人民出版社1957年出版）综述了眉户的沿革、发展和演唱特点，收录流传在青海的眉户曲谱，

① 参见中国戏曲志编辑委员会、《中国戏曲志·陕西卷》编辑委员会《中国戏曲志·陕西卷》，第652~660页。

记录8种弦乐曲牌及起板、走板等间奏曲。①

值得注意的是，以上研究成果不仅是国家正规出版，而且出版、著录、编撰主体都是各级政府部门专业管理机构，如《陕北道情音乐》由西北行政委员会文化局、中华全国音乐工作者协会西北区分会合编，《眉户音乐》由西北戏曲研究院研究室音乐组编，《眉户常用曲选》由陕西省戏曲剧院艺术委员会音乐组编，《商洛花鼓戏音乐》《合阳线偶戏音乐》由陕西省群众艺术馆编。

除此以外，还出现了一批相关油印本或内部交流资料，编著者也是各地政府管理机构部门。如《中国戏曲志·甘肃卷》载，《陇东道情》（甘肃文联内部铅印，1953年）是关于陇东道情音乐的第一本资料专集，收有陇东道情传统唱腔、曲牌和剧种的介绍。《西礼戏曲》（油印本，西礼县文化馆编印，1959年）收集陇南影子腔传统音乐，曲谱41首，包括"刚音系""平音系"，及当地的民歌小调及曲牌等。《花灯戏曲调集》（油印本，武都专区花灯戏曲收集组编辑，1966年）整理花灯戏曲谱18首，以及当地民歌小调"十二花""碾草歌""闹五更""卖花"等74首。《高山剧曲调集 》（油印本，武都专区高山剧曲调收集组编辑，1966年）收录高山剧曲谱"梳妆类""哭腔类""生活类""过场牌子"等唱腔曲牌240首。②《青海平弦音乐》（内部刊物，青海平弦实验剧团编辑，1962年）详细介绍了平弦戏曲音乐，包括21种唱腔、曲牌、板头和行弦等。《青海戏剧汇编》（内部发行，青海省文教厅剧目工作组编辑，1962年）选录了9个剧种34个剧目，其中有眉户戏代表剧目《春秋配》、青海越弦代表剧目《下四川观灯》等民间小戏剧目。③ 以上成果虽然不是公开发行

① 参见中国戏曲志编辑委员会、《中国戏曲志·青海卷》编辑委员会《中国戏曲志·青海卷》，第435页。

② 参见中国戏曲志编辑委员会、《中国戏曲志·甘肃卷》编辑委员会《中国戏曲志·甘肃卷》，第613页、第616页。

③ 参见中国戏曲志编辑委员会、《中国戏曲志·青海卷》编辑委员会《中国戏曲志·青海卷》，第436页。

的出版物，但其编著主体仍然是省文联、县级文化馆、文教厅剧目工作室、试验剧团等政府机构部门，显然，国家话语的指导、管理功能十分明确。

三

综上所述，从学术史视域考察这段复杂的历史背景及其政策推进路径，不难看出，以中国共产党为领导核心的政府权威在对传统戏曲文化的接受、改造等新文化秩序的构建中起着引领、决定性的主导作用，这种主导作用，深刻地影响了民间小戏自古以来传承发展的原有格局及其未来的发展趋向。

首先，政府将民间小戏作为民族文化遗产纳入“戏改”新文化秩序中，从客观上为民间小戏的传承发展提供了一定的保障和可能。自上而下、行之有效的政策制度从宏观上确立了对包括民间小戏在内的文化遗产改造发展的指导思想，从微观上在基层推进了一系列有利于保证政策实施的路径措施。历史证明，这是一条积极有效的路径，具有广泛的民众基础及互动性和保障性，使地方基层和民间艺人的思想和行动迅速统一到政策制度要求上来，以此保障政策制度的有效推进。

其次，确立了以政府为主导的民间小戏传承发展观念及其体制。众所周知，传统文化意义上的民间小戏，一般都生存于乡村民间，与百姓的生活、生存关系密切，具有广泛的民间基础和草根身份，是属于农民共同体文化圈的戏剧。[①] 根据拙著《西北民间小戏研究》，晚清至民国是西北民间小戏蓬勃发展的时期，各地方民间小戏班社林立、艺人辈出。仅以陕西为例，渭南合阳县跳戏、线偶戏，宝鸡千阳

① 参见王萍《民间小戏：农民共同体文化圈之戏剧——以明清甘陕乡村民间小戏为主要讨论对象》，《戏剧》2017年第5期，第89～101页。

碗碗腔皮影戏，安康道情皮影戏等民间小戏戏班在当时各有 30 多个活跃在乡间村镇。① 众多戏班生存于民间乡村的文化事实，无疑显示出在民间小戏传承文化秩序上一种固有的传统存在。

中华人民共和国成立初期，随着“戏改”及新文化秩序的推进，民间小戏传承、传播发生了巨大变化，原来单一的以地缘、血缘为主的民间戏班传承、传播格局②，变为与政府主导的传承、传播共存的局面。当然，政府主导是显性的，标志主流的、权威性的传承、传播，民间戏班则转为隐性的、非主流的传播。因为，作为一种固有的传统文化，民间的传承、传播实际上并没有消亡绝迹。这一问题留待以后论述，这里暂不赘述。

再次，对民间戏曲的重视及政策实施，是中华人民共和国成立之初新文化秩序建设的应然选择，这有赖于民间小戏扎根民间的客观存在，有赖于民间大众对戏曲深厚情感的积淀，面对这样一份厚重的历史文化遗产，政府所采取的积极措施在一定程度上获得了广泛的认同。正因如此，很多在地方上较为著名的民间艺人在这场运动中积极参加国家需要的文化秩序的建构活动，如前所述，诸如培训、座谈、会演以及捐献家传剧本等恰恰说明了这一点。而他们所发挥的榜样示范作用，对促进新文化秩序建构以及政府主导下的民间小戏遗产传承发展实践亦具有重要的影响。

总体来看，这一时期政府主导下的民间小戏传承、传播无论是具体措施还是经验，都取得了比较可观的积累。诚然，有的路径措施可能存在一定的问题，但我们不能因此而全盘否定其在建构新中国文艺过程中所产生的影响，尤其是客观上对民间小戏遗产传承、发展所发挥的作用。历史是复杂的，对一个历史文化现象，从不同视角去认识评价，可能会有不同的结果，如果把民间小戏遗产传承、发展和戏改

① 参见王萍《西北民间小戏研究》，中国社会科学出版社 2020 年版，第 255 ~ 257 页。

② 参见王萍《略论明清时期西北民间小戏的传承、传播与“在地化”》，《兰州文理学院学报（社会科学版）》2021 年第 3 期，第 2 ~ 9 页。

运动、新文艺秩序建构作为一个有机的整体，把民间小戏所取得的成就放置在当时的历史环境下进行全面立体的考察，历史现象可能会显得丰富而动态化。综观70年前戏改中关涉民间小戏遗产保护发展的客观事实，本文一方面通过基本史实脉络的清理将被遮蔽的事实存在客观地展示出来，另一方面将其作为戏改视角的一个完整体系予以观照，以对这场改革运动的复杂性、丰富性有一个更为全面、深刻的认识和研究，这也是本文试图努力探讨的一个方面。

总而言之，20世纪五六十年代民间小戏作为“戏曲遗产”得到保护、发展是在一定历史契机之下的——国家构筑了实现“人民戏曲”、继承保护“戏曲遗产”的总体政策目标，各级政府部门由上而下地落实一系列具体有效的实践措施。由此产生的影响巨大而深远，这意味着自古以来民间艺人自我传承、保护、发展的格局发生了根本改变①，以政府为主导的民间小戏文化传承、保护运行体制从此确立，并在实践中发挥了直接、重要的引导、管理功能，积累了丰富的经验。从学术视角对这一文化现象进行梳理和探讨，有助于拓展非物质文化遗产理论研究的学术空间，对促进民间小戏在当代文化空间中的生存、发展也具有一定的现实意义。

（王萍　兰州城市学院教授）

① 参见王萍《略论明清时期西北民间小戏的传承、传播与“在地化”》，《兰州文理学院学报（社会科学版）》2021年第3期，第2~9页。

由习语“介头”探口传戏曲中的表演范式*

尹　翔

“介”及其关联习语①广泛存在于中国多个剧种、曲种、乐种及仪式音乐中，例如福建闽剧、芗剧、词明戏、高甲戏、四平戏、四平锣鼓、北路戏、北管、歌仔戏、闽西汉剧、永定汉剧、漳州木偶戏，安徽徽戏、花鼓戏，海南琼剧、八音，浙江苍南单档布袋戏，广东粤剧、潮剧、临剧、潮州音乐、海陆丰正字戏、白字戏、西秦戏以及吹打乐等中。

在这些音乐品种的相关文献中，围绕“介”之论述，大多仅寥寥数笔。其中，记述较为详细的数潮州音乐及潮剧，这与学术界对于该地区音乐的关注程度与研究程度密切关联。在相关文献中，对

* 本文在写作过程中得到导师萧梅教授的悉心指导，在此深表谢意！

① “介”的关联习语包括“介头”“锣鼓介”“锣鼓科介”“鼓介”“诗条介”“曲介”“牌介”“白介”“科介”等。

"介"（或"介头"）的说明为：闽剧中的"介头"即锣鼓经，分为场面"介头"、唱腔"介头"、科白"介头"、哗牌（即用大唢呐吹奏的曲牌）"介头"四类[①]；海南琼剧的锣鼓介分为"动作锣鼓介"和"伴腔锣鼓介"两类[②]；福建高甲戏的"锣鼓介"包含渲染场景气氛和衬托角色表演的"大锣介""小锣介""鼓介"，以及配合唱腔、场景音乐和说白的"曲介""牌介""白介"[③]；潮州音乐的锣鼓"介头"为掌板者提示演奏者开始演奏的"起介"与预示停止演奏的"煞介"，"介头"又分为有声的"明介"和无声的动作即"暗介"[④]等。综合来看，这些围绕"介"的表述均指向具有提示意义的锣鼓经以及形体动作。

尽管在不同音乐品种中，"介"所指涉的具体音乐内容不同，但是其功能作用均指向"提示性"。而"介"究竟如何起到提示作用？局内人（文化持有人）在表演过程中又为何需要提示？提示所暗含的语义规则如何被局内人普遍掌握？暂未见详细论述。

而在古典戏曲文献中，围绕"介"的含义、应用及历史演变问题等尚未形成明确定论。《南词叙录》中强调"介"与"科"同义[⑤]，"相见、作揖、进拜、舞蹈、坐跪之类，身之所行，皆谓之科"[⑥]。李俊勇在总结前人解读的基础上提出，元杂剧（北剧）多用"科"，南戏、传奇多用"介"，都指表演动作。明代中叶后，"科"

① 参见中国戏曲志编辑委员会、《中国戏曲志·福建卷》编辑委员会编《中国戏曲志·福建卷》，文化艺术出版社 1993 年版，第 294 页。

② 参见中国戏曲志编辑委员会、《中国戏曲志·广东卷》编辑委员会编《中国戏曲志·广东卷》，中国 ISBN 中心 1987 年版，第 149 页。

③ 参见陈枚《高甲戏音乐介绍》，载中国音协福建分会民族音乐委员会、福建省群众艺术馆编《福建民间音乐研究》（三），内部资料，1984 年，第 76 页。

④ 参见余亦文《潮乐问》，岭南美术出版社 2006 年版，第 256 页、第 366 页。

⑤ "今戏文于科处皆作'介'，盖书坊省文，以科字作介字，非科、介有异也"，参见李俊勇疏证《〈南词叙录〉疏证》，江西教育出版社 2015 年版，第 91 页。

⑥ 李俊勇疏证《〈南词叙录〉疏证》，第 89 页。

"介"混用。① 康保成从"科""介"与仪式动作的历史关联角度提出两者的不同②，并在元刊杂剧和早期南戏中寻找"科"与"介"，他认为，"从'科'与'介'的行文形式来看，杂剧中，'科'前总有动词，读者一望即知脚色作何种动作；而南戏中却有不少未写动词，仅用'介'或'有介'的用例，为杂剧所无"③。

在以上讨论中可见，"介"与"科"作为"表演范式"的含义已被普遍认可，但是其内涵、应用及在漫长时空范畴中的演变过程仍然是亟待解决的难题，对"介"的音乐内涵之解读也尚有空缺。

由此，在本文中，笔者主要从实地考察角度切入，分析尚处于活跃状态的广东海陆丰戏曲④及吹打乐中的"介头"（以"锣鼓介"为主）的含义及运用，以此活态文本研究补充对"介"作为音乐表演范式内涵的解读，并阐释这一表演范式的生成原因即其背后具有普遍意义的戏曲口头传统。

一　海陆丰音乐中的"介头"

笔者在粤东海陆丰地区实地考察期间，多次听当地乐人提起

---

① 参见李俊勇疏证《〈南词叙录〉疏证》，第 89 页。

② 康保成认为，"杂剧中的'科'来自道教仪式，'介'最早是上古礼仪中助宾行礼、在主宾之间通传的角色，傀儡戏用作赞导式的提示，被早期南戏直接继承。'科'与'介'的不同来源，说明杂剧与南戏在表演上分别吸取了不同的仪式动作，它们在风格上的差异是与生俱来的"。参见康保成《戏曲术语"科"、"介"与北剧、南戏之仪式渊源》，《文学遗产》2001 年第 2 期，第 53 页。

③ 康保成《戏曲术语"科"、"介"与北剧、南戏之仪式渊源》，《文学遗产》2001 年第 2 期，第 58 页。

④ 在潮州出土的明宣德七年（1432）写本《刘希必金钗记》（题为"新编全相南北插科忠孝正字刘希必金钗记"）中，已出现与人物角色相关的"介"。参见郑志伟《论潮剧伴奏乐器的发展和乐队编制》，载郑志伟《潮乐文论集》，中国戏剧出版社 2010 年版，第 13 页。

“介”（“介头”）一词。这一民间音乐习语[①]内涵丰富、应用广泛，它被运用于该地区的三大剧种（正字戏、西秦戏、白字戏），民间吹打乐、舞龙舞狮伴奏音乐及仪式音乐中。对于究竟何为“介”？乐人们有如下相关表述：

“唱什么歌（文的），我（唢呐）起什么‘介头’给你……武的要看锣鼓起什么‘介头’。”[②]

“‘介头’一出来，唢呐就知道，但它也不是前奏，它很短，往往是打击乐演奏几下。它不仅是提示，而是把控整个唱段的节奏。‘介头’还是演员唱腔的提示。”[③]

“‘介头’还包括身体动作，比如打鼓的时候尽管这里不打下去，但是身体的提示动作要做出来，是给演员和其他乐器提示。”[④]

“有的‘介头’比如【三脚鼓】是百搭，【朝元歌】就是单一（搭配）的。打的时候，场合不同，‘介头’也不一样。白天和晚上的‘介头’不一样。所以我们学习的时候，要记‘介头’和曲牌（吹打牌子）的搭配。”[⑤]

基于以上围绕“介头”的相关采访材料，可以初步总结如下：

1.“介头”包括“文介（头）”和“武介（头）”，前者用于唱曲之前，为乐曲的开头，由唢呐乐师演奏，用于提示演员和乐队其他成员。后者用于演奏吹打乐曲之前，由锣鼓乐师演奏，为短小的打击乐片段。此外，“介头”（尤其是“武介头”）不仅包括有声的器乐演

---

① 本文的研究方法及视角基于萧梅《中国传统音乐“乐语”系统研究》，《中国音乐》2016 年第 3 期，第 80 ~92 页。

② 受访者：广东省海丰县唢呐乐师颜美添，访谈时间：2019 年 2 月 14 日，地点：广东省汕尾市海丰县。

③ 受访者：广东省海丰县西秦戏剧团团长、演员吕维平，访谈时间：2019 年 2 月 16 日，地点：广东省汕尾市海丰县。

④ 受访者：广东省海丰县白字戏剧团鼓师庄生峰，访谈时间：2019 年 4 月 15 日，地点：广东省汕尾市海丰县。

⑤ 受访者：广东省陆丰市博美镇牌子班、西秦曲社鼓师林泽鸿，访谈时间：2019 年 2 月 18 日，地点：广东省汕尾市陆丰市。

奏，还包括无声的形体动作（与潮乐的“明介”和“暗介”相似）。

2. “文介（头）”和“武介（头）”均用于提示后续演奏或演唱，对于演员唱腔及领奏乐曲的唢呐乐师具有提示唱腔、曲牌与节奏等的重要作用。

3. “武介（头）”与曲牌形成了固定搭配，由局内人习得并内化于表演中。

4. “武介（头）”与曲牌及两者的搭配具有程式性特点，两者的使用与表演情境密切联系。

而乐人如何习得“介头”？如何把握“介头”与曲牌的搭配规则并运用于表演中？这是笔者进一步关注的问题。①

二 “介头”之习得与表演

“介头”如何被锣鼓乐师和唢呐乐师重点习得、掌握与运用？基于对海陆丰地区20余位吹打乐人的观察及访谈，笔者得知，“介头”是该地区吹打乐人及戏班乐师均需掌握的内容。乐人除了在观摩与合乐中学习乐器演奏方法以及配合规律外，需重点学习“介头”（例如【纱帽头】【三脚鼓】【平板介】【半畔介】【小打引】【大打引】等）及其他锣鼓点，作为进入戏曲伴奏乐队（尤其是以唢呐与锣鼓为主的“武场”伴奏）或吹打乐班的基础。在掌握锣、镲类乐器的演奏后，乐人方可继续学习鼓、唢呐或椰胡等。

基于访谈与分析，笔者还原出伴奏乐队在戏曲表演中的配合情景：

① 在此需要特别说明的是，由于海陆丰地区所使用的“文介头”主要是指乐曲开头的旋律片段，易于辨认和理解，且该地区的乐人在提到“介头”时主要是指“武介头”，因而本文所指的“介头”也主要是指与曲牌形成固定搭配，且对乐队具有更强提示性、指示性的“武介头”。

第一步：鼓师根据场景选择“介头”①，锣、镲乐手配合演奏锣鼓经。

第二步：唢呐领奏（即“头吹”②）根据“介头”判断其后可以接的曲牌（群），并根据出场角色、剧情等因素在其中选择一首合适的曲牌（此选择的多样化与否与“头吹”个人所掌握的演奏曲牌数量相关）。

第三步：唢呐乐手（“二吹”）及演奏其他旋律乐器的乐手在听到“头吹”演奏出开头的音调后，得知所演奏的曲牌，并跟随“头吹”吹奏。

在以上情景中可见，“介头”与曲牌的选择与搭配主要被鼓师和“头吹”掌握，其他乐队成员只需会演奏“介头”及曲牌即可。这一区别揭示了乐人能否成为鼓师和唢呐领奏的关键所在，亦体现出戏曲伴奏及吹打乐演奏的奥妙。

在何处演奏“介头”？如何通过“介头”连接音乐？相关标记较少见于谱本或戏本中，而是需要乐人在学习过程中依照“口传心授”才能掌握的重要内容。此外，“介头”与曲牌搭配使用的灵活性亦是难点所在。根据访谈笔者得知，“介头”及曲牌的使用有其场景/语境的规定性。根据情境（例如行兵、饮酒、历路、胜仗等），鼓师可选择对应的“介头”，但“介头”后所接的曲牌则需根据角色性质、场景时间以及唢呐乐人所掌握的曲牌数量等决定。在海陆丰吹打乐人

---

① 在实际表演过程中，还存在由演员提醒鼓师的情况，称为“（演员）叫介头”。例如演员在戏台上叫“苦”，鼓师则奏出“历路”介头——【平板介】，其后由“头吹”根据场景奏出相应曲牌，例如【六毛令】（男性角色）、【园林好】（女性角色）等。

② 在潮州弦诗乐中，将鼓师称为“掌板”，二弦（领奏乐器）演奏者称为“头手”。“掌板者先起一段打击乐，称为‘介头’……二弦是乐队的领奏乐器，演奏二弦者称为‘头手’，他听到什么介头，即起奏什么曲……其他乐器听到头手奏什么曲，马上紧接着加入合奏”（陈天国、苏妙筝《潮州音乐》，广东人民出版社 2004 年版，第 127 页）。在海南琼剧、木偶戏、八音班、吹打锣鼓等中，亦将鼓师称为“掌板”，将弦乐/唢呐演奏者称为“首手”（“掌调”）（参见赵康太《琼剧文化论》，南方出版社 2008 年版，第 220 ~ 221 页）。这些命名方式及分工与海陆丰的鼓师（旧称“鼓头”）与唢呐领奏“头吹”相似。

间流传着一句俗语——“不怕千人看，只怕一人识”，即强调准确掌握曲目演奏及其连接规则和运用场合。例如在民俗活动中的红事中，吹打乐人不可演奏【柳青娘】【懒画眉】【收江南】【大鼓花】【山坡羊】等曲牌，究其原因则在于这些曲牌在戏曲中所对应的运用场合有悲哀色彩。例如【柳青娘】常用于剧中人投水自尽，【懒画眉】用于病人出场，【收江南】用于悲哀场合，【大鼓花】用于后悔以及喝酒打杀，【山坡羊】则用于祭奠等。此类曲牌的“语义性”在海陆丰戏曲及民俗活动中通用，并延展为“不吉利”的寓意，不可在红事中演奏。由此可见，吹打乐人需要对曲牌的使用场景（即曲牌的语义）谙熟于心，方可在戏台上及台下的民俗活动中选择合适的曲牌演奏。乐人的选择原则即基于曲牌的语义以及“介头”与曲牌的连接方式与规则，而掌握此原则者——鼓师以及“头吹”方具有选择权。

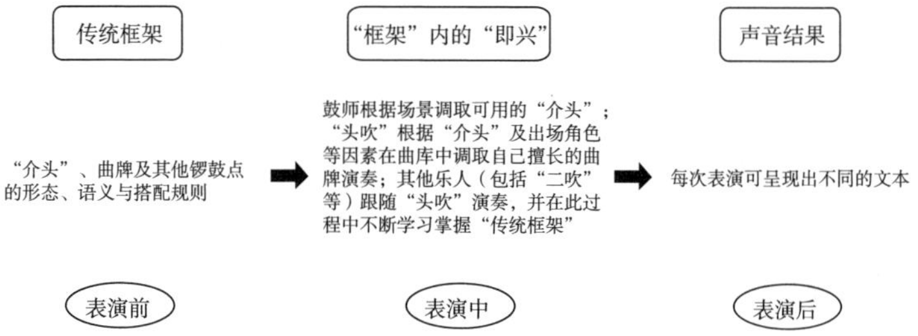

图1 海陆丰吹打乐“口传机制”

由此，“介头”与曲牌的搭配所具有的规定性、程式性，呈现出音乐语义与场景的密切关联。两者的搭配成为乐人记忆与创编的基础，成为表演前储存于乐人头脑中的概念化认知以及意义、曲调、程式、主题、典型场景等传统元素（在图1中，笔者概括呈现了海陆丰吹打乐的“表演前—表演中—表演后”的表演过程并总结其“口传机制”）。[①] 在表演过程中，乐人根据戏曲的“具体场景”在脑海中调

① 参见博特乐图（杨玉成）《口头表演的过程表述——以蒙古族音乐的口传性研究为例》，《中国音乐》2017年第3期，第45页。

取对应场景（程式）的锣鼓点、“介头”、曲牌，并在规定的搭配框架内灵活选择，而如何搭配则由鼓师和“头吹”决定。如此，同样的场景，可以变换曲目演奏，这便是吹打乐曲目搭配中的“即兴”。而乐人能掌握多少曲目，以及对于搭配规则的掌握，便是乐人相互评价的重要标准。而在此种表演方式下，也就形成了不同的表演结果与声音文本，即“每一次‘演释’”都是“经典的活化”。① 这也是在访谈过程中，乐人所述“戏不是一出出的学，而是先将曲牌全部学起来。唱戏的时候，一出戏用什么曲牌，贴上去”② 所蕴含的戏曲音乐结构和表演创编方式。实际上，在仪式中的“介头”、锣鼓点及曲牌的使用也是如此。③

表 1　海陆丰戏曲中“饮酒”“行路”场景所用“介头”及曲牌

场景	“介头”	曲牌	含义
饮酒	【二下半槌】	【铁莲灯】	饮宴欢乐或高官过场等场面
		【玉笼灯】	饮酒场面
		【黄莺儿】	在正字戏和白字戏中用于关羽过场专用牌子或饮酒场；在西秦戏中用于饮酒场面或跑圆场停顿时
		【黄龙落】	在正字戏和白字戏中用于饮酒场面，在西秦戏中用于皇帝饮宴时的特定牌子
		【造绿袍】 【四天助】等	一般饮酒场面等

① 萧梅《表演者：在历史与当下的十字路口——兼论传统的演释与演释的传统》，《音乐艺术》2020 年第 3 期，第 17 页。

② 受访者：广东省陆丰市博美镇牌子班、西秦曲社鼓师林泽鸿，访谈时间：2019 年 2 月 18 日，地点：广东省汕尾市陆丰市。

③ 海陆丰戏曲和仪式中相似场景的“介头”、锣鼓点及曲牌运用参见尹翔《“走江湖”——广东省海陆丰吹打乐人“习乐”与“作乐”研究》，《中国音乐》2022 年第 5 期，第 48 页。

（续表）

场景	“介头”	曲牌	含义
行路	【平板介】（亦称【平畔介】）	【雁儿落】	跳水、悬梁、撞石、中毒、忍痛、分娩、醉酒等场面专用
		【懒画眉】	病人出场
		【文江风】	男角落难逃荒场面
		【醉三醒】	晚上演奏
		【山坡羊】（亦称【浪金枪】）	用于游园赏景及笙歌燕舞等场面，用小唢呐及弦乐器伴奏；若用于战场或男女一见钟情等场面，需用大唢呐及大锣鼓伴奏
		【园林好】	女角落难逃荒场面
		【锦缠道】【监洲歌】等	行路场景，属“高深牌子”
	【半畔介】+划一个圆圈（鼓师手势）	【六毛令】	行路场景

在表1中，笔者呈现了海陆丰戏曲中“饮酒”“行路”场景所用“介头”及曲牌。其中可见，在相同场景下，“介头”与曲牌可以有多种搭配选择。而唢呐“头吹”在此框架中所选择的曲目，一方面可以显现其曲目量，例如在“行路”场景中可演奏的【锦缠道】【监洲歌】即为“高深牌子”，少有人会演奏；另一方面，曲牌使用的恰当与否（即是否适合对应场景）亦显示出乐人对曲牌使用规则的掌握情况。此外，由于各曲牌内部的锣鼓点（局内人称“鼓垒/鼓蕊”）不同，“头吹”对曲牌的选择亦是对鼓师曲目量的考验。

但是，此种音乐结构方式和思维方式如何形成？为何需要以“介头＋曲牌”的方式结构戏曲？我们需要回到戏曲演出传统中去探寻。

三　“介头”与提纲戏传统

在海陆丰戏曲表演中，“介头”的特殊性不仅体现在其运用中，更体现在乐人及乐器分工中。

根据访谈笔者了解到，在20世纪50年代之前，海陆丰戏班中设有专人演奏“介头”，此人称为“鼓头”。“鼓头”所演奏的乐器为一只小巧的单面鼓，用于指挥“大鼓”以及整个乐队，乐人将此乐器亦称为“鼓头”。“鼓头”声音清脆、穿透力强，但是因击鼓面小，演奏难度高，目前在该地区已少有人会演奏。为何需要在乐队中设专人演奏“鼓头”？“鼓头”专门演奏“介头”对于戏曲表演而言有何重要意义？在海陆丰戏曲传统中，“介头”又究竟具有何种意义？这一系列问题带领笔者追溯海陆丰地区重要的戏曲表演传统——“武戏”（也称“科白戏”，即“提纲戏”）。

海陆丰地区的“提纲戏”是一种没有唱腔，只有念白和科打的连台戏，以分场提纲作为提示。“‘提纲戏’多数是根据演义小说改编而成的连台戏，据统计其剧目拥有2400多个，其中以连台三国戏为主……提纲戏是民间社戏上半夜的主轴戏（下半夜才演唱腔戏）……近百年来，除海陆丰外，它在惠东、惠来一带也很盛行。”① 由于只有分场提纲，对于演员和乐队成员都是极大的挑战。它要求演员表演作科打和念白时，乐班以吹打曲牌和打击乐来配合。由此，吹打曲牌、打击乐与演员的表演之间逐渐形成对应关系，曲牌与打击乐具有的“语义”为乐人们所共享。在这套表演系统中，乐人需要极大程度地运用上文所总结的“口传机制”，根据提纲创编戏曲、结构音乐，而“介头”在其中承担着重要的作用。“介头”作为声音及动作指示，提示乐队与演员接下来的剧情发展。由此，演奏“介头”的“鼓头”具有在提纲戏中把握与推进剧情的作用，设置专人恰如其分。

20世纪50年代之后，海陆丰开始出现“大鼓包”的演奏形式，即由一人演奏“鼓头”（逐渐使用梆子或木鱼替代）和“大鼓”。一

① 卓荣光《海陆丰吹打乐》，载《中国民族民间器乐曲集成》全国编辑委员会、《中国民族民间器乐曲集成·广东卷》编辑委员会《中国民族民间器乐曲集成·广东卷》（下），中国ISBN中心2006年版，第1575页。

方面，这与剧团减少乐队人数以减少剧团支出有直接关系，另一方面，这也是海陆丰地区提纲戏演出传统式微的体现。而提纲戏演出市场的缩减与该地区以演“武戏”（提纲戏）见长的正字戏和西秦戏的演出市场缩小直接相关。目前该地区仅有一个正字戏剧团以及一个西秦戏剧团，即陆丰市正字戏传承保护中心和海丰县西秦戏艺术传承中心。乐人们普遍认为，提纲戏的衰落主要与老艺人去世以及提纲戏本的损毁等相关。提纲戏区别于其他戏曲演出方式，以动作和念白为主，传承主要依赖于“口传身授”。此外，正字戏与西秦戏作为外来剧种，其唱腔念白与当地方言语音相差较大。因此，随着懂戏的数代观众的去世，能看懂、听懂提纲戏（正字戏、西秦戏）的观众也更少了。由此，逐渐形成了擅长演文戏、说本地方言的白字戏在当地仍有百余个戏班①，而正字戏、西秦戏仅各有一个代表剧团的局面。

以上，在提纲戏的传统中，我们得以理解“介头”存在的前提及其合理性与必要性。在没有固定剧本，需要极大调动演员与乐队成员自由编创能力的提纲戏中，“介头”的提示性以及“介头”与曲牌的语义性、程式性、表演性可以得到充分运用。“介头”与曲牌成为支撑“提纲”（骨架）的“血肉”，亦是戏曲表演者互动的路径所在。而在提纲戏之外，在对固定剧本的演绎中，围绕“介头”“曲牌”的一系列规定尽管有其运用空间，但是相较提纲戏已大幅度减少，表演者在其间可发挥的主体创造性也由此降低。

---

① 海陆丰民营白字戏剧团为了平衡市场对发展白字戏新剧目的需求与请专人创作剧目的高额资金投入之间的矛盾，发展出半革新白字戏。在半革新白字戏的演出中，由演员自己安排唱腔、曲牌套入团长所提供的其他剧种的剧本中，并在演出前提前告知文武场乐师。“半革新白字戏在这一点上和传统白字戏完全一样，鼓师依靠传统的锣鼓介指示文场乐队演奏特定的传统白字戏唱腔曲牌，乐手与台上演员便以这样一种方式互相配合，完成一出戏的舞台表演实践”（参见张毅《协调·再生——海陆丰白字戏打击乐传统变迁研究》，硕士学位论文，上海音乐学院 2021 年，第 64 页）。由此可见，这种类似于提纲戏的编创方式目前仍存见于海陆丰地区的民营白字戏剧团表演中。

结 语

在本文中，笔者通过对海陆丰地区戏曲及伴奏音乐（吹打乐）的考察，总结出“介头”及曲牌运用的提示性、语义性、程式性、表演性。这种组合方式及思维模式基于表演者对围绕“介头”及曲牌所形成的“口传机制”的掌握，是表演者在表演前积累的音乐结构思维模式在表演中的运用。而这种表达方式和思维方式与戏曲口头传统紧密相关。

需要注意的是，本文所讨论的“介”与戏曲口头传统之关联并非仅存在于广东海陆丰地区。作为口传戏剧的重要形态，提纲戏（或称为幕表戏、路头戏、条纲戏等）广泛存在于中国多个地区的多个剧种中，例如粤剧、昆剧、楚剧、锡剧、壮剧等中。郑劭荣认为，口头编创是民间演剧的重要传统，中国地方戏普遍经历过提纲戏阶段。[①] 而“介”这一习语在全国多个地区的数十个剧种（及曲种等）中的普遍存在，亦说明了戏曲口头传统存在的广泛性。

此外，在多个剧种中还存在着并非以“介”命名，但其功能与“介”相同的结构性片语。例如京剧中司鼓用于提示打击乐演奏前的领奏鼓点（称为“开头”“开式”“鼓箭”“鼓底”等）[②]，越剧司鼓所演奏的预示性的“鼓点子”（又称“底鼓”）及手势[③]，姚剧路头戏的“套板”及身体、暗语提示[④]等。这类虽未以“介”命名，但实际与“介”具有相同功能的音乐片段（以及身体动作指示），为何普

---

① 参见郑劭荣《中国传统戏曲口头剧本研究》，光明日报出版社 2015 年版，第 131 页。

② 参见鲁华《京剧打击乐浅谈》，人民音乐出版社 1991 年版，第 14 页。

③ 参见朱学富《越剧司鼓打击乐》，浙江大学出版社 2011 年版，第 6 页。

④ 参见袁环《路头戏音乐编创方式的程式与即兴——以浙江姚剧民间剧团为例》，《中国音乐》2022 年第 2 期，第 141 ~ 143 页。

遍存在于中国多个剧种、曲种、乐种及仪式活动中？“介”与曲牌[1]之搭配是否可以被看作表演者（“武场/锣鼓”与“文场/丝竹”）以音乐对应语义，从而组合音乐、结构戏曲的口头传统思维方式和创编方式？

随着现代小说的兴起，讲故事走向衰微，而前者与后者的区别在于它对书本的依赖。[2] 同理，随着剧本的出现与定型，戏曲的口头传统亦随之衰减。以文字或以口头为主要媒介意味着不同的记忆方式、传播方式与表达方式。文字媒介降低了人们对记忆力的依赖，减少了传播中的内容变形，这也意味着文本的逐渐固定与趋于统一。而串联剧情提纲的音乐亦随之趋于固定化，对“介”与曲牌的内涵、应用及其存在的必要性、合理性与本源的追溯也变得困难。这也是本文以活态文本探寻口传戏剧中音乐思维方式与表达方式的重要原因。笔者认为，“介”与曲牌的组合运用反映出以具有语义性的音乐片段结构表演这一具有普遍性的中国传统音乐结构方式和思维方式，揭示出传统音乐表演创作方式与音乐表达的内在联系，体现出作乐核心的“表演者”的互动与音乐生成之间的密切关联。

（尹翔　四川音乐学院中华传统音乐研究院助理研究员）

---

① 已有学者提出曲牌作为“中国传统音乐创作思维”的观点，如乔建中提出“曲牌性思维”，“曲牌者，程式性、可塑性、复用性、标题性乐曲之谓也”（乔建中《曲牌论》，载乔建中、曹本冶主编《中国音乐国际研讨会论文集》，山东教育出版社 1990 年版，第 321 页）。冯光钰从曲牌音乐的程式性和渐变性角度阐释曲牌作为中国音乐创作思维的观点，参见冯光钰《曲牌：中国传统音乐传播的载体和特有音乐创作思维》，《星海音乐学院学报》2004 年第 1 期，第 13 页。

② 参见［德］瓦尔特·本雅明《讲故事的人》，载［德］汉娜·阿伦特编，张旭东、王斑译《启迪：本雅明文选》，生活·读书·新知三联书店 2008 年版，第 99 页。

皮影艺术的当下保护与传承

王晶晶

作为我国非物质文化遗产之一的皮影戏历经千年，且在我国的大部分省市依然存活至今，说明其本身具有无穷的艺术魅力。21 世纪以来，随着城市化与现代化进程的加快，皮影戏已不复往日繁荣，非遗艺术的创新性保护与传承至关重要。从皮影戏的发展历史看，其存活至今的主要原因是其艺术所特有的乡土性、草根性、民间性和演出的灵活性。普通百姓可以从观看演出中获取精神的快慰与乐观的人生态度，皮影戏的生命也离不开观众喜爱的浸润。官方的扶持能有效减缓皮影戏的消失，从现实出发来保护和传承皮影艺术亦不可或缺。

一　剧本的更新

由若干个情节组成的剧本是戏剧的要素之一。作为一种戏剧艺术的皮影戏，剧本的成功与否直接决定了它的未来。

（一）传统戏：从连台本戏到折子戏

皮影戏的演出，就其形态而言，可大致分为连台本戏和折子戏。连台本戏又称“全本戏”，所演绎的故事大都首尾完整、情节曲折。折子戏又称“散出”或“单出”，其故事情节的长度明显短于连台本戏，故事的容量也少于连台本戏，且大都是从相应的连台本戏中剥离出来的。连台本戏演出时传统戏占很大比重，如《紫荆关》有28卷、《杨家将》有26卷、《天门阵》有17卷，每卷均有1万至2万字。这种俗称“唱大卷”的连台本戏，有时甚至可以连续演出一两个月。清末，皮影戏的演出场所由田间、寺庙、贵族庭院转向城市戏园，精彩短小的折子戏演出日益成为主流。

演出皮影戏的环境变化是皮影戏从连台本戏转变为折子戏的主要因素。早期的皮影戏剧本称为影卷，是寺庙僧人进行俗讲的一种依据。虽然皮影戏在宋代成为勾栏瓦舍中演出的艺术，但其真正开始商业演出实际是在清代。在此之前，皮影戏的演出大都是非盈利的，演出场所主要是山野乡间或贵族庭院。乡间演出大多是为了酬神祈福或祭祀驱邪，往往一连演出数十日，以此来表示自己的虔诚。长此以往，在这样的演出情况下，皮影戏的演出时间普遍较长，且观众对故事内容并无太高的要求。普通的剧本难以满足数十日的演出需求，因此众多大型且冗长的连台本戏就应运而生。

尽管皮影戏是一种粗犷的戏剧艺术，但贵族庭院演出的艺术性和娱乐性都有更高的要求。贵族一般很难有时间或耐心来欣赏几十本的连台本戏。李渔在《闲情偶寄》中说道：

> 然戏之好者必长，又不宜草草完事，势必阐扬志趣，摹拟神情，非达旦不能告阕。然求其可以达旦之人，十中不得一二，非迫于来朝之有事，即限于此际之欲眠。往往半部即行，使佳话截然而止。予尝谓好戏若逢贵客，必受腰斩之刑……尝见贵介命题，止索杂单，不用全本，皆为可行即

行，不受戏文牵制计也。①

所以，为贵族演出连台本皮影戏是十分困难的。

清代末期，社会动荡不安，内忧外患的局势加速了贵族的没落。各皮影戏剧团为求得生存，纷纷转向城市戏园。这种演出环境的变化直接导致了皮影戏形态的变化。职业戏班演出具有功利性，讲求效益。连台本戏的演出成本较高，观众相对较少，因此出现了演出由连台本戏转向折子戏的现象。经过戏班艺人们长期且高频率的演出，皮影戏逐渐拥有了越来越多、越来越精品化的折子戏。其中，最常被艺人们搬演的就是杨家将的故事以及隋唐的历史传说。如此看来，皮影戏的折子戏是戏剧历史进程的必然产物，也是连台本戏的精华之所在。

皮影戏在剧目上从连台本戏转为折子戏需要注意三点：一是折子戏源于连台本戏，我国目前的皮影连台本戏数量庞大，完全有提炼出精品皮影折子戏的土壤。二是要保持并提高折子戏的艺术水准，在继承或加工传统折子戏时，可以使其艺术品格“雅俗兼顾”。三是创作新折子戏。任何艺术的发展都需要创新，皮影戏根据自己的艺术特点，可多尝试创作适合年轻人的剧目。这样的创新和改进，不仅能吸引年轻观众，也可吸纳更多年轻人加入到皮影戏的相关工作中来。

（二）创新戏：对剧目进行更新

1. 儿童皮影戏

中国皮影戏的传承与发扬不能脱离低年龄段人群。近年来，儿童皮影戏的优秀作品层出不穷。其中，河北省唐山皮影剧团演出的《鹤与龟》最负盛名，该剧团还创作了儿童剧《小羊过桥》等。

皮影戏在儿童剧本创作上应遵循三个原则：一是剧情宜简单易懂，对于孩童来说，不能理解复杂琐碎的故事情节。没有一句台词的《鹤与龟》就是利用精彩的皮影操纵艺术将故事生动地展现给儿童观

---

① 李渔著，郁娇校注《闲情偶寄》，江苏凤凰文艺出版社 2019 年版，第 70～71 页。

众。二是皮影道具上要求色彩鲜艳，形象逼真。从图1可以看出仙鹤与乌龟在刻画上较为真实，更有利于吸引儿童的注意力，使其能沉浸于故事中。三是在创作儿童皮影戏剧本时，应有寓教于乐的作用。比如《鹤与龟》传达的是团结友爱，《小羊过桥》揭示了互相谦让的道理。

图1　儿童皮影剧《鹤与龟》演出剧照①

2. 时事皮影戏

皮影戏是一种拙朴的艺术，剧本是演唱艺人们在后台看的脚本，因此不需要像传统戏曲或西方话剧一样经过多次排练才能进行演出。皮影戏一直以来都有传播社会信息的作用，抗战时期，出现了“抗日影社”，许多爱国人士为了配合政治宣传，写出了不少抗日题材的剧本。现代社会中，皮影戏利用演出周期短的优势来制作优良的时事剧。

2020年伊始，新型冠状病毒肺炎暴发。以钟南山院士为首的医务工作者们“逆行”而上，奔波在抗疫一线，贡献卓著。北京市海淀区政协委员、京西皮影传承人王熙（龙在天皮影剧院院长）牵头创作了5部京西皮影戏，形成抗击疫情感人故事系列，并在网络传播。

① 由河北省唐山市皮影剧团演出，皮影操纵者为赵卫东、赵广生、申唐影、笪建光等，央视网，2011年10月20日，https：//tv. cctv. com/2011/10/20/VIDE1355606355034521. shtml。

图 2　《最美逆行者》演出剧照①

系列剧的第一部作品《最美逆行者》制作完成后，王熙又陆续创作了以李兰娟院士为原型的《与病毒赛跑》，以护士海燕为原型的《隔空抱抱》，以日照医生为原型的《我要妈妈》等多部皮影戏作品，引发了网友们广泛的共鸣与高频的转载。事实证明，用皮影戏来表现现实生活是值得探索的。此次举国上下抗击疫情，用“非遗”精品提振精神、团结力量是“非遗”文化守正创新、见人见物见生活的应有之义，也是其使命与担当。

3. 观光皮影戏

从创新层面来说，观光戏是与传统皮影戏差距最大的。观光皮影戏指的是在旅游风景区演出的适合游客观看的新创皮影戏。目前将皮影戏与旅游结合的尝试越来越受到各界的认可。皮影戏重镇——唐山一带率先将漫威元素、国产动画等元素融入观光皮影戏中，为海内外的游客提供了视觉盛宴。河北省唐山圣灯皮影工作室联合香港牛贝文化公司专门为碧螺塔酒吧公园打造的表演剧目，用动漫 + 皮影的风格、巨幕的形式为游客现场表演皮影戏，常演的剧目有《复仇者联盟》《小黄人》《大圣归来》等。

观光皮影戏虽不似传统皮影戏那般有浓厚的历史感，但这种新兴的皮影戏剧目能吸引年轻观众，以新兴的皮影戏为入口，让年轻人走

① 《泪崩！她为钟南山创作了一出皮影戏》，人民政协网，2020 年 2 月 12 日，http://www.rmzxb.com.cn/c/2020-02-12/2547535.shtml。

进皮影世界的大门，进而了解这一古老的艺术，为后期的传承创造更多的可能性。

二　造型的突破

若说皮影戏的剧本是其内在核心，那么运用各种工艺制作而成的造型就是其外在表现形式。人们在接触皮影戏的时候，首先欣赏到的就是影具的造型。随着时代的发展，传统影具已无法满足现代人的观赏需求，突破势在必行。

（一）灵动性："会呼吸"的影人道具

传统的皮影具有平面化的审美特点，较为"死板"。演出时影人只有身体能动，往往头部、脖颈位置不能活动，对艺人演绎人物来说存在局限，有行动不便、表情单一等劣势。为了突破这些限制，制作者将人物的头部动起来，以配合其他细节，比如手、腰等部位姿势的呈现。以河北为代表的传统影人，装订时把脖签放置在较高的位置，人物脖子不突出，且不能上下移动，人物的眼神只能平视。而北京皮影艺人王玉光认识到了影人"会呼吸"的重要性，制作出了头部会转动的影人。北京新影人头部的动作逼真，眼神随头部的移动可有多角度的变化。除此之外，传统影人的底部通常无法与幕布之间完全贴合，而经过王玉光制作的新影人则可以贴实幕布，演出时影人的形象更加清晰，影人的脚杆、手杆、膝盖部位的动作也更加精细、巧妙。这种细致的表演对皮影艺人提出了更高的要求，一般需要 3 个人员分别操控影人头部、身部、脚部，不仅要精通操纵影人的技巧，相互间配合的难度更大。

（二）新鲜感：突破传统皮影造型惯式

皮影戏的内容大多为传统戏，造型上难免被固化。皮影的造型突破传统皮影造型的定式，可从以下两个方面入手。

首先，皮影戏的人物造型遵循着戏曲程式化的特征，以生、旦、净、丑为主要对象。人物追求神似大于形似。近年来，随着观众审美的变化，皮影戏逐渐在形似中追求神似。

其次，皮影舞台自宋代有记载以来，就是一个集声、光、工艺等于一体的综合体。早期的皮影戏用的是油灯，后来多用电灯，瓦数没有特殊的要求。现在较为高级的舞台将灯改成灯管，避免了手影上影窗。幕布的场景上，多是就地取材，比如城墙用的是简易的纸板。随着现代科技手段的进步，皮影舞台场景有了新的变化。其中，比较有代表性的是《盗仙草》中运用特效灯来装点出白素贞求取的灵芝的暗红色;《美猴王大战二郎神》中舞台上声、光、电的组合，营造出电闪雷鸣、烟雾弥散的画面，自带 3D 特效。这些场景是由云南腾冲西腔皮影的代表刘永周带领团队一步步摸索、尝试而来。在突破传统造型定式时保留独特的皮影韵味，并将皮影戏与流行文化和现代科技相结合，使其具有更广阔的发展空间。

（三）互动性：加强观众的皮影体验

皮影戏真正走进人心不仅靠观看演出，还要靠近距离接触，制作皮影戏道具是一种颇有趣味性的活动。

譬如在四川皮影体验馆“冰人创艺影戏馆”中，顾客可以亲手制作皮影，并通过店铺提供的皮影表演影窗，在体会自制皮影乐趣的同时感受光影魅力。皮影体验馆的存在与皮影戏馆大不相同，虽然专业程度上较传统的皮影戏馆距离甚远，但其存在的最大目的和意义就是让人们感受到传统的民间艺术并不是遥远又抽象的，而是能够以被人接受的形式存在于生活中。皮影艺术只有走进人们的日常生活，才能使现代社会的观众发现皮影艺术的魅力，享受皮影艺术大餐，从而自觉地参与传承、创新与发展。

三　演出的转变

（一）演出内容：结合 IP，博采众长

纵观一种艺术的成功革新，与其他类型的艺术进行跨界融合是采

用较多的手段。

1. **与动画结合**

动画中的形象与皮影的道具有高度的相似性。实际上，我国皮影与动画结合的创作案例中已有不少制作精良的作品，“《三个和尚》高超地运用了皮影戏的技术精华”①。2006年问世的国产动画《桃花源记》也颇具代表性。将皮影艺术与动画相结合的新形式，进一步推动了传统皮影与其他艺术的跨界融合，皮影的创作由此走向了新的高度。

图3是陕西皮影传承人汪天稳刻制的国漫IP《狐妖小红娘》中主人公“涂山苏苏”的影人形象。这部皮影戏一经演出，就受到了原著漫迷的热烈追捧。2017年威尼斯双年展，汪天稳与艺术家汤南南合作《逍遥游》，与艺术家邬建安合作《九重天》，在结合IP上做出了巨大贡献。

图3　《狐妖小红娘》影具②

2. **与本土结合**

皮影艺术本身具有浓郁的民族文化特色，这种天然的自身优势不能被抛弃。中国疆域辽阔，每一个地方都有自己的文化名片，皮影戏

① 余娟、冯秋萍《皮影与动画的相通之处》，《美术教育研究》2015年第17期，第113页。

② 东方手艺人《从才子佳人到国漫大IP，他开创了皮影时代的新纪元》，《新湖南·美术设计》2018年6月22日，https：//www.hunantoday.cn/news/xhn/201806/14551088.html。

不仅可以起到文化宣传的效果，还能传播社会正能量。

上海市松江区利用皮影戏打造廉政教育新阵地，推出了皮影动画片《清官李柬》。松江区泗泾镇首度挖掘本土名人，借市级“非遗”项目皮影戏的形式来演绎廉政故事，弘扬廉政文化。将皮影戏与本土名人进行结合的做法既利用了艺术的长处，又让人们了解了当地的文化，也弘扬了社会正义，可谓一举多得。

图4 《清官李柬》剧照①

类似的剧目还有许多，如河北省秦皇岛市以当地历史故事为题材的《清兵进山海关》、云南腾冲以当地传说为素材的《大救驾》，以及内蒙古地区以著名乐器为线索的《马头琴传说》等。总之，本土的历史文化与民间故事是皮影戏进行现代创作最重要的源泉。

（二）演出生态：官方扶持与艺人自救结合

皮影戏除了艺术本身所带来的问题之外，编创意识和运营理念上也比较滞后。笔者在进行田野调查时发现，绝大多数的皮影戏“非遗”传承人、民间艺人都长期身处农村，受教育的程度普遍不高，至今上演的戏许多都是从20世纪流传至今的老戏，没有多少创新之处。一部分皮影剧社对市场不够敏感，平时不注重自我包装，导致皮影戏演出的道路越来越窄。因此，艺人在专业能力上要不断自我优化，加深对市场和受众的了解。

官方扶持上，一方面要重点培养新一代的皮影戏艺人。皮影戏这

① 张小小《皮影动画片〈清官李柬〉发布》，《松江报》2018年1月31日第2版。

门群众基础深厚、具有多重价值的古老艺术在传承和发展上遇到了许多亟待解决的危机，比如演出市场萎缩、观众老龄化等，但其中最重要的是后备力量的严重不足。由于种种原因，大批的传统戏因人手不够、技法失传等因素无法进行演出，老艺人先后逝去，人才队伍急剧流失。皮影戏前期的学习苦、收入低导致很少有年轻人自愿学习皮影戏，仅靠民间艺术剧团的力量毕竟有限，即使辛苦地培养了人才，最终也因为待遇问题而无法留住人。在这种严峻的情况下，国家有关部门如果能够建立良好的招生机制，提供一定的资金和优惠条件来培养并留住皮影戏人才，将会为传统皮影戏艺术的发展与传承注入一股强心剂。另一方面，应尽力保护皮影戏的生态土壤。如果只培养了新一代的皮影戏艺人，但没有良好的生态土壤，那么优质的“树苗”也很难存活下去。除了要保护皮影剧团和专业的剧场之外，可以从以下三点着手：一是举办有影响力的皮影戏展演活动，让广大观众有更多发现皮影戏魅力的机会。北京国际影偶艺术节、唐山国际皮影艺术节、中国环县皮影艺术节等都起到了一定的作用，推出了许多经典作品。二是重视皮影戏艺术资料的搜集整理和学术研究工作。目前，中国音乐学院黄虎教授对中国皮影艺术的传承创新研究已在 2022 年度国家社科基金艺术学重大项目中立项。三是打造“皮影戏 + 乡村旅游”的模式，促进文旅融合。如陕西省渭南市通过发挥“中国皮影艺术之乡”等优势，结合当地旅游资源，有力推动了“非遗”产业和文化惠民的高质量发展。

（三）演出资料：数字化皮影戏演出

创新的另一面是传承，但大多数的皮影戏艺人文化程度有限，因此很少有演出相关的资料流传下来。艺人们仅凭借师徒间的口传心授来学习，最后呈现出的效果变化较大。因而应当及早将皮影戏中的优秀剧目做好数字化，为传承更好地提供依据。

数字化皮影戏的措施（以单出的皮影戏为例）包括：首先，对该皮影戏的剧本、曲式结构进行整理、编辑出版。其次，对该剧中所有人物的影人及道具进行拍摄、留存。最后，从头至尾完整录制该剧的演出，包括艺人在幕布后操纵的技巧。“老艺术家精力有限，不能只靠他们坚守着这份文化，若是这种技艺不能在新一代的年轻人身上得到发展，那么没落是必然的事。”① 由此看来，全方位数字化保存皮影戏艺术是目前对这种具有悠久历史的非物质文化遗产最好的保护方式之一。从现实的角度出发，保护皮影戏演出的生态与土壤，尊重其乡土性、民间性、草根性、灵活性的艺术特征，是皮影戏艺术发展的正确方向。

（王晶晶　上海师范大学人文学院博士研究生）

① 赵浦祺等《从皮影戏的渊源和创新形式探究其传承与发展》，《戏剧之家》2017 年第 8 期，第 15 页。

晚清民国时期中国戏剧在法国的接受与传播*

车 琳

中国和法国地处欧亚大陆两端，相距遥远，在漫长的历史时期里，中国古代戏剧首先是以戏剧文学的方式被译介到法国，法国民众了解中国戏剧的重要渠道是文字记述，提供信息资料和从事译介工作的主要是汉学家，亦有作家、评论家对古老的东方戏剧艺术进行观察和研究，自19世纪下半叶至20世纪又有旅法中国人对本国的戏剧文学和艺术传统进行介绍和推广，中国戏剧逐渐以舞台表演形式呈现其独特的艺术魅力。

* 本文为国家社会科学基金重大项目“18世纪欧亚文学交流互鉴研究”（项目编号：21&ZD278）和“多卷本《中国文化域外传播百年史》（1807—1949）”（项目编号：17ZDA195）阶段性成果。

一　文字媒介：中国古代戏剧的译介与研究

中法学者对中国戏剧的起源和发展以及舞台艺术本身的特点都有所研究，既有普及性介绍，也有专业性研究；既有戏剧专著，也有中国文学史中的戏剧概述和学术刊物上的文章，在戏剧文学翻译之外丰富法国知识界和公众对遥远的东方戏剧艺术的了解。

（一）中国古代戏剧散论

来华耶稣会传教士马若瑟（Joseph de Prémare，1666—1736）是最早译介中国戏剧的汉学家之一。18 世纪 30 年代，通过他所节译的《赵氏孤儿》，欧洲学者和公众初识中国戏剧。伏尔泰（Voltaire，1694—1778）在将其改编为新古典主义悲剧《中国孤儿》（*L'Orphelin de la Chine*，1755）的过程中对历史悠久的中国戏剧产生认识，但是他以法国古典主义美学规则作为最高标准，以为其他民族的戏剧艺术都是停滞不前的。19 世纪初，法国汉学发生转向，从传教士汉学发展为专业汉学，法兰西公学院教授儒莲（Stanislas Julien，1797—1873）在 1832 年出版《灰阑记》法译本，继而在重译《赵氏孤儿》时弥补了马若瑟译本中唱词阙如之不足，正由于其对诗词唱腔的重要性和翻译难度格外关注，中国古代戏剧在西方语言中的译介终于迈出重要一步。

汉学家们认为戏剧和小说一样，都是认识中国社会风俗、中国文学和学习汉语的途径。而且，在 19 世纪上半叶，正因为戏剧仍是法国自 17 世纪古典主义时期以来的主流文学体裁，故而中国戏剧得到一定程度的关注。儒莲的弟子巴赞（Antoine - Pierre - Louis Bazin，1799—1863）更加着力于戏剧本体研究，这从其译介工作的系统性中可见一斑。1838 年，他在收录《㑇梅香》《合汗衫》《货郎旦》《窦娥冤》四剧的译著《中国戏剧选》（*Théâtre chinois, ou choix de pièces de théâtre composées sous les empereurs mongols*）"导言"中对中国戏剧艺术第一次进行全面阐述，以元曲为中心，详细列举人物角色术语、戏剧结构和体制，并与西方戏剧进行比照。他尤其强调中国戏剧的道德教化作用，指出“中国的诗学要求任何戏剧作品都要有一个道德方面的目的和意义”，因此，“这种伦理道德把中国戏剧提高到一定高度，使它高踞于古时除希腊的早期戏剧之外的所有戏剧……也优于欧洲的现代戏剧”。①由此可见，巴赞对中国戏剧的认识相当深入，论述更加全面并更具跨文化视角。他本人没有来华经历，故而引用曾在广州工作的东印度公司职员、《老生儿》英译者德庇时（John Francis Davis，1795—1890）的文字来向法国读者介绍中国戏曲的演出场所、戏班制度、伶人地位以及舞台上的华美戏服。

巴赞的另一突出成就是在其编纂的元代文献总集《元朝时代》（*Le Siècle des Youên*，1850）中对《元曲百种选》逐一介绍，对其中部分作品进行摘译。他在导言中对元杂剧进行概述，认为这一时期的中国戏剧在场景安排、叙事顺序方面体现出结构上的高度相似性，而“作品之间的差别在于主题的选择、情节感人程度和有趣程度的不同，以及语言风格的雅俗、人物的性格和社会风俗之差异”。② 巴赞根据西方范式，将元曲作品按照主题划分为7类，即历史剧、道士剧、类型性格喜剧、情节喜剧、家庭剧、神仙道化剧和公案剧。他以历史剧的艺术价值为最高，《梧桐雨》是其中的一流作品，认为它们描绘了中国古代社会现实和风俗以及人物性格，补充严肃史书之不足；历史剧的语言典雅和谐，超出一般剧作，用语也不同于日常会话。他发现中国戏剧并无严格意义上的宗教题材，那些表现迷信风俗的道士剧缺乏庄重严肃色彩。巴赞认为类型性格喜剧创作难度高，中

---

① ［法］安托万·巴赞著，赵颂贤译，白丁校《〈中国戏剧选〉导言》，载钱林森编《法国汉学家论中国文学：古典戏剧和小说》，外语教学与研究出版社2007年版，第42页。

② Antoine Bazin, *Le Siècle des Youên, ou Tableau historique de la littérature chinoise depuis l'avènement des empereurs mongols jusqu'à la restauration des Ming*, Paris: Imprimerie Nationale, 1850, p. 200.

国人做出了可贵尝试，尽管没有法国同类喜剧完美，但是仍然值得尊敬。情节喜剧是所有类型中最容易的一种，它们因情节跌宕而吸引中国观众，欧洲人对它们感兴趣则是因为其中展现的世情风俗。家庭剧描写日常生活，尤其是市井百姓的风俗习惯。巴赞认为中国人不善于想象，却喜欢创作神仙道化剧，而这一类剧作往往以滑稽搞笑取悦于人。公案剧则更加体现教化色彩，旨在鞭挞邪恶和异端行为，虽然广受欢迎，但是被巴赞认为在各类题材中成就最低。

法国历史学家、文献学家安培（Jean - Jacques Ampère，1800—1864）在著名的《两世界》（*Revue des deux mondes*）杂志上发表长文《论中国戏剧》（*Du théâtre chinois*），首先概述中国戏剧在欧洲的译介情况，表明欧洲人终于可以对“世界历史的体系和表述中常常遗忘的这个奇特民族的戏剧有所了解”，而且“在能够自由访问中国之前，了解中国的最好方式之一，就是研读其戏剧”。他阅读了马若瑟、儒莲、巴赞的元杂剧法译本，对作品的内容主旨和人物形象进行分析。在他看来，中国戏剧的劣势同时也是其优势，即它不被列于高雅文学之堂，因此可以摆脱学究范式，“尽管正统观念对白话文学不屑一顾，但这不是我们将之鄙夷的理由”。安培参引以往著述，介绍中国人的观戏风俗，称“中国人热爱看戏，任何节庆娱乐都离不开戏曲演出”，而“京城就有戏班七百”。①在场景和表演方面，安培认为中国戏剧与莎士比亚时代的英国戏剧不无相似之处，例如布景比较简约，而演员上台时自报身份和姓名的做法是初始阶段的戏剧惯例，在欧洲古代戏剧中也有此类现象但是并不常见。安培发现戏剧分幕分场的做法，中西皆同，而韵散夹杂则是中国古代戏剧的独特之处。他同样提到表达情感的抒情歌唱部分在古代中国和希腊戏剧中有相通之处。安培的《论中国戏剧》是汉学界之外的法国学者较早系统绍介

---

① Jean - Jacques Ampère, “Du théâtre chinois”, *Revue des deux mondes*, le 15 septembre 1838, 4e série, Vol. 15, No. 6, pp. 737 - 771.

中国古代戏剧的文献，所依据的都是从传教士到学院派汉学家的文献，说明汉学界译介成果已得到关注和兴趣。

在20世纪初，有过旅华经历的法国人对中国戏剧的认识不再局限于文学剧本，对其综合表演形式有了逐步了解。外交官莫朗（George Soulié de Morant，1878—1955）最早在《中国文学概论》（*Essai sur la littérature chinoise*，1912）中阐述元明文学时，对中国戏剧的源头、发展阶段、重要作家作品以及戏曲表演形式进行介绍，尤其对舞台艺术特征有过生动描述。论表演，他盛赞中国伶人摹态逼真传神："演员称为戏子，若以摹态逼真传神而论，其技艺之精堪称世间之最。"莫朗对中国传统戏曲象征化的舞台和写意的表演方式领悟在心："论布景则简约至极：屋内陈设是必不可少的，有时加一幕帘、一张床，但既无幕布，更无莎士比亚式的提示语"，"许多具体物什都被程式化的动作代替……要理解这些程式的含义，必须先具备一定的入门知识，一旦了然于心，便足以会意"。至于中国人的舞台妆扮，莫朗更是着迷："戏服华丽至极：刺绣、锦缎、翎羽，兼以颈饰，无不熠熠生辉，尽展东方古国服饰之美"，"除了戏服，脸谱也是一绝，大部分用来彰显人物性格"。① 至于对曲词唱腔的欣赏，莫朗表示那是一种无须理解的陶醉。这一番描述将东方古老戏剧传统的简约与繁华、真切与神秘表达得充分细致。

在20世纪的法国，较早翻译中国戏剧作品的是兼音乐学家、戏剧家、作家和汉学家于一身的路易·拉鲁瓦（Louis Laloy，1874—1944），他翻译改编元代马致远的剧作，亦有关于中国戏剧的论述。拉鲁瓦根据王国维的《宋元戏曲史》（1916）向法国人介绍了中国戏曲在起源、服装、道具、布景等方面与西方戏剧迥异的特征，但是也从中发现相似性，例如在追根溯源之后，他总结道："元代的中国戏

---

① George Soulié de Morant, *Essai sur la littérature chinoise*, Paris: Mercure de France, 1912, pp. 234 – 261.

剧就像16世纪末意大利的歌剧一样问世了”，这是因为他看到两种戏剧在中国和欧洲戏剧发展史上都具有划时代的重要性以及同样的综合性，又如他认为“我们的舞剧完全可能源于中国的歌舞戏，但与我们演出的舞剧相比，中国的这些戏剧更富于情节”。[①]

（二）戏剧研究专著

从19世纪晚期开始，在法国出现了介绍中国戏剧的书籍，从宏观上钩稽中国戏剧的历史发展并普及常识。1886年，清朝驻法外交官陈季同在巴黎出版法文著作《中国人的戏剧——比较风俗研究》（*Le Théâtre des Chinois, étude de mœurs comparées*），兼顾文学创作和表演艺术双重维度，涉及剧作家的创作和重要作品，以及演员地位、人物角色、行当、布景、服装等表演元素，也对当时已有法译本进行评述，其中还引用多部经典剧目台词进行分析。这部最早的中法比较戏剧著作为推广中国戏剧做出了贡献，在当时的法国文化界颇有反响。著名文学评论家布吕纳蒂耶（Ferdinand Brunetière，1849—1906）发表书评《谈中国戏剧》（*A propos du théâtre chinois*），对这门古老的东方艺术既有赞赏之处也有居高临下的审视。例如，在对比中西戏剧差异时，他指出“中国戏剧是一种显然十分古老的文明的杰作，正因如此，它在许多方面都很先进，但在另外一些方面却仍驻足于初级阶段，或者如果愿意，也可以说它早就故步自封”。在他看来，“中国戏剧在元朝就达到了我们在几个世纪之后才到达的地方，但是它们一直停留在那个时代没有继续发展”[②]。这一观点似乎与伏尔泰在一个多世纪前的评价大体相同。这种观察也说明，仅局限于文学性角度考量，西方学者对中国戏剧的本质特点尚无法产生全面和深刻的了解。

莫朗的《中国近代戏曲》（*Théâtre et musique modernes en Chine*，

---

① 参见［法］路易·拉卢瓦著，王云喜译，文沛校《论中国古典戏剧》，载钱林森编《法国汉学家论中国文学：古典戏剧和小说》，第63页、第58页。

② Cf. Ferdinand Brunetière, “A propos du théâtre chinois”, in *Revue des deux mondes*, tome 74e, 1886, pp. 15 – 16.

1926）是法国人撰写的第一部考察音乐在中国戏曲中的重要作用的著作，可以大致分为两部分——文字介绍和乐谱资料。文字部分有五章：前三章分别介绍中国戏曲表演的主要元素——戏院、角色与演员、剧本，后两章则为西方人研究中国戏曲音乐提供了宝贵资料，也是该书最有价值的部分。他非常重视中国戏曲的综合艺术性，尤其是音乐性，并在该书前言中写道："所有的中国戏曲作品中都或多或少地融入了音乐元素，而且在大多数作品中，舞蹈也是一个相当重要的成功因素。这是以前未被充分认识的方面，而我们在判断一部中国戏曲的译本时应当始终考虑到这个因素。我们习惯于拿它们来与西方文学中的戏剧相比较，而实际上它们与歌剧《蝴蝶夫人》或《托斯卡》的剧本更加相似。音乐能够弥补情节上的薄弱，一些本身没有实际意义的语句和一些欠生动的人物性格因而变得更易于被接受。"① 他感叹于"中国戏曲中的音乐在西方完全是一个未知事物"②，为了填补此项研究空白而着手收集乐曲资料。他在北京居住时，每天邀请一位乐师长和一位演员至家中重复表演一些戏曲段落，直到他能完整记谱为止。《中国近代戏曲》第四章便汇集了这些乐谱，包括唱腔与唱词，在此过程中，莫朗也得以了解一些关于作品创作来源的珍贵资料以及通行的术语和乐曲理论。此外，他还邀请法国作曲家安德烈·盖拉尔（André Gaihard，1885—1966）把所记乐谱根据法国百代唱片公司的艺术标准改写为钢琴曲："他在进行这项工作时全程得到原汁原味的乐队伴奏，他对中国记谱法及乐理的研究依据唱片的录制要求而

① George Soulié de Morant, *Théâtre et musique modernes en Chine, avec une étude technique de la musique chinoise et transcriptions pour piano, par André Gaillard*, Paris: P. Geuthner, 1926, p. XII, p. XIV.

② George Soulié de Morant, *Théâtre et musique modernes en Chine, avec une étude technique de la musique chinoise et transcriptions pour piano, par André Gaillard*, Paris: P. Geuthner, 1926, p. XII, p. XIV.

进行，从而保证其科学性。”[①]第五章的内容便是作曲家参考西方音乐体制对中国音乐的技术性研究，包括乐曲的历史、乐声、中式音阶、节奏、和声、复调、作曲、记谱、乐师、乐器等。而《中国近代戏曲》的第二部分乐谱资料共有 7 曲，除了《昭君出塞》等少数元曲，其余多为《翠屏山》等近代曲目。

莫朗完全以一种跨文化视角来推动中西文化交融，体现了一种兼容并蓄的心态。例如，他鼓励欧洲音乐人发现不同风格的中国戏曲音乐：“打击乐器的绝对主导地位、演唱者的尖利嗓音以及迥异于西方音乐的配器与和声方法会令一个不熟悉此道的西方人十分诧异。而真正的音乐人，如果摆脱了偏见，愿意打破条条框框的约束来欣赏新的表达方式，他们就会在一个不受任何教条束缚、以最细微情感为主导的艺术形式中发现许多新颖之处，其所采用的音乐手段和产生的音乐效果有可能革新我们的器乐演奏。”[②]可以说，《中国近代戏曲》有助于西方人更加全面了解作为舞台艺术的中国戏曲。

20 世纪初以来，法国出现了一些关注戏曲表演形式的书籍。1922 年，巴黎出版了《中国戏谈》（*Le Théâtre chinois*）[③] 一书，由中国人朱家健撰文、俄国画家雅科夫勒弗（Alexandre Jacovleff，1887—1938）配画插图并作序，从舞台表演的角度来介绍中国戏曲，主要内容涉及起源、种类和作用、舞台布景、演员、服装、化妆、道具、戏曲伴奏等方面。雅科夫勒弗曾经旅居日本，了解东方绘画艺术，因此他所配插图结合素描和水墨笔法，或表现演员的脸谱、戏服、舞台风

---

① George Soulié de Morant, *Théâtre et musique modernes en Chine, avec une étude technique de la musique chinoise et transcriptions pour piano, par André Gaillard*, Paris: P. Geuthner, 1926, p. XIV, pp. XV – XVI.

② George Soulié de Morant, *Théâtre et musique modernes en Chine, avec une étude technique de la musique chinoise et transcriptions pour piano, par André Gaillard*, Paris: P. Geuthner, 1926, p. XIV, pp. XV – XVI.

③ Tchou Kia – Kien, *Le Théâtre chinois, Peintures, sanguines, croquis*, Paris: M. de Brunoff, 1922.

采，或是伴奏者的表演，或是台下观众的神情，或是戏台全景，不仅栩栩如生，而且具有写意的东方神韵。汉学家伯希和（Paul Pelliot，1878—1945）曾在1923年3月的《通报》（*T'oung Pao*）上发表简短书评，称这部面向大众的作品虽然不能提供满足专家学者深入了解和讨论的所需细节，但是对元代之后的中国戏曲进行了恰到好处的概述，而且文字与图画相得益彰。① 这部图文并茂的戏曲书籍不仅具有美学欣赏性而且具有学术性，后来被转译为英文，1927年在伦敦出版。

其他类似的戏曲书籍也次第出现。著名戏曲理论家齐如山1928年在北华印刷局出版《中国剧之组织》一书，全书分为唱白、动作、衣服、盔帽靴鞋、胡须、脸谱、切末物件、音乐共8章，介绍京剧传统剧目演出的大致情况，主要是供在华外国人观看京剧时参考的资料，内附多幅插图，分类详细。该书的脸谱、行头等主要章节由曾旅居中国近半个世纪的汉学家铎尔孟（André d'Hormon，1881—1965）译成法文，以《戏曲行头装扮谱录》（*Répertoire des maquillages de théâtre*）为书名先后在海内外出版。② 比利时人普佩（Camille Poupeye，1874—1963）对亚洲戏剧颇有研究，1933年在巴黎和布鲁塞尔同时出版《中国戏曲》（*Le Théâtre chinois*）③ 一书，勾勒中国戏曲发展史，并附有41幅版画插图，图文并茂。该书在1933年至1984年间以英法双语共计重版17次。1935年，美国汉学家阿林顿（Lewis Charles Arlington，1859—1942）所著《中国戏剧史》（*The Chinese Drama from the Earliest Times until Today*，1930）被转译为法文④，该

---

① Cf. Paul Pelliot, "Reviewed work, Tchou Kia－Kien, *Le Théâtre chinois*, Peintures, sanguines, croquis, et préface d'A. Jacovleff", *T'oung Pao*, second series, Vol. 22, No. 1（mars 1923）, pp. 55－56.

② Chi Ju－shan, *Répertoire des maquillages de théâtre*, avec une traduction française par André D'Hormon, Shanghai：Shanghai Bookstore, 1930. 感谢北京外国语大学梁燕教授为考据此书提供线索。

③ Camille Poupeye, *Le Théâtre chinois*, Paris & Bruxelles：Editions Labor, 1933.

④ *Le Théâtre chinois depuis les origines jusqu' à nos jours*, trad. de l'anglais par G. Uhlmann, Peking：Henri Vetch, 1935.

书介绍了中国戏剧的起源、角色、服装、音乐以及与社会风俗的关系，是一部关于中国戏剧的整体研究，并且提供了30个剧目的简介概述，配有115幅彩色版画。中国戏曲艺术逐渐以其完整和综合的形式与面貌出现在欧洲读者眼前。

20世纪上半叶，留法学人在国外推广中国文化者众多，除诗歌、小说领域外，亦有三位著名学人完成了以戏剧为主题的博士学位论文。在中国话剧史上具有重要地位的陈绵1929年出版博士学位论文《中国近代戏剧》（*Le Théâtre chinois moderne*）①，勾勒从1853年至1929年中国戏剧发展状况，以京剧为中心，分7章介绍近代中国戏剧的起源、京剧表演艺术，亦有一半篇幅论及京剧剧本及其思想性、道德性、文学性，借用主题方法将京剧剧目分为历史剧、浪漫剧、神话剧和社会剧四类题材，并探讨戏曲与小说之间的密切联系。“陈绵从昆曲的衰落写起，以新剧的各种尝试作结，其目的并不只在于历史性的回顾，而更试图以中国戏剧为样本，勾勒出中国文明寻找现代性的进程。”②

蒋恩铠幼时学习过昆曲和京剧，留学巴黎时师从汉学家葛兰言（Marcel Granet，1884—1940），1932年完成的博士学位论文《昆曲：中国古代戏曲》（*K'ouen K'iu, le théâtre chinois ancien*）是法国出版的第一部昆曲研究专著，对昆曲源流和体制进行详尽述介。蒋恩铠尤其侧重昆曲剧本分析，摘译《琵琶记》《狮吼记》《长生殿》等多部折子戏的曲文以论证曲词与曲牌之间的内在联系。他指出昆曲剧本兼顾抒情与叙事，同样展现出中国文学的精致、委婉和细腻，具有很高的文学价值。此外，蒋恩铠也对当时中国学界的戏剧研究进行综述分析，其中王国维《宋元戏曲史》、陈乃乾《重订曲苑》、吴梅《中国戏曲概论》等12种著作得以被介绍。蒋恩铠后来成为国民党政府驻

① Tcheng Mien, *Le Théâtre chinois moderne*, Paris: Les Presses modernes, 1929.

② 罗仕龙《从继承传统到开创新局——二十世纪前半期法语世界的中国戏剧研究》，《汉风》2017年第2期，第87页。

法外交官，经常在外事社交场合表演昆曲或京剧，使得中国戏曲为更多海外人士所知。

中华戏曲专科学校校长焦菊隐1935年留学法国，1937年获巴黎大学文学博士学位，论文题目为《今日之中国戏剧》（*Le Théâtre chinois d'aujourd'hui*）。20世纪上半叶正值中国戏剧新旧更迭之际，焦菊隐的论述兼顾传统戏曲和现代戏剧。他在论文中提供了晚清民国戏剧界整理的剧本集，如《缀白裘》《戏考》《戏学汇考》等，丰富了法国汉学界和戏剧界对中国古代戏曲的认识。作为一个实践经验丰富的戏剧人，焦菊隐认为昆曲是古典戏剧文学的巅峰，昆曲衰落之后，民间戏曲的流行导致文学成分减少。他观察到戏曲艺人对剧本的改造，经过数代艺人改写的剧本越来越适用于舞台，却逐渐偏离原来的文学语言和风格。焦菊隐对中国传统戏曲创作和表演之间的变化关系所作描述十分准确，而此二者之间的消长关系在20世纪法国戏剧发展历程中也同样可见。

综上所述，在19世纪，作为传播主体，法国学院派汉学家系统逐译元杂剧，对中国戏剧的认识逐渐全面和深化。汉学界的译介成果产生一定的传播效果，得到法国学界其他领域学者的关注，他们也对旨趣不同的东方戏剧产生兴趣，并在重要刊物上撰写评论文章，有意将遥远的中国戏剧文学纳入世界文学版图之中。至20世纪上半叶，汉学家们对中国戏剧的起源和发展以及舞台艺术本身的特点开展研究，既有普及性介绍，也有专业性研究；既有戏剧学专著，也有中国文学史中的戏剧概述和学术刊物上的文章。然而，中国戏剧在法国的翻译未能延续19世纪的热潮，剧本的翻译数量减少；与诗歌和小说体裁相比，从事戏剧译介的学者较少，戏剧研究未能得到充分开展。

二　舞台传播：法国人观中国戏

戏剧是一门综合性的舞台艺术，其剧本具有文学性，其表演具有舞台性和观赏性。在20世纪，随着中西方交流的日益频繁，越来越多的西方人得以以直观的方式认识中国古代戏剧，而不再像从前那样只能把古老的东方戏剧当作案头文章来读。

（一）文字记述中的中国戏曲表演

耶稣会士杜赫德（Jean - Baptiste Du Halde，1674—1743）最早在《中华帝国全志》（*Description géographique*, *historique*, *chronologique*, *politique et physique de l'empire de la Chine et de la Tartare chinoise*，1735）中转载白晋（Joachim Bouvet，1656—1730）神父受到中国达官贵人邀请赴宴和参加堂会的描述，涉及场地布置、剧目选择和文武场编制等事宜，然而语焉不详。[①] 1792—1794年，英国使臣马戛尔尼（George Macartney，1737—1806）率团访华觐见清乾隆皇帝，成为中西交流史上一个重要事件。英国使团在华期间曾受邀观赏昆曲《四海升平》，这一难得的观剧经历被使团成员记载，后来在19世纪被法国《表演年鉴》（*Almanach des spectacles*，1823）、《世界民众百科全书》（*Encyclopédie des gens du monde*, *répertoire universel des sciences*, *des lettres et des arts*，1835）等百科全书和戏剧书籍转述。汉学家小德经（Chrétien - Louis - Joseph de Guignes，1759—1845）在游记《北京、马尼拉与法兰西岛之旅：1784—1801年》（*Voyage à Peking*, *Manille et l'île de France*, *faits dans l'intervalle des années* 1784—1801，1808）中记述了一次在中国的观戏经历，根据内容推断可能是清乾隆年间流行的昆曲——方成培《雷峰塔》传奇。[②] 法国驻华领事于勒·阿莱恩（Jules Arène，1850—1903）在见闻录《俗雅中国》（*La Chine familière et galante*，1876）中记述中国人的文化生活，其中“戏园”部分多次

① Cf. Jean - Baptiste Du Halde, *Description géographique*, *historique*, *chronologique*, *politique et physique de l'empire de la Chine et de la Tartare chinoise*, Paris: P. G. Le Mercier, Vol. 2, 1735, pp. 96 - 97, pp. 112 - 116.

② 参见罗仕龙《昆曲在法国的传播、发展和研究》，《华文文学》2021年第5期，第78～79页。

描述戏曲艺术和观戏风俗，甚至还记录了一些意趣盎然的民间小戏的剧情，从中可管窥中国民俗，如《打金枝》《拾玉镯》《郭华买胭脂》《铁弓缘》和《拔兰花》等。以上是零星可见的来华传教士和外交官观看戏曲演出的文字记载。作家巴尔扎克的画家好友博尔热（Auguste Borger，1808—1877）曾经环游世界和采风，在《中国与中国人》（*La Chine et les Chinois*，1842）一书中记述1839年5月澳门妈阁庙前热闹非凡的观戏场景，露天场地上座无虚席，观众甚至需要爬竿看戏。这便是岭南地区竹棚剧场中上演的粤剧。① 广州发行的英语报刊《中国丛报》（*The Chinese Repository*）在1838年4月刊登了美国商人亨特（William C. Hunter）的《中国戏剧评论，并附闹剧〈补缸〉译文》（*Remarks on the Chinese Theatre; with a Translation of a Farce, entitled "The Mender of Cracked Chinaware"*），译文被笔名为"老尼克"（Old Nick）的法国作家都朗－弗尔格（Paul－Emile Daurand－Forgues，1813—1883）所用，后者在虚构的中国游记《开放的中华：一个番鬼在大清国的历险》（*La Chine ouverte：Aventures d'un fan－koueï dans le pays de Tsin*，1845）中描述法国人在中国朋友家的堂会观看滑稽戏《补缸》（京剧、豫剧、河北梆子中都有类似剧目）。"一位在华的美籍商贾英译的中国滑稽小戏，辗转流传到法国，竟成为法国作家笔下所描述的中国戏剧演出实况。而也正因为这本虚构的游记，让一出从未译为法语的趣味民间小戏，将其活泼旺盛的生命力展现在十九世纪中期的法国读者眼前。"②

在20世纪之前，中国人前往欧洲者甚少，法国人在本国舞台上观赏中国人表演戏剧的机会亦是难得。晚清学者王韬游历欧洲，适逢

① 参见［法］奥古斯特·博尔热著，钱林森、张群、刘阳译《奥古斯特·博尔热的广州散记》，上海书店出版社2010年版，第79～80页；陈雅新《西方史料中的19世纪岭南竹棚剧场——以图像为中心的考察》，《戏曲研究》第112辑，文化艺术出版社2020年版，第160～178页。

② 罗仕龙《从〈补缸〉到〈拔兰花〉：十九世纪两出中国小戏在法国的传播与接受》，《戏剧艺术》2015年第3期，第109页。

1867年巴黎举办万国博览会，他在《漫游随录》中有如下记录："余闻有粤人携优伶一班至，旗帜新鲜，冠服华丽，登台演剧，观者神移，日赢金钱无算。"① 据此，目前所知中国人在法国最早的戏曲演出可能便是此次博览会上的粤剧表演，而且观者甚众。以中国题材擅长的女作家朱迪特·戈蒂耶（Judith Gautier，1845—1917）不仅译有中国诗歌选集《玉书》（*Livre de Jade*，1867），也对中国戏剧颇有领悟，她将汉学家巴赞翻译的《㑇梅香》改编为《白鸽》（*Le Ramier blanc*）一剧，只保留原剧中男女主人公互生爱慕、互揣心意的一幕，1880年在巴黎沙龙女主人波瓦丽夫人（Madame la Baronne de Poilly）宅邸中演出。1889年，她又将《货郎旦》改编为具有日本风情的《卖笑妇》（*La Marchande de sourires*），在巴黎著名的奥德翁歌剧院公演。此外，应当时法国最有名的女演员莎拉·伯恩哈特（Sarah Bernhardt，1844—1923）之邀，她还与作家皮埃尔·洛蒂（Pierre Loti，1850—1923）共同创作过一部以晚清动荡社会为历史背景的戏剧《天之娇女》（*La Fille du Ciel*，1911）②，虽未搬上法国舞台，却于1911年秋在纽约公演。尤值得一提的是1896年4月22日在巴黎新舞台剧院上演的《拔兰花》，剧本应当是根据阿莱恩《俗雅中国》中所记述的剧情而来，知名作家孟德斯（Catulle Mendès，1841—1909）在评论中称赞"文笔流利的译者勇气可嘉，他保留了原著中震撼人心的部分，并且有技巧地删减了原著里不合常理的部分"③。从报刊时评中可以看出，法国演员们的表演相当成功，呈现了一场"趣味且风雅，素朴却精细"④ 的喜剧。该剧"并不能算是真正照本演出的中国戏曲剧本"，但是具有重要意义，"因为它极有可能是法国戏剧史上第一次演出的中国戏曲剧本"，"是一次大胆且成功的尝试。《拔兰花》在

---

① 王韬《漫游随录》，社会科学文献出版社2007年版，第73页。

② Judith Gautier & Pierre Loti, *La Fille du Ciel*, Paris: Calmann - Lévy, 1911.

③ Catulle Mendès, "Premières représentations", *Journal*, 23 avril, 1896, p. 2.

④ A. - Ferdinand, "Les Théâtres", *Mercure de France*, juin 1896, p. 462.

一个大型的剧院公开演出，吸引时人、报刊与剧评界注意，见证了中国戏曲在海外传播的重要轨迹”。①

自19世纪下半叶始，随着中西人员来往交流逐渐频繁，中国戏曲终于在法国观众面前展现其艺术全貌。外交官作家克洛代尔（Paul Claudel，1868—1955）旅居中国多年，他在中国创作的散文诗集《认识东方》（*Connaissance de l'est*，1900）中有“戏台”一篇，首先呈现的是一段整体描述：“广东会馆的一个角落上供奉着财神，其内厅中央摆着若干巨大坐椅，绚丽庄严，气派非凡，然从无人坐，形同虚设。就像欧洲人俱乐部总要有个图书馆一样，人们在这座建筑物前面院子的一侧，建造了一座金碧辉煌的戏台。”克洛代尔感受到戏台的气派和庄严，但是也发现西方舞台剧中那种分隔内外的大幕在此并不存在。在戏台上，“每个演员都像裹着什么穿透不过的织物似的”，“剧中人物穿着各种服饰登场，只是不停地动作，但脸上毫无表情。头上披戴着金珠，身上穿着所扮角色的衣裳，整个面部都隐藏在厚厚的脂粉和脸谱里面，什么都盖得严严的，剩下的就只有动作和声音了”。这位法国观众还没有来得及参透中国戏曲中神秘的服饰和脸谱符号，又继续细致描述伴奏音乐，不仅介绍各种乐器，而且动用各种感官意象和通感手法来描述表演效果，这是一个“锣鼓喧闹”和“纷然杂陈”的舞台，带给西方观众的印象是一种难以理解的怪异之美。②

来华旅行者有传教士、商人、外交官、普通游客等，游记中的观戏感受大同小异：观众席和演出舞台都置于同一空间，没有灯光和幕布进行区分，破坏了戏剧的幻觉，这一点甚至被认为是中国戏剧仍然处于初级阶段的表现；戏台没有真实布景，演员的妆容和服装鲜艳、

① 参见罗仕龙《从〈补缸〉到〈拔兰花〉：十九世纪两出中国小戏在法国的传播与接受》，《戏剧艺术》2015年第3期，第113页。

② 参见［法］克洛代尔著，徐知免译《认识东方》，上海人民出版社2007年版，第42～43页。

夸张，被认为缺乏现实感；表演程式化、男扮女装、宾白与演唱交错混合等特点被认为是虚假造作，戏曲伴奏被认为是喧闹的噪声。这种表述反映了西方观众对中国戏曲表演的不适应。每个民族都有自己的审美维度和接受习惯，拉鲁瓦中肯地指出："如果说这喧闹的声音对一个欧洲听众来说，引起的是惊奇，而不是入迷，那么有必要提醒大家注意一个刚刚从我们的音乐厅出来的中国人说的话：'每当我们听不懂的时候，就会觉得声音太嘈杂。'"① 比较文化学者艾田蒲（René Etiemble，1909—2002）曾经回忆他最初接触中国戏曲时的感受："我的导师、汉学家、当时的歌剧院经理路易·拉鲁瓦（Louis Laloy）第一次让我去他家听一张中国戏剧唱片时，我感到无比刺耳，就像钱德明神甫为了在宫廷受到青睐，用羽管键琴或长笛，给中国人演奏他认为的那些西方音乐的代表作品时，中国人听了觉得不舒服一样。……我后来不得不听了很多中国音乐，才不至于感到刺耳。"② 比较文学学者戴特丽（Muriel Détrie）认为，西方观众产生否定看法的根本原因是他们不了解中国戏曲的美学原则，在面对有悖于自己欣赏习惯的艺术形式时不知所措，但是又从未想过质疑自身习惯。"中国戏剧在初接触时令他们着迷，被看作一种色彩强烈的娱乐节目，但很快就变得令人生厌，无论是表演手法还是音乐、演唱统统表现出了一种低劣的情趣。"③ 可见，在被异国情调吸引之后，源自本民族的文化中心主义或是优越感所塑造的审美观往往会导致对不同艺术形式的否定和排斥。

（二）中法戏曲艺术交流之肇始

自20世纪初始，中国戏剧的传播途径不再局限于文本，而是越

---

① Louis Laloy, *La Musique chinoise*, Paris: H. Laurens, 1910, pp. 115 - 116.

② ［法］艾田蒲著，许钧、钱林森译《中国之欧洲》下卷，广西师范大学出版社2008年版，第98页。

③ ［法］戴特丽著，孟华译《法国人对中国戏剧的认识》，《国外文学》1991年第2期，第154页。

来越多地以舞台艺术呈现。首先，我们看到更多为舞台演出而译的戏剧作品，例如拉鲁瓦在留法学人李石曾的协助下翻译改编《汉宫秋》，1911 年在巴黎艺术剧院上演。我们也发现中国戏曲可能会以其他更加现代的方式得以传播，如拉鲁瓦《黄粱梦》的改写本在 1942 年被法国国家广播局录制为广播剧。尽管并非忠实的翻译，但拉鲁瓦跨文化、跨媒介的戏剧改编是迄今为止唯一可见的法语版戏剧《黄粱梦》和《汉宫秋》，具有难得的完整性。他也在所编译的《亚洲三剧》（*Trois drames de l'Asie*，1943）序言中写道："我不是伏尔泰，但是我认为自己与他拥有同样的权利，在远离所谓基督教欧洲的古典文化之外，像他那样寻找我的戏剧人物，并像高乃依、拉辛和歌德那样对中国和印度作者的原著，根据我的才能进行再创作。"①

在 20 世纪 20 年代，刚刚经历一战的法国人在对欧洲文明失去信心之时对异域文化产生浓厚兴趣，法国舞台也上演诸如《图兰朵》（*Turandot*）、《中国皇帝》（*L'Empereur de Chine*）、《鸳鸯会》（*Le Club des canards mandarins*）等由西方人创作的中国题材剧。重要的是，法国戏剧界部分人士已经通过《中国戏谈》等画册直观地了解到中国戏曲艺术，并从中直接借用一些表演方式，其中最引起其兴趣且最方便采用的是脸谱，阿尔托（Antonin Artaud，1896—1948）就是直接将脸谱艺术运用到舞台上的法国戏剧人。当时，他已经加入著名戏剧家杜兰（Charles Dullin，1885—1949）的工作坊，1922 年在出演意大利戏剧家皮兰德娄（Luigi Pirandello，1867—1936）《诚实的快乐》（*La Volupté de l'honneur*）的剧中角色时，就给自己化了一个脸谱妆。杜兰也对东方戏剧颇有兴趣，但是他当时认为阿尔托的做法比他走得更远而且更为大胆。当年，在作家科克托（Jean Cocteau，1889—1963）的戏剧《安提戈涅》（*Antigone*）上演时，阿尔托的女友阿塔纳修（Génica Athanasieu，1897—1966）扮演女主角，她的妆容也与中国戏

① Louis Laloy，*Trois drames de l'Asie*，Paris：La Baconnière，1943，p. 1.

剧脸谱有几分相似，当时有文章评论说“阿塔纳修小姐像是一个中国女人”①。

科克托1936年曾经在其环球之旅中短暂到访中国香港和上海，在这位远方来客看来，东方国度拥有丰富而独特的戏剧艺术。在中国戏曲中，科克托尤其欣赏“超越自然的性别之美”② 的反串表演。他最熟知和钦佩的中国演员无疑是京剧艺术大师梅兰芳。后来，科克托导演的电影《美女与野兽》（*La Belle et la bête*）1946年在上海上映，梅兰芳在一场放映晚会上朗读了科克托的书信致辞，这位法国艺术家将戏剧艺术和电影艺术看作一种宗教，并认为梅兰芳“是这门宗教里伟大的教士”，愿意“借梅兰芳之口向深沉伟大的中国致敬”。③ 科克托在信中表达了对中国戏剧和艺术家的热爱之情，并有意在电影艺术中让东方的传统戏剧与西方的经典童话默契交融。

随着中法人文交流的发展，中国戏剧走出国门，更为海外人士所知。1928年，昆曲大王韩世昌先生访日，受到热烈欢迎。京剧艺术家梅兰芳虽然没有到访法国，但是其艺术声誉已经传播到巴黎这个世界文化之都。在他1919年首次访日演出当年，法国12月21日《镜报》（*Le Miroir*）就最早进行了报道。此后，在1928年至1930年，法国《戏剧报》（*Comoedia*）对梅兰芳的演出动态一直保持关注，尤其以其赴美演出前后报道和评论居多，并附有剧照或生活照。④ 此外，戴特丽认为不应排除可能存在的间接影响：“他1930年在美国和1935年在苏联的演出对外国戏剧家或导演，如布莱希特、斯坦尼斯拉夫斯基产生了巨大的影响。这些人稍后又对法国戏剧界产生了很大

---

① Florence de Mèredieu, *La Chine d'Antonin Artaud*, s. l., Blusson, 2010, pp. 15 – 16.

② Jean Cocteau, *Essai de critique indirecte*, Paris: Grasset, 1932, p. 111.

③ 参见［法］让·科克托著，周小珊译《关于电影》，华东师范大学出版社2005年版，第208～209页。

④ 参见梅兰芳纪念馆馆藏资料。

的影响。”①

1930 年，李石曾在南京创办集研究、教学和表演实践为一体的学术机构中华戏曲音乐院，北平分院由梅兰芳、齐如山主持，南京分院由程砚秋、金仲荪主持。在李石曾的影响和支持下，程砚秋于 1932 年 1 月至 1933 年 4 月游历苏联、德国、法国、英国、意大利、比利时和瑞士七国。与梅兰芳出国巡演有所不同，程砚秋的欧洲之行以考察和学习国外戏剧为宗旨，但是所到之处亦有小规模的表演展示以及与欧洲戏剧界人士的交流。

1932 年 1 月 28 日至 5 月 10 日，程砚秋在巴黎逗留三月有余，参观考察多家话剧院和歌剧院以及戏剧、音乐学院，“受到了法国国家大剧院秘书长赖鲁雅的热情接待”②，赖鲁雅即兼治汉学的戏剧家拉鲁瓦。经其引见，程砚秋得以结识多位欧洲戏剧界人士。在《程砚秋赴欧考察戏曲音乐报告书》中，他详述欧洲游历过程和见闻以及与法国戏剧界人士的交流，其中对中国戏剧艺术有所了解的表演家兑勒“改良戏剧多年，反对写实很力。他对于我国戏剧，认为有真价值，很是信仰”，认为“欧洲戏剧和中国戏剧的自身都各有缺点，都需要改良。中国如果采用欧洲的布景以改良戏剧，无异于饮毒酒自杀，因为布景正是欧洲的缺点”。当程砚秋将中国戏剧舞台上的净幔之法告诉欧洲同行时，他们表示“意外的倾服和羡慕，至于赖鲁雅先生，则更是极端称许，认为这是改良欧洲戏剧的门径”。中法戏剧家们关于表演方式的讨论则更加有趣，程砚秋一一转述：“提鞭当马，搬椅作门，以至于开门和上楼等仅用手足作姿势，国内曾经有人说这些是中国戏剧最幼稚的部分，而欧洲有不少的戏剧家则承认这些是中国戏剧最成熟的部分。……在法国，兑勒也曾提起这种办法，而认为这是可珍贵的写意的演剧术。”在巴黎观剧颇多的程砚秋曾看过兑勒（程砚

---

① ［法］戴特丽著，孟华译《法国人对中国戏剧的认识》，《国外文学》1991 年第 2 期，第 161 页。

② 洪欣《程砚秋赴欧考察》，《当代戏剧》1986 年第 2 期，第 58 页。

秋本人又曾译为“推赖”）的舞台表演，发现“有许多动作同我国相近”。程砚秋又引述见闻颇广的《小巴黎人报》[①]（*Le Petit Parisien*）总主编对中国戏剧的评价：“中国戏剧已经进步到了写意的演剧术，已有很高的价值了，你还来欧洲考察什么?”这种认识已经是欧洲戏剧家对中国戏剧的普遍共识。中国戏曲的化妆和道具也引起欧洲专业人士的兴趣，程砚秋尤其提到脸谱的价值：“兑勒向我要去许多脸谱，我以为他只是拿去当一种陈列或参考而已，后来看见《悭吝人》中有一个登场人是红脸的，才知道欧洲人是在学我们了，脸谱是一种图案画，在戏剧上的象征作用有时和灯光产生同一的效果，法德两国已有一些戏剧家是这样的意见了。”[②] 由此可见，法国戏剧界有识之士对中国戏剧艺术以及相对于西方戏剧的特点和优势已有一定了解和借鉴。

程砚秋5月赴德国，在7月底又回法国，抵达南方城市尼斯参加国际新教育会议，不仅发表了题为《中国戏曲与和平运动》的演讲，而且清唱了《骂殿》和《荒山泪》选段，受到观众欢迎。继而，他于8月转赴里昂，15日在中法大学[③]欢迎会上演唱，引起当地新闻界的关注。翌日，里昂《进步报》（*Le Progrès*）等均有报道，称其在二胡伴奏下，“以圆润之歌喉，圆润之心情，作尖锐洪亮而又不用其谈话之音声歌唱”，“时而作急促之歌，时而作舒缓之调，为吾人向所未闻之声音”，“此锐敏之歌声，在吾欧洲人初次闻之，未甚了解，第觉其可听，而在中国之知音者聆之，则不禁心旷神怡矣”。[④] 此番

---

① 程砚秋文中的《小巴黎报》应为《小巴黎人报》（*Le Petit Parisien*），发行于1876年至1994年间，是法兰西第三共和国时期发行量最大的日报。

② 参见《自巴黎致南京戏曲音乐院北平分院研究所同人书》《程砚秋赴欧考察戏曲音乐报告书》，载程砚秋著，程永江编，钮葆校勘《程砚秋戏剧文集》，华艺出版社2010年版，第23页、第71~72页。

③ 中法大学（1920—1950）是一所施行法国教育制度的私立大学，创始人为校董事会董事长李石曾，聘蔡元培为校长，为中国科学界、教育界和文化艺术界培养了数百名人才。1921年，中法大学在法国里昂成立海外部。

④ 《法国里昂中法大学招待新中国首席歌剧家程砚秋记》，载程砚秋著，程永江编，钮葆校勘《程砚秋戏剧文集》，第26~27页。

报道和描述真实再现了法国听众对中国京剧表演的陌生和好奇之心。综上所述，程砚秋赴欧考察不仅是当时中国梨园界的一件大事，也是中欧戏剧交流中的一个重要事件。所到之处，他在与国外同行的交流中宣传和推广中国戏曲艺术，并且通过欧洲之行反观了本国艺术的优势所在，从某种程度上寻回文化自信，获得了丰硕的访问成果。

20 世纪上半叶，中国和欧洲大陆战事纷纭，虽有民间文化人士的交往，但是政府间的文化交流和大规模的文化活动难以开展。至 20 世纪下半叶，中法双边人文交流更加频繁。1955 年，巴黎举办第二届国际戏剧节，邀请中国艺术家参加，法国观众才第一次看到了正式出访法国的新中国戏剧团体的舞台表演。

结　语

在 19 世纪和 20 世纪上半叶，随着中法人文交流的发展，中国戏剧在法国的译介和传播历程中出现了较多变化。首先是从早期的单向传播发展为双向传播，起初只有少数法国汉学家从事译介，随着 19 世纪下半叶中法之间交流与冲突的出现，中外学者、外交官、旅行者都成为传播主体，学术性著作、中国见闻录或是艺术画册构成多元化的传播载体。传播方式也从文字著述拓展到舞台表演，两国戏剧界人士的直接交流更是促进了欧洲人对中国戏剧艺术的认知。从传播效果而言，如果说普通观众对于中国传统戏剧既充满好奇又感受到审美差异和障碍，20 世纪上半叶的法国戏剧界专业人士则已发现中国传统戏剧美学的独特魅力。

（车琳　北京外国语大学外国文学研究所教授）

伯希和《中国戏剧》《评王国维遗书》中的中国戏剧观念初探*

刘　蕊

一　伯希和《中国戏剧》

1926年10月26日，法兰克福大学中国学院（China – Institut an der Goethe – Universität Frankfurt am Main）举办第一次秋季大会。法国汉学家伯希和（Paul Pelliot，1878—1945）受邀参会，当晚以“中国戏剧”为主题发表演讲。会后，胡适记述日记，道：“他（伯希

* 本文为国家社会科学基金图书馆、情报与文献学青年项目“法兰西学院汉学研究所馆藏汉籍整理与研究”（项目编号：18CTQ010）、上海市浦江C类人才计划“法兰西学院汉学研究所藏中国近代文献的整理与研究”（项目编号：21PJC061）阶段性成果。

和）讲中国戏剧，用王静庵的材料居多。”[1] 次年，伯氏的演讲内容被整理成德文，刊发在《汉学》[2] 1927年第2辑第1期，题名即《中国戏剧》[3]。可以说，此文是伯希和第一篇专门讨论中国戏剧的文章，只是鲜有学者关注。

伯希和是20世纪上半叶巴黎学派的领军人物，在历史学、敦煌学、考古学和语言学等领域成就卓著，但于中国戏剧一域确非行家。他与王国维相识于1909年，此后二人间有书信往来。王国维被尊为中国戏曲研究之鼻祖，若按常理论，不擅戏剧研究的伯希和采用王氏的材料讲中国戏剧，似不足为奇，胡适之说或许无疑。但若进一步深究伯氏讲中国戏剧究竟利用了王氏哪些材料，则需先了解《中国戏剧》一文的具体内容，并与王氏有关著述相较，方见真知。同时，这也是解释胡适观点是否得当的关键所在。

如前文所述，《中国戏剧》一文源自伯希和会议讲演内容，后被整理成德文登载于《汉学》1927年第2辑第1期。《汉学》由法兰克福大学中国学院创建者德国汉学家卫礼贤（Richard Wilhelm，1873—1930）创办，是20世纪20—40年代德国最重要的汉学研究刊物之一。[4] 然而，或碍于语言，伯希和《中国戏剧》自刊发至今，鲜有学者论及。

《中国戏剧》全文共分为八段，开篇首段道明刊文缘起，随后为讲演主要内容，译文如下：

> 1926年10月26日，来自巴黎大学的伯希和教授在中国学院第一次秋季会议上谈及中国戏剧。我们非常希望，未能与会的成员能够有机会了解伯希和教授关于中国戏剧艺术和

---

① 胡适著，曹伯言整理《胡适日记全编4（1923—1927）》，安徽教育出版社2001年版，第411页。

② 《汉学》（*SINICA*），又译作《中国学》或《中国学刊》。

③ 参见Paul Pelliot，“Chinesisches Drama”，*Sinica* 2，No. 1，1927，pp. 7 – 8。

④ 参见王勇《王光祈与〈SINICA〉》，《音乐艺术（上海音乐学院学报）》2004年第4期，第23页。

技艺的导论，现将主要内容刊印如下。

在中国社会生活中，尽管戏剧具有陶冶情操、启迪心灵和培养高尚品质的效果，但其最重要的社会功能乃是供观众消遣娱乐。正是如此，文人、士大夫并未将戏剧看作真正意义上的艺术。在这一点上，中国戏剧与欧洲的流行音乐相类似，在艺术中处于模棱两可的地位。

中国戏剧主要源自最古老的宗教仪式、杂技艺术、音乐。戏剧至今依然借鉴宗教仪式中的伴舞，通常使用宗教庆祝活动常用的舞蹈面具，诸如动物头像、丑恶的面孔，以及可怕的恶魔头像等。杂技艺术在某种程度上是与舞蹈中的魔幻特点相对应的，而音乐又是连接伴舞和杂技这两者的纽带。

最初，戏剧可能服务于宗教，但是后来与宗教庆典共同来娱乐参与者。戏剧的源头最早可追溯到唐代，但却没有留存任何证据。宋以后，戏剧发展成为一种独立的艺术。至宋末，诗人王实甫的一部剧本为人所知。而戏剧在蒙古人统治时期（1206—1368）达到了鼎盛，戏剧作品纷纷涌现，流传至今。在欧洲，巴赞于1838年首先对中国戏剧进行研究，并翻译了部分戏剧作品。我们可以清晰地区分角色戏剧、资产阶级戏剧、历史戏剧和神话童话戏剧这4种戏剧类别。戏剧作品通常取材于散文文学。至明代，古典戏剧已经衰败。或许在今天仍然能看到这类戏剧，但从日常生活中取材的言语粗俗的喜剧已经成为当今潮流。有时人们会再次采用古典戏剧中的素材，配以讽刺的形式，去除魔幻元素，仅对其中现实的部分进行加工创作。

在现代和古代戏剧中，依照戏剧的通俗性，人物脚色已经典型化，即6种固定刻画的脚色反复出现。类似于欧洲的男丑和女丑，这些脚色没有名字，只以其典型的标志出现。

宗教人物，例如和尚、外国宗教中的信徒，也占据了举足轻重的地位。此外，还有一个仅有荣誉称号却无职位的官员，一直充当被众人嘲笑的对象。情人（女人）的脚色一贯是由男性演员扮演，因为中国剧院里在当时并没有女性演员。由男性扮演的女性脚色如此逼真，以至于即使是在有女性演员的今天，对女性脚色最好的诠释往往也是来自男性演员。

戏剧人物的服饰与其脚色特征保持一致，每个人物都有其专属的颜色。脸上奇妙甚至荒诞的彩绘，也都有着非常具体的规定。

与繁复华丽的服饰相对应的却是极其朴素的舞台。唯一的背景是后墙壁，左右两扇门：演员从左门登场，由右门离场。道具也很原始——桌椅叠放起来代表一座山，红色的圆盘代表太阳，英雄骑马则用一根类似于欧洲儿童的木马头一样的小棍子来饰演。由于中国戏剧舞台三面敞开，延伸向观众，所以观众可以从三个方向看戏。中国戏剧情节连贯，常常连演数日，一天中大部分时间都有演出。观众来去自如，常常将食物带进剧院。座位前放置有低桌子或长板凳，便如同在家一般。一家人通常使用厢座。观众们会吵闹、聊天拌嘴，因此往往跟不上演员的台词。但如果戏迷们沉醉其中，则会密切关注舞台上的一举一动。观众们异常丰富的面部表情配合着剧情，成为了“剧中剧”。在较小的城市演出的多为巡回表演的戏班，可以迅速搭建起临时的简易戏台。而在口岸城市，特别是北京，则有固定的戏台。在这里也诞生出“名角”这一概念，有时是战士，有时是神甫，又或者是脱颖而出的女演员。

中国戏剧不同于欧洲戏剧的主要特点在于：“中国戏剧”赋予了观众更广阔的想象空间，观众在看戏时仿佛成为了“诗人”。①

二 《中国戏剧》与《宋元戏曲史》

通览《中国戏剧》，伯希和以戏剧在中国社会的功能和地位作为切入点，主要讨论中国戏剧的历史渊源与发展、戏剧脚色，以及与戏剧演出密切相关的服饰、舞台布景、剧院等。他以欧洲的流行音乐、丑角等作类比，生动形象地向欧洲学者展示中国戏剧的特色。值得注意的是，该文通篇未曾提及王国维及其著述。那么，胡适所谓“用王静庵的材料居多”一说，当值得商榷。又或者，《中国戏剧》一文在内里上是否与王国维的中国戏剧研究存在某些关联？

《宋元戏曲史》是王国维在撰写了《曲录》《戏曲考源》《唐宋大曲考》《优语录》《古剧脚色考》《曲调源流表》后，融合以往所搜集的材料与研究所得，以三月之力写成，共十六章，前有自序，后附“元戏曲家小传”。这既是王国维戏曲研究的精粹之作，又被推举为中国戏曲史的奠基之著。我们不妨将《中国戏剧》与《宋元戏曲史》的相关内容作比对，或可证胡适之说是否得当。

其一，伯希和论述中国戏剧，指出中国戏剧能够陶冶情操，教化民众，而其最重要的社会功能则是消遣娱乐。由于戏剧不登大雅之堂，所以未能列居真正的艺术门类。王国维则提出，凡一代有一代之文学，元曲与楚骚、汉赋、六代骈文、唐诗、宋词，“皆所谓一代之文学，而后世莫能继焉者也”②。但是，元曲“为时既近，托体稍卑”，以致《元史》《明史》的“艺文志”和《四库全书》集部，均未著录，后世学人亦对其持鄙弃的态度。一方面，王氏肯定了元曲在文学史上的地位，为元代文学之代表；另一方面，元曲长久以来不为

① 以上译文幸蒙潘涛博士审校、润色，谨此致谢。

② 王国维《宋元戏曲史》，载谢维扬、房鑫亮主编，胡逢祥分卷主编《王国维全集》第3卷，浙江教育出版社2009年版，第3页。

正统学道所接受的现实也是不可否认的。但元杂剧“词采俊拔，而出乎自然”，确具“道人情，状物态”的功能。[①] 易言之，王氏是从文学角度，为中国戏剧在文学史上争取当属之地；而伯氏则讨论中国戏剧这一综合性的艺术体裁在中国社会中的位置，二人从一开始就立足于不同的角度。

其二，关于戏剧取材来源。王国维讲“后世戏剧，当自巫、优二者出”，汉代有角抵百戏，即是对小戏、乐舞、杂技、杂耍等技艺的统称，后世戏剧之源实际始自北齐，“合歌舞以演一事”。[②] 相对的，伯希和在《中国戏剧》中提出了宗教仪式、杂技艺术和音乐，却并没有“演故事”这一戏剧的核心要素。

其三，纵观中国戏剧发展的历程，伯希和认为戏剧最初可能服务于宗教，最早可以追溯至唐代，宋以后成为独立的艺术，蒙古帝国及元代发展至鼎盛。有明一代，古典戏剧衰败，现实题材的喜剧成为潮流。王国维则以为“唐代仅有歌舞剧及滑稽剧，至宋金二代而始有纯粹演故事之剧”[③]。但由于宋金时期的演剧文本没有保存下来，因此无法确定那时是否已经存在代言体的戏曲。于是，从留存文献实证的角度讨论真正的戏曲，不得不从元杂剧开始。并且，元杂剧较之前代戏曲，无论是在形式上还是材质上都有进步，是中国真戏剧的开端。

换句话说，王国维不以宋代作为真戏剧的起点，症结在于宋金时期的演剧文献未能留存。与此相对的，伯希和认为中国戏剧在宋代得以独立的依据是“至宋末，诗人王实甫的一部剧本为人所知”[④]。王

---

① 参见王国维《宋元戏曲史》，载谢维扬、房鑫亮主编，胡逢祥分卷主编《王国维全集》第 3 卷，第 3 页。

② 参见王国维《宋元戏曲史》，载谢维扬、房鑫亮主编，胡逢祥分卷主编《王国维全集》第 3 卷，第 6 ~ 9 页。

③ 王国维《宋元戏曲史》，载谢维扬、房鑫亮主编，胡逢祥分卷主编《王国维全集》第 3 卷，第 74 页。

④ 原文参见 Paul Pelliot，“Chinesisches Drama”，*Sinica*，No. 1，1927，p. 7。

实甫的这部戏剧作品应指《西厢记》。但据王国维考证，王实甫与关汉卿皆为元初杂剧作家，且其生年并不晚于关氏。可见，关于王实甫，伯氏没有采用或者并不知晓王国维的研究结论。那么，伯氏又缘何将王实甫视为宋末诗人呢？

回归《中国戏剧》，或可寻得线索。法国汉学家巴赞（René Bazin[①]，1799—1863）是伯希和在《中国戏剧》中唯一明确提到的学者，他曾翻译过多部中国戏曲、小说作品，著有《中国戏剧选》［又名《蒙古帝王时代之中国戏剧集》（*Théâtre Chinois, ou choix de pièces de théâtre: composées sous les empereurs mongols*, 1838）］等。[②] 巴赞认为"王实甫作为诗人，比所有后面的元代作家的确更加高明，而后者则显示出更强大的戏剧力量"（《元朝时代》）[③]，而"《西厢记》中的对话十分之九都使用官话，是一部为我们提供宋代口语的伟大作品"（《官话文法》）。[④] 至于巴赞何以将王实甫《西厢记》判定为宋代作品，乃是受一位来自广东的中国人卓项岚的叙述误导所致。[⑤] 由此推断，伯希和视王实甫为宋末诗人，当是受到巴赞相关研究的影响。

但须注意的是，伯希和并没有全盘接受巴赞的观点，譬如对于中国戏剧的起源与发展分期：巴赞将中国戏剧的起源认定在唐开元年间——720 年前后，因这时诞生了第一部真正的戏剧作品。他将中国戏剧史划分为唐代（720—905）"传奇"、宋代（960—1119）"戏

① René Bazin，全名 Antoine - Pierre - Louis Bazin，又称 Bazin Aîné（大巴赞），以区别其弟 Pierre - Antoine - Ernest Bazin。

② 参见蓝碁、刘蕊《法译中国古典小说和戏曲在法国汉学历史上的地位》，《戏曲与俗文学研究》第 5 辑，社会科学文献出版社 2018 年版，第 12 ~ 13 页。

③ M. Bazin, *Le Siècle des Youên, ou tableau historique de la littérature chinoise, depuis l'avénement des empereurs mongols jusqu'à la restauration des ming*, Paris: Imprimerie nationale, 1852, p. 212. 原文为法文，笔者直译为中文，下同。

④ A. Bazin, *Grammaire mandarine, ou Principes généraux de la langue chinoise parlée*, Paris: Imprimerie impériale, 1856, p. ix.

⑤ 参见李声凤《中国戏曲在法国的翻译与接受（1789—1870）》，北京大学出版社 2015 年版，第 123 ~ 124 页。

曲”、金元（1123—1341） “院本”和“杂剧”三个阶段。[①] 这与《中国戏剧》中的相关叙述差异颇多，尤其是伯氏将蒙古帝国及元代定义为中国戏剧的第三个阶段——鼎盛期（1206—1368），与巴赞的时段划分差之远矣。

此外，王国维提出了“悲剧—喜剧”这一组概念：元代有悲剧，明以后的传奇多为喜剧。而在伯氏的论述中，与喜剧相对的则是古典戏剧（klassische theater），却无悲剧之名。

其四，关于戏剧脚色。王国维认为“自宋元迄今，约分四色，曰‘生’、‘旦’、‘净’、‘丑’”[②]。伯希和则以为戏剧人物脚色已经典型化，有6种固定刻画的脚色会反复出现在戏剧里，但没有详述此6种脚色的具体名称。尽管巴赞在介绍中国戏剧脚色名称时，分为一般的和个别的两大类：一般名称包括末、净、生、旦、丑、外6种，个别名称则更多，根据人物扮演的角色和性别的不同而变化。[③] 但是，我们无法就此推测伯希和所述的六种固定刻画的脚色名称与巴赞是否存在关联。

最后，《中国戏剧》后三分之一的篇幅都在讲述中国戏剧中与脚色特征相匹配的繁复华丽的服饰、极为简陋的三面敞开的舞台、富有烟火气的剧场生态，以及临时或固定的戏台。这部分内容当是源自伯希和多年旅居中国的亲身体验，而非学理上的辨章考源。伯氏将中国戏剧演出的鲜活场景描绘成一幅生动的画卷展现给欧洲学界，使他们得以领略中国戏剧的独特魅力，及其与欧洲戏剧截然不同的演出形式。

概而述之，伯希和的《中国戏剧》在论述中国戏剧的渊源、取材等问题时，与王国维的部分观点相接近，似有采用王氏材料之嫌。

---

① 参见［法］安托万·巴赞著，赵颂贤译，白丁校《〈中国戏剧选〉导言》，载钱林森编《法国汉学家论中国文学：古典戏剧和小说》，外语教学与研究出版社2007年版，第33～34页。

② 王国维《古剧脚色考》，载谢维扬、房鑫亮主编，房鑫亮分卷主编《王国维全集》第2卷，第457页。

③ 参见M. Bazin Aîné, *Théâtre Chinois*, *ou choix de pièces de théâtre*: *composé sous les empereurs mongols*, Paris: Imprimerie royale, 1838, pp. i－iii, pp. xiv。

但详加分析，不难发现两者无论是论述角度，还是叙述内容，皆多有差异。《中国戏剧》以一种场景式的描述，向欧洲学者介绍中国戏剧的基本要素和特征，并采取类比的方式，使中国戏剧中抽象的元素变得浅显易懂，凸显其与欧洲戏剧迥然不同的亮点。如此，亦使得相对陌生的中国戏剧更易被欧洲学人接受。这是伯、王二氏在论述中国戏剧时的本质区别。

另外，伯希和有关中国戏剧的部分观念当受前辈学者巴赞的影响。但二人在中国戏剧类型的划分上又不尽相同，甚至大相径庭：巴赞将中国戏剧划分为历史戏剧、道教戏剧、性格喜剧、情节戏剧、家庭戏剧、神话戏剧、司法戏剧，共 7 类①；伯希和将其分为角色戏剧、资产阶级戏剧、历史戏剧和神话童话戏剧。

三 《评王国维遗书》的戏曲部分

如果说《中国戏剧》是伯希和第一次正式向学界系统阐发自己对于中国戏剧的理解，将中国戏剧引入更多的欧洲学者的视野。那么，《评王国维遗书》第四部分则是伯氏在评介王国维戏曲研究的同时，渗入他本人对于中国戏剧历史渊源的思考，是我们进一步探究伯氏中国戏剧观念的重要素材。

1927 年 6 月 2 日，王国维自沉昆明湖。伯希和为缅怀故友，以法文于《通报》相继发表了悼文《王国维》②、书评《评王国维遗

① 参见 H. G. Pauthier et M. Bazin, *Chine moderne, ou description historique, géographique et littéraire de ce vaste empire, d'après des documents chinois*, Paris: Firmin didot frères, 1853, pp. 405 – 466。

② 参见 Paul Pelliot, "Wang Kouo – wei", *T'oung Pao*, Vol. 26, 1929, pp. 70 – 72。罗湉译成中文，即［法］伯希和《王国维》，载陈平原、王风编《追忆王国维》（增订本），生活 · 读书 · 新知三联书店 2009 年版，第 352 ~ 354 页。

书》[①]。《评王国维遗书》的第四部分逐一评介了《海宁王忠悫公遗书》所录王国维戏曲研究著作8种:《录鬼簿》《宋元戏曲考》[②]《唐宋大曲考》《戏曲考源》《古剧脚色考》《优语录》《录曲余谈》《曲录》。其中,对于《录鬼簿》《戏曲考源》《优语录》《录曲余谈》《曲录》的介绍相对简洁。如《戏曲考源》,17卷,关于戏曲的起源。《优语录》,11卷,古代文献中记述的伶人轶闻和语录。《录曲余谈》,9卷,关于戏剧的补充。相较而言,于《宋元戏曲考》《唐宋大曲考》《古剧脚色考》则用墨颇多。因这部分内容尚未被译介,学界鲜少引用或论及。[③] 现翻译如下。[④]

> 《宋元戏曲考》,共87页。王国维在开篇介绍了中国戏剧发展史,《海宁王忠悫公遗书》最后一部分的其他著作也涉及这一主题。《宋元戏曲考》写于1912年,但实际上真正完成的时间要更晚。该著作是王氏对他早年著述中涉及的某些问题进行的更加深入的研究,详细介绍了剧种、曲目及戏曲家,实是取之不尽的资料宝库。在第19页,王氏认为小说之名起于汉代,与后世小说的概念已不相远。傀儡也被证实始于汉代(第19—20页;王氏认为《列子》偃师造木人事与《乐府杂录》记载傀儡起源于汉高祖被匈奴围困平城,都是无稽之说;参阅《通报》,1923年,第218页)。至于影戏,则始自宋代(第20页),劳费尔(M. Laufer)在《中国影戏》(*Chinesische Schattenspiele*,1915)一书中提及

---

① 参见 Paul Pelliot, "L'édition collective des œuvres de Wang Kouo - wei", *T'oung Pao*, Vol. 26, 1929, pp. 113 - 199。

② 该著撰成于1913年初,同年以《宋元戏曲史》之名连载于《东方杂志》。1922年由上海六艺书局收入《增补曲苑》革集,改题《宋元戏曲考》。参见《宋元戏曲史》"编校说明",载谢维扬、房鑫亮主编,胡逢祥分卷主编《王国维全集》第3卷,第2页。

③ 冯承钧摘译了《评王国维遗书》中有关异域和蒙古史地的章节,载冯承钧译《西域南海史地考证译丛》(第一卷第一—五编),商务印书馆1962年版,第52~71页。

④ 笔者在翻译过程中,承蒙钟允夕女史帮助审校,特此致谢。

王氏引用的文本。然而，在《录曲余谈》中，王国维对唐代傀儡的看法却很单一。在我看来，这不同于他在《宋元戏曲考》中的说法，甚至相互排斥。在第80至81页中，王氏又介绍了历代传入中国的外国乐曲。他似乎确信《摩诃兜勒》曲是张骞于公元前125年出使西域时带回中土的。张骞出使西域后，他的传奇经历迅速流传开来，但在传播的过程中被不断地添枝加叶，与事实真相相去渐远；类似《摩诃兜勒》曲的文本要晚于张骞至少两三个世纪。张骞携《摩诃兜勒》曲而归的说法最早见载于公元300年崔豹撰写的《古今注》，这是一部充满了“张骞式”传奇的著作，书中还援引了《张骞出关志》，但此书本身存在明显的错误。《张骞出关志》记述的很可能已经是传播到第二阶段的张骞传奇了。我认为这种传奇故事在1世纪时就很快取代了史实，以历史小说的方式在中国流传；小说的部分内容源于《前汉书》中的张骞传，这也存在于如今的《史记》里（《大宛列传》），《张骞出关志》与承继《史记》的《前汉书》的记载已然相去甚远，当是1世纪后被人捏造的。这个结论非常大胆，但除此之外，不知还有什么原因可以解释《史记》中张骞传的问题，随后我会进一步深入研究。劳费尔在《中国伊朗》（*Sino - Iranica*）中已经指出，张华(232—300)《博物志》和崔豹《古今注》都将许多新事物的引入归功于张骞，特别是在自然史方面，但这个观点是错误的。劳费尔还认为《摩诃兜勒》曲的传入与张骞无关，同时代的宦官李延年创作二十八解也与《摩诃兜勒》曲无关。该记载见于7世纪编撰的《晋书》（二十三卷，志第十二①），其内容直接或间接取材于《古今注》。和王国维一

① 经查，伯氏记录有误，应为《晋书》卷二十三，志二十三。

样，古恒（Courant）在《中国古代音乐》（*Musique classique des Chinois*，第200页）中也认为李延年二十八解乃是仿《摩诃兜勒》曲而作，但认为李延年的曲目具有“张骞式”特征的观点不足为信。从名称来看，《摩诃兜勒》应该是一支印度曲子，直到3世纪才传入中国。《摩诃兜勒》的原文已无从知晓，但其最开始应该与梵语mahāo有关。在后来的朝代中，胡曲复兴，其中部分曲子传唱至今。此外，正如王国维所言，部分曲名当为女真语或蒙古语。《宋元戏曲考》最后一部分为元戏曲家小传，其中一位戏曲家曾随军出征爪哇。王国维在第82页中使用了未避讳清乾隆帝的正字，这个错误令了解蒙古文的历史学家震惊。从王国维出版的戏剧研究方面的著作来看，他并不擅长蒙古史研究。

《唐宋大曲考》，共28页。王国维特别指出，这些“大曲”都是唐代时由中亚人传入，宋代时仍旧流行。在第25页，柘枝被认为是旧时赭时的别称（该曲的曲式似乎难以确定），浑脱，疑为于阗的对音，但这些都是假设，需要谨慎对待。刊登在《国学论丛》第3号的《王静安先生著述目录》中，赵万里（第140页）补充了一些未见于《唐宋大曲考》的大曲曲目。

《古剧脚色考》，共12页。关于传统戏剧脚色（生、旦、净、丑、末）的命名之义一直说法不一。王国维指出每个脚色名称的出现时间；末，原叫末泥，与佛教摩尼有关，《隋书》和《羯鼓录》都有摩尼的记载（又可参阅列维Lévi，JA，1913，II，351）；《隋书》中，旦指库车音韵，旦之名可能出于此（等同于梵文tāna?，参阅古恒《中国古代音乐》，第96页）；但此书尚有不少缺漏，可参见《录曲余谈》（n°XLII），第3页 。王国维在《古剧脚色考》中还考证了面具、涂面的用途，以及男女合演的问题。他认为，即使在元代男女也不合演。

总体而论，伯希和在评述王国维中国戏曲研究方面的著作时更偏重于史实的考辨，各类史志成为他倚重的首要依据，同时援引和对照其他学者的相关研究成果，如劳费尔、古恒、列维、赵万里，进而梳理中国戏曲的发展历史、曲目渊源、脚色名称等，辨析王氏研究尚且存在的问题。在伯希和看来，王国维的著述所涉甚广，贡献巨大，如详加讨论，必然获益匪浅，此乃长处；但王氏所知西方及蒙古、回教等资料太不充足，则为短板。①

应该说，伯希和以历史考证的方法评析王国维的著述，既是其自身治学之法使然，也与当时整个欧洲的学术背景相关联。实证史学自19世纪下半叶以来，在欧洲占据主导，受科学化倾向的制约，考古和文献考证日益成为史学的要项。② 王国维的8种戏曲研究著作中，《宋元戏曲考》《唐宋大曲考》和《古剧脚色考》尤重文献考证，以史料证史实，最见王氏功力，遂亦成为伯氏重点评述的对象。但不容忽略的是，戏曲研究实非伯氏所擅长，所以，劳费尔、古恒等学者的相关研究便成为他评述时的参考，这一点恰如他在《中国戏剧》中引入巴赞一般。

余　论

伯希和与王国维相识于1909年秋，即伯氏结束西域探险后赴北京考察之际。北京初识，王国维“以为博士（伯希和）优于中学而已”，后读其《近日东方古言语学上之发明与其结论》，“乃知博士于亚洲诸国古今语无不深造”③。同样，伯希和自称是王国维的老朋友，

---

① 参见 Paul Pelliot，“L'édition collective des œuvres de Wang Kouo – wei”，*T'oung Pao*，Vol. 26，1929，p. 179。

② 参见桑兵《国学与汉学：近代中外学界交往录》，中国人民大学出版社2010年版，第25页。

③ 参见［法］伯希和著，王国维译《近日东方古言语学上之发明与其结论》，载谢维扬、房鑫亮主编，路新生分卷主编《王国维全集》第19卷，第672页。

赞誉王氏是“现代中国从未产生过走得这般前面又涉猎如此丰富的博学者”①。从已经披露的资料不难看出，王、伯二氏论学，大多关涉史地研究和敦煌学领域。仅《录曲余谈》记录了一段关于法国国家图书馆藏《环翠山房十五种曲》的“误会”。伯氏言新得明汪廷讷《环翠堂十五种曲》，惜此书已运往巴黎，未能展视，王国维怀疑其是否即《澹生堂书目》著录之《环翠堂乐府》。后经刘修业考证：伯氏所得者并非汪廷讷所辑《环翠堂乐府》，实为《环翠山房十五种曲》，二者内容无一相同。至于伯希和何以将《环翠堂十五种曲》误归于汪廷讷，刘修业认为乃因“伯君于文学戏曲，非所当家，故偶有误会”②。

伯希和早期从事汉文古文献研究、印度支那研究、中国宗教史研究，西域探险后转向中亚史、蒙古及元代史、中外关系史研究领域③，是“巴黎学派”的领军人物。王国维早年致力于西方哲学，转而研究文学，后研治历史地理学、古文字学。学界一般将戏曲研究看作王国维学问走向成熟的标志。对此，伯希和认为“王国维为中国小说和戏剧的科学研究奠定了基础，在这一领域——他在所有领域都一样——开创并经历了崭新的路程”④。相较于王国维从文学的角度为戏曲在中国文学史上争取地位，用考据之法厘清宋元戏曲的来龙去脉，伯希和并没有将中国戏剧视作一代文学的代表，从文学角度讨论中国戏剧。他讲演“中国戏剧”，更偏重于戏剧在中国社会生活中承担的功能，用近乎一半的篇幅来介绍中国戏剧的服饰、舞台演出和剧场生态等内容。或者说，伯氏是将戏剧艺术视为中国社会生活的一部

① ［法］伯希和著，罗湉译《王国维》，载陈平原、王风编《追忆王国维》（增订本），第354页。

② 参见刘修业《环翠山房十五种曲》，载刘修业《古典小说戏曲丛考》，作家出版社1958年版，第106～128页。

③ 参见陆庆夫、王冀青主编《中外敦煌学家评传》，甘肃教育出版社2002年版，第388～407页。

④ ［法］伯希和著，罗湉译《王国维》，载陈平原、王风编《追忆王国维》（增订本），第354页。

分，以此探寻和考证历史的真实面貌。从《中国戏剧》到《评王国维遗书》，容纳和承载了伯希和对于中国戏剧的思考，我们由此看到了这位不以文学研究为专长的汉学家别样的中国戏剧观念。

再回归本文讨论的起点，不可否认，伯希和在阐述中国戏剧的历史渊源时，部分观点与王国维相接近，但却并非简单如胡适所言"用王静庵的材料居多"。伯氏本人因批评凌厉严苛而素有"学术警察"之称，加之他与王国维素有交流，倘若所用材料多来自王国维，则不可能对王氏绝口不提。正是由于文学一域确非自己所长，所以伯氏在介绍中国戏剧时，引入了19世纪法国中国戏曲研究专家——巴赞的相关研究成果；后来，在《评王国维遗书》中，劳费尔、古恒、列维、赵万里的研究也成为他评述的依据。此外，据胡适日记所述，伯希和在讲演"中国戏剧"之前，针对当时德国的"中国学"殊不如人，略加批评，指出治"中国学"须有三方面的预备："目录学与藏书""实物的收集""与中国学者的接近"。[①] 特别是"与中国学者的接近"，这一点是被彼时多数欧洲汉学家忽视的。而伯希和恰恰相反，他与同时代的诸多中国学人多有交流，王国维更是往来尤多的一位，并且被伯氏称赞是中国近代学人中唯二的世界学者。[②] 照此推理，伯希和讲中国戏剧，若引用王氏材料，自然不会对这位好友只字不提。那么，胡适所记岂非空穴来风？笔者以为，《中国戏剧》一文乃撮取演讲要义而成，当是删去了与主题内容关系不甚紧密的部分。是以，伯希和在当晚的讲演现场很有可能提到过王国维的研究，但尚未达到"用王静庵的材料居多"的程度。再者，胡适本身并不精通法语或德语，其会后感受亦当存疑。

（刘蕊　上海大学文学院副教授）

① 参见胡适著，曹伯言整理《胡适日记全编4（1923—1927）》，第411页。

② 另一位为陈垣。

戏曲研究

美国学界元杂剧研究之初步繁荣期(1940—1990)探析*

李玉辉

一 引言

19世纪中期至20世纪30年代可被看作美国汉学界中国戏曲研究的发端阶段[①]，也是美国汉学界元杂剧研究的兴发阶段，为早期美国汉学界中国戏剧研究的初级阶段，研究者主要为美国旅中传教士学者及华裔学者，其研究建立在对中国文化和语言的掌握之上。此前，转

* 本文为山西省哲学社会科学规划课题一般课题（基础研究）“北美地区元代山西杂剧传播与研究”（课题编号：2022YJ081）阶段性成果。

① 参见李玉辉、潘明军《美国汉学界中国戏曲研究之发端——从19世纪中期到20世纪30年代》，《中华文化论坛》2022年第2期，第110～120页。

译开启了元杂剧在英语世界传播的幕布。元杂剧英译本往往转译自法语版或德语版，如《赵氏孤儿》于1741年由英国剧作家威廉·哈切特（William Hatchett）译自马若瑟（Joseph de Prémare）法语版；《合汗衫》于1849年由卫三畏（Samuel Wells Williams）译自巴赞（Antoine Bazin，1799—1862）的法语版；《灰阑记》于1929年由詹姆斯·拉弗（James Laver）译自德语版，而德语版由德国作家、诗人克拉邦德（Klabund，1890—1928）根据儒莲（Stanislas Julien）的法语版译入，存在大量增删改写。由于文化背景和审美差异，儒莲的法语版略去了大量典故、隐喻等中国元素。这些元杂剧从他语译入英语并在美国传播，尽管其艺术性、思想性等多方面都有巨大的损失，但还是让美国学界和民众将目光投向这种古老的东方艺术，被其中感人至深的普世情感打动。19世纪后期，耶鲁大学、哈佛大学等美国大学开始汉语教学，中国学研究逐步形成，中国戏剧开始以中文文本为载体成为美国汉学研究的一部分。对语言的掌握是戏剧研究的基础，有了深入的汉语学习才有了对汉语戏剧直接深入的研究。

二 早期高校汉语教学促进美国元杂剧研究走向深入

（一）早期美国汉语教学简述

1877年，卫三畏受聘在耶鲁大学教授中国语言和文化。同年，在中国生活了15年的美国驻营口领事鼐德（Francis P. Knight）写信给哈佛大学校长查尔斯·W. 埃利奥特（Charles W. Eliot），提出为了美国商业和外交利益应尽快设立中文课程。1879年，晚清秀才戈鲲化（Kunhua Ko）成为登上哈佛讲台的中国第一人，自编教材讲授汉语、诗词，传播中国文化。1882年，戈鲲化病逝，哈佛大学悼词写道："在他身后是历史和文明……一生仁爱，富于思想……我们在中国大圣人孔子身上可以发现类似的品质。"此后不足三个月，美国政府颁布"限制华工律"，排华浪潮开始。1921年哈佛迎来第二位中文教师赵元任，他指导培养的学生包括美国汉学先驱贾纳德（Charles Sidney Gardner），后者1941年资助杨联陞赴哈佛攻读学位。1943年，美国政府发起“陆军特别训练计划”，赵元任培养了一批掌握汉字、能用汉语交流的美国军人。在当地美籍华人及其支持者的努力下，美国撤销排华法案。福特基金会、卡内基基金会等在美国各高校设立机构研究中国政治、经济、社会、文化等。20世纪40年代，夏志清、陈世骧、柳无忌、黄伯飞等赴美深造、讲学和定居，着力纠正美国汉学研究的纰误。因语言隔阂，美国学者在汉学研究领域难免犯错，杨联陞认为他们误认为天上的浮云为地平线上的树林（mistake some clouds in the sky to be forests on the horizon）。杨联陞对美国高校博士研究生的元杂剧研究有重要影响，为发展汉学、纠正美国汉学弊端做出了积极的努力和贡献。华裔学者直接或间接为美国的元杂剧研究起到了积极作用，推动其成为真正的学术研究。

在美国高校汉语语言教学与研究的大背景下，元杂剧作为生动的口语记录进入美国学者研究视野。美国汉语政策倾斜使其在20世纪五六十年代替代欧洲成为汉学重镇。1955年，哈佛大学设立费正清中国研究中心，引领美国汉学界全方位发展。1958年，美国《国防教育法》将汉语列为第一层次关键语言。1960年，一批欧洲学者如英国学者白芝（Cyril Birch）来到加州开展中国戏曲翻译和研究工作，新西兰学者韩南（Patrick Hanan）于1963年从英国来到美国，在斯坦福大学、哈佛大学研究讲授中国学。这些欧洲、澳洲学者充实了美国汉学界元杂剧研究力量，为其带来新鲜的观点和研究潮流。

（二）两篇语言学研究角度的元杂剧博士学位论文

耶鲁大学罗伯特·米勒（Robert P. Miller）研究元杂剧在汉语研究中的语言学功能，1952年完成题为《元代对话中的虚词》（*The Particles in the Dialogue of Yuan——A Descriptive Analysis*）的博士学位论文。米勒的导师金守拙（Geogre Alexander Kennedy）出生于浙江莫干山的传教士家庭，视中文为母语，是第一个科学系统研究中文的美国人。1918 年，他随母亲回到美国接受大学教育，1926 年返回中国教授英文。1932—1937 年间，他在德国学习汉语和蒙古语，获得博士学位，之后在耶鲁大学研究和教授汉语语言学。二战期间他为耶鲁大学“陆军特别训练计划”培养汉语人才。同为金守拙学生的柯润璞（J. I. Crump）后来成为研究中国学和元杂剧的汉学家，培养了奚如谷（Stephen H. West）、夏颂（Patricia Sieber）等多位元杂剧研究者。

米勒的论文受到柳无忌、赵元任、杨联陞等华裔学者的指导。米勒以《元曲选》中的《老生儿》和《蝴蝶梦》为研究对象。其时，元杂剧戏剧艺术和审美价值尚不能为初涉汉语的美国本土研究生所理解，这两部剧的选取是因为包含大量自然俚俗的口语对话，文学性表达和文言文语法结构较少，可作为汉语口语研究的语料库，便于从语言学、语义学、语用学和语法学的角度来研究口语中的虚词及其使用规律。文中一共研究了 14 个虚词：“哩”“那”“呢”“着”“么”“者”“罢（或波）”“咱”“也”“呵”“的”“之”“了”“来”。作者发现元杂剧中虚词的作用比北京现代方言中更重要，数量更多，变化更多，范围更广，还有一些虚词位置的语法结构已经淡出了汉语口语，但在很大程度上使用范围和功能相同。

1965 年，柯润璞的学生杜尔文（James E. Dew）博士学位论文《元杂剧对话中动词短语的结构》（*The Verb Phrase Construction in the Dialogue of Yuan Tzarjiuh: A Description of the Arrangements of Verbal Elements in an Early Modern Form of Colloquial Chinese*）以关汉卿杂剧《窦娥冤》《救风尘》和《单刀会》为语料分析对象进行语言学层面的研究，主要着眼于句法分析。作者认为元杂剧中的对话代表了元代大都（今北京）地区的口语表达，论文对比了元代口语与当代口语，旨在推进对汉语发展史的理解，帮助美国学生厘清汉语语法结构，从而能更好地理解元杂剧文本。他的指导老师之一敦林格（Paul B. Denlinger）研究汉语语言学，时任助理教授的余英时也是其指导委员会的一员。杜尔文后来继续在美国从事汉语翻译和汉学教学研究。

杜尔文和米勒的研究都在语言学层面，显示出美国高校中文教学研究与元杂剧研究的相互推动作用，以及美国汉语学界从多方面、多角度对汉语语言的探索。两部论文对元杂剧语言层面的研究多于戏剧艺术层面的研究。当然，语言是戏剧艺术的重要载体，语言层面的研究亦是戏剧艺术层面研究的基础。有了语言层面的研究，才有其他方面诸如艺术审美与文化等方面的研究。在20世纪前半期的铺垫期和四五十年代汉语教学的推动期后，美国学界元杂剧研究蓬勃兴起。

三　20世纪50—60年代美国元杂剧研究蓬勃发展

（一）华裔研究者引领元杂剧主题性研究

在美国本土学者和欧裔学者充实美国元杂剧研究的同时，更多华裔学生、学者的到来为美国的中国古代戏剧研究和元杂剧研究带来多维度的阐释和译介，推动了美国元杂剧研究向更深和更广的角度发展。50年代，吴鲁芹、夏济安、刘若愚等进入美国高校教学。60年代，大量欧洲学者和更多华人学者移居美国，丰富了美国相关领域的研究工作，成为该领域的引领者。夏志清先后任教于密歇根大学、休斯顿－蒂洛森大学、纽约州立大学、匹兹堡大学和哥伦比亚大学，为这些大学的汉学研究做出了贡献；刘若愚曾任教伦敦大学、香港大学、夏威夷大学、匹兹堡大学、芝加哥大学及斯坦福大学；另外还有生于密歇根州的华裔作家、翻译家高克毅（笔名乔志高）等一批华裔做出了奠基性的贡献，将中国传统哲学中孕育的中国艺术审美理念展现给美国学界，拓展美国对中国艺术的理解范围与深度。

二战之后，随着汉学的重镇从欧洲转移到美国，中国戏曲研究重镇也来到美国。在美国本土博士生试图通过元杂剧来研究中文的语言结构特点时，华裔学生凭借语言优势以及在中国接受的教育和文化积淀，开展和引领美国对元杂剧的整体性译介和文化研究，如刘君若

（Chun－Jo Lim）、杨富森（Richard F. S. Yang）等。刘君若 1952 年从威斯康星大学博士毕业，其博士学位论文对杂剧起源、结构、音乐、角色分配、主题分类、中国“戏”的概念等，都有详细说明，并附《元曲选》版《窦娥冤》《李逵负荆》和《梧桐雨》英译。刘君若提到该论文的缘起是希图驳斥“中国戏剧无悲剧”的论调，她指出中国诗学“自古就存在悲剧精神”①。这篇博士学位论文是美国元杂剧系统研究的肇始，是从戏剧理论和美学的角度对元杂剧进行的全方位分析，也是美国最早的涉及元杂剧整体译介的博士学位论文。1955 年，华盛顿大学博士生杨富森的学位论文《元杂剧中的吕洞宾》对元杂剧宫调体制和音律进行了深入浅出的介绍，深入讨论了作为真实历史人物的吕洞宾和八仙在元杂剧中的角色特点以及道教在元杂剧中的体现。他按照吕洞宾的角色特点将八仙戏分为三类：1.《黄粱梦》演绎吕洞宾如何在钟离权的指引下在梦中断绝“酒色财气”并悟道成仙。杨富森提出，传记作者认为道教的终极目标是修仙，而剧作家认为入道教是为了摆脱人间的苦难，二者的共识是人生的空虚和毫无意义。2.《铁拐李》和《竹叶舟》杂剧中吕洞宾度脱岳寿、陈季卿。3.《岳阳楼》《城南柳》和《升仙梦》讲述吕洞宾度化树精。该论文附《岳阳楼》杂剧英译。这是美国高校第一篇研究元杂剧宗教表现的博士学位论文。1958 年，杨富森在《华裔学志》（*Monumenta Serica*）发表《元杂剧形成的历史背景》（*The Social Background of the Yuan Drama*）。1958 年，施高德（A. C. Scott）出版专著《中国戏剧简介》（*An Introduction to the Chinese Theater*），从中国戏剧的历史背景和舞台演出技术层面简要介绍中国戏曲，并给出 20 部京剧的故事梗概。虽说该书过于简略且存在疏漏和纰误，但整体上仍不失为一部普及性的好书。同年，艾森豪威尔政府通过《国防教育促进法》，从国

---

① Chun－Jo Liu, *A Study of the Tsa－Chu of the Thirteenth Century in China*, University of Wisconsin, 1952, p. 1.

防战略高度将外语教学提高到与数学和科学教学同等重要的位置上。该法案规定："授权专员与高等学校签订合同，在1958年7月1日至1962年6月30日之间，建立任何一门现代外语的教学中心……中心除了进行这门现代外语的教学外，还要提供诸如历史、政治学、语言学、经济学、社会学、地质学和人类学等必要学科的教学，以使学生全面了解使用该语言的地区或国家。"① 结合美国的亚洲政策，中国研究、汉语研究有了蓬勃发展。

（二）元杂剧英语研究工具书

20世纪50—60年代，我国元杂剧研究也进入一个出版高潮，自1953年起，郑振铎主持整理的《古本戏曲丛刊》陆续出版；1957年，傅惜华《元代杂剧全目》等书目出版；1958年，中华书局出版《元曲选》和《元曲选外编》；1962年，郑骞在台湾出版《校订元刊杂剧三十种》。这些资料为美国研究者提供了素材，成为其研究和借鉴的基本资料。20世纪60—70年代，包括美国本土学者，欧洲、澳洲国家来美学者及华裔学者在元杂剧研究领域积极出版各类优秀工具书、译著、综合性译介等研究成果，美国元杂剧研究进入了繁荣期。柯润璞从50年代起对元杂剧展开具体细致的研究，并多次参加国际会议，讨论元杂剧的艺术体制，是美国元杂剧艺术理论研究最早的本土学者之一。他根据青木正儿的释疑翻译并解释朱权《太和正音谱》中对元杂剧十二科的分类，译文如表1。②

表1　柯润璞译"元杂剧十二科"英汉对照表

一曰神仙道化	1. Gods, immortals and transfiguration
二曰隐居乐道	2. Withdrawal and enjoyment of the Way
三曰披袍秉笏	3. Wearing court robes and grasping scepter

① 王英杰《美国高等教育的发展与改革》，人民教育出版社1993年版，第231页。

② J. I. Crump, "The Elements of Yuan Opera: Elements of Structure", *The Journal of Asian Studies*, May, 1958, p. 420.（为方便读者阅读，特以图表的形式将译文与原文对应，图表为笔者所制。）

（续表）

四曰忠臣烈士	4. Faithful ministers and men of honor
五曰孝义廉节	5. Filial piety, righteousness, purity
六曰叱奸骂谗	6. Abuse of the traitorous and denunciation of the traducer
七曰逐臣孤子	7. Cast - off ministers and orphaned children
八曰朴刀杆棒	8. Pikeswords and quarter staves
九曰风花雪月	9. The wind on flowers and the moon on snow
十曰悲欢离合	10 Sorrowful partings and joyful reunions
十一曰烟花粉黛	11. Powder and eyeshadow
十二曰神头鬼面	12. Ghosts and spirits

以上十二科的翻译大部分正确妥当，但是第七“逐臣孤子”科内容以历史上臣子遭人君逐斥的境遇，如《贬黄州》《贬夜郎》等，柯润璞的释疑中将“孤子”译为“孤儿”不妥；第九“风花雪月”科和第十一“烟花粉黛”科进行了分别解释，指出前者即有一定社会地位的才子闺秀爱情剧，后者却为娼妓的爱情戏。柯润璞的翻译虽略有生硬且有自己的发挥，但解释大体正确。若论翻译中疏漏的原因，其一是这些戏剧理论论著没有被系统性地译为英语，不懂中文的研究者不了解这些论著；其二是许多美国学者即使能看懂汉语，对古代汉语的理解也有限，无法真正理解、研究和采用这些论著。

在柯润璞的关照下，两本目录式工具书得以出版，为美国学者对元杂剧的研究起到奠基性的作用。1962 年，密歇根大学中国研究中心将胡威廉（William Chao Chung Hu）撰写的《元杂剧总目》［*A Bibliography for Yuan Opera*（*tsa - chu*）］单独成册出版。作为治学的基础和指南，该书成为美国学者的元杂剧研究基本。柯润璞在《编者序》中指出，过去 10 年元杂剧作为新的研究领域，引发了许多学者的研究兴趣；西方学生对元杂剧的研究兴趣日益增长，而书目索引等工具书的缺乏阻滞了他们的研究。① 胡威廉翻译了《元曲选》和《元曲选外篇》中的作者名和剧名，并介绍和评价了从元代至 20 世纪 50 年代中国和日本出版的元杂剧选集，这些书很快成为美国学者做研究所必需的参考指南。1968 年，在柯润璞、梅维恒（Victor H. Mair）、任友梅等学者的鼓励和帮助下，以及台湾文传会的资助下，柯润璞的学生章道犁（Dale R. Johnson）出版《金元明讲唱与戏剧文学词汇》（*A Glossary of Words and Phrases in the Oral Performance and Dramatic Literatures of the Jin, Yuan and Ming*）。这本中国戏曲术语汇编涵盖了 1200—1600 年包括诸宫调、院本、元杂剧、明传奇等讲唱艺术的各类词条，尤其对俗语方言按照音序等做了详细解释，并附有当时该领域所有相关注释类、术语汇编类的书名，为已掌握汉语并想要深入研究的学者提供了极大帮助。1969 年，赵元任、白芝和柯润璞成立中国讲唱文艺研究会（Conference on Chinese Oral and Performing Literature），其会刊《中国俗曲演唱文学研究》（CHINOPERL：*Chinese Oral and Performing Literature Journal*）至今仍是研究中国讲唱艺术如戏曲研究的主流期刊。

四 美国元杂剧研究步入繁荣

经过 20 世纪五六十年代的发展和积累，七八十年代美国汉学界元杂剧研究主题益发丰富，不仅着眼于戏场表演、内在音乐性与艺术性等角度的分析评述，还从《元典章》及其他宋元明清文学作品和古典戏剧理论作品中发掘元杂剧所包含的更多社会文化和民俗宗教典仪等因素，这一时期的译介作品和理论研究双向促进、相得益彰。

① C. J. Crump, "Editor's Preface", *A Bibliography for Yüan Opera* (*tsa – chü*), written by William C. C. Hu, Ann Arbor: The University of Michigan Center for Chinese Studies, 1962, p. editor's preface.

（一）华裔移民学者的持续推动

1970 年，杨富森论述元杂剧中诗词的作用：1. 演员自我介绍的四行“上场诗”；2. 归纳情节的四行或对仗句“下场诗”；3. 角色表演中重返舞台时配乐叙述，暗示下一情节的情感变化；4. 烘托高潮和总结全剧。他表示，这些诗歌或对仗句使高度音乐化的唱词、独白及普通对话增加了声音上和表演风格上的多样性。① 他从文本入手分析剧本的文体特征及其对表演的影响，没有涉及戏剧内容和社会功能等方面。1972 年，杨富森在中国台湾地区出版《四部元杂剧》（*Four Plays of the Yuan Drama*），写道：“本书出版是为了填补英语世界中国戏剧文学历史研究和批评领域的空白。元代最伟大的剧作家的作品尚无一部被完整地译为英语。”② 该书收译《窦娥冤》《岳阳楼》《梧桐雨》《倩女离魂》，正式将元曲四大家介绍给英语世界。

1971 年，密歇根大学举办了以中日音乐剧关系为主题的讨论会，参与讨论会的成员有卞赵如兰、研究日本能剧的威廉·P. 马尔姆（William P. Malm）和卡尔·塞萨尔（Carl Sesar）等。1975 年，柯润璞和威廉姆·P. 马尔姆将与会人员论文和讨论内容编辑出版，书名《中日音乐戏剧》（*Chinese and Japanese Music - Dramas*）。这些内容显示出与会学者对元杂剧研究和认知尚处于浅层状态。柯润璞分析了臧晋叔《元曲选》序言和徐渭《南词叙录》中对元杂剧的看法，并提出自己与他们不同的意见。

1972 年，英国企鹅公司出版刘荣恩的《元杂剧六种》，收录《赵氏孤儿》《倩女离魂》《窦娥冤》《张生煮海》《汉宫秋》和《连环计》英译。该书译本所参照的汉语原文出自明代选本，删除了一些不影响剧情发展的、译者自己也不太明白的以及重复累赘的对白和唱

---

① 参见 Richard F. S. Yang, “The Function of Poetry in the Yüan Drama”, *Monumenta Serica*, Vol. 29 (1970 - 1971), pp. 163 - 192。

② Richard F. S. Yang, *Four Plays of the Yüan Drama*, Taipei: The China Post, 1972, Forward: vii.

段，没有以诗的形式来翻译唱词。① 该译本遭到奚如谷（Stephen H. West）的批评，认为错误过多，仅可称作“改写”。② 奚如谷不同意刘荣恩“儒家保守主义妨碍了中国天才的真正创造力”的观点，认为这种说法背叛了中国高雅文学的伟大传统，更暴露了刘荣恩对于元杂剧成因的无知；他认为作者疏于研究并懒于使用工具书，导致了许多误译、漏译和前后不一致的现象，也无法体现元杂剧生动的语言和优美的韵律。奚如谷对此书的失望之情成为后来他投身元杂剧翻译的重要原因之一。

1973 年，时钟雯出版《窦娥冤：研究与翻译》（*Injustice to Tou O：A Study and Translation*）。也许是为了让初学汉语的美国人能直观感受中国文字的音、形、意及汉语的句子结构，该书排版很有特色，页面每一行左边是汉字，右边是相对应的汉语拼音，然后是逐字直译，而该跨页的另一侧给出整体性意译、注解和评论。伊维德（Wilt L. Idema）批评这种逐字翻译的形式，认为是将优美雅致的汉语变成了糟糕的洋泾浜英语，可读性大大降低。③ 1976 年，时钟雯出版《中国戏剧的黄金时代：元杂剧》（*The Golden Age of Chinese Drama：Yüan Tsa－chü*），书中引用了日、德、法等国家学者的元杂剧研究成果，成为美国研究中国学的本科生和研究生的必备参考书。作者从元杂剧诞生的历史背景、戏剧人物塑造、戏剧结构、戏剧主题、语言、音乐、舞台表演 7 个方面来阐释元杂剧，全面细致，但介绍多于评论，论述传统保守，创新性内容不多。澳裔学者马克林（Colin Mackerras）认为其中社会背景太过简略，没有解释为什么元代是中国戏剧的“黄金时代”，只是沿袭了传统观点。他认为“元杂剧是‘顶点’”的

---

① 参见 Liu Jug－en，*Six Yüan Plays*，Middlesex，England：Penguin Books Ltd.，1972，p. 20。

② 参见 Stephen H. West（reviewed by），“Review on *Six Yüan Plays* by Liu Jung－en”，*The Journal of Asian Studies*，Vol. 32，No. 2（Feb.，1973），pp. 313－314。

③ 参见 W. L. Idema，*T'oung Pao*，Vol. 60，1974，pp. 344－347。

说法只是明清文人嘲讽当下的说辞。马克林肯定了译文的文采，从整体上盛赞其原创性及为英语读者了解中国戏剧和中国文化所做的贡献。林理彰（Richard John Lynn）指出作者认为在元代统治者对儒家思想的压制下，元杂剧中依然浸透着儒家的价值观，而事实恰恰相反，元代统治者的官方政策正好推动了元杂剧对儒家思想的传播。①李伯曼（Fredric Lieberman）则希望作者能对元杂剧音乐有更多深入的讨论。

（二）美国本土汉学家的拓展研究

1975年，柯润璞向英语读者介绍明代早期戏剧家的元杂剧理论研究，如周德清的“作词十法”等。他认为臧懋循《元曲选》序言中的批评性内容超越其文学性，因此英译了《元曲选》序言并对其六个批判性假设与其他方家进行对比：1. 元以曲取士；2. 宾白由伶人自为之；3. 南与北乐音虽异而调韵相同；4. 汤显祖四部作品包含许多北曲，但指出其“音韵少谐”；5.《琵琶记》中的【梁州序】和【念奴娇序】为后人窜入；6. 分析明代评论家们所提“本色”概念的发展史。②

1976年，奚如谷研究元杂剧兴发主题，认为在戏文与北曲出现之前，中国已经有了角色分明、情节复杂的戏剧形式，这些戏剧形式与诸宫调相融合，在金末元初发展出音乐剧——元杂剧。③奚如谷提出这些戏剧形式在《辍耕录》《梦粱录》《都城纪胜》《东京梦华录》等宋金书籍中皆有详细记述。他还比较和分析《庄家不识勾栏》和《哨遍·嗓淡行院》套曲中对院本和爨等演出形式在勾栏瓦子的舞台

① 参见 Richard John Lynn，“Review”，*Journal of the American Oriental Society*，Vol. 98，No. 4，1978，pp. 538 – 540。

② 参见 J. I. Crump，“Giants in the Earth：Yuan Drama as seen by Ming Critics”，*Chinese and Japanese Music – Dramas*，Ann Arbor：Center for Chinese Studies，University of Michigan，1975，pp. 45 – 54。

③ 参见 Stephen. H. West，“Some Remarks on the Development of Northern Music-Drama”，*CHINOPERL*，Vol. 6，No. 1，1976，pp. 23 – 44。

表演记录，并结合山西芮城宋德芳墓石椁的戏俑像进一步说明此观点。他认为12、13世纪元杂剧音乐性是从民间发展而来，而非王国维指出的由宫廷或者文人创作而来。

同年，纽约出版英国学者杜维廉（William B. Dolby）的《中国戏剧史》（*A History of Chinese Drama*）。1978年，他在伦敦和纽约同时出版《八部中国戏》，包含刘唐卿院本《蔡顺分椹》第二折之《双斗医》《宦门子弟错立身》《秋胡戏妻》《浣纱记》《中山狼》《买胭脂》《霸王别姬》《评雪辨踪》英译。杜维廉割舍了宫调、曲牌名，对角色名称如“生”“外”“末”“旦”等未作翻译，按照西方剧本写法用角色的名字来代替。其中大部分角色名为音译，而女主角的名字为意译，如《宦门子弟错立身》中王金榜译为Golden Notice，《秋胡戏妻》中梅英译为Plum - Blossom Beauty，读起来聱牙，且在英语中不像人名。杜维廉删改和雅化了许多鄙语，对文化点做了简单化的尾注处理，但纰误不少，如将“完颜寿马住西京”的西京释为“今山东省大同市”①，搞错了大同所在的省份；拼音错误如“王恩深”注作“Wang Sishen”。杜维廉直接在译文中用中括号的形式表达自己对舞台提示的诸多疑问。完颜寿马上场时有一系列动作，舞台提示为“（介）（见净介）（旦闪介）（先见旦介）（骂介）”，译者处理为“Before entering the study, he meets Dogson. Dogson performs.”这里应该对应的是“见净介”，然后译者直接在中括号里表达自己的疑惑和推测“［Making gestures of warning, or of fear?］”② 这种直接在剧本译文中插入译者疑问和推测的方法反复使用，但并不高明。杜维廉尽力达到翻译文体对等，将唱词和韵文翻译为诗歌的形式，值得肯定。

该书引起美国学界的热烈讨论。何谷理（Robert E. Hegel）在肯

---

① William B. Dolby, *Eight Chinese Plays*, New York: Columbia University Press, London: Paul Elek, 1978, p. 154.

② William B. Dolby, *Eight Chinese Plays*, New York: Columbia University Press, London: Paul Elek, 1978, p. 39.

定其优点后写道："这本译著集不足以体现中国戏剧传统的宽度。杜维廉有意拣选那些在情感上不那么深沉的戏剧，忽视了大量存在的能表达个人悲剧的优秀作品。他选译的剧本中有些人讲话前后矛盾，有些人张口就是'Cor blimey'这样的中世纪英语，有一出戏中竟有人爱上了闹剧演员。"① 何谷理的评论有失偏颇。《宦门子弟错立身》恰恰表达了完颜寿马对艺术与爱情不顾一切的追求与牺牲精神。宣立敦（Richard E. Strassberg）也认为杜维廉的选本不够经典，且注释不足。他认为该书"生动的措辞和巧妙的押韵提升了阅读该书的趣味性，但有些语言不免让人生出疑窦。比如13世纪中国人口中喊出'Cor Bilmey'②，有些人还把自己的口袋称为'Gladstone'③"④。柳无忌认为该书为"迫切需要（much needed）""为读者了解元杂剧在中国戏剧中的地位提供了有益的观点"，⑤ 但他也同时指出该书读者受众不明确，元杂剧译介篇幅不足，剧作家介绍过于简略。

与此同时，韩南的学生海登（George A. Hayden）在《译丛》（*Renditions*）发表多部英译公案剧，并分析包公的历史原型及舞台形象塑造的发展过程、包公戏的思想性及其表现等。海登惊叹中国恐怖文学艺术在世界上的领先水平，他跳出一般的批评理论，将这些公案剧与美国侦探小说鼻祖埃德加·爱伦·坡相提并论。他说："中国侦

---

① Robert E. Hegel, "Review", Board of Regents of the University of Oklahoma: *World Literature Today*, Vol. 53, No. 3, An Homage to French Poet Yves Bonnefoy, 1979, pp. 554 – 555.

② 中世纪英国俚语，表惊讶（笔者注）。

③ 一种中间对开的旅行提包（笔者注）。

④ Richard Strassberg（reviewed by），"Review on *Eight Chinese Plays from the 13th Century to the Present* by William Dolby", *The Journal of Asian Studies*, Vol. 38, No. 2（Feb.，1979），pp. 361 – 363.

⑤ 参见 Liu Wu – chi（reviewed by），"Review on *A History of Chinese Drama* by William Dolby", Cambridge University Press on behalf of the School of Oriental and African Studies: *The China Quarterly*, No. 71（Sep.，1977），pp. 626 – 628。

探故事比爱伦·坡提前三百年，而公案剧则比那还早二百年。”① 海登以西方文体叙述审美的角度来高度评价公案剧的情节结构，恐怕令元杂剧剧作家们始料未及，他对其中恐怖审美元素的研究也可作为我国元杂剧研究的有益补充。

此阶段，几种中国文学文化类期刊相继创刊或改版，为元杂剧研究走出美国高校研究生院、增进学者间交流提供了更为广阔的舞台。《通报》（*T'oung Pao*）、《华裔学志》（*Monumenta Serica*）等老牌汉学研究期刊上刊发的柳无忌、伊维德、杨富森等人的元杂剧研究论文日益增多、主题各异；1970 年，《宋史研究通讯》（*Sung Studies Newsletter*）创刊，1978 年更名为《宋元研究通报》（*Bulletin of Sung - Yuan Studies*），成为宋元研究的前沿阵地；1979 年，《中国文学》（*CLEAR*：*Chinese Literature*：*Essays*，*Articles*，*Reviews*）第一期出版。随着柯润璞、时钟雯、奚如谷等学者的译介研究，学者们针对元杂剧译本、著作和论文的评论文章角度和范围都愈发广泛。

1980 年，柯润璞出版《元杂剧的戏场艺术》（*Chinese Theater in the Days of Kublai Khan*），以诙谐浅显的语言全面介绍元代戏剧：第一部分包括产生发展、戏台剧场、表演特点和剧本四个方面；第二部分英译《李逵负荆》《潇湘雨》和《魔合罗》。全书结构仿拟元杂剧结构，观感轻松愉悦，深入浅出地对元杂剧剧场进行整体细致阐述。同年，章道犁的《元代北曲之结构与曲律及全元戏曲北词谱》（*Yuarn Music Dramas*：*Studies in Prosody and Structure and a Complete Catalogue of Northern Arias in the Dramatic Style*）付梓。由于元杂剧中大量的音乐表现，他将元杂剧译为“音乐戏剧”（Music Drama）。该书第一部分为元杂剧曲牌套联与宫调，详细描述曲牌套联规律及在各折中的作用，宫调的运用变化规律，如如何分折、插曲和散场曲的应

---

① George A. Hayden, *Crime and Punishment in Medieval Chinese Drama*：*Three Judge Pao Plays*, Cambridge, Massachusetts and London, England：Council of East Asian Studies, Harvard University, 1978, p. 2.

用、曲词套数的概念和特点等；第二部分为曲词分类研究。该书参考了大量元杂剧曲律方面的古籍，如《唱论》《北词广正谱》《太和正音谱》《南北宫词纪》《九宫大成南北词宫谱》等。不过，看得出他的主要参考书是蔡莹的《元剧套联述例》和郑骞的《北曲新谱》。

1981 年，普林斯顿大学出版论文集《蒙古统治下的中国》（*China Under Mongol Rule*），奚如谷的论文指出元代科举制的废除造就了元杂剧从通俗艺术向士大夫文化的转向。① 1982 年，伊维德和奚如谷合著的《中国戏剧资料：1100—1450》（*Chinese Theater*，1100—1450：*A Source book*）出版，涵盖二人对于中国宋金元和明前期四个阶段的戏剧理论研究。书中翻译了《东京梦华录》《都城纪胜》《西湖老人繁盛录》《武林旧事》《梦粱录》中有关戏剧艺术的描述部分，从时人对前朝（宋朝）的回忆来推断和分析当时的演剧状况，推导和提出自己对宋金戏剧与表演的看法；另外还论述班头、剧作家和演员等戏剧娱乐业从业人员的制度化与职业化；在分析介绍了演员与剧场的社会地位之后，作者描述宫廷及戏院、茶馆等大曲、诸宫调和杂剧的三种主要演出形式，并讨论闹剧和滑稽剧如何让位于全盛的音乐剧演出形式。译介部分有《宦门子弟错立身》《紫云亭》《汉钟离度脱蓝采和》以及朱有燉时期的戏剧介绍。该书内容全面丰富、框架清晰、论证有力，比柯润璞 1980 年的《元杂剧的戏场艺术》更具严谨性和学术性。

1985 年，许道经（Tao - Ching Hsu）的《中国人的戏剧观》（*The Chinese Conception of the Theatre*）再版，照例评论颇多。旅居美国的孙惠柱与费春放的评论指出，该书对元杂剧有所忽略，书中着重介绍了京剧表演，但完全没有提及关汉卿、汤显祖等足以与莎士比亚

---

① 参见 Stephen H. West，"Mongol Influence on the Development of Northern Drama"，*China Under Mongol Rule*，edited by John D. Langlois，Princeton University Press，1981，pp. 434 - 466。

相媲美的剧作家。[①] 1988 年，伊维德参加欧洲汉学学会（The European Association for Chinese Studies），并宣读论文《赵氏孤儿：自我牺牲、悲剧性选择与复仇及明宫廷对元剧的儒化》（*The Orphan Of Zhao*：*Self－Sacrifice*，*Tragic Choice and Revenge and the Confucianization of Mongol Drama at the Ming Court*），详述了《赵氏孤儿》杂剧的元明版本演变原因及结果。[②] 该学会 1975 年于巴黎成立，两年召开一次大会。

正如伊维德所言："七八十年代还是元杂剧的黄金时代，到了 80 年代有点变化。"[③] 从 1968 年到 1990 年，美国大学注册中文学习的人数由 1844 人增至 19490 人。[④] 80 年代后，各类文学文化和艺术资料涌入美国，同时美国也有大批学生、学者来到中国交流，他们的元杂剧研究天地变得更广阔，拓展到对个别剧作家如关汉卿、白朴等的具体研究，对三国戏、水浒戏等的分类研究及对元杂剧与英国伊丽莎白时代戏剧的对比研究等；研究兴趣也从元杂剧拓展到京剧、话剧等。因此，80 年代可以说既是繁荣期，也是转折期。

结 语

元杂剧自 19 世纪后半期进入美国汉学研究者视野以来，在 20 世纪经过了初期戏曲西传阶段的发蒙、40 年代美国汉语教学的推动和促进，到五六十年代便作为独立的研究课题发展起来，研究主题逐渐

---

① 参见 William H. Sun and Faye C. Fei，"Between Chinese Theatre and Western Theatre"，*The Drama Review*，Vol. 31，No. 2（Summer，1987），MIT Press，pp. 151－155。

② 参见 W. L. Idema，"*The Orphan Of Zhao*：Self－Sacrifice，Tragic Choice and Revenge and the Confucianization of Mongol Drama at the Ming Court"，*Cina*，1988，pp. 159－190。

③ 伊维德《西方大学中的中国传统戏剧研究》，《上海戏剧》2016 年第 7 期，第 29 页。

④ 参见 Nelly Furman，David Goldberg，Natalia Lusin，"Enrollments in Languages Other Than English in United States Institutions of Higher Education"，Fall 2006，Web publication，*The Modern Language Association of America* 13，November 2007。

丰富，涉及从戏剧语言、文本结构、音乐特色到舞台表演、社会文化等层面；到七八十年代的研究则更为全面和深入。在这个过程中，华人学者和有在华成长经历的美国学者起到了关键性的奠基和引领作用。如果说在起始阶段美国研究者将元杂剧置于中国戏曲整体框架内研究，那么七八十年代的初步繁荣则是在美国学术圈亚洲戏剧研究崛起的大环境下进行的，70 多部亚洲戏剧相关的书籍在这一时期得以出版，其中包括对中国、印度、日本、马来西亚等国家的戏剧研究。

尽管 20 世纪六七十年代美国汉学家的汉语水平依旧是制约其研究的薄弱之项，没有一个非华裔美国学者真正精通双语，全美国能用汉语撰写适于刊发的学术论文的学者不过二三人，元杂剧仍以其自有魅力吸引着美国各类学者，发展到七八十年代成果频出，达到了初步繁荣期。此后从 20 世纪 90 年代到 21 世纪，美国汉学界的元杂剧研究已经走向多元化，如《西厢记》已经出现了 9 个版本的英文版，其他杂剧译著佳作频出，批评理论研究、多版本对比研究、宗教元素和墓葬民俗等更深层次的挖掘业已出现。21 世纪以来，美国的元杂剧研究已经自成体系，可与我国同行研究交流互鉴，共同促进元杂剧研究走向国际化，成为世界戏剧艺术研究不可分割的一部分。

（李玉辉　中北大学人文社会科学学院讲师）

戏曲音乐的现代性表达探析*

——以越剧《祥林嫂》为例

曾 嵘

越剧《祥林嫂》是新越剧改革的标志性作品，也是越剧四大经典剧目中唯一的现代戏。该剧以现实主义表现方法，将祥林嫂这一深受夫权、神权、族权压迫的典型人物搬上舞台。它自 1946 年诞生以来，历经 30 余年至少 4 次大的修改，凝聚着众多越剧艺术家的心血。袁雪芬曾说过，祥林嫂是一个值得花毕生精力来塑造的艺术形象。在编、导、演、音、美综合艺术机制下，《祥林嫂》不仅在思想和舞台呈现的现代性上焕发了新的光彩，它作为一部成功的现代戏，在戏曲音乐现代性创作上具有开创性，对越剧和其他剧种的现代戏音乐创作

* 本文为上海市哲学社会科学规划文学·艺术一般课题“越剧男女合演研究”（项目编号：2019BWY020）阶段性成果。

有着重要的启示。

所谓现代性，不是现代戏天然地具有现代性，它涵盖核心精神的现代性、话语体系的现代性和审美的现代性。① 中西文化交流背景下戏曲音乐的现代性，主要面临的是传统的戏曲形式与表现现代生活之间的矛盾、如何赋予传统形式以时代气息以及音乐如何与新审美风格相吻合三大问题。② 具体到现代性在技法上的表达，有学者认为重点是重视音乐结构模式的整一性和强化典型化音乐形象塑造③；有学者认为主要体现音乐的时代性等。④

笔者赞同这些说法，它们从不同角度对戏曲现代性的表达进行了深入研究。戏曲音乐作为戏中之“曲”，它既是戏曲现代性表达的重要手段，也是现代性呈现的显性要素。它面临的核心问题是音乐中的中西关系和新旧关系两大难题，因而在创作思维、目的、手法、审美上与传统戏曲音乐有所不同。越剧《祥林嫂》创造性地理顺了音乐中的中西关系和新旧关系，为后来的越剧现代戏创作，提供了一个在音乐现代性表达上的成功范例。

一　西为中用：西方乐器、创作手法和音乐思维的运用

作为西方音乐典型形式的交响音乐、艺术歌曲、弦乐重奏等，尽管陆续出现在近代上海的舞台上，但是它的观众群体与戏曲观众泾渭分明，几无重叠。20 世纪 40 年代新越剧改革时期前后，随着电影、

① 参见董健《中国戏剧现代化的艰难历程——20 世纪中国戏剧回顾》，《文学评论》1998 年第 1 期，第 31 页。

② 参见汪人元《中国戏曲音乐发展中的民族性与现代性问题——从“双重乐感”谈起》，《艺术百家》2012 年第 4 期，第 109 页。

③ 参见孔培培《现代戏音乐创作中的现代性表达》，《戏曲艺术》2022 年第 2 期，第 11 页。

④ 参见安禄兴《现代戏曲音乐创作规律探索》，《齐鲁艺苑》1993 年第 3 期，第 65 页。

广播和唱片的发展，西方音乐借助媒介的现代化，突破传播方式和观众观剧习惯的壁垒，走入平常市民的生活，其中一些流行化的形式，如爵士乐、流行歌曲、电影歌曲与配乐，作为一种城市文化生活时尚，逐渐受到普通观众的欢迎。但是西方音乐进入戏曲，成为戏曲音乐的一部分，经过了半个多世纪的磨合与实践。从场景音乐中开始，逐步渗透到伴奏和唱腔，经历了乐队融合、技法融合到思维融合，逐渐形成西为中用的戏曲音乐创作方式。

（一）乐队融合：建立中西混合式乐队

越剧是较早引入西方乐器的戏曲剧种。1942 年新越剧改革时，新编剧目大量出现，时代气息浓郁，表演的程式化和夸张性大大减弱了。程式化使用传统曲牌音乐，如宴饮时用【万年欢】、战斗时用【急急风】，已经不适合舞台演出的要求，因此袁雪芬希望找个作曲家来写合适的场景音乐。有人向她推荐了上海国立音乐专科学校的毕业生刘如曾。刘如曾刚到越剧团的时候不了解越剧，不知如何使用已有的戏曲乐队为越剧写音乐。他在音乐学校学习的是西方音乐作曲技法，熟悉的是西方乐器，自然而然将西方乐器和方法带入了越剧。

最早在越剧中使用的西方乐器是钢琴和吉他。1945 年，刘如曾写的第一部越剧剧目叫《月光曲》，剧中有一首贯穿全剧的主题曲，是民谣风格的歌曲。演员演唱时，他在台侧弹奏钢琴伴奏。歌曲通俗流畅，优美抒情，很受观众欢迎，经常在电台被点唱。剧中部分清板唱段使用吉他来点板，新颖洋气的音色让越剧观众耳目一新。这种“点缀”式西方乐器使用方法，优点是新颖灵活，可根据剧目要求使用不同的西洋乐器，不足之处是乐器处于“临时工”状态，没能在戏曲音乐中扎下根。1946 年刘如曾为越剧《乐园思凡》一剧作曲时，尝试将民乐和西乐结合。他选择小提琴、大提琴、长笛和钢琴等柔和、抒情性强的西洋乐器，乐手坐在乐池的右侧，主要负责剧中场景音乐的演奏。民乐队坐在乐池的左侧，仍然承担为唱腔伴奏的重任。中西乐队分工合作，各司其职。西方乐器开始在戏曲音乐中有了一席之地，但是显而易见的不足是，乐队组织和音乐语言处于割裂状态。

直到 1948 年 9 月雪声剧团上演《珊瑚引》时，刘如曾经过 5 年的创作实践，掌握了越剧的语言和风格。他在以往纯民乐、纯西乐和中西组合乐队的实践基础上，扩大民乐的规模，加入大提琴和低音提琴等低音类和色彩性强的西洋乐器，建立了一支小型的以民乐为主、西乐为辅的中西混合乐队，音乐高低音层次分明，色彩丰富，民族风格浓郁，这一崭新的乐队形式不仅受到越剧老乐手们的交口称赞，被各越剧团采用，还“输出”到上海其他地方剧种。

刘如曾认为，西洋乐器表现力强，戏曲乐队中甚至可以较多地使用西洋乐器①，但是西洋乐器在戏曲乐队中，演奏风格必须民族化，做到为我所用、为本剧种所用。② 中西乐器随着剧目和风格的不同有所调整，戏剧矛盾冲突性强的大戏，使用乐器多一些，一般的家庭小戏，乐器会少一点。总体来看，乐队以 10 人左右规模的小型中西乐队为主，以适用剧团的演出实际。1956 年为纪念鲁迅先生逝世 20 周年，上海越剧院重排《祥林嫂》时，乐队配置是在民乐基础上加入大提琴、低音提琴、黑管和中提琴。主创团队认为《祥林嫂》中的故事发在绍兴农村，因此民乐当仁不让是主角，风格上要“质朴、简练、含蓄、流畅，要有浓郁的生活气息和乡土气息”③。西洋乐器的作用体现在：一是作为乐队的低音乐器，它增加了乐队音响的厚度，弥补了民乐队缺乏低音的缺陷；二是充分利用西洋乐器个性化的音色，发挥其独特的艺术表现力。如大提琴在《祥林嫂》“洞房”一场，深沉醇厚的音色刻画贺老六纯朴善良的性格非常合适。

“文革”期间，样板戏乐队在京剧传统的“三大件”乐队基础

① 参见刘如曾《谈越剧〈祥林嫂〉的音乐创作》，《戏剧艺术》1978 年第 1 期，第 121 页。

② 参见刘如曾《戏曲现代戏音乐问题》，《人民音乐》1984 年第 7 期，第 44 页。

③ 吴琛《越剧〈祥林嫂〉的改编和导演》，载沈去疾编《吴琛文论集》，上海文化出版社 2014 年版，第 29 页。

上，加入西方乐器，形成民族乐器组、西洋吹管乐器组、弦乐组和打击乐器组齐备的大型中西混合乐队，在唱腔伴奏、人物性格刻画、场景渲染方面取得了良好的艺术效果。样板戏的“样板”作用使得中西混合式乐队在全国范围内得以推广。受此影响，1977 年版越剧《祥林嫂》的乐队规模扩充到 18 人，除了鼓板和主胡各 1 人外，其余 16 人分为弦乐组（副胡 1 人、二胡 2 人、高胡兼板胡 1 人及中胡、大提琴和低音提琴各 1 人）；弹拨组（琵琶、扬琴、柳琴、三弦各 1 人）；吹奏组（竹笛兼新笛、长笛和单簧管 2 人，高音笙、键盘排笙和唢呐兼双簧管各 1 人）以及打击乐组①，形成符合越剧剧种风格和实际需要的中型民族管弦乐队。

（二）技法融合：建构纵横整一的音乐结构

中西音乐在技法层面最明显的区别在于，西方音乐建立在多声性音乐表达基础上，发展出和声、复调、曲式和配器“四大件”作曲技法；而中国传统音乐以单声部线性化表达为基础，形成多样的旋律变化手法。1933 年，京剧名家程砚秋在《程砚秋赴欧洲考察戏曲音乐报告书》中提出，戏曲音乐要采用“和声与对位法”“完全四部音合奏”“以弦乐为主要的音乐”，对戏曲剧种的乐队音乐如何学习西方作曲技法提出建议。新越剧时期，随着西方乐器的加入，西方音乐技法随之开始用于乐队音乐创作。不过，西方音乐技法在戏曲中高质量和广泛性使用，还是在样板戏之后，以《智取威虎山》《海港》《杜鹃山》等为代表的京剧样板戏，在汲取西方音乐的创作技法，戏曲音乐的现代性表达上，达到了一个新的高度，影响了包括越剧在内的众多戏曲剧种。越剧本着“为我所用”的原则，在汲取西方多声部作曲技法方面，以建立纵横整一性的戏剧音乐结构为目标，乐队音响不以厚重、洪大为好，而是追求抒情与戏剧性兼具、与越剧剧种风格匹配的音响效果。

---

① 参见卢时俊、高义龙主编《上海越剧志》，中国戏剧出版社 1997 年版，第 227 页。

戏曲音乐在横向结构上的整一性是早就有之、一以贯之的。关汉卿《窦娥冤》四折一楔子的结构，楔子与第一折同属仙吕宫，属于序幕性质；其余三折分别为南吕宫、正宫和双调，每一折音乐上一宫到底，结束于尾或煞尾。前有序、后有尾，中间以变化统一原则来形成多种音乐样式，这样的结构在中国传统音乐中非常常见。早期越剧的剧目主要来自说唱、话本、宝卷和京剧、绍剧等剧种，戏曲音乐结构同样有一定之规。如越剧老戏《盘夫索夫》，女主角严兰贞上场，先念引子“我本真心托明月，无奈明月对沟渠”，接唱定场诗“泪似湘江水，滔滔不断流。愁似秋叶雨，一点一声愁”，再接念白“我，严兰贞”的自我介绍和故事的起因说明。尾声直接采用京、昆吹打曲牌，形成前有引子、定场诗，后有尾声的完整结构。新越剧时期，剧目创作受电影的影响，开始采用序幕的形式。1945 年演出的《绝代艳后》，利用序幕合唱（习惯上将幕后齐唱称为合唱，非现代的多声部歌唱）介绍剧情和人物关系，快速推进剧情发展。再如《梅花魂》利用序幕加尾声的形式，来加强剧目结构的完整性。①

1977 年版《祥林嫂》的音乐，其横向上的整一性主要通过幕间曲和主题贯穿法来实现。全剧除了序曲和闭幕曲，有 13 首幕间曲，其中有 6 首唱在开幕前，主要是对接下来即将发生的事件的简介，有 7 首唱在该幕结束时，对刚结束的剧情进行评价或情绪的强化。13 首幕间曲对交代剧情和推进戏剧节奏有着重要的作用。幕间曲有女声齐唱、女声独唱、男声独唱、男女声合唱等多种形式，根据需要使用。如第七场开幕时，一声高亢的男声独唱响起，舞台场景从鲁镇转到山高林密、树木葱郁的贺家坳，再加入女声齐唱，交代贺老六借债娶亲一事。第七场结束时，祥林嫂被贺老六“我老六今年活了三十多”的真诚表白打动，从激烈抗婚到默默允婚，幕后一句女声清唱悠悠响起：“祥林嫂看贺老六，心地善良人不错”，恰似祥林嫂内心的独白。

---

① 参见雪声剧团编《雪声纪念刊》，1946 年 7 月出版，第 2 页。

除了大量使用幕间曲，主题音乐贯穿法也是完成戏剧结构整一性的重要手法。1977 年版《祥林嫂》的主题音乐有 4 条，祥林嫂、贺老六、鲁四老爷和柳妈，分别各有一条性格鲜明、越剧风格突出的主题音乐，听者听其声如见其人。祥林嫂的主题音调来自绍剧过门，以 mi sol la 为核心音调，简朴厚重，三个上行式乐汇，如同祥林嫂提出的“灵魂三问”，又称“三问”主题。主题随着剧情发展、人物性格和情绪的不同，以不同的形态贯穿全剧。序曲中祥林嫂“三问”主题原型如下（谱例 1）①：

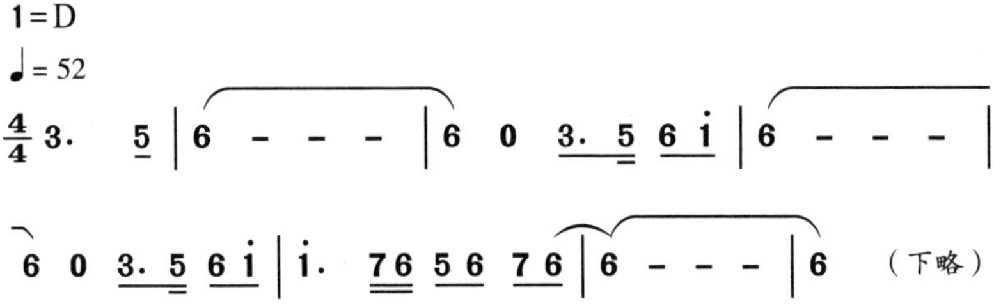

祥林嫂出场后，感到卫老二在打量她，意识到对方另有所图，通过曲调、力度和奏法表现忐忑不安之情（谱例 2）：

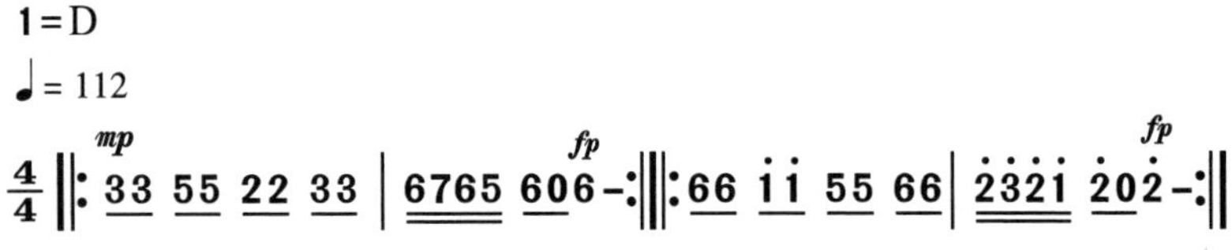

祥林嫂惊闻婆婆要将她卖掉的消息后，主题音调节奏变为二三拍和二二拍交替，表现惊魂失措的强烈感情（谱例 3）：

① 本文中单旋律曲谱来自《越剧〈祥林嫂〉主旋律曲谱》，内部资料，上海越剧团 1977 年 10 月演出本。

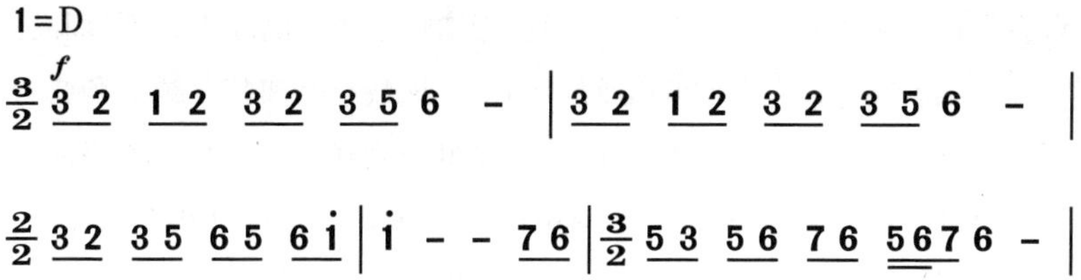

一进鲁府时，祥林嫂挽着小包袱，随着卫老婆子缓缓上场。调式转为大调，祥林嫂虽然有点小心翼翼的样子，但是没有上一场的惊惧不安的情绪（谱例4）：

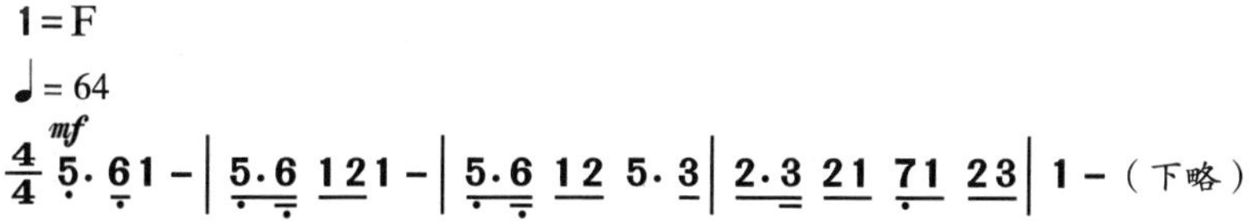

二进鲁府的祥林嫂，经历了夫死子丧，主题音调沉重压抑，成了鲁迅笔下“眼珠间或一轮”、精神恍惚的样子（谱例5）：

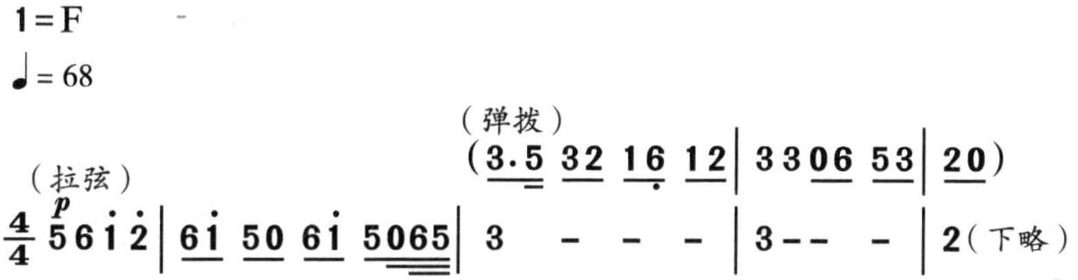

祥林嫂“三问”主题音乐形象鲜明，剧种风格浓郁，展开性强，艺术性很高。主题贯穿法的使用极大增强了音乐的统一性、逻辑性和戏剧性。

戏曲音乐的纵向整一性主要通过学习西方和声、复调和配器等技术来完成。和声是西方音乐的重要概念，和声写作是多声部音乐创作的重要手段，它的作用主要有三方面：“声部关系上的组织作用；塑造音乐形象的表现作用；形成曲式的结构作用”。[①] 从《祥林嫂》来

① 桑桐《和声的理论与应用》（上），上海音乐出版社1982年版，第1页。

看，和声一是增加音乐的厚度，特别是增加中声部的厚度，衔接和充实高、低音旋律之间的音响空间；二是发挥减小七和弦、减三和弦等不和谐和弦的色彩作用，以特殊音响描摹戏剧气氛和情绪。如序曲运用祥林嫂“三问”主题及其变奏展现故事基调，短短29小节的序曲，作曲家通过速度、力度的增加和四次$^{\#}Ⅵ^{7}$减小七和弦，形成开门见山、先声夺人的艺术效果，和声音响鲜明，音乐材料精练。

《祥林嫂》音乐中复调用得不多，用得省、精、妙。“洞房”一场戏，祥林嫂在“听他一番心酸话”后，进退不得，不知道如何是好。短暂静场后，二胡温柔地奏出贺老六主题，老六“（白）不要哭，我会对你好的”后，大提琴低声倾诉，二胡慢慢回应，如两颗心慢慢靠拢。二胡又奏出祥林嫂主题，仿佛是询问，大提琴跟随应答，两条曲调一高一低，一婉转一醇厚，生动而简练地刻画了两人的心理过程。又如第十一场，又是一年祝福夜，太太正在责怪下人干活不力，而祥林嫂被剥夺了祭祀的资格，站在旁边手足无措。音乐用两条曲调同时刻画了她外在的惊慌和内心不安的心情（谱例6）：

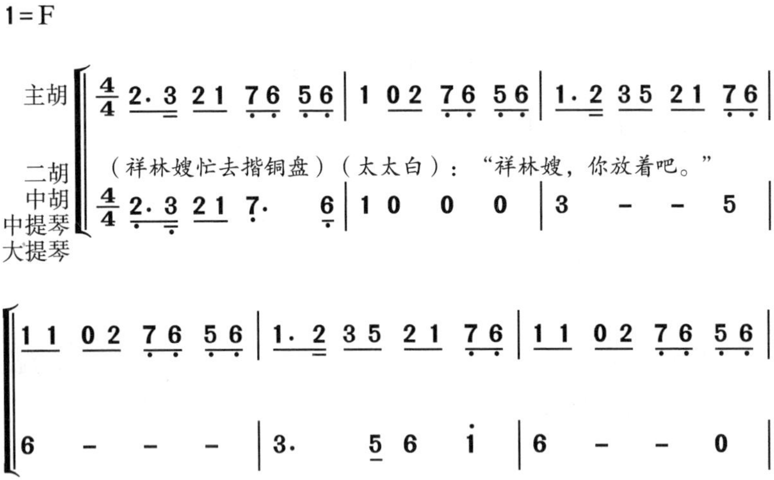

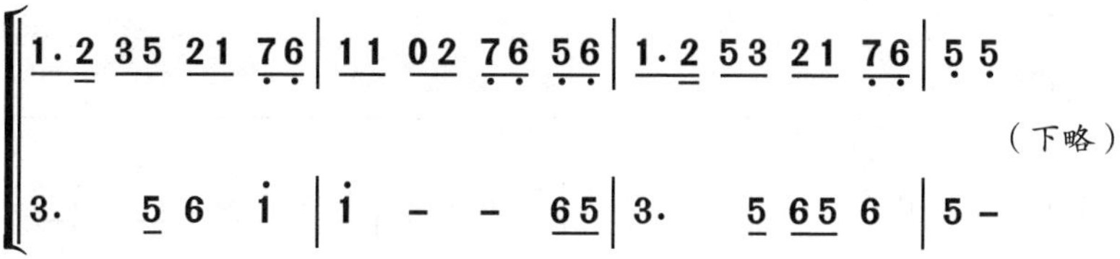

（三）创作思维融合：形成多层次的线性音乐思维

从《祥林嫂》来看，作曲家在建立立体的、纵横整一音乐结构的同时，结合戏曲音乐实际，形成一种中西合璧的多层次线性音乐发展思维，创作出符合中国人听觉习惯的音乐音响。其主要特征有二，一是将乐队音响分为主旋律层、副旋律层、和弦层和低音层 4 条线性层次，乐器按照性能和功能分属于不同的功能层，主要在某一两个层级发挥作用。主旋律层主要有主胡、副胡，二胡、板胡、新笛主要担任副旋律层的演奏，有时候也演奏主旋律；和弦层以键盘排笙和扬琴为主，低音层有三弦、大提琴和低音提琴等。二是继承和发展传统音乐中的多种创新手法，如一腔多用、移宫转调、板式发展和主客腔创新等①，作为音乐展开的主要要素，形成多层次的线性音乐创作思维。

多层次的线性音乐创作思维在《祥林嫂》一剧中普遍使用。如第四场卫老二找到祥林嫂的一段戏，卫老二猛然发现祥林嫂—躲起来观察—祥林嫂上场看到卫老二—惊慌逃走—卫老二跟随得知祥林嫂在鲁家，这样一小段音乐只有一分钟左右，精练且戏剧性强。见该段的乐队缩谱（谱例 7）：

① 参见刘晓静、安啸梅《为构建中国戏曲音乐理论体系而上下求索——为〈名家讲戏曲〉（安禄兴等著单行本）出版而写》，《人民音乐》2019 年第 9 期，第 94 页。

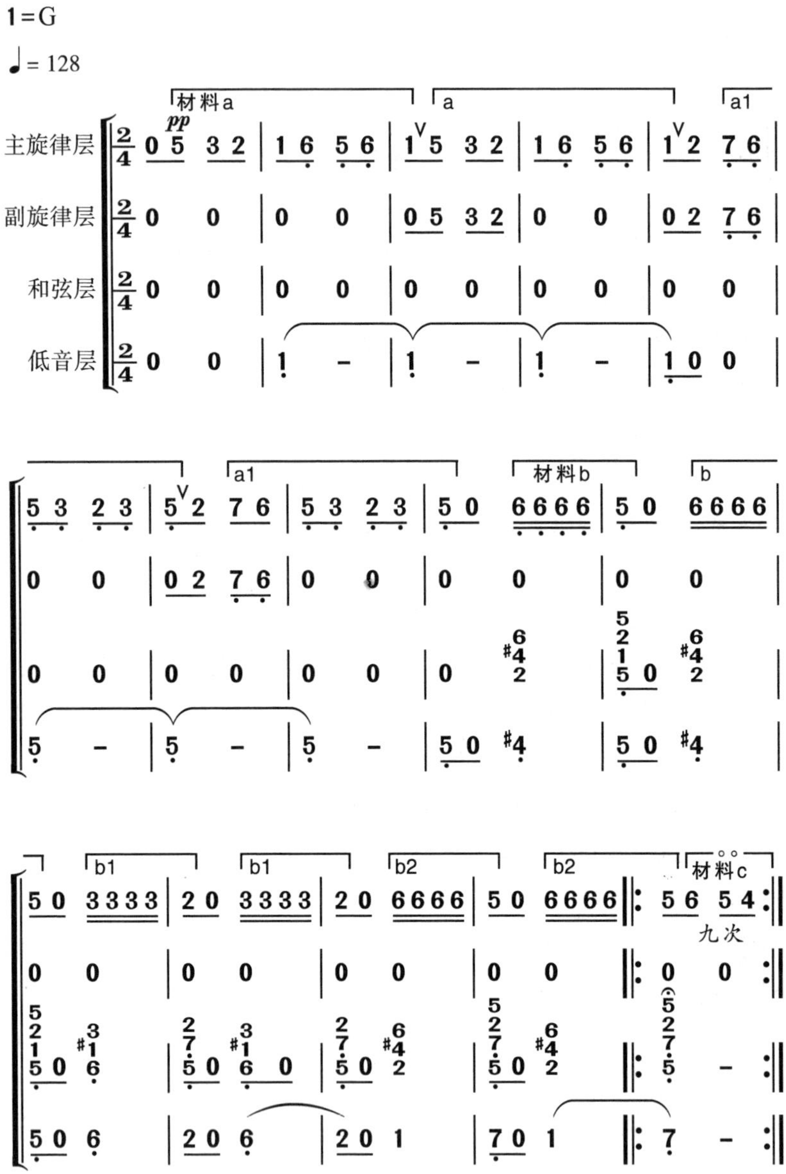
1=G
♩= 128
材料a
a
a1
主旋律层
副旋律层
和弦层
低音层
材料b
b
b1
b2
材料c
九次

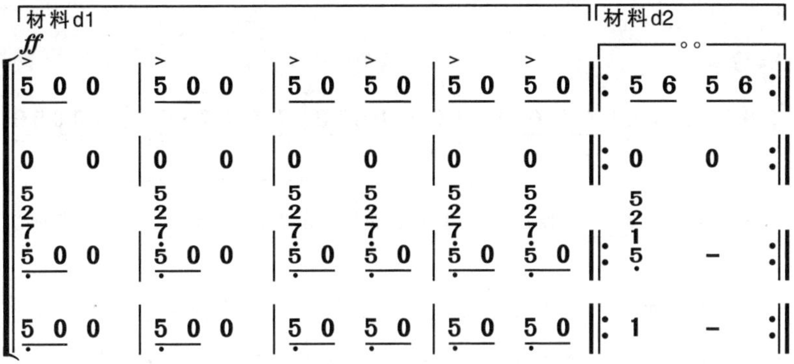

从纵向上看，音乐主要分为四个层次，功能不同，但线性逻辑发展明显。前面 ab 两句主旋律层由主胡奏出，二胡和中胡奏副旋律，键盘排笙奏和弦，低音由黑管演奏。后两句 cd 随着速度的加快，省略副旋律，突出主旋律与低音层，二胡、副胡、中胡、月琴汇集到主旋律层，三弦、大提琴和低音提琴加强低音的节奏性。音乐的推动力主要来自横向旋律的递进和发展，旋律以速度加快、力度增强、旋律模进为主要推进手段，快速将紧张的情绪推至高潮乐句。高潮曲调借用绍剧【流水】音调，以【一字板】，中间用三拍性和旋律的紧缩变化，再次将情绪推向高潮，最后以女声小工调器板齐唱将“大事不好”的气氛推至顶点。

《祥林嫂》音乐中，曲调发展手法多样，高潮句采用的节奏转换和旋律紧缩方法，是情绪趋紧的常用方法（谱例 8）：

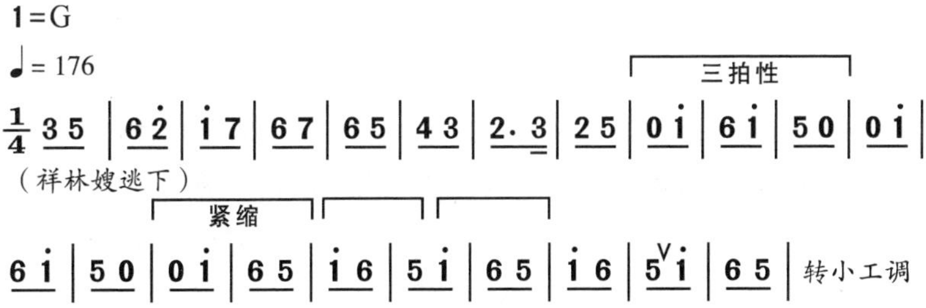

山里人抢亲的音乐，同样是通过节奏的转换来表现紧张的场景

（谱例9）：

1=G

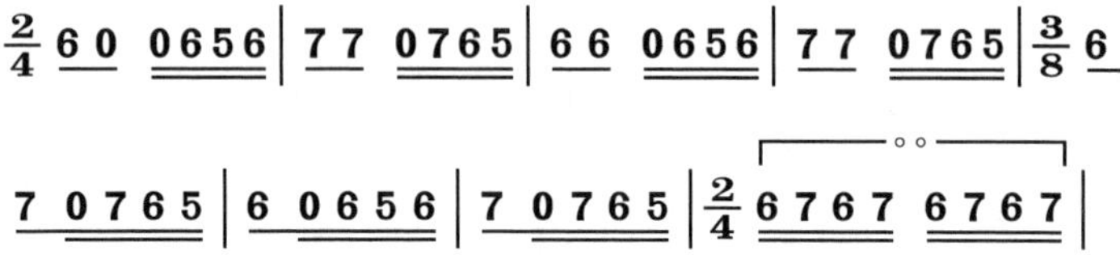

《祥林嫂》中常用“滚花法”渲染气氛，滚花分为华彩式、模进式和自由式三类，模进式更为多用。如第八场重病的贺老六挣扎着想出门寻找阿毛时，心急如焚的心情（谱例10）：

1=A

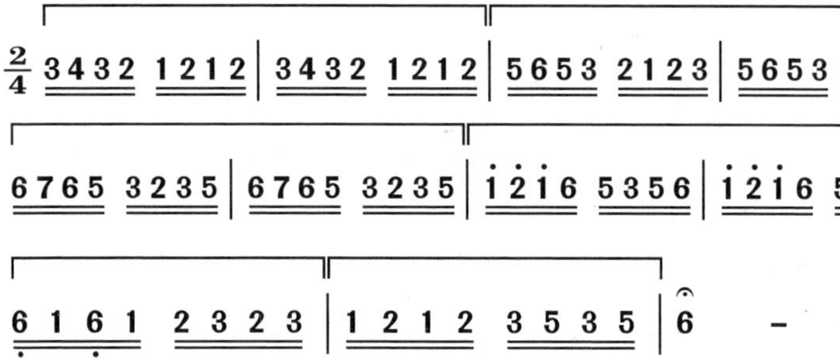

多层次的线性音乐思维中，旋律不仅有利于戏剧氛围的营造，在刻画人物情绪和表现戏剧场景时也起着重要作用。第十一场祥林嫂听了柳妈一番话后，对死后被阎王一分为二的封建思想吓坏了，以至于被自己的影子惊到产生了幻觉。作曲家用加入两个临时变化音 $^{\#}4$ 和 $^{b}7$ 的小段曲调，表现阴风袭来、鬼影重重的感觉，材料俭省，音乐形象准确。第十三场“摸烛台”一场戏，两条曲调对祥林嫂的心理进行刻画，一条加入连续附点的祥林嫂主题，昂扬兴奋，扬眉吐气，另外一条是固定音型的反复与模进，似抑制不住的激动，两条曲调汇拢为板胡的散板曲调，令人心酸落泪。

新越剧改革之后，中西混合的乐队配置、多声作曲技法与多层次线性创作思维的融入，使得越剧中乐队音乐的比重和作用从此不同，不再囿于“配乐”的范畴与地位。纯器乐的音乐语言在戏剧性音乐创作上有了巨大的表现空间，极大地推动了越剧音乐的发展。1954年，越剧电影《梁山伯与祝英台》获得第八届国际电影节的音乐片奖，唱腔和乐队音乐融合统一，浓郁的抒情性和江南风格获得一致好评，标志着越剧音乐的整体质量提升到新的高度。1977年版《祥林嫂》中，全剧音乐的写作技术更加圆熟，“出逃”“厨房”“贺老六去世”“摸烛台”“抬头问苍天”等场景，音乐的整体性、戏剧性和表现力得以极大的增强，也充分展示了作曲家刘如曾“简约而不简单”的作曲风格。

二　以“旧”入“新”：流派唱腔的现代性发展

《祥林嫂》被誉为越剧四大经典作品之一，与其剧中数量多、流传广的唱腔分不开，如“雪满地霜满天”“千悔恨万悔恨”“听他一番伤心话”“青青柳叶蓝蓝天”“婆婆说话你可听到”“我老六活了三十多”“你到我家五年长”“丈夫死后整十年”等，这在现代戏中是不多见的。其中袁派唱段5段，范派2段，既有【尺调腔】，也有【弦下腔】【男调腔】和【落字腔】，唱腔相较于以往的袁派和范派唱腔，发展和跨度较大，成功塑造了人物的同时，唱腔流畅动听，传唱很广，因此，唱段的成功之处值得推敲和研究。

戏曲作为我国的传统民族艺术，在20世纪现代化进程中，“贯穿始终的便正是民族性与现代性这两个核心问题”①，如果说，乐队音乐走的是“从无到有”的发展道路，唱腔作为剧种的核心要素，则需要从传统唱腔和流派唱腔出发，走“以旧入新”之路。新从何来？

（一）以典型人物塑造为核心的唱腔创作新思路

近代随着西方话剧和电影的传入，现实主义表演思潮随之引入戏

① 汪人元《中国戏曲音乐发展中的民族性与现代性问题——从“双重乐感”谈起》，《艺术百家》2012年第4期，第108页。

曲艺术。受此影响，新越剧时期，袁雪芬的表演从“真听真看真感受”这句朴素的理论出发，表演和唱腔逐渐发生质的变化。1943 年，她在《香妃》一场演出中，猛地看到丈夫头颅，感受到女主角痛彻心扉之情，一改以往程式性“哭腔”的表演，提高音调叫了一声“小和”，伴奏的周宝财感受到演员情绪和音调的变化，立即改为 sol re 定弦，调提高了一个大二度，旋律随即下行，si si la sol la sol 的基本腔顺势而出，si 的出现使得音乐风格转为深沉，荡气回肠的唱腔感动了在场的所有演员和观众。20 世纪 50 年代，斯坦尼斯拉夫斯基演剧体系引进国内，如何塑造典型形象成为舞台演出的最高目标，表现在唱腔中，刻画典型人物形象成为创腔的新要求。

祥林嫂是绍兴乡下的普通女性，勤劳朴实、命运多舛，是典型的悲剧性人物，用质朴醇厚的袁派唱腔来表现很合适。袁派唱腔是形成最早的越剧流派唱腔，早在 20 世纪 40 年代中后期的袁派“三哭”中已见雏形，袁派音乐语言深沉平实、悲剧性色彩鲜明。在复排《祥林嫂》时，袁雪芬围绕祥林嫂“处处不忘她是养媳妇出身的寡妇”[1] 这一典型特点来设计唱腔。“婆婆说话你可听到”是祥林嫂在剧中的第一个唱段，她惊闻婆婆要卖她还债，在祥林灵位前哭诉，其中有六声呼唤“祥林”，处理各自不同。唱段开头，惊慌失措的祥林嫂一声低唤后紧跟一声高呼，猛地想起不能让婆婆听见，立即掩口、收声、望向房内，接唱一小句低回凄楚的“祥林”哭腔，曲调压抑，表现祥林嫂习惯眼泪往肚里流的人物性格。嚣板过后，是一声接一声的呼唤声，节奏前紧后宽，音调从轻到高，表现祥林嫂悲愤又无助的心情。可是再怎么呼唤丈夫也无济于事，经过激烈的思想斗争后，祥林嫂决定逃走，结束句的幕后齐唱“依依难舍旧时窠”，婉转深情，表现了内心善良的祥林嫂对家的留恋之情。最后一场戏，在“雪满地风满

---

① 袁雪芬《值得花毕生精力塑造的艺术形象——〈祥林嫂〉的改编和表演艺术》，载《求索人生艺术的真谛——袁雪芬自述》，上海辞书出版社 2002 年版，第 221 页。

天”的绝唱中，沦为乞丐的祥林嫂回忆起自己的一生。唱段中第四次出现“我真笨我真傻，我单知道……”的白口，不假思索脱口而出的话，刻画了祥林嫂呆滞麻木的形象和深重的内心伤痛，人物性格入木三分。

（二）叙事性、抒情性和个性化“三融合”的唱腔创作新目标

戏中之“曲”与歌曲不同，不仅要具有抒情性，更需有叙事性，而个性化是流派唱腔产生的基础，越剧唱腔的多流派特征与重视唱腔的个性化表现息息相关。从越剧唱腔发展历史来看，早期唱腔侧重叙事性，初期的【四工唱书调】强调叙述性，字密板紧拖腔少，易于说唱故事；发展到【令哦调】，唱腔开始向着抒情方向发展。1925年，【四工腔】使得唱腔适应了女性音域，女性音色强化了唱腔的婉转抒情，协调了唱腔的叙述性与抒情性。新越剧时期【尺调腔】的出现，在叙述性和抒情基础上，不同音域的艺人都能找到自己合适的音域和旋法，利于唱腔的个性化发展，为流派的出现提供了良好的平台，也逐渐形成叙事性、抒情性和个性化“三融合”的唱腔创作新目标。

《祥林嫂》中的贺老六，是范瑞娟成功塑造的典型人物之一，也是她为数不多的现代戏代表作之一。1946年首版《祥林嫂》中，编剧南薇为了照顾观众的观演习惯，设计了一条爱情线，给范瑞娟安排的角色是牛少爷，与祥林嫂青梅竹马。1956年修改版还原鲁迅原著精神，将这一人物取消，范瑞娟改演贺老六。范派音色宽厚，唱法硬朗，是越剧小生流派中，唱腔男性化较为外显的流派，在塑造贺老六这一形象上有一定优势。范瑞娟随创作小组深入浙江四明山山区体验生活，在采风中深刻感受到贺老六这一山区猎户的性格和情感，为人物塑造和唱腔设计准备了条件。剧中贺老六唱段不多，其中“我老六今年活了三十多”和“你到我家五年长”，唱段流畅动听，人物性格鲜明，流派韵味浓郁，被誉为范派代表性唱段。

第七场“洞房”中，贺老六被祥林嫂怒斥为“强盗胚”，委屈又无奈，唱了一段“我老六今年活了三十多”。全段为【尺调腔】，以中板为主，唱词多为戴帽的七字句，前半句唱词紧，级进多，突出叙述性；后三个字节奏放宽，拉长曲调强调旋律性，既讲清楚事情，取得了祥林嫂的谅解，歌唱性又很强，有着充沛的情感性（谱例 11）：

1=G

【尺调腔·紧中板】

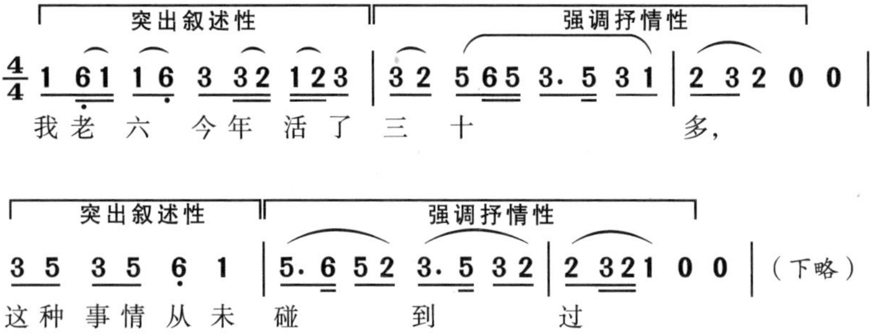

唱词节奏在说话节奏基础上，对重点词进行拉宽处理，给予强调，如“全靠兄嫂 ｜ 抚—养— ｜ 我— — —；当— —猎 ｜ 户— — —；总指—望 ；配夫—妇”等，以突出贺老六作为山区猎户典型的朴实本分性格。唱段兼顾叙事性和抒情性，范派韵味浓郁，成功塑造了贺老六这一个诚恳、忠厚的男性形象。目前越剧舞台上男女合演的《祥林嫂》，男小生仍然沿用 1977 年版本的范派唱腔（少数音调有所改变）。

（三）以演员为中心的“三结合”创腔新模式

新中国成立后，戏曲生态发生巨大的变化，就音乐创作来说，大批新文艺工作者进入戏曲院团，先做“学生”再做“先生”，为唱腔创作的体制和机制带来巨大改变，“三结合”的创腔模式就是此时提出并实现的。所谓“三结合”，即唱腔设计结合并发挥演员、主胡和作曲家三者的长处而成。演员根据自己对人物的理解、自身条件和流派特点，在琴师的配合下，哼唱出唱腔的基本框架。作曲家记录整理，并加工提高这个唱腔框架，形成相对定型的唱腔，请导演、演员和主胡审听，共同完成定腔、定谱的工作。袁雪芬这一辈的演员在实践中形成了很强的创腔能力，《祥林嫂》中的唱腔均由各位扮演者各自设计。演员在唱腔设计上的优势在于，能够充分地揣摩和理解角色，也非常了解自身特色，因而在越剧中，“三结合”创腔模式是以演员为中心的。

袁雪芬有个习惯，新腔试唱时，她要求琴师和她一起即兴创作。每次试唱，她和琴师一起，在充分理解人物的基础上，根据唱词一段一段反复试唱，两人互相配合、相互“刺激”，寻找最合适的基本调、板式和个性音调。第十一场在柳妈和众人讥笑祥林嫂“实在笨”的齐唱声中，祥林嫂有一段“千悔恨万悔恨”，表现自怨自责的情绪。袁雪芬试了几种基本调后，感觉用【落字腔】比较合适。“夸夫”中的【落字腔】曲调奔放热情，此处袁雪芬在曲调中融入【宣卷调】的素材，唱法上多用下滑音、颤音和顿挫刻画祥林嫂哀怨、伤感之情。她创腔还有个优点，擅长从越剧传统和其他剧种中汲取营养，为人物塑造提供准确的音调素材。“青青柳叶”一段表现的是祥林嫂最幸福的辰光之一，她头戴柳叶，第一次露出了笑容。这种情绪基调与袁派唱腔相差有点远，袁雪芬尝试将【男调腔】改造使用。【男调腔】是她在 1949 年为表现《相思树》中女主人公热烈、急切、犹豫不安的情绪，吸收男班唱腔因素创新而成的。这是一种新的基本腔，因其节奏特征突出，与以往中规中矩的节奏不同，可塑性很强。此处她加入婺剧【三五七】音调，配合伴奏独特的颤音，表现祥林嫂如小鸟般雀跃欢快的心情。短短 6 句唱，兼顾叙事性、抒情性和流派个性，唱腔动听动情，艺术性很高。

琴师在袁派唱腔的形成和发展中发挥着重要的作用。托腔是主胡的重要功能，它是唱腔的一部分，其中蕴含着重要和特殊的创作因素。它和唱腔曲调相互配合，突出唱调中演员、流派和角色的特点。新越剧时期，袁雪芬的琴师主要是周宝财，他从小学习京胡，父兄均是戏曲班社的琴师或鼓师，24 岁左右转入越剧戏班拉主胡，1943 年 3

月开始和袁雪芬合作，袁派“三哭”和代表剧目《梁山伯与祝英台》《西厢记》《祥林嫂》等，均是与周宝财合作完成的。他把京剧定弦、伴奏方法、板式甚至音调带入越剧，如用京剧西皮的手法拉【四工腔】，将【尺调腔】配上完整的板式等，他改弦而歌的方式对【尺调腔】和【弦下腔】的产生有着重要的推动作用。1956 年，周宝财转入上海市戏曲学校任教，周柏龄接替他成为袁雪芬的主胡，他对《双烈记》“夸夫”【落字腔】的形成有重要作用。①

作曲家能够对唱腔的起调、落音、结构、板式和曲调个性做画龙点睛的修改。作曲家经过中西作曲技法的训练，掌握多种作曲手法，特别在唱词多、戏剧性强的核心唱段，有着多样的艺术处理方法，这对演员在进行唱腔设计时手法单一重复的缺陷是一个重要的补充，对提升唱腔的质量起着关键作用。1947 年，范瑞娟演出《单恋》时，有一大段男主人公读信的唱段，用的是【弦下腔】。范瑞娟演出时，刘如曾在台下记好谱，拿来和范瑞娟商量，他认为唱段的板式要随着情绪的发展，由慢到快，即慢中板—紧中板—快板，有层次地推进情感，唱段更为完整，表现性更强。② 刘如曾认为，作曲、演员、乐师“三结合”的创作方式能够充分发挥三人所长，作曲者要虚心向老演员和老乐师学习，三人互相尊重和信任，紧密合作，共同完成创腔工作。③

随着时代的发展，新时期的越剧唱腔创作、“三结合”创腔模式转为以作曲（或称唱腔设计）为中心，这既是演员创腔能力衰弱后的无奈之举，也是演艺时代下戏曲的戏剧性、整一性和综合性提升到新的高度后的主动选择。

---

① 参见《中国越剧大典》编委会编著，钱宏主编《中国越剧大典》，浙江文艺出版社 2006 年版，第 236 页、第340 页。

② 参见范瑞娟《怀念戏曲作曲家刘如曾同志》，《上海艺术家》2000 年第 3 期，第 39 页。

③ 参见刘如曾《戏曲现代戏音乐问题》，《人民音乐》1984 年第 7 期，第 43 页。

结　语

《祥林嫂》中的音乐，以鲜明的时代气息完成戏剧的音乐化叙事，刻画典型人物形象，表现具有现代性精神的主题与思想。它将西方音乐技法和创作思维与越剧风格相结合，建构纵横整一的音乐结构，形成多层次线性音乐思维，推动越剧乐队音乐发展的同时，强化越剧“优美抒情”的剧种风格。它在创腔方面，以人物塑造为核心的新思路，叙事性、抒情性与个性化“三融合”的唱腔设计新目标，以及以演员为中心的“三结合”创腔新模式，为唱腔的现代性发展打开了新的空间。《祥林嫂》的音乐创作，创造性地解决了戏曲音乐的中西关系和新旧关系两大难题，成为戏曲音乐现代性发展的典范之作。

越剧音乐的现代化转型仍未完成，《祥林嫂》音乐创作背后的指导思想更能给人启示，那就是，越剧有着自身独特的风格，学习西方音乐也好，汲取其他艺术营养也罢，最终目的是发展自己，而不是变成他人。“不忘根本、固本培新”不是一句口号，而是实实在在的创作经验。当然，并不是说经典剧目的成功经验放之四海而皆准，随着时代的发展，戏曲舞台从唱戏时代、演戏时代发展到演艺时代，音乐创作应该紧跟时代步伐，主动改革、主动选择，这样的创作态度，既是越剧自1942年新越剧改革以来的宝贵经验，也是越剧保持活力和创新的源泉。

（曾嵘　上海政法学院文艺美学研究中心副教授）

戲曲研究

根植民间的歌唱

——论歌仔戏名艺师纪招治的唱腔艺术

李　晖

歌仔戏是海峡两岸互孕共生的剧种，在闽台民间广为流传。歌仔戏名艺师纪招治①擅演“苦旦”（青衣），享誉海峡两岸。她将演唱技巧归附行当特质，依托方言音韵展现演唱韵势，她的唱腔或高亢激越，或深沉委婉，带着一种民间的质朴底色。从植根民间的角度论析纪招治的唱腔艺术，有助于挖掘歌仔戏唱腔的内核，彰显歌仔戏音乐的力量。本文立足于多年来对纪招治口述资料②的整理提炼，拟从剧种传承、唱腔艺术、两岸交流三个方面展开论述。

---

① 纪招治（1933—　），国家级非物质文化遗产项目歌仔戏代表性传承人。

② 笔者曾任国家级非物质文化遗产歌仔戏代表性传承人抢救性记录工程“歌仔戏——纪招治”项目学术专员。

一 “印在民间”的歌仔——纪招治歌仔戏艺术的师承

从启蒙师父吴泰山到全面传习的师父洪本忠，再到提升戏文与唱腔的师父邵江海，纪招治掌握几乎所有在民间广为流传的歌仔戏曲调，演过几乎所有当年在民间风行的戏出，至今能记诵其中大多数戏文。她深切体会到歌仔戏唱腔艺术须从民间汲取养分，也须回到民间。从戏班到剧团，纪招治承传与秉持的观念是作为戏曲艺人，获得民间的认可是首要的。

纪招治于1945年进入“福华昌”班（孩子班）。启蒙师父是戏班拉弦的吴泰山。泰山师教给纪招治的第一折戏是歌仔戏的经典折戏《李妙惠过五更》。同年，纪招治转入“福金春”班（成人班），又随戏班请来排演歌仔戏经典剧目《陈三五娘》的鼓师洪本忠师父（人称“洪大呆”）[①] 学戏。纪招治“脚步手路”的基本功、唱腔与表演大都得益于大呆师的传授。

大呆师曾在正音班（京戏）学司鼓，且行当全面，能演彩旦、丑角、老生、小旦等，曾任“新艳春”的掌班，是歌仔戏传统名剧《安安寻母》《五子哭墓》《吕蒙正》《白蛇传》的台柱。歌仔戏是以唱为重的剧种，但纪招治一直十分强调表演的规范严谨、细致全面，这与当年大呆师对她动作、面貌、表情等方面的严格要求密不可分。哪怕“挑花刺绣”“走步爬楼”“开门进门”等平常的动作表演均十分讲究。纪招治的旦角碎步用“脚刀”走“刀边”（即用脚的外脚掌走半步以上，后面紧跟，紧贴另一只脚的旁边），动作轻盈柔软；其表演眼神运用纯熟，是因当年随大呆师苦练“吊眼”。纪招治在大呆师排《杨令记》时学“白须老旦”，姿态、步法、眼神均十分到位传

---

① 当年民间顺口溜：“大呆是大呆，扮戏是天才”“妆生有生才，妆旦有旦眉，妆家婆（彩旦）给人笑得离狮狮（合不拢嘴）”。参见陈育斌《歌仔戏“老大”——“大呆师”》，《福建日报》2001年2月8日第C4版。

神，当年纪招治仅14岁，被观众称为“14岁老旦”。

从1945年至1948年，纪招治都跟着大呆师学戏。基本上是上午排练，下午和晚上演出。上午排练时，大呆师一招一式、一唱一念，细致地教戏；下午和晚上的演出，大呆师还要“盯戏”，时时提点纪招治。学戏和演戏同步进行，一出出戏，日复一日，纪招治得大呆师真传，尤其是表演和演唱的“腹内”，以及演“幕表戏”的功夫令人折服。进戏班后短短两年时间，纪招治就成为“二手旦”，1948年以后，即成为戏班“头手旦”（台柱）。

1950年年末，台湾歌仔戏剧团“霓光班”和漳州改良戏剧团“新春班”合并为“漳州实验芗剧团”。1951年，纪招治加入该团，便与被誉为歌仔戏“歌仙”“戏仙”的邵江海①同在一个剧团。邵江海是在音乐和剧本创作方面均卓有成就的歌仔戏名师。纪招治跟江海师学了许多【杂碎仔】唱段，如《断机教子》《安安寻母》《水斗》等；出演了许多邵江海的定型剧本，如《六月雪》《安安认母》《卢梦仙》《水蛙记》《白扇记》《白蛇传》《描金凤》《陈三五娘》等，较完整地继承了邵江海的歌仔戏艺术。

邵江海在歌仔戏音乐方面的贡献是新曲调【杂碎仔】的编创。在此之前，歌仔戏演唱的曲调基本上是【七字仔】【卖药哭】【台杂】，以及【腔仔】【直葱调】等其他一些小调。20世纪30年代，日本侵占漳州、厦门等闽南地区，并禁演歌仔戏，邵江海与林文祥、吴泰山等人从锦歌吸收曲调素材，以邵江海为主创造出【杂碎仔】，又叫“改良调”。【七字仔】的歌词每句固定七个字，而【杂碎仔】多样化，并无固定字数，一字、两字、三字、四字、五字都有，甚至有十一字的（“十一字仔”属于有点对骂、答嘴鼓性质）。【杂碎仔】可根据剧本、人物性格来决定怎么唱，节奏有紧有慢，叠字灵活，且不是仅有一种韵。纪招治演过许多邵江海的剧本戏，所以了解每一出戏

---

① 邵江海（1913—1980），歌仔戏界著名的剧作家、音乐家，被称为“闽南戏仙”。

中【杂碎仔】运用的不同之处。纪招治掌握了【杂碎仔】的好几种唱法，有的是抒情性丰富的唱段，有的是叙述性较强的唱段，唱法各不相同。如《安安寻母》中，有两段不一样的【杂碎仔】：一段是庞氏唱的，属于青衣唱的慢【杂碎仔】；另一段是安安唱的，属于娃娃生唱的【杂碎仔】，是叙述性的，没那么复杂，但旋律好听。相对于歌仔戏的其他曲调，【杂碎仔】一字一字的转腔较难，如唱不好，即显得平淡，不那么婉转。纪招治的唱腔好，肉声本嗓，越低的音越用气来唱。邵江海的【杂碎仔】有很多停板，对演员的音准要求比较高，如果演员"背调"就唱不了停板。纪招治唱《安安认母》里"你爹尽孝心，你婆耳朵轻"那一句，所有乐器都停，每个字、每个音，字头、字中、字尾，她都原原本本按师父教的那样咬字运腔，唱得很到位，唱得很"明"。

邵江海不仅在音乐上有独特的创造，还创作了大量的歌仔戏剧本，如《卢梦仙》《白蛇传》《安安认母》《描金凤》《战地啼冤》《白扇记》《水蛙记》等剧本传播广远（很多师傅是拿邵江海的剧本去教馆）。纪招治非常推崇邵江海的剧本，她也是现在极少数能够背出邵江海许多剧本的人之一。邵江海写各色人物都生动准确，编的词很有趣味，雅俗共赏。他将生活的种种编成歌，如"抗战歌""钞票歌""开销歌""洞房歌""做戏歌""吊大灯的歌"等各种各样的歌，旋律朗朗上口，歌词内容和民众的生活息息相关，贴近社会情状，既是现世歌，也是劝世歌，这样的"歌仔"常用于戏正式开演之前，锣鼓先起，由小丑闹台时唱，能引起共鸣，有些还颇具警世意义。

1958 年，江海师教纪招治《安安认母》，纪招治和饰演安安的演员两个人的对手戏长达两个半小时，观众被安安与母亲之间的对白、唱词深深地打动，如"阿母你怎么不回来/去我们家/阿母的衣服还挂在床头……"这样的长唱段之所以能够引人入胜，是因为唱词里有生活化的细节，唱腔里有动人的情感。

纪招治曾协助校对了《邵江海歌仔戏剧本精选》，该书收录了10个剧本，大约80万字。纪招治是真正懂得邵江海剧本的人，她费尽心力地校对，也正是想把邵江海的剧本流传下去。同时，即便退休离开舞台，数十年来，纪招治坚持在乡间、课堂、公园、社区以“四处唱”的方式传播、传承邵江海的歌仔。

邵江海剧本的题材大部分源于民间生活，生活气息浓厚。邵江海的歌仔是传承在民间，且能够留存在民间的。纪招治不断地演唱邵江海创作的歌仔，深入理解邵江海的歌词、音乐与韵势，并仔细琢磨，因此提升了自身的创腔能力。在歌仔戏百余年的发展史中，两位极具天赋与才华的、植根民间的艺术家，建立起极为珍贵的传承谱系。

二　声实情真——纪招治唱腔艺术的特点

纪招治11岁登台，如今已近90岁高龄，她的生活里离不开歌仔戏，她的生命早已和歌仔戏深深地联结。纪招治年仅两岁便被卖作“苗媳”，9岁被卖作“使女”，11岁入戏班，14岁被包办婚姻，16岁时用唱戏积攒的钱换得自由身。常人难以承受的孤独困顿、辛酸苦楚被硬生生地挤压进纪招治短暂的童年、幼小的心灵。苦旦是歌仔戏最重要的行当，苦旦唱腔如同千千万万受苦受难女性的集体悲歌。纪招治演苦旦，由内心到外在的歌唱抒情，使情感的迸发既动人心魄又厚实饱满，她的苦难经历契合剧种悲情底色，是个体经验与剧种唱腔情感积淀的天然融合。

（一）肉声唱法与丹田运气

歌仔戏的演唱以本嗓为主，行内认为“肉声”更具有歌仔戏的韵味，并强调运用丹田之气。纪招治没有经过艺校培训，也不曾学习现在的科学发声方法，未曾受到过声乐训练，她按照吴泰山、洪本忠、邵江海等师父教给她的方法来唱。气息自丹田而上，然后到胸腔，接着往头腔，不断地去体会和实践。纪招治坚持传统的歌仔戏唱法，对自己的唱腔很自信。比如【杂碎仔】“紧紧紧，莫叮咛，你不要生气慢停停，得用利刀割一下断”，全部用气充实声音。年轻时她曾经在感冒几乎失声时，还能运用丹田气息演唱《狸猫换太子》。纪招治注重把握原来用气的地方，在真的快没声音时用上，这与美声唱法的功效不谋而合。如今年近 90 岁高龄，她演唱高音还能够做到不破音。

（二）咬字清晰与依字行腔

歌仔戏的唱，咬字清晰非常关键。在过去，有很多观众并不识字，也少有字幕，要让观众听得清楚，咬字含糊是不行的。纪招治的唱很清晰，清晰到不需要字幕就能听得很明白，这得益于她从小学戏的童子功。师父教她时，口传心授，一字一字教，注重每一个音。1945 年，纪招治刚开始跟吴泰山师父学歌仔戏《李妙惠过五更》，泰山师强调字一定要咬准；1945 年至 1948 年，纪招治跟着洪本忠师父学歌仔戏唱腔时，师父教一句，她跟着唱一句，一字一句学，师父要求很严格，一字一字都要学得非常像才可以通过；邵江海教唱剧本时也十分注重咬字。邵江海深入生活，深入民间，收集到民众生活中十分丰富的语言，他的剧作风趣幽默，同时充满了闽南的民间智慧。纪招治非常熟悉闽南方言，她能体会邵江海剧本方言的力量。邵江海剧本中所展现的方言表现力，通过纪招治的演唱传神会意。因此，纪招治始终将“咬字清晰”作为自己的唱腔准则，强调语言的准确度。

对于学歌仔戏必须掌握地道而丰富的闽南语这一点，纪招治是执意坚持的。为了能够更加精准地咬字吐音，纪招治甚至有意识地少说普通话，平时就尽量用闽南方言，以确保念白和演唱自然纯正、游刃有余。纪招治的演唱，一听就有一种“古早味”的歌仔戏韵味，她的转腔具有传统的演唱“韵势”。不用看字幕，就能听懂她唱的“闽南语文辞”，咬字清晰，加上小时候受南音的熏陶，她的曲韵婉转。她演唱的“韵势”是字字句句依托方言音韵的“依字行腔”。著名戏剧理论家王评章曾深入论析纪招治在唱腔上的咬字归韵对于剧种传承的重要价值：

> 在唱腔上，她（纪招治）非常重视咬字归韵。歌仔戏是唱韵白混在一起的，邵江海先生说它是说唱艺术。地方语言（方言）的表现力非常明确，直截了当。语言的音乐性、语言的诗歌性、语言所包含的情感内容，应该准确地在唱腔里表达出来。如果唱腔不能表达这些内容，那么就无法把地方的情感表达出来。那么，剧种的深厚度、剧种的韵味就会受到极大的损失。所以，她提的这个咬字和归韵，是后辈应该好好向她学习的。①

（三）【哭调】真哭 与“噎喉” 功夫

歌仔戏的苦旦对“哭”的要求很高，【哭调】是必须唱好的。广为传唱的【哭调】极其独特，曲调透射出悲情的剧种底色。歌仔戏的“苦情戏”，尤其是“特别大苦戏”曾经是最吸引观众的戏文，多数是唱【哭调】。旧时，闽南百姓为生存背井离乡、辛苦劳作、颠沛流离、历尽沧桑，更有亲人爱人分离的刻骨相思。【哭调】是将闽台民间音乐中忧伤的音乐素材、含有哭腔的音乐元素加以提炼和升华，以此抒发百姓心间的哀怨和悲伤。【哭调】的音乐曲调和氛围也极易在闽南民间引起观众尤其是女性的情感共鸣。丈夫出外谋生，闽南妇女留守家园、操持家务、奉老育小，时常无助、辛酸甚至委屈，听到歌仔戏悲凉的【哭调】，便会漾起心中隐忍的哀愁，顿时泪如雨下，悲情尽倾。如纪招治唱《山伯英台》“哭墓”一场，她可根据观众的喜好即兴发挥，从原来的“三拜”用哭腔哭到“十二拜”“二十四拜”，甚至“三十六拜”。她曾经演过的《五子哭墓》，更是集【哭调】之大成。

---

① 2016 年国家级非物质文化遗产项目歌仔戏代表性传承人纪招治抢救性记录工作《纪招治——歌仔戏》访谈记录。访谈人：李晖，受访人：王评章（原福建省艺术研究院院长），访谈时间：2016 年 12 月 21 日上午，访谈地点：福州市鼓楼区五凤兰庭小区。

【哭调】除了必须唱好，通常还要求真哭。在纪招治学戏唱戏的年代，没流眼泪被认为是表演不到位。所以，当时演苦旦不仅仅是哭而已，要边哭边唱，要一边流泪一边唱出声。流眼泪的时候，鼻腔和喉腔容易堵，喉咙感觉被噎住，造成发声困难，但唱不得含糊，字要咬准，感情要到位。这一演唱技巧，歌仔戏业内称为“噎喉”，很难控制和掌握，要能够清晰地唱出来，且要字正腔圆，需要不断练习。“噎喉”往往用于苦旦抒情的时候，悲的感情真切热烈，要控制好情绪也不容易。只有在舞台上不断地积累演唱经验，才能有过硬的“噎喉”功夫。纪招治做“苦旦”，擅长唱【哭调】，“噎喉”演唱能力炉火纯青，表现泣不成声的感觉很真切，在生活真实与艺术真实之间实现了自然转换，传达出苦旦的无限悲伤，极富感染力。纪招治通过精湛的“噎喉”技巧和苦旦唱腔，塑造了孟姜女、秦雪梅、李三娘、祝英台、陈翠娥、李妙惠、白素贞等诸多善良、柔弱、凄惨、悲怨、哀婉的女性形象，博得观众的怜悯和同情，也深深打动了观众的心。

（四）【杂碎仔】叠字与“腹内滚”绝活

纪招治演过许多邵江海的戏，得歌仔戏名师邵江海的真传，擅长唱【杂碎仔】，并且是极少数拿到戏文能即兴用【杂碎仔】叠字编曲的表演艺术家。灵活多变、节奏丰富的【杂碎仔】是歌仔戏音乐的主要唱腔曲牌之一，在台湾称【都马调】。其说唱词曲紧密结合，既可用于叙述，又可运用于大段抒情，板式、速度变化最为丰富，曲调发展空间最大，极具表现力，运用十分广泛。

在歌仔戏历史上，“幕表戏”曾经风靡一时。“幕表戏”基本没有剧本，没有固定的乐谱，有时仅有提纲，台词、唱腔和表演都是即兴发挥，十分考验演员的舞台综合素质，首先是演员的对答、唱功，然后再讲究演戏的表情、情感的表达。歌仔戏传统多采用“安歌”的办法演唱固定的曲牌，比如《山伯英台》的“二十四拜”用【七字调】【哭调】；但许多戏唱【七字仔】还是【杂碎仔】是演员根据自身的优势选择，唱词的旋律有时也要演员自己创作，如叠字、做韵。因每个艺人的音色和演唱技巧不同，同样是【七字仔】【杂碎仔】【腔仔调】，每个人唱出来的都不一样。歌仔戏将即兴演唱和表演的本领称为“腹内滚”。在演幕表戏的年代，“腹内滚”本领高超是很令同行赞赏和叹服的，而“腹内滚”恰是纪招治的绝活。为了演好幕表戏，纪招治跟戏班各个师傅学习“腹内滚”，无论演苦旦还是花旦，力求积累台上各种角色的各种歌词与表演。比如演花旦，平时就学唱不同的《洞房歌》。演幕表戏，演员本身的“腹内滚”至关重要，与其他演员互相之间的配合也十分重要。在那时，想要成为戏班的“头手旦”必须“打通关”，即要能够和戏班的任何演员搭档即兴演戏，能和丑角做戏，能和小生做戏，无论和什么人做戏，都有办法应付。纪招治以其博闻强记以及高超的演唱技巧和表演能力，在短时间内即成为戏班的“头手旦”。

三　声扬海峡两岸——纪招治唱腔艺术在两岸歌仔戏史上的意义

纪招治学过许多歌仔戏唱段，演过上百出剧目，从幕表戏到定型戏，从传统戏到现代戏。20 世纪 40 年代，她演过《金姑赶羊》《陈三五娘》《知官斩案司》《剖腹验金瓜》《五子哭墓》《包公斩四金龙》《珍珠塔》等。20 世纪 50 年代到 60 年代中期是纪招治最辉煌的时期，出演了很多剧目，如《三家福》《白蛇传》《安安认母》《断机教子》《加令记》《吴美娘》《赵五娘进京》《唐伯虎点秋香》《三藏取经》《陈总杀媳》《一贴灵一敷灵》《九重天》《恶婆婆》《阴阳河》《孟姜女哭倒长城》《薛刚大闹花灯》《吕四娘刺雍正》《宇宙锋》《粉妆楼》《卢梦仙》《白扇记》《李慧娘》《春香传》《水蛙记》《六月雪》《荔镜记》《描金凤》《小二黑结婚》《垦荒记》《战地啼冤》《红色宣传员》《九代贫》等。她在诸多的剧目中扮演主角，塑造的角色深入人心，如《三家福》的施洋嫂、《雪梅教子》的雪梅、

《安安寻母》的庞氏、《山伯英台》的英台、《白扇记》的陈金花、《白蛇传》的白素贞、《三娘教子》的三娘、《李妙惠》的李妙惠……除了古装戏，她也以精湛的技艺，在《海岛民兵》《红色宣传员》《垦荒记》等现代戏中担任主演。她曾随龙溪专区芗剧团赴北京、上海、武汉、广东、南昌等地巡演，也曾翻山越岭、不畏辛劳地跟着戏班、跟着剧团到群众需要的地方演出。20世纪八九十年代，她退休后在厦门艺校传授歌仔戏，还组建“晚霞”老年歌仔戏队，坚持在公园、社区演唱，乐此不疲。无论是在光彩夺目的现代剧场，还是在简陋粗朴的乡间戏台，无论观众多寡，她始终认真对待每一场演出，专注于为百姓歌唱。获得群众认可，让群众爱歌仔戏，对她而言是这一生最重要的事。

歌仔戏是海峡两岸互孕共生的剧种，在两岸民间交流互融共进。纪招治是两岸歌仔戏艺术交流中难能可贵的艺师。她从1945年开始学戏，演了数十年的歌仔戏，很多的戏文、不同年代的与歌仔戏相关的人和事，仿佛都刻在她的脑子里。无论是与台湾的歌仔戏联欢，或者每一届海峡两岸民间艺术节、两岸歌仔戏研讨会，通过纪招治的唱念、讲述，台湾艺文界能够直观地比较大陆和台湾歌仔戏演唱的异同，也能找到一脉相承的印证，探究两岸歌仔戏发展的轨迹。

20世纪80年代，海峡两岸的往来日益频繁。大陆和台湾歌仔戏界的专家学者、编创人员及演员也通过各种渠道进行相互交流，促进歌仔戏在现代社会的新发展。1987年之后，歌仔戏是当时台湾很重要的一个“寻根访祖”的项目。台湾学者对歌仔戏从台湾回到大陆的发展脉络，是非常陌生的，他们想了解歌仔戏在大陆的发展脉络，厦门市台湾艺术研究院院长曾学文力荐纪招治，他认为对纪招治的采访是必不可少的，因为纪招治是这段歌仔戏历史的见证者、经历者。

自20世纪90年代起，海峡两岸几乎每两年就举办一次大型交流活动，有新旧剧目的展演，有歌仔戏学术研讨会，活动规模和影响力也越来越大。21世纪以来，特别是两岸“三通”后，歌仔戏艺术节和研讨会成为两岸歌仔戏交流的重要形式，双向交流更加频繁。在这些交流中，纪招治成为不可或缺的艺师之一。每一次的两岸交流，纪招治谨慎挑选有一定难度、值得流传下来的曲目，希望演出能够得到两岸观众的认可。特别值得一提的是，2008 年 12 月，纪招治受台湾廖琼枝文教基金会之邀前往台湾，参加为期 12 天的“牡丹风华——经典歌仔戏系列活动”，其间演出折子戏《李妙惠上轿》《五娘病相思》，《五娘病相思》是《陈三五娘》中较难的一个【杂碎仔】唱段。她还参与“两岸歌仔戏苦旦的艺术对话——清唱音乐会”“两岸歌仔戏国宝艺师艺术讲座”等一系列活动，深得台湾观众及歌仔戏界的高度认可与赞赏。台湾政治大学教授蔡欣欣更以“凭借腹内，惊艳台湾”来形容纪招治。① 其间，与被誉为“台湾第一苦旦”的廖琼枝的“论唱”很是考验纪招治的积累、功力以及应变能力。所谓“论唱”，就是两人轮流唱同一种曲调，如【七字仔】【哭调】【杂碎仔】等，并要解答各种问题。纪招治在台湾的此次歌仔戏交流，无论对于她个人，还是对于两岸歌仔戏，都有不同凡响的意义。从歌仔戏的唱法、剧目、表演等方面，纪招治与台湾歌仔戏界进行了双向的交流，彼此了解，互相探寻，比唱论艺，例如讨论歌仔戏的唱法、海峡两岸的异同等。20 世纪 40 年代，闽南一带唱《梁祝》中的“一拜梁哥……”，用“啜泣”的唱法，但在 50 年代的时候改了；台湾的唱法仍用“肉声”，不夹杂美声和假声。大陆的定弦比过去高，如果要遵从传统歌仔戏的韵味和演唱音色，用本嗓去唱，定弦高唱起来会比较吃力，比较难唱；台湾的定弦都比较低，唱比较轻松。无论大陆还是台湾，在歌仔戏音乐方面都有创新，但均是希望保留旧有传统曲调的基础上用新的音乐元素去充实。时任台湾廖琼枝歌仔戏文教基金会执行长的柯铭峰评价纪招治的唱腔是“保留了歌仔戏比较早、比较

---

① 参见中共厦门市委宣传部、厦门市文学艺术界联合会总编，伍晋、黄汉忠撰稿《纪招治——歌仔戏表演艺术家》，厦门音像出版有限公司 2013 年版，第 82 页。

古的气味……唱法比较淳朴，比较注重咬字和吐音，比较传统的歌仔戏唱法。纪老师给我们保留了历史的记忆和较好的传统”①。

结　语

纪招治是歌仔戏的“活字典”，她将邵江海的剧本完整清晰地记忆至今，是一个奇迹；她深谙【杂碎仔】的叠字音韵，“腹内滚”的本领不减当年，年近90岁高龄依旧能够将歌仔戏曲调信手拈来，也是一个奇迹；她一生痴爱歌仔戏，并且有着顽强的生命力，至今仍然能够演唱，还在传承教学，更是一个奇迹。纪招治的戏剧人生，见证了歌仔戏艺术发展进程中的曲折与辉煌。

纪招治的一生就像苦旦的一生，纪招治的歌唱体现了她生命的坚韧，她有一种超乎寻常的力量，仿佛情系一生的歌仔戏剧种托庇着她，赋予她无穷的能量。对歌仔戏浓烈的情感燃烧着她的生命，不断爆发出耀眼的光芒。她一唱起歌仔戏，似乎永远不会疲倦，一句接一句、一段又一段，年近耄耋，声线依然保有金属般的铿锵。她的唱腔包含着动人的情感，无论身处何处，她随时可以入戏，立刻进入角色，俨然已在舞台上。同时，纪招治通过歌仔戏传统曲调唱段与观众呼应，观众会与纪招治互动，跟着她唱他们所熟悉的歌仔戏曲调。“戏是唱给观众听的，演给观众看的，只有观众认可，观众喜欢，才是对的。”纪招治以最真的本心，最质朴的唱腔，表达出歌仔戏始终是为人民服务的文艺。

（李晖　厦门市台湾艺术研究院副研究员）

① 中共厦门市委宣传部、厦门市文学艺术界联合会总编，伍晋、黄汉忠撰稿《纪招治——歌仔戏表演艺术家》，第87页。

戯曲研究

山西戏曲数字化实践与发展路径探析*

张艳琴

随着戏曲生存环境的变化、信息技术的发展，数字化成为戏曲保护与发展的重要方式。戏曲数字化就是利用数字技术对传统戏曲进行文字、图片、录音、录像、数据库以及多媒体平台等各类载体的转码与建设，并以此实现传统戏曲的现代化保存与传播。目前，戏曲已突破传统的剧场传播方式，广泛利用数字技术进行现代传媒传播，在此过程中，部分戏曲内容得以数字化并留存下来，故而，本文的戏曲数字化不仅指专门资金投入而产生的成果，也包含在戏曲传播中附带产生的成果。而山西戏曲历史悠久、现状复杂，作为中华戏曲的重要组成部分，其数字化状况也应受到关注，进而以管窥豹，由此看到全国

* 本文为山西省艺术科学规划课题“21 世纪以来山西戏曲生态与传播方式研究”（课题编号：2021B003）阶段性成果。

戏曲数字化的现状与未来发展的更多可能性。

一　山西戏曲数字化的背景

2004年，山西“非遗”保护工作启动，戏曲数字化作为发展保护措施列入政府出台的文件之中。如2012年9月出台的《山西省非物质文化遗产条例》第四章“非物质文化遗产的保护措施”第二十六条中提出“保护、保存经费”要用于“非物质文化遗产的档案及数据库建设”①，2016年的《山西省人民政府办公厅关于实施山西省戏曲传承发展振兴工程的意见》在“主要措施”中提出了“建立戏曲数据库和信息共享平台”“推进‘互联网+戏曲’等新兴传播平台建设”② 等。

新型冠状病毒肺炎疫情发生以来，传统的演出方式受到挑战，文化和旅游部于2020年11月18日，发布了《文化和旅游部关于推动数字文化产业高质量发展的意见》，在“培育数字文化产业新型业态”中提出“促进优秀文化资源数字化。对文化资源进行数字化转化和开发，让优秀文化资源借助数字技术‘活起来’”，并在“培育云演艺业态”中指出“建设在线剧院、数字剧场……建设‘互联网+演艺’平台……鼓励文艺院团、文艺工作者、非物质文化遗产传承人在网络直播平台开展网络展演”。③ 这个文件可谓为戏曲的数字化建设指明了方向，提出了具体实操方案。

2022年5月，中共中央办公厅、国务院办公厅印发《关于推进实施国家文化数字化战略的意见》，提出8项重点任务，目标是

---

① 参见国家法律法规数据库，https://flk. npc. gov. cn/detail2. html? NDAyOGFiY2M2MTI3Nzc5MzAxNjEyN2VkOTVhYzJkNTE%3D。

② 参见山西省人民政府官网，https://www. shanxi. gov. cn/zfxxgk/zfcbw/zfgb2/2016nzfgb_ 76766/d14q_ 76812/szfbgtwj_ 76814/201606/t20160629_ 6940383. shtml。

③ 参见中华人民共和国文化和旅游部官网，https://zwgk. mct. gov. cn/zfxxgkml/cyfz/202012/t20201206_ 916978. html。

"'十四五'时期末，基本建成文化数字化基础设施和服务平台，形成线上线下融合互动、立体覆盖的文化服务供给体系。"① 8月，又印发了《"十四五"文化发展规划》，提出"十四五"期间文化发展的总体要求和目标，其中明确要求"提升公共文化数字化水平"，加强"国家文化大数据体系建设"。② 这让山西未来的数字化建设有了明确而清晰的目标。

目前，数字技术已经在山西戏曲"非遗"保护、传播领域得到应用，一些戏曲数据库、网站、戏曲直播、戏曲网络视频等戏曲平台大量涌现，同时数字技术也被山西戏曲从业者、民间戏曲爱好者自发用于戏曲的宣传推广，山西戏曲的数字化建设取得了一定成绩。

二　山西戏曲数字化实践综述

山西戏曲数字化成果大致可分为初期探索成果、官方建设成果和民间建设成果。这些成果均呈现出不同的特点，对其详细梳理，有助于我们较为客观地分析山西戏曲的数字化实践，并据此为其未来规划科学的发展路径。

（一）数字化探索期

这一时期，受非物质文化遗产保护措施的影响，山西戏曲数字化主要体现为：在相关文化部门的组织下，搜集资料，筹建资料性质的数据库。此时的数字化成果大部分没有公开、上线。

2003 年，山西省戏剧研究所承担了文化部全国艺术科学"十五"规划重点课题"山西戏剧文物文献数据库"，这可视为山西戏曲数字化的开端。2006 年，系统初步建成并运行，但仅为内部开放，没有

---

① 参见中华人民共和国中央人民政府网，http：//www. gov. cn/xinwen/2022 - 05/22/content_ 5691759. htm。

② 参见中华人民共和国中央人民政府网，http：//www. gov. cn/zhengce/2022 - 08/16/content_ 5705612. htm。

在线共享。系统侧重资料保存，忽视了戏曲的传播。后期由于资金缺乏，系统无法正常运行。2009 年，山西省戏剧研究所在建成的“山西戏剧文物文献数据库”的基础上，启动建设“山西戏剧文物文献数据安全保护与长期保存系统”，但最终成果仍无从查阅。

2006 年，山西省非物质文化遗产保护中心开始进行山西省“非遗”普查工作。至 2009 年“搜集线索 20.5 万条，采录信息 8.23 万条，共发现了重大项目 135 个，采访并登记了 8.8 万传承人的资料，并运用摄像、录音、录像、数据库等手段记录、保护、宣传了项目的相关内容”①。计划建成“山西风雅颂”数据库，在山西省图书馆对外开放，但至本文定稿之日，仍未看到这一数据库。

同一时期，山西各地市均开展过“非遗”网站的建设工作，但当前除了忻州非物质文化遗产保护中心官方网站（libsou. com）能够打开以外，其他网站由于种种原因，均处于异常状态。在关闭的网站中也有曾经运营较好的，如长治市非物质文化遗产保护中心网站，其同步运营的微信公众平台上的内容非常丰富，有关于戏曲的演出信息、演员介绍、戏曲演出小视频等，客观上起到了对上党地区戏曲的传播作用，但这一公众号于 2020 年 11 月 6 日至笔者完稿之日再无更新。

（二）数字化建设期

1. 官方建设成果

（1）相关文化政策的实施带动了戏曲数字化成果的建设。

山西省人民政府门户网站作为在国际互联网上发布政务信息和提供在线服务的综合平台，其“走进山西”栏目中的“山西人文”版块，载有关于山西地方戏曲、晋剧、上党梆子、北路梆子、蒲剧等简单的文字介绍，一定程度上起到了传播山西戏曲的作用。同样地，太

① 闫石《山西省非物质文化遗产数字化保护研究》，《科技与创新》2016 年第 6 期，第 61 页。

原市、大同市阳高县、大同市灵丘县、大同市云冈区、大同市新荣区、朔州市右玉县、忻州市、吕梁市汾阳市、吕梁市孝义市、吕梁市柳林县、晋中市左权县、长治市、长治市屯留区、长治市潞城区、长治市壶关县、晋城市、临汾市、运城市等人民政府门户网站也有相应地区剧种的文字介绍。

2016 年，山西省戏剧研究所启动“山西省科技厅实验室项目——山西地方戏曲数字博物馆”项目，试图将戏曲文物文献、名家名段等与新技术相结合，通过数字的方式再现山西戏曲。虚拟博物馆建成后，曾在山西省戏剧研究所的微信公众号上嵌入推广，但 2020 年 3 月因单位改革重组，山西省戏剧研究所公众号资源归入山西艺术职业学院以后，这个数字博物馆再没有运行。

山西省数字文化馆也称“山西公共文化超市”“山西公共文化云”，作为全国第三批数字文化馆试点建设项目，于 2018 年 6 月开始建设，同年 11 月初步建成，12 月 29 日，山西“公共文化超市”正式上线试运行，2020 年接入山西省文化与旅游厅官方网站。此数字文化馆内有“《中华传统文化 · 戏曲瑰宝》”和“戏曲动漫”“聆听太行 · 戏曲文化”等戏曲资源，前者为王蒙、尚长荣、汪人元等 8 位文化、戏曲专家录制的超星精品课；后者为山西省文化馆建设的中华优秀传统文化数字化“小老醯儿说戏”资源，该资源内含“戏曲万花筒”“戏曲微课堂”“戏曲云活动”“玩转戏世界”等版块。尽管平台上的戏曲资源在不断丰富，但相较于整个山西省的戏曲资源来讲，还大有建设空间。

（2）新型冠状病毒肺炎疫情下的“云上演出”作品。

2020 年年初，突发的新型冠状病毒肺炎疫情使得原本计划好的现场演出取消。为应对这一局面，相关单位开始线上演出。山西省文化与旅游厅官方网站上推出“山西省脱贫攻坚优秀剧目网络展播”

"三晋在线剧院"等专栏便是应对疫情的成果。①

山西演艺集团演艺院线有限责任公司也与社区建立终端合作，开发抖音平台，将原来的文化惠民剧场改为"百姓直播剧场"，2020年6月30日正式上线，每周周三、周五播出，同时"山西演艺院线"在快手直播平台同步播出，实现线上"百姓直播剧场"，线下"惠民剧场"相结合的演出方式。至2021年8月20日，演出近百场，涵盖了山西省的常演剧种。同时在直播剧场的戏曲传播过程中，实现平台回放功能，这使得数字化成果得以创建、保存与传播。

在这种特殊背景下也出现了一些在线戏曲课堂。晋城市文化馆网站"在线课堂"，旨在"利用网络的便利性，创新服务方式，继续发挥公共文化服务效能，开展线上免费辅导课程，分享艺术欣赏，丰富文化生活，传播正能量"②。有关戏曲的授课内容有"青年演员武艳艳带您简单了解'上党二黄'""戏曲名家卢爱琴分析《王宝钏》中武家坡片段""青年演员李丹讲解上党梆子《三关排宴》桃花公主唱段"等视频。在非常时期，这些网络课堂客观上起到了提高观众戏曲审美素养的作用，同时作为一种数字化成果也被保留下来。

2. 民间的戏曲自媒体平台推助了山西戏曲的数字化建设

目前，民间基本形成了戏曲网站、微信公众平台、视频直播平台等戏曲现代传播生态，同时，传播的内容以数字化的形式被留存下来。

（1）戏曲网站数据库类

早在2005年，戏迷张付军就建立了上党戏曲QQ群，并在网上发布一些上党戏曲的资料，后在晋城市政府网站"晋城在线"的

---

① 视频有临县道情《吕梁护工》、蒲剧《春暖蒲子山》、上党落子《第一书记》、上党梆子《沁岭花开》《太行娘亲》、晋剧《暖冬》《年轻人》、京剧《长乐未央》、民族歌剧《三把锁》、话剧《太阳照在南洋河上》等。

② 参见晋城市文化馆网站"艺网在线"版块的【在线课堂】第74期，"青年演员武艳艳带您简单了解'上党二黄'"，hppts：//mp. weixin. qq. com/s/jVOYEplUXw224xb08MqmXA。

"凤城论坛"、晋城广电网的"太行论坛"开辟了上党戏曲版块；2008年在新浪网UC聊天室"九州戏苑"申请开通了"上党戏园"房间并任室主。①较早的互联网经验与对戏曲的热爱，使张付军建立戏曲网站成为必然，2009年，他建立了上党戏曲网（sdxq. cn），这是山西第一家专门性的戏曲网站，是民间戏曲数字化传播的初步探索，网站上发布的剧种知识、演出名家、戏曲新闻、演出视频、戏曲论坛、演出动态、团体简介等版块可视为上党戏曲的一个数据库空间，是了解上党地区戏曲艺术的重要互联网窗口，目前网站运作良好。

同样还有2012年创办的中国晋剧艺术网（chnjinju. com），2017年更名为山西戏剧网。网站主要依靠文字、图片来发布戏曲新闻、演出团体、演员介绍以及戏曲历史等信息，网站内容丰富，更新频率快，对山西戏曲的传播和推广产生了较大影响。2019年7月11日，山西戏剧网手机版正式上线，微信公众号同步开通。

（2）微信公众平台类

检索发现，至2023年2月9日，有"晋剧"二字的微信公众号多达138个，如"山西晋剧""听晋剧""晋剧""晋剧大全""晋剧全集""二人台晋剧戏曲""晋剧青年会""梨园晋剧网资讯"等，现择其代表作介绍。

2017年3月，4个在校大学生创建了微信公众号"晋剧青年会"，稍后，他们又同步运营快手账号"晋青会官方"、微信视频号"晋剧青年学生会"、微信公众号"听鉴三晋"、哔哩哔哩账号"忻晋火传"、新浪微博"晋剧青年"等平台，形成了戏曲媒体融合传播形式。2020年1月4日，微信公众号"晋剧青年会"推文《晋青会作品全集（2017—2020）》，文章中涵盖了"晋剧遗珍""经典留声""古韵新声""文武场面""晋北情韵""梨园课堂""上党雅韵""蒲

① 参见贾丽《张付军，上党梆子推广者》，戏剧网，http：//www. xijucn. com/html/bangzi/20091106/12146. html。

州风采”等14个版块，链接1200余篇推文，涉及20余个戏曲剧种，包含不同时代、不同行当、不同流派的百余位艺术家及其作品①，资料包含音频、视频、文字、图片等形式，可谓一部晋剧声像史。该公众号内还专门为早期晋剧唱片设“晋剧民国黑胶唱片”专辑，已上传123期，每期内容除了发布唱片所载的晋剧唱段音频外，还有部分相关晋剧艺术家简介、剧目说明及唱词参考。这样的戏曲资料，无疑是山西戏曲数字化的重要成果。

总之，微信公众号因其编辑方式多元、受众覆盖面广、传播便捷等特性已经成为山西戏曲非常重要的一类传播媒介，同样随之而产生的数字化成果不可忽视。

（3）短视频、直播类

这类传播渠道主要以快手、抖音为代表。据不完全统计，至2023年2月9日，快手直播平台上与晋剧相关的账号有285个，与上党梆子相关的有65个，与蒲剧相关的有201个，与北路梆子相关的有52个。发布内容包含现场演出片段、后台化妆、戏曲动作讲解、戏曲历史人物等。发布者和受众大多为演员或戏迷。

2023年2月9日，通过“灰豚数据”搜索，与“晋剧”有关的抖音主播账号69个，用户以演员和戏迷为主，如晋剧演员孙红丽、张芝平、李苗、王启亮、程瑞花等人。以抖音账号“晋剧孙红丽”为例，该账号共发布作品389个，作品内容主要是孙红丽的演出、参加节目等活动、晋剧常识以及孙红丽的日常生活等，同日，该账号总获赞数121.6万，赞粉比为542.89%，粉丝数量达22.4万人。② 伴随着这类传播而生成的回放视频，可视为当代戏曲生态一个重要见证，

---

① 参见《晋青会作品全集（2017—2020）》，“晋剧青年会”微信公众号，2021年1月4日。

② 参见灰豚数据，https：//dy. huitun. com/app/#/app/anchor/anchor_ list/anchor_ detail？ id = 93376572690&keyword = % E6% 99% 8B% E5% 89% A7% E5% AD% 99% E7% BA% A2% E4% B8% BD&tabKey = info。

长远来看，这也是一种戏曲数字化资源。

三　山西戏曲数字化传播现状的特点

第一，山西戏曲数字化形成了官方和民间两种力量，且民间发展势头尤其强劲。

戏曲艺术发展遭遇低迷后，国家制定了一系列保护、传承戏曲的政策，同时相关机构在政策性资金支持和专职人员的共同努力下，建设了戏曲文献数据库和“非遗”资源数据库，其具有一定的权威性、系统性。但遗憾的是，建成的数字化成果传播范围和服务受众均有限，未完全达到预期的效果。

民间的戏曲爱好者则自动自发地参与到戏曲的保护与传播中，这种自发意识使得民间的戏曲传播力量自始至终都显现着与时俱进的特点，因此，成果形式更为多样，传播渠道更为广泛，影响也更为深远。

需要提及的是，民间的建设经费来源于组建者的自筹。“晋剧青年会”的编辑张文杰说：“我们都是在校大学生，平时没有收入，凭着对戏曲的热爱，自己亲自下去调查、访问，搜集资料。所用经费来源于我们微信公众平台广告的微薄收入。”① 微信公众号“看戏听曲”的运营者王培斌，是一名戏曲爱好者、民间戏曲资料收藏者，他也表示，自2007年在新浪博客开通“秀容遗风”开始分享山西戏曲至今，资金同样也是自己筹措。总之，民间戏曲爱好者凭着自己的一腔热血，积累了可观的戏曲数字成果。

第二，山西戏曲数字化的内容呈现出“推新创、挖经典、现日常”的特点，但同时也显现出随意化、重复性的缺陷。

推新创。近年来，为响应“讲好山西故事”等文艺创作政策，

---

① 据笔者2021年8月8日对“晋剧青年会”编辑张文杰进行的微信采访。

一批新创剧目应运而生，如晋剧《关羽》《泥火情》、蒲剧《泪洒相思地》《铁面御史姚天福》、上党梆子《郝经》《太行娘亲》、上党落子《魏拯民》、临县道情《吕梁英雄传》等，尤其是新型冠状病毒肺炎疫情以来，这些剧目被录音录像，在山西省文化与旅游厅官方网站播出，同时这些剧目也在“百姓直播剧场”循环播出。

挖经典。这里的经典指著名的山西戏曲人物、戏曲剧目和戏曲历史。“晋青会”微信公众号发布有晋剧早期艺术家盖天红、毛毛旦、三儿生、丁巧云、九岁红、筱桂桃、乔国瑞、丁果仙等人的黑胶胶片音频、演出视频以及个人小传等宝贵资料；也发布有现当代著名演员的相关资料以及一些珍贵的戏曲发展史料。“看戏听曲”微信公众平台中同样发布类似的内容。这些经典、珍贵的资料在传播过程中被数字化保存下来，无疑成为山西戏曲数字化极其珍贵的成果。

现日常。短视频的传播和制作特点决定了这类平台对用户的拍摄水平和制作水平要求不高，戏迷和演员成为发布的主体，且发布内容多为演出日常，这就形成了演员与戏迷、戏迷与戏迷交流的一个新平台，形成了戏曲传播新的生态环境，客观上这类戏曲传播内容也可视作山西戏曲生态的数字化呈现。

从目前来看，山西戏曲数字化传播的内容丰富、驳杂，这也导致此类传播随意化、重复性的特点。

第三，戏曲传播媒介多元丰富，但成果碎片化，缺乏系统性。

山西戏曲的传播媒介有政府门户网站和爱奇艺、优酷、腾讯、头条、微信公众平台、微博、哔哩哔哩等媒体。传播媒介的多样性，使得一个传播主体同时在多个传媒平台上发布内容，这就造成了传播内容的重复性、碎片化。加之各个传播媒介基本以文字、图片和视频为载体推送相对独立的单篇内容，而没有借助较为系统的数据库作为传播载体，这使得成果呈现散乱、交叉传播的特点。

第四，数字化对象以山西的大剧种为主，小剧种、稀有剧种鲜少涉及。

四大梆子作为山西的大剧种，有一批相对稳定的观众群体，数字化也以大剧种为主。而大部分小剧种、稀有剧种本身的生存状况十分堪忧，仅有的数字化成果体现为简单的历史介绍，期待他们的数字化能够引起相关部门的注意并实施给予扶持。

四 山西戏曲数字化的传播与推广策略

戏曲艺术作为一种重要的非物质文化遗产，数字技术对它的作用应该首先体现在保护层面，进而对其进行传播与推广。结合戏曲艺术的本质特征以及山西省戏曲数字化的现状，笔者认为促进山西戏曲数字化的保护、发展、传播，应从以下几方面着手。

第一，加强项目后期建设，确保已经建成的数字化成果得以有效保存与传播。

数字化成果的保存和传播涉及技术的更新与设备的维护，这就要求相关管理部门一方面给予成果建设单位资金支持，以维护建设成果的顺利运行；另一方面，上级管理部门也应加大监管力度，确保成果建设顺利推进和已建成果持续运行，避免人事重组等现象而导致项目夭折的情况发生。如此，才能实现山西戏曲数字化建设的根本目标和建设成果带来的最大收益。

第二，组建专业队伍，进一步加强山西戏曲数字化系统建设。

当前，官方的数字化成果仅仅来源于阶段性、选择性的建设，且成果大多不具备推广条件。而面对山西丰富的戏曲资源、复杂的戏曲现状，我们势必将山西戏曲数字化作为一项重大且刻不容缓的工程，对其进行总体设计，进行系统化建设。这就要求政府尽快介入，由相关部门牵头，从顶层规划，组建一支由戏曲研究者、戏曲从业者、山西文化专家、数字技术专家等组成的工作队伍，展开论证、分工协作，使得建成的数字化成果既体现出戏曲的专业性，又能尊重其本土性，还能够体现出数字技术在这一专门领域发挥出的科学性与前沿性。

第三，整合已有建设成果，并进一步深入开展工作。

相关单位出于资源少、资金缺、管理弱等情况，现有的成果仅以资料的形式保存，无法做到上线开放。本着节约资源，避免重复工作的原则，未来的山西戏曲数字化工作应在现有成果的基础上进行科学整合。同时为充实数据库，丰富平台建设，应进一步深入开展调查和建设工作，要重视对稀有剧种、濒危剧种和高龄从艺者资料的挖掘、记录；对传统常演剧目、新创剧目视频的上线建设；对戏曲知识、动作程式、脸谱艺术、音乐声腔等进行数字化建模与传播。

第四，以政府建设为主导，鼓励民间自发建设，并给予其一定的资金资助。

民间的数字化平台建设资金均为自筹，政府应对其进行评估后，辅以资金扶持，以示鼓励。未来可形成以政府建设为主导，民间力量参与的数字化生态，必要时可以鼓励科研院所与民间机构深入合作，最后建成全面的、系统的、专业的山西戏曲数字记忆平台。

第五，鼓励各地市研究所和高校结合自身优势拓展建设成果。

山西戏曲的地域性十分鲜明，各地市戏剧研究所可立足于本地区的戏曲剧种展开子系统和特色系统的建设。高校和相关研究单位也可以根据自身特色，建设相关平台。如，山西传媒学院曾经建设“山西文化遗产保护公共服务平台”，利用学院专业特色打造“数字化建设、信息化服务、网络化联动”的数字网络信息大数据平台。山西大学亦可利用中华优秀传统文化“晋剧艺术文化传承基地”这一契机建设“晋剧艺术数据库”。同样，山西师范大学可借助戏曲文物研究所多年积累的研究成果和资料建设相应的数据库。总之，力求以“山西戏曲数字记忆平台”为主导，鼓励各地市研究所和学校结合自身优势拓展建设成果。

第六，明确数字化目标，重视传播技巧，实现有效的保护与传播。

根据山西戏曲资源状况和当前的数字化实践，明确每类资源数字化目的是重保护还是重推广传播，进而“因材施策”。如对于稀有剧种和濒危剧种，可采取文字、声音、视频等形式进行保存；对于演出市场较好的剧种除了文字记录外，更要上传大量的视频演出资料，甚至利用 VR 技术或者互动视频等方式，为受众提供一种沉浸式体验的效果，以突出线上接受与线下看戏不一样的独特体验，进而稳固观众群体，甚至达到培养潜在观众的目的。

总之，时代的发展使得戏曲数字化成为必然，在数字化过程中既要充分考虑数字化的内容，也要充分从数字化的目的以及接受者的视角研究数字化保护与传播的有效性，唯有如此，戏曲才会借助时代赋予的机遇，借助强大的科学技术实现生命的绵延发展。

（张艳琴　山西传媒学院视听学院副教授）

《戏曲研究》稿约

《戏曲研究》杂志由中国艺术研究院戏曲研究所主办，创刊于1957年，1980年复刊，是当代戏剧史上创办最早的戏曲学领域学术杂志，为中文社会科学引文索引（CSSCI）收录集刊、AMI（集刊）核心集刊。本刊坚持继承与发扬中国艺术研究院理论联系实际的优良传统，坚持严谨朴实的学风，努力把刊物办成高水准、专业性强的学术刊物。

一、本刊所设的栏目广泛涉及戏曲研究的多元领域，刊登戏曲理论、戏曲批评、戏曲遗产研究、深度访谈、戏曲史研究、戏曲文化研究、地方戏研究、比较戏剧、表导演艺术、戏曲音乐、文献考证、少数民族戏剧及各类专题研究，尤为看重在材料、观点、视角、方法上有新发现、新拓展的来稿。

二、本刊2023年度计划编辑出版5辑，拟设专题：新时代戏曲研究的前沿话题研究，并延续2022年度约稿专题：戏曲文物与图像研究、当代戏曲新生态研究、民间戏曲专题。竭诚欢迎海内外专家、学者不吝赐稿。

三、来稿以万字左右为宜。特别优秀的稿件不受此限。

四、来稿请提供200字左右的中文摘要、3～5个中文关键词，同时提供与中文对应的英文题目、摘要和关键词。

五、凡引文，一律出注，并核对原文，确保引文与原文一致。注释采用页下注，务必详细注明文献出处，格式遵从本刊要求，做到规范、准确。示例如下：

专著：

周妙中《清代戏曲史》，中州古籍出版社1987年版，第339页。

论文集、丛书：

沈达人《张庚先生论戏曲形态》，载中国艺术研究院戏曲研究所编《戏曲学的新发展——张庚先生百年诞辰国际学术研讨会论集》，文化艺术出版社 2012 年版，第 8 页。

徐复祚《曲论》，载中国戏曲研究院编《中国古典戏曲论著集成》（四），中国戏剧出版社 1959 年版，第 237 页。

期刊集刊论文：

郭英德《传奇戏曲的兴起与文化权力的下移》，《中国社会科学》1997 年第 2 期，第 165 页。

安葵《在马克思主义指导下进行戏曲研究和创作——读〈郭汉城文集〉心得》，《戏曲研究》第 108 辑，文化艺术出版社 2019 年版，第 13 页。

学位论文：

梁燕《齐如山剧学初探》，博士学位论文，中国艺术研究院，1996 年，第 1 页。

报刊文章：

毛小雨《关于建立东方戏剧学体系的刍议》，《中国文化报》2013 年 7 月 16 日第 6 版。

古籍：

姚际恒《古今伪书考》卷三，光绪三年（1877）苏州文学山房活字本。

屈大均《广东新语》卷九，中华书局 1985 年版，第 215 页。

李开先《西野春游词序》，载《李中麓闲居集》，《四库全书存目丛书·集部》（第 92 册），齐鲁书社 1997 年版，第 597 页。

汤显祖撰，钱南扬校点《汤显祖戏曲集》，上海古籍出版社 1978 年版，第 216 页。

王骥德著，陈多、叶长海注释《曲律注释》，上海古籍出版社 2012 年版，第 126 页。

乔淮修，贺熙龄纂，游际盛增补《（道光）浮梁县志》卷二十一“艺文·诗录”，清道光十二年（1832）刻本，载《中国地方志集成·江西府志辑（7）》，江苏古籍出版社1996年版，第480页。

译著：

［德］莱辛著，张黎译《汉堡剧评》，上海译文出版社2002年版，第2页。

英文：

Hans J. Morgenthau, *Politics Among Nations: The Struggle for Power and Peace*, 6th ed, New York: Alfred A. Knopf Inc., 1985, pp. 389-392.

六、来稿请注明作者姓名、工作单位、职称或职务、通信地址、邮政编码、联系电话、电子邮箱，基金项目请注明来源、名称、项目编号。

七、来稿作者文责自负，本刊对决定采用的稿件有删改权，不同意删改者，请在来稿中说明。本刊不收取版面费，对刊用稿件的作者皆赠送样书两册。

八、请勿一稿多投，半年内投稿数请勿超过1篇，投稿后3—6个月未收到本刊通知，作者可自行处理。来稿一律不退，也不奉告审稿意见，敬请海涵。

九、本刊来稿一经采用，如无特别声明，即视作者同意本刊在杂志、杂志随赠CD及本刊合作网络媒体、本刊合作手机媒体等电子出版物上，以数字化方式复制、汇编、发行、传播全文，同意由编辑部编辑出版文集或选集。本刊一次性支付的稿酬同时包括上述使用方式的稿费。

十、来稿请以附件形式发至编辑部工作邮箱xiquyanjiu@sina.com，并注明“投稿”，即日起不必再邮寄纸稿至编辑部。

《戏曲研究》编辑部

《戏曲研究》2023年度约稿专题

一、新时代戏曲研究的前沿话题研究

随着时代发展，新材料发掘、整理的不断推进及常规材料的重新审视、深度解读越来越在戏曲研究领域引发巨大效应，新概念、新视野、新方法的使用，也在很大程度上改变着戏曲研究的整体面貌。“一时代之学术，必有其新材料与新问题”，新时代背景下，我们倡议学界对新的探索性、前沿性研究话题展开讨论，形成新学问、新潮流。

二、戏曲文物与图像研究

戏曲文物研究经过20世纪30—40年代的发轫、50—70年代的发展、80年代以来的繁荣，逐步建立了专门的研究机构和基本的研究队伍，产生出一批重要的研究成果，也形成了较为稳固的研究内容和方法。戏曲文物包括戏台、碑刻、雕塑、绘画、服饰道具等多样庞杂的具体研究对象和领域，如何以这些“物”及其背后的“人”为中心进行多视域和多角度的观照切入，关系着戏曲文物研究宽度和深度的掘进而非相反。近年来，图像研究越来越多得到重视，戏曲文物中的壁画、年画、纸绢画、砖雕木雕、刻石、瓷器、面具、脸谱、戏衣等都有丰富的图像内容，在结合社会文化史进行戏曲文物图像解读，在戏曲文物图像的创制使用、载体环境，在戏曲文物图像间的因袭变革等方面，仍有许多值得深入探讨的空间。

三、当代戏曲新生态研究

戏曲生态理论是中国戏曲理论体系中不可或缺的一部分。戏曲的发展一方面取决于良好生态的营造，另一方面又需要适应新生态变化。当代戏曲的新生态既宏观涉及了社会、经济、政治、文化、科技等诸多方面，如后疫情时代的环境变化、戏曲政策的发布与落实、众多戏剧节平台的搭建与奖项的设立、多媒体短视频等多元途径的传播等，又具体落实为剧种、院团、剧人当下的生存状况。本专题期待通过对戏曲新生态的研究与探讨，促进对当下戏曲复杂现状的深入思考，推动当代戏曲研究的发展。

四、民间戏曲专题

从戏曲发展历史来看，民间戏曲是其不可忽视的组成部分，也越来越受到研究者的重视。不仅戏曲研究者，民俗学、社会学、文化人类学以及艺术学其他领域的研究者也以民间戏曲为考察对象，取得了不同于以往的研究成果。民间戏曲作为一个蕴含丰富的文化样本，涵盖复杂的社会文化生活，具有吸引多学科进行研究的广阔空间。但民间戏曲的概念内涵及其演进，尚未得到充分讨论，其他如民间戏曲的发展、传播、管理等议题也值得深入研究。设立本专题，希望超越民族和地域，以开阔的视野对民间戏曲进行宏观把握和阐释，抑或以独特的个案研究对民间戏曲进行微观透视和解析，体现民间戏曲研究独立的学术构架和学术脉络，对民间戏曲研究进行阶段性总结并提供新的启示。

图书在版编目（CIP）数据

戏曲研究．第126辑／中国艺术研究院戏曲研究所
《戏曲研究》编辑部编．—北京：文化艺术出版社，2023.6
ISBN 978-7-5039-7010-8

Ⅰ.①戏… Ⅱ.①中… Ⅲ.①中国戏剧－文集 Ⅳ.
①I207.3－53

中国国家版本馆 CIP 数据核字（2023）第032159号

戏曲研究（126）

编　　者　中国艺术研究院戏曲研究所《戏曲研究》编辑部
责任编辑　廖小芳
责任校对　董　斌
装帧设计　徐道会
出版发行　文化艺术出版社
地　　址　北京市东城区东四八条52号　100700
网　　址　www.caaph.com
电子邮件　s@caaph.com
电　　话　（010）84057666（总编室）　84057667（办公室）
　　　　　84057696—84057699（发行部）
传　　真　（010）84057660（总编室）　84057670（办公室）
　　　　　84057690（发行部）
经　　销　新华书店
印　　刷　河北京平诚乾印刷有限公司
版　　次　2023年6月第1版
印　　次　2023年6月第1次印刷
开　　本　880毫米×1230毫米　1/32
印　　张　12
字　　数　315千字
书　　号　ISBN 978-7-5039-7010-8
定　　价　52.00元